Roland Lange

Brockendämmerung

Roland Lange

Brockendämmerung

Harz Krimi

Prolibris Verlag

Handlung und Figuren sind frei erfunden. Darum sind eventuelle Über-einstimmungen mit lebenden oder verstorbenen Personen zufällig und nicht beabsichtigt.

Originalausgabe
6. Auflage 2025

©Prolibris Verlag Rolf Wagner, Rasenallee 23 d, 34128 Kassel
buero@prolibris-verlag.de
Titelfoto: © Patrick König (www.harzlandschaft.de)
Wolf: © JackF - fotolia.com
Foto Buchrückseite:© Shutterstock
OSDW AZYMUT Sp. z o. o., Daimlera 2, 02-460 Warszawa, Polen
ISBN: 978-3-95475-073-3

www.prolibris-verlag.de

Die Hexen zu dem Brocken ziehn,
Die Stoppel ist gelb, die Saat ist grün.
Dort sammelt sich der große Hauf,
Herr Urian sitzt obenauf.

Goethes Faust – Walpurgisnacht!

Prolog

Kriminalhauptkommissar Ingo Behrends lümmelte träge auf der Couch und nuckelte an einer Flasche Köstritzer, während sich seine Ehefrau Katrin auf dem Sessel nebenan durch das Fernsehprogramm zappte. Bei einem der regionalen Vorabendmagazine hielt sie einen Moment inne. Verantwortlich für ihr Zögern war das Foto im Rücken der Moderatorin. Auch Behrends richtete sich etwas auf und lauschte interessiert.

»Guten Abend, meine Damen und Herren«, begrüßte die Moderatorin die Zuschauer mit dem gewohnt professionellen Lächeln. Dann wurde das Foto bildschirmfüllend in den Vordergrund geholt. Es zeigte zwei heulende Wölfe auf einer verschneiten Anhöhe vor der Kulisse eines winterlichen Laubwaldes. In ihrer typischen Haltung hatten die Tiere die Köpfe zurückgelegt und stießen aus ihren halb geöffneten Rachen kleine Atemnebelwolken in die klare Luft.

»Der Wolf ist in den Harz zurückgekehrt!«, sagte die Moderatorin und gab der Nachricht mit einer dramatischen Betonung das nötige Gewicht. Das Foto rückte wieder in den Hintergrund. »Wölfe im Harz – das Thema soll uns heute Abend beschäftigen«, fuhr sie fort. »Wir haben dazu einen Fachmann ins Studio eingeladen, den Forstwirt und Wolfsexperten Michael Voss vom Naturschutzbund Deutschland.« Die Kamera schwenkte auf einen Mann, der mit übergeschlagenen Beinen lässig auf einem roten Sofa saß und lächelnd ein schwaches Nicken andeutete.

»Toby! Toby, komm!«, rief Behrends.

Irgendwo in einer Ecke des Wohnzimmers scharrte es, und kurz darauf tauchte Sir Toby, Behrends' Irischer Setter, am Fußende der Couch auf.

Behrends schnipste mit den Fingern und deutete neben sich. »Na los, setz dich zu uns und hör schön zu. Was die Dame da erzählt, interessiert dich bestimmt auch.« Sir Toby machte zwei Schritte und ließ sich auf den Fußboden fallen. »Die reden über deine Vorfahren. Merkt man dir gar nicht an, dass du mit denen verwandt bist. Ganz ehrlich, manchmal vermisse ich das an dir, dieses Wilde, Geheimnisvolle.« Er drehte sich zu Katrin hin: »Ich finde, er macht seinen Vorfahren keine große Ehre. Was denkst du?«

»Mhm ... schon möglich«, murmelte Katrin abwesend.

»Ich denke manchmal, er ist gar kein echter Hund, sondern ein Bettvorleger.« Behrends klang unzufrieden. »Was meinst du, Schatz, ob man ihm das irgendwie beibringen kann?«

»Was?«

»Das Heulen.«

»Du spinnst doch!«

Er wandte sich wieder dem Fernseher zu und kraulte dem vor sich hindösenden Sir Toby den Kopf.

»Nachdem in den vergangenen Jahren fast überall in Deutschland Wölfe gesichtet und zum Teil auch ansässig geworden sind, galt der Harz bisher immer nur als sogenanntes Wolferwartungsland«, sagte die Moderatorin gerade. Sie hatte sich zu dem Wolfsexperten auf das Sofa gesetzt. »Doch nun gibt es auch in dem Mittelgebirge wieder Wölfe. Wie sind die da so plötzlich aufgetaucht?«

»Nun«, begann der Experte gedehnt, »zunächst einmal reden wir nicht von Wölfen, sondern von einem einzigen Wolf. Und gesehen wurde der bisher auch noch nicht.«

»Ach?«, wunderte sich die Moderatorin. »Aber heißt das dann ...«

»Das heißt, es handelt sich um einen Wolf, der einen GPS-Sender trägt«, fiel ihr der Experte ins Wort, »und anhand dieses Senders werden seine Wanderwege aufgezeichnet. Man muss das Tier also nicht zwangsläufig zu Gesicht bekommen, um zu wissen, wo es sich aufhält.«

»Einen GPS-Sender?«

»Richtig. Wie Ihnen vielleicht bekannt ist, leben im Braunkohlegebiet in der Lausitz mehrere Wolfsrudel. Es gibt dort ein Projekt namens *Wanderwolf*, in dem das Abwanderungsverhalten der Wölfe untersucht wird. Dazu werden einigen Tieren Halsbänder mit GPS-Sendern angelegt. Der Harzer Wolf gehört zu diesem Projekt.«

»Dieser Wolf ist also aus der Lausitz in den Harz gewandert?«

»Nicht direkt. Er war vorher schon wochenlang unterwegs, ist sozusagen auf Umwegen in den Harz gekommen. Es ist alles dokumentiert. Das Tier war zu keiner Zeit außer Kontrolle.«

Die Moderatorin zog ein wenig die Augenbrauen hoch. »Ich verstehe«, sagte sie, »die Tiere werden also überwacht. Vielleicht auch, weil sie eine Gefahr darstellen?«

»Oh nein, nein! Verstehen Sie mich bitte nicht falsch.« Der Experte hob abwehrend die Hände. »Die Beobachtung dient lediglich dazu, das Verhalten der Tiere im Rahmen des Wanderprojektes zu studieren, und nicht der Überwachung, weil Wölfe angeblich gefährlich sind.«

»Gut. Darauf, wie gefährlich der Wolf tatsächlich ist, werden wir gleich zu sprechen kommen. Es gibt dazu durchaus gegensätzliche Ansichten.« Ein kurzes Interview mit einem Schafzüchter wurde eingespielt, das diese Behauptung untermauern sollte.

Danach wandte sich die Moderatorin wieder ihrem Gast zu: »Herr Voss, in dem Interview ging es um Schafe, die nachweislich von einem Wolf gerissen wurden. Glauben Sie, dass der Wolf auch Menschen angreifen würde? Oder ist das auszuschließen? Der Gründer eines bekannten Anti-Wolf-Forums sagt ja, die Tiere seien durchaus eine Gefahr für Menschen. Die Erfahrungen aus Russland während des Zweiten Weltkriegs bewiesen das.«

Der Experte schnaubte verächtlich. »Das ist Unfug. Lassen Sie es sich gesagt sein, der Wolf ist keine Gefahr für Menschen. Im Gegenteil! Er ist ein wichtiges Regulativ in unserer Kulturlandschaft. Wir können froh sein, dass der Wolf wieder den Weg zu uns gefunden hat – in eine Gegend, die bis zu seiner Ausrottung im neunzehnten Jahrhundert seine Heimat war.«

1.

Wie lange er schon durch die trübe Suppe marschierte, hätte er nicht sofort sagen können. Das Zeitgefühl schien dem Mann, der sich Hagen vom Ravensberg nannte, vollständig abhandengekommen zu sein. Ob er weiter als einen Kilometer gegangen war, ob erst wenige Hundert Meter – unmöglich, das ohne sichtbare Orientierungspunkte abzuschätzen. Erst wenn er unmittelbar an Bäumen, Sträuchern und Felsen vorbeischritt, nahm er sie wahr. Hin und wieder lichtete sich für einen Augenblick der Schleier, gewährte ihm einen verschwommenen Blick, wie durch eine schmutzige Fensterscheibe. Dann sah er die Baumwipfel, die wie Schemen aus der hellgrauen Decke stachen, und er glaubte, der Nebel würde sich jeden Moment auflösen. Doch schon Sekunden später war alles so dicht und undurchdringlich wie zuvor. Sein Ziel, dieser sagenhafte Aussichtspunkt, von dem er bis vor Kurzem nie gehört hatte, schien ihm plötzlich unerreichbar zu sein.

Eine unangenehme Enge beschwerte Hagen vom Ravensberg die Brust. Lag es an dem unbekannten Pfad, auf dem er gerade ging? Dabei hatte er doch schon so oft abseits der ausgeschilderten Routen einen Weg zum Gipfel gesucht, unter sengender Sonne ebenso wie bei Sturm und Regen, Eis und Schnee, sogar im dichten Nebel. Nie hatte er sich abschrecken lassen. Warum spürte er ausgerechnet heute diesen merkwürdigen Druck?

Der Aufstieg hatte normal wie immer begonnen. Außer einer Gruppe verrückter Mountainbiker war er niemandem begegnet. Vielleicht war das wohlige Kribbeln, das er immer zu Beginn seiner Wanderungen empfand, etwas stärker gewesen als sonst. Die Vorfreude auf einen grandiosen Blick über die Harzlandschaft hatte zusätzliche Glückshormone in ihm aktiviert. Dann aber war der Nebel gekommen, so plötzlich und unerwartet, wie es nur hier am Brocken passierte. Hagen vom Ravensberg war nicht sonderlich überrascht gewesen. Wusste er doch, wie unberechenbar das Wetter rund um den Berg sein konnte. Entschlossen war er der milchigen Wand entgegengeschritten, die jeden Baum und Strauch vor ihm und sogar den Himmel verschlungen hatte und langsam auf ihn zugewabert war. Nur ein paar Sekunden hatte es gedauert, bis er von der nasskalten Riesenhand ergriffen worden war. Die Nebelklauen hatten sich um ihn gelegt und seine Spuren getilgt. Seine Vorfreude und sein Wohlgefühl waren jäh umgeschlagen in Beklemmung.

Um ihn herum war es totenstill. Er durfte nicht leichtsinnig werden. Gerade mal ein paar Meter des Weges vor ihm ließen sich erkennen. Es war fremdes Terrain, auf dem er sich bewegte, und er wusste nicht, was ihn im nächsten Moment erwartete. Im Nationalpark blieb die Natur an sehr vielen Stellen sich selbst überlassen. Sollte ihm etwas zustoßen, brauchte er nicht auf schnelle Hilfe zu hoffen.

In Gedanken versunken, den Blick starr auf den sichtbaren Bereich vor seinen Füßen gerichtet, tastete er sich voran. Sein Ziel und die damit verbundene Vorfreude auf einen einzigartigen Rundblick waren in den Hintergrund gerückt. Stattdessen nahm das Druckgefühl auf seinen Brustkorb stetig zu. Sein Herz klopfte wie zu Anfang seiner Wanderung. Dumpfer Trommelschlag hämmerte von innen gegen seine Brust, schnell und drängend. Aber jetzt nicht mehr als Folge der anstrengenden Wanderung oder der Vorfreude. In diesen Minuten hatte er tatsächlich Angst! Eine diffuse Angst, die ohne konkreten Auslöser schlagartig in ihm wühlte. Vielleicht, weil das unfassbare, milchige Nichts um ihn herum ihm die Orientierung und damit auch die Sicherheit genommen hatte. Ohne den geringsten Fixpunkt gab es keinen Halt.

Ein Mensch ohne Halt ist verloren, schoss es ihm durch den Kopf.

Er blieb stehen und atmete tief durch, versuchte, seine Gedanken unter Kontrolle zu bringen. Ein paar Sekunden horchte er in sich hinein. Hatte er jemals zuvor dieses Gefühl gehabt? Natürlich, er hatte sich schon einige Male in seinem Leben gefürchtet. Aber immer ging es um greifbare Bedrohungen, denen er etwas entgegensetzen konnte, gegen die er sich aktiv zu wehren wusste. Die Situation, in der er sich gerade befand, war eine andere, ebenso wie die Angst eine andere Dimension hatte. Ihm graute vor dem Unsichtbaren, Ungreifbaren, vor den Dämonen, die dank seiner Einbildungskraft plötzlich vor seinen Augen erstanden – drohend und unfassbar und dennoch überall gegenwärtig. Genau wie der Nebel.

Ärgerlich schüttelte er den Kopf. Was für eine Memme war er eigentlich geworden, dass er sich von den Wetterkapriolen so verrückt machen ließ? Du kennst den Brocken, du kennst das Wetter hier oben, bemühte er seine Erinnerung an zurückliegende Aufstiege zum Gipfel und stapfte endlich weiter.

Den Schatten links von sich nahm er nur aus den Augenwinkeln wahr. Gut zwanzig Meter entfernt, wahrscheinlich sogar um einiges weiter, schwer abzuschätzen. Es war nicht mehr, als ein schnelles, schemenhaftes und lautloses Huschen. Unmöglich zu erkennen, was es gewesen sein könnte. Ein größeres Tier vielleicht? Aber wäre das nicht einigermaßen geräuschvoll durchs Unterholz gebrochen? War es vielleicht doch ein Wolf gewesen? Er musste wieder an den Fernsehbericht denken. War ausgerechnet ihm eins der Tiere über den Weg gelaufen? So scheu, wie sie angeblich sollten. Aber war das bewiesen? Wenn ihn das Vieh nun belauerte und im nächsten Moment anfallen würde?

»Du bist ja verrückt«, haderte er leise mit sich selbst. Das Ganze war sicher nur die Ausgeburt seiner Fantasie gewesen. Er stoppte kurz ab, dann setzte er sich erneut in Bewegung, allerdings noch ein wenig langsamer, zögerlicher. Die gerade erst verdrängte Angst kehrte auf leisen Sohlen zurück, ohne dass er es verhindern konnte.

Da! Da war er wieder, der Schatten! Kein Irrtum dieses Mal, keine Einbildung! Oder doch? Gab es das – eine Nebel-Fata Morgana? Es war etwas vorbeigehuscht! Weiter vorn, über den Weg. Von links nach rechts. Doch ein Wolf! Aber nein! Den undeutlichen Umrissen nach hätte es eher ein Mensch sein können. Wolf – Mensch … Werwolf? Absoluter Schwachsinn!

»Hallo!«, rief er ins Nichts hinein. »Hallo! Ist da wer?«

Er bekam keine Antwort, hatte auch nicht damit gerechnet, hatte mit seinem Rufen nur die Stille durchbrechen wollen, um sich ein wenig Mut zu machen.

Unruhig kontrollierten seine Augen das gesamte Blickfeld voraus, während er sich langsam weiterbewegte. Eine ganze Weile passierte nichts mehr, und seine Schritte wurden wieder länger, mutiger. Dann hörte er es, kaum wahrnehmbar. Zuerst glaubte er, es sei das Klagen irgendeines Tieres. Aber gleich darauf formte sich aus leisen Klangfetzen eine Melodie, die ihm das Herz zu Eis gefrieren ließ.

Der Schatten! Wer hockte da im Unterholz und spielte das Lied? Ausgerechnet dieses Lied, das vor etlichen Jahren für ein paar Tage sein Leben begleitet hatte. Tage, an die er bis heute erinnert wurde, weil er seinerzeit auf einen teuflischen Pakt eingegangen war. Nur sein Vertragspartner konnte es sein, der ihn auf diese Weise quälen wollte. Aber warum?

Oder gab es noch jemand anderen, der wusste, was er mit dem Lied verband? Wer versteckte sich im Nebel? Wer lauerte ihm auf? Hatte sein neuer, geheimnisvoller Freund damit zu tun? Nein, unmöglich! Der konnte nichts von alledem wissen. Dafür kannten sie sich viel zu kurz. Vor nicht mal einem Jahr war er Hagen vom Ravensberg zufällig über den Weg gelaufen, dieser skurrile, hagere Riese. Chris, mit dem Namen hatte er sich vorgestellt, war ein leidenschaftlicher Wanderer wie er selbst. Von ihm hatte er überhaupt erst von diesem sagenhaften Aussichtspunkt erfahren. Aber nicht nur das! Der lange Schlaks war es auch gewesen, der ihm den idealen Zeitpunkt für seine Wanderung mitgeteilt hatte. Als habe es dafür nur diesen einen Tag gegeben!

So früh wie möglich solle er vor Ort sein, hatte Chris gesagt, um das Morgenlicht einfangen zu können, das dort besonders jetzt, im Spätherbst, unvergleichlich sei. Die Dämmerung, den kurzen Zeitraum des Übergangs von der Nacht zum Tag, müsse er an dieser Stelle unbedingt erleben. Hagen vom Ravensberg hatte ihm geglaubt und seinen Rat befolgt.

Hatte er ihm etwa eine Falle stellen wollen und ihn deshalb hierher gelockt? Nein! Warum auch? Was für einen Grund hätte er haben sollen?

»Über sieben Brücken ...«, hallte es aus dem Nebel. Eigenartig kalt und leer, beinahe seelenlos. Das Lied trug nichts mehr von der Wärme jener Tage in sich. Auch nichts von der verhängnisvollen, aufreizenden Stimmung.

»Wer ist da?«, brüllte Hagen vom Ravensberg. »Komm raus, verdammt noch mal! Zeig dich, du elender Dreckskerl!« Er hatte eine Scheißangst.

Statt einer Antwort dudelte weiter der Refrain. Erst jetzt bemerkte er, dass es nichts anderes als der Refrain war, der sich ständig wiederholte. Wie von Sinnen stolperte er los – dahin, wo er die

Quelle des Liedes vermutete. Mitten hinein in unwegsames Unterholz und Buschwald.

Der tragbare CD-Player stand an den morschen Stamm einer entwurzelten Fichte gelehnt. Entgeistert starrte er einige Sekunden auf das Gerät, dann bückte er sich, brachte es mit einem Knopfdruck zum Verstummen. Er richtete sich auf, drehte sich um seine eigene Achse. »Wo bist du?«, brüllte er und legte alle Kraft, die er hatte, in seine Stimme. Keine Antwort, nicht mal ein Rascheln oder ein anderes Zeichen menschlichen Lebens. »Komm raus, du Feigling!«

Nichts passierte.

Er spürte, wie sich die Panik rasend schnell von seiner Magengegend aus über seinen ganzen Körper ausbreitete. Weg! Du musst weg!, hämmerte es in seinem Kopf. Bloß nicht stehen bleiben! Hau ab! Bring dich in Sicherheit!

Der Nebel schützt mich, hoffte er, während er in eine willkürlich gewählte Richtung davonlief. Kein beruhigender Gedanke, denn so unsichtbar ihn der Nebel auch machte, so wenig ließ er ihn erkennen, wo er sich gerade befand und wo sich sein Gegner aufhielt. Er war blind, aber war es sein Jäger deshalb auch?

Er achtete kaum auf Hindernisse und Bodenunebenheiten. Die Panik trieb ihn vorwärts, meist leicht bergab. Die Schwerkraft gab ihm die Richtung vor. Kleinere Äste peitschten ihm ins Gesicht, er ignorierte sie. Er stolperte über Baumstümpfe, trat in kleine Mulden, geriet ins Straucheln, fing sich wieder, hetzte weiter. Vorwärts, möglichst viel Abstand zwischen sich und den unsichtbaren Verfolger bringen! Dann spürte er, wie sich sein Brustkorb zusammenzog und ihm die Luft ausging. Halt an!, flehte die Stimme in ihm. Bleib stehen, um Luft zu holen! Nur einen Augenblick! Es ging nicht. Die Angst trieb ihn voran. Weiter, immer weiter. Meter um Meter ... Wie lange würde er noch durchhalten?

Der Schlag traf ihn direkt von vorn am Kinn und streckte ihn zu Boden. Als er hart auf eine Baumwurzel aufschlug, war er bereits bewusstlos.

2.

Zwei Tage war Reinhold nun schon unterwegs. Das war nichts, was Maria Bender in Unruhe versetzte. Ihr Mann war selbstständiger Versicherungsvertreter, und sein Kundenkreis erstreckte sich über das gesamte Land. Da kam es immer wieder vor, dass er auf seiner Tour in irgendeinem Hotel übernachtete, oft auch an den Wochenenden. Meist entschloss er sich ganz spontan dazu. Weil unvorhergesehene Umstände es verlangten. Und davon gab es viele.

Wenigstens meldete er sich bei seiner Frau, wenn er längere Zeit nicht nach Hause kam. Spätestens im Laufe des darauffolgenden Tages. Länger hatte er sie noch nie im Ungewissen gelassen. Auch eine Art Verlässlichkeit, die Maria zu ertragen gelernt hatte, seit Reinhold seinen sicheren Angestelltenjob bei dem Versicherungskonzern gekündigt hatte, um sich ausgerechnet hier am Harzrand eine neue Existenz aufzubauen. In Barbis, einem Kaff am Ende der Welt, verglichen mit Frankfurt. Sie hatte sich nicht vorstellen können, die Mainmetropole und ihre beengte Wohnung in City-Nähe je zu verlassen. Und doch war es so gekommen.

Nur widerwillig hatte sie ihre alte Heimat aufgegeben. Sie hatte Angst gehabt vor dem Neuen, Fremden und vor der Leere. Sie war den Trubel einer Großstadt gewohnt und hatte nicht gewusst, wie sie das Fehlen des Straßenlärms und des Menschengewimmels ertragen sollte. Vor allen Dingen aber hatte sie sich um ihre finanzielle Sicherheit gesorgt. Wovon hätten sie leben sollen, wären Reinholds Pläne gescheitert?

Ihre Geldsorgen waren unbegründet gewesen. Wenigstens das. Es fehlte ihnen an nichts, und immer, wenn Maria einen Wunsch äußerte, wurde er ihr von Reinhold erfüllt – solange er mit Geld zu bezahlen war. Mehr konnte sie nicht von ihm erwarten. Nicht einmal dann, wenn er zu Hause war. In den wenigen Stunden, die ihnen zwischen seinen Reisen blieben, redeten sie kaum miteinander und wenn, dann bestimmten Belanglosigkeiten ihre kurzen Gespräche. Danach zog sich Reinhold zurück und sie versuchte, sich mit irgendetwas anderem zu beschäftigen. Wenigstens gab es nie Streit zwischen ihnen, und er war gut zu ihr. Mehr verlangte sie nicht – nicht mehr. »Liebe vergeht«, hatte ihre Mutter früher oft zu ihr gesagt, »der Alltag bleibt. Such dir einen Mann, mit dem du gut auskommst. Auch ohne Liebe und ohne Worte.«

In Reinhold hatte sie so einen Mann gefunden. Doch schon oft hatte sie in den Jahren ihrer Ehe an deren Sinn gezweifelt, und besonders in letzter Zeit gingen ihr immer wieder Fragen im Kopf umher, die am Fundament ihrer Partnerschaft nagten und dazu geeignet waren, die Treue zu ihrem Mann zu erschüttern.

Maria lief in ihrem Wohnzimmer auf und ab und fragte sich, was sie tun sollte. Vielleicht sollte sie noch eine Nacht abwarten, ehe sie zur Polizei ging und eine Vermisstenmeldung aufgab. Eine andere Möglichkeit als die Polizei sah sie nicht. An wen sollte sie sich auch wenden? Könnte sie mit seinen Freunden sprechen? Hatte er Freunde? Was wusste sie eigentlich von Reinhold? Sie hatte keine Ahnung, wo er hinfuhr, mit wem er sich traf, über was er sprach, was in seinem Kopf vorging. Nichts.

Sie hatte lange darüber nachgedacht, und es war ihr immer wahrscheinlicher vorgekommen, dass es neben ihrer Ehe für Reinhold noch eine Parallelwelt gab. Aber wer hatte dort Zutritt? Eine andere Frau vielleicht? Würde die Polizei das herausfinden?

Maria Bender ließ eine weitere Nacht verstreichen, ehe sie am frühen Vormittag des nächsten Tages hinunter nach Bad Lauterberg fuhr. Mit ihrem kleinen Nissan Micra, dem bescheidenen äußeren Zeichen ihrer vermeintlichen Unabhängigkeit. Auf dem Polizeikommissariat in der Scharzfelder Straße trug sie einer Beamtin ihr Anliegen vor.

»Sie glauben also, ihm könnte etwas zugestoßen sein?«, fragte die Polizistin. »Aber wenn er regelmäßig durch ganz Deutschland reist und Sie auch in der Vergangenheit nie genau wussten, wo er sich gerade aufhält und was er tut, wie Sie mir gerade erklärt haben, was macht Sie dann so sicher, dass es dieses Mal anders ist?«

»Weil … weil …«, Maria Bender wich dem forschenden Blick der Beamtin aus. Nervös spielten ihre Finger mit dem Autoschlüssel. »Sonst ruft er immer viel früher bei mir an und sagt, wo er gerade ist und wann er zurückkommt.«

»Frau Bender, es kann tausend Gründe dafür geben, dass sich Ihr Mann bisher nicht bei Ihnen gemeldet hat.« Die Polizistin legte tröstend ihre Hand auf Marias Arm und streichelte sie sanft. »Und die meisten davon sind harmlos. Außerdem ist es uns gar nicht erlaubt, einem mündigen Mann nachspionieren. Das würde seine Persönlichkeitsrechte verletzen.«

»Wieso nachzuspionieren?«

»Ein erwachsener Mensch kann im Rahmen der geltenden Gesetze tun und lassen, was er will, auch verschwinden, ohne sich zu melden. Die Polizei darf nicht einfach nach ihm suchen. Es sei denn, er ist hilfebedürftig, oder es gibt Hinweise auf ein Verbrechen, zum Beispiel.«

»Aber ich habe ein ganz schlechtes Gefühl«, wimmerte Maria. Sie war nahe daran, in Tränen auszubrechen. »Es ist ihm etwas passiert, ich spüre das.«

»Frau Bender, bitte verstehen Sie doch. Ein schlechtes Gefühl ist leider kein ausreichender Grund, sofort eine Suche nach Ihrem Mann zu starten.«

Maria Bender ließ den Kopf sinken, fummelte in ihrer Handtasche nach einem Taschentuch.

»Wissen Sie was«, lenkte die Beamtin ein, »wir nehmen jetzt erst einmal Ihre Anzeige und die Personalien Ihres Mannes auf.« Sie sah, dass es keinen Zweck hatte, die Frau zu vertrösten und wieder wegzuschicken. Vielleicht konnte sie ihr so ein wenig Mut machen. »Sie sagen mir, was er angehabt hat, als er von zu Hause losgefahren ist, was für ein Auto er fährt, besondere Merkmale, die bei der Suche wichtig sein können.« Ein paar Minuten später hatte sie alle Angaben in einem Formular erfasst und blickte vom PC-Bildschirm auf. »Sicher haben Sie auch ein Foto von Ihrem Mann dabei«, sagte sie.

Maria Bender nickte schniefend und begann, in ihrer Handtasche zu kramen. Dann zog sie ein relativ neues Bild heraus und reichte es der Beamtin. Sie hatte es selbst von Reinhold gemacht. Vor ihrem Haus. Für die vielen Stunden, die sie ohne ihn auskommen musste, hatte sie ihm erklärt, und er hatte es sich gönnerhaft gefallen lassen.

Die Polizistin nahm das Foto entgegen, betrachtete es einen Augenblick. Schließlich wandte sie sich wieder der Frau auf der anderen Seite ihres Schreibtisches zu: »Gut«, sagte sie, »das wäre es dann fürs Erste. Sie können jetzt wieder nach Hause gehen. Wir kümmern uns um alles Weitere und melden uns bei Ihnen, sobald wir etwas von Ihrem Mann erfahren.«

»Ja, ja ... danke.« Maria Bender erhob sich zögernd, schien einen Moment unschlüssig. Dann wandte sie sich der Ausgangstür zu.

»Ach, Frau Bender«, hörte sie die Stimme der Beamtin in ihrem Rücken und drehte sich sofort wieder zu ihr um.

»Ja?«

»Ihr Mann ... also, könnte er das geplant haben?«

»Was geplant haben?« Maria spürte den Kloß in ihrer Kehle, wusste, was sie sich gleich anhören musste. Es war unausweichlich.

»Wäre es möglich, dass er eine Geliebte hat? Eine Frau, wegen der er Sie verlassen wollte?«

Sie hätte nie gedacht, wie schlimm es sein würde, die Fragen, die sie sich selbst schon gestellt hatte, aus einem anderen Mund zu hören. Laut und schmerzhaft waren sie. Geradezu unerträglich. Ihre Antwort war ein einziger, schriller Aufschrei: »Nein! So einer ist er nicht! Nicht Reinhold! Er liebt mich!« Sie stürzte aus der Wache, floh, bevor die Beamtin sie noch mehr quälen konnte.

Zwei Tage waren seit der Vermisstenanzeige vergangen. Bisher hatte niemand im Bad Lauterberger Kommissariat etwas unternommen. Es war nicht Aufgabe der Polizei, verschwundene Ehemänner aufzuspüren und zu ihren Frauen zurückzubringen. Und noch immer deutete nichts auf eine Gefahr hin, etwa, dass der Mann in ein Verbrechen verwickelt sein könnte oder plante, sich selbst umzubringen. Weder war er verwirrt, noch benötigte er lebenswichtige Medikamente, die er zu Hause vergessen hatte.

Gerade mal ein paar Stunden hatte Maria Bender verstreichen lassen, dann war sie wieder in der Polizeistation aufgetaucht, in der Hoffnung, Nachricht von ihrem Mann zu bekommen. Auch am folgenden Tag kam sie in aller Herrgottsfrühe vorbei und später am Nachmittag noch einmal. Immer musste sie enttäuscht wieder gehen, weggeschickt von der Polizistin, die sie bei ihrer ersten Begegnung noch so mitfühlend behandelt hatte, die aber mittlerweile am Ende ihrer Geduld angelangt war.

Als die Beamtin am Morgen des dritten Tages die Notiz ihres Chefs mit der Bitte um Rücksprache auf dem Schreibtisch vorfand, schaltete sie sofort. Lediglich das Stichwort »Halterüberprüfung« stand da und ein Kfz-Kennzeichen. Und genau dieses Kennzeichen war ihr in den zurückliegenden beiden Tagen nicht aus dem Kopf gegangen, dafür hatte Maria Bender gesorgt.

»Ich hatte vorhin einen Anruf der Kollegen aus Wernigerode. Sie haben uns um Amtshilfe gebeten«, erklärte ihr der Dienststellenleiter, als sie wenig später vor seinem Schreibtisch stand, um weitere Informationen zu erhalten. »Es geht um einen Pkw mit dem Osteroder Kennzeichen, das ich Ihnen auf dem Zettel notiert habe. Der parkt in Drei-Annen-Hohne. Sie wissen, wo das ist?«

Die Polizistin zögerte einen Moment, dann nickte sie. »Ja. So ein kleines Nest. Ich bin mal vor ein paar Jahren dagewesen. Als wir mit dem Zug zum Brocken gefahren sind.«

»Ja, gut ... also, dieser Wagen steht da schon ein paar Tage verlassen auf einem Parkplatz. Das ist einem Anwohner aufgefallen, und er hat es der Polizei gemeldet.«

»Warum? Ist er falsch geparkt oder behindert er jemanden?«

»Nein, nein, alles in Ordnung. Die Kollegen sagen, der Anwohner habe den Wagen in der Vergangenheit schon des Öfteren gesehen. Immer an derselben Stelle. Spätestens am Abend war er wieder weg. Deshalb hat es ihn gewundert, dass er jetzt, nach fünf Tagen, immer noch da gestanden hat.« Der Dienststellenleiter blickte kurz auf den Bildschirm seines PCs und wandte sich dann wieder seiner Kollegin zu. »Die Wernigeröder haben also eine Halterabfrage gemacht und danach versucht, den Mann telefonisch zu erreichen. Gestern Abend haben sie dann mit der Frau des Mannes sprechen können. Sie schien ziemlich verwirrt zu sein, erzählte etwas von einer Vermisstenanzeige, die sie bei uns gemacht hat. Die wurde von Ihnen aufgenommen, richtig?« Wieder warf er einen Blick auf den PC-Bildschirm.

»Das ist richtig, ja.«

»Aber weiter haben Sie nichts unternommen?«

»Nein, es hat kein Grund dafür vorgelegen. Ein erwachsener Mensch, der nicht nach Hause gekommen ist. Keine Hinweise, die ein sofortiges Handeln gerechtfertigt hätten. Der Mann ist Versicherungsvertreter mit Kunden in ganz Deutschland, sagt seine Frau. Er ist ständig unterwegs, bleibt schon mal über Nacht weg.«

Der Dienststellenleiter zog nachdenklich die Stirn kraus. »Und jetzt findet man sein Auto verlassen in einem kleinen Harzer Dorf. Unwahrscheinlich, dass er dort einen Kundenstamm hat, der ihn über mehrere Tage bindet. Was also hatte er dort zu suchen?«

»Und wenn er sein Auto da nur abgestellt hat, um dann zu verschwinden? Mit der Brockenbahn zum Beispiel? Zurück nach Wernigerode und von da aus wer weiß wohin? Vielleicht will er nicht gefunden werden, will ein neues Leben anfangen – das habe ich seiner Frau auch schon gesagt.«

»Hm ... theoretisch möglich«, brummte der Dienststellenleiter nachdenklich, »trotzdem glaube ich es nicht. Wenn er untertauchen will, warum stellt er sein Auto ausgerechnet da ab, wo er auch früher schon geparkt hat? An einer Stelle, wo Leute wohnen, denen der Wagen auffallen muss? Ein Audi Q7 ist kein Allerweltsauto.«

»Also könnte ihm doch was zugestoßen sein?«

Der Dienststellenleiter nickte. »Zumindest gibt es erste Anzeichen dafür. Aber bevor wir eine Suchaktion ins Blaue hinein starten, gehen wir den üblichen internen Weg und lassen uns, falls das nichts bringt, eine richterliche Genehmigung für eine öffentliche Suchmeldung geben. Vielleicht hat ihn jemand gesehen, und die Sache klärt sich schnell auf.«

»Hoffen wir das Beste«, murmelte die Beamtin. Ein mulmiges Gefühl beschlich sie, eine unbestimmte Ahnung, dass die Sache nicht gut ausgehen würde. Immerhin würde die Polizei alles dafür tun, Maria Benders Mann wiederzufinden. Das konnte sie der Frau jetzt reinen Gewissens erklären.

Die Suchmeldung, die man nach erfolgloser interner Recherche an die Medien herausgegeben hatte, war noch keinen Tag alt, als die ersten Anrufe bei der Polizei eingingen. Mehrere Personen behaupteten, Reinhold Bender gesehen zu haben. Zum Teil an sehr weit voneinander entfernten Orten in ganz Deutschland, nur nicht in der Nähe seines geparkten Wagens. Und manchmal sogar zeitgleich. So war es fast immer, und wie immer würde es eine nervige Angelegenheit werden, die Spreu vom Weizen zu trennen.

Es dauerte zwei weitere Tage, ehe sich zwischen all den Nieten ein erster Treffer fand. Zumindest deutete einiges darauf hin. Ein

Mountainbiker aus dem südlichen Zipfel des Landkreises Osterode wollte den Vermissten erkannt haben, als er zusammen mit ein paar Freunden auf dem Anstieg zum Brocken gewesen war. »Am Erdbeerkopf war das. Da haben wir ihn gesehen.«

»Ah ja, Erdbeerkopf«, brummte der Polizist des Bad Lauterberger Polizeikommissariats, der den Anruf entgegengenommen hatte. »Damit kann ich jetzt gerade gar nichts anfangen. Was für ein Erdbeerkopf? Wo ist das?«

»Das ist ein Berg am Glashüttenweg. Ist jedem Brockenwanderer ein Begriff. Und der Glashüttenweg ist einer der Wanderwege, die zum Gipfel führen, falls Sie den auch nicht kennen sollten.«

»Danke für die Aufklärung«, raunzte der Beamte missmutig und kritzelte ein paar Stichworte auf einen Notizblock. »So, dann mal zu dem Vermissten. Wie ist denn die Begegnung mit ihm genau abgelaufen?«

Der Radler holte hörbar tief Luft. »Also, wir machen ja öfter solche Touren, sind manchmal schon zwei oder mehr Stunden unterwegs, ehe die Sonne aufgeht. Das war an dem Morgen wieder so. Normalerweise begegnet man um die Uhrzeit noch keinem Wanderer. Deshalb waren wir auch so überrascht, als der Typ da plötzlich vor uns mitten auf dem Weg auftauchte. Es hätte nicht viel gefehlt und unser Frontmann hätte ihn über den Haufen gefahren. Er konnte gerade noch so ausweichen.«

»Und was war dann?« Der Beamte versuchte zu begreifen, was Menschen daran fanden, sich in aller Herrgottsfrühe die Berge hinaufzuquälen.

»Ich bin am Ende unserer Gruppe gefahren. Als ich auf Höhe des Mannes gewesen bin, habe ich mich zu ihm hingedreht und ihm direkt ins Gesicht gesehen.« Der Mountainbiker zögerte einen Augenblick. »Ein ziemlich unfreundliches Gesicht, das uns da hinterhergeglotzt hat«, fügte er dann hinzu.

»Und Sie sind sich ganz sicher, dass es der Gesuchte war?«, hakte der Polizist nach. »Die Lichtverhältnisse dürften nicht die besten gewesen sein, so früh am Morgen.«

»Todsicher war es der Typ«, behauptete der Radler bestimmt. »Ich war ja nur einen knappen Meter von ihm entfernt. Und so, wie der mich angesehen hat, das vergisst man nicht.«

»Wie hat er Sie denn angesehen?«

»Hm … grimmig, würde ich sagen. So, als hätte es ihm nicht gepasst, dass wir ihn aus dem Rhythmus gebracht haben.«

»Und seine Kleidung? War er aus Ihrer Sicht irgendwie ungewöhnlich angezogen?«

»Ungewöhnlich angezogen? Ich verstehe nicht …«

»Naja, hat er eventuell einen Anzug getragen? Er ist Versicherungsvertreter. Hat er auf Sie den Eindruck gemacht, als ob er da orientierungslos umhergeirrt ist? Vielleicht hat er Sie ja nicht grimmig angesehen, sondern hilfesuchend.«

Der Radler am anderen Ende lachte laut auf. »Hilfesuchend? Nee, wirklich nicht! Wenn der kein geübter Wanderer war, dann weiß ich auch nicht. Von wegen Anzug! In voller Wandermontur ist er da hochgestiefelt. Und der wusste ganz genau, wo er hinwollte, da können Sie Gift drauf nehmen.«

»Hm …«, mehr wusste der Beamte darauf nicht zu erwidern. Wieder machte er sich Notizen auf seinen Block.

Als er später auf einer Harzkarte den Glashüttenweg gefunden und seinem Verlauf mit dem Finger bis zum Erdbeerkopf gefolgt war, zweifelte er nicht mehr daran, dass der Radler die Wahrheit gesagt hatte. Zwei Faktoren gaben dafür den Ausschlag: Zum einen war es der Ort des Aufeinandertreffens. Der passte zu dem Parkplatz in Drei-Annen-Hohne, auf dem der Vermisste seinen Audi abgestellt hatte, vielleicht tatsächlich mit der Absicht, in Richtung Brockengipfel zu wandern. Zum anderen deckte sich der Zeitpunkt der Begegnung in etwa mit den Angaben von Maria Bender. Ihr Mann hatte an jenem Samstagmorgen das Haus mit unbestimmtem Ziel verlassen, um einige Kunden zu besuchen, die, nach seinen Worten, ausschließlich am Wochenende Zeit für ihn hatten. Auch wenn sie die genaue Uhrzeit nicht nennen konnte, so musste es doch sehr früh gewesen sein. Sie hatte zu der Zeit noch geschlafen.

Trotzdem passte etwas ganz und gar nicht. Warum war Bender überhaupt in aller Herrgottsfrühe allein im Harz herumgelaufen? In voller Wandermontur. Wo er doch angeblich zu seinen Terminen mit den Versicherten unterwegs war. Man konnte nicht davon ausgehen, dass er auf dem Brockengipfel Kundengespräche führen wollte, und wenn, dann hätte er auf dem Hauptwanderweg bleiben müssen.

Was also hatte der Vermisste an dem Tag im Harz zu suchen gehabt? Und was an all den anderen Tagen, als der Anwohner den Audi auf dem Parkplatz in Drei-Annen-Hohne hatte stehen sehen? Sollte er tatsächlich hin und wieder zum Wandern in den Harz gefahren sein, ohne seiner Frau etwas davon zu erzählen? Aber warum hatte er dann so ein Geheimnis daraus gemacht? Ob man ihn vielleicht auf dem Brockengipfel kannte?

Der Beamte führte ein paar Telefongespräche, schickte im Anschluss das eingescannte Foto des Vermissten per E-Mail hinauf auf den höchsten Harzberg und erhielt schon kurz darauf eine Antwort aus dem Brockenmuseum, die ihn ins Grübeln brachte.

Der Gesuchte war, zumindest beim Personal des Brockenhauses, bestens bekannt. Allerdings nur unter dem Namen Hagen vom Ravensberg. Und Versicherungsvertreter war er deren Antwort zufolge auch nicht, sondern Maler. Genauer gesagt Landschaftsmaler.

3.

Zwei Tage lang hatten die Hundertschaften der Polizei, Bergretter, Feuerwehr und Nationalpark-Ranger das Areal rund um den Erdbeerkopf abgesucht. In jedes Erdloch waren sie gekrochen, hatten jeden Stein umgedreht und sich durchs Unterholz gequält – ohne Ergebnis. Es gab nirgends auch nur den geringsten Hinweis auf Reinhold Bender alias Hagen vom Ravensberg.

Am Abend des zweiten Tages berieten sich die Führer der Suchtrupps über das weitere Vorgehen.

»Und wenn er sich nun doch abgesetzt hat?«, fragte einer der Männer und brachte damit eine Möglichkeit wieder ins Spiel, die sie bisher ausgeschlossen hatten. »Wir wissen, wo er sein Auto abgestellt hat, dass er sich für den Tag seines Verschwindens im Brockenhaus angekündigt, ja, sich tags zuvor dort sogar noch nach den Wetteraussichten erkundigt hat. Er ist nach Aussage des Brockenhausleiters nicht nur regelmäßiger Gast da oben, sondern kennt sich auch bestens am Brocken aus. Und sein ganzes Verhalten, als er mit den Mountainbikern zusammengetroffen und später vom Hauptweg abgewichen ist, das hat meiner Meinung nach so gar nichts von Zufälligkeit.«

»Aber gleichzeitig zeugt es auch von einem großen Aufwand, um falsche Spuren zu legen. Darauf wollen Sie doch hinaus, oder? Wozu sollte er das tun? Wen wollte er damit in die Irre führen? Wenn er nur seine Frau verlassen wollte und unerkannt irgendwo ein neues Leben anfangen, dann hätte er das sicher nicht so umständlich angestellt. Darüber waren wir uns doch einig.« Der Beamte, der die Suche koordinierte, nickte energisch. Für ihn war das Thema damit abgeschlossen.

Nicht jedoch für den Mann, der die Frage in den Raum gestellt hatte: »Sie haben natürlich Recht, wenn man an den Vermissten halbwegs normale Maßstäbe anlegt. Aber können wir das? Immerhin führt der Mann ein Doppelleben. Für seine Frau ist er Reinhold Bender, der selbstständige Versicherungsvertreter mit Kunden in der gesamten Bundesrepublik, und auf dem Brocken ist er Hagen vom Ravensberg, der Landschaftsmaler. Weder seine Frau noch das Personal im Brockenhaus wissen etwas von der anderen Existenz. Ich frage mich, was geht in so einem Mann vor? Warum treibt er dieses doppelte Spiel? Vor diesem Hintergrund kann ich mir durchaus vorstellen, dass er untergetaucht ist und mit seiner vermeintlichen Brockenwanderung nur eine irreführende Inszenierung abgeliefert hat. Vielleicht war es ja gar nicht seine Frau, die er damit aufs Glatteis führen wollte.«

»Wen denn sonst?«

»Keine Ahnung«, sagte der Mann, »wir müssen mehr über diesen Bender in Erfahrung bringen, dann sehen wir vielleicht klarer.«

»Gut, aber solange wir nichts Konkretes haben, kann auch ein Unfall oder eine Straftat für sein Verschwinden verantwortlich sein. Wir müssen uns auf alles gefasst machen. Wir setzen die Suche nach ihm fort«, beschloss der leitende Beamte, »ich gehe immer noch davon aus, dass er irgendwo verletzt liegt und nicht in der Lage ist, auf sich aufmerksam zu machen. Denken Sie nur an den Mountainbiker, der vor ein paar Jahren hier im Harz eine Böschung hinabgestürzt ist. Den haben die Suchtrupps auch nicht gefunden. Erst zwei andere Radfahrer haben ihn Tage danach zufällig entdeckt – lebend!«

»Sie haben also wirklich die Hoffnung, unseren Vermissten lebend zu finden?«, fragte eine Frau, die für die Nationalpark-Ranger arbeitete. Ihrem zweifelnden Gesicht war anzusehen, dass sie nicht an diese Möglichkeit glaubte. »Im Gegensatz zu dem Mountainbiker von damals ist dieser Bender aber schon ein paar Tage länger abgängig.«

Der Beamte wischte die Bedenken mit einer Handbewegung weg. »Wir suchen morgen weiter. Sollten wir keinen Erfolg haben, beabsichtige ich, eine Hundestaffel und darüber hinaus Hubschrauber mit Wärmebildkameras anzufordern. Der Mann kann nicht vom Erdboden verschluckt sein.« Dann erklärte er die Zusammenkunft für beendet.

Am späten Vormittag des folgenden Tages meldete sich ein Mitarbeiter des Bauhofs in Bad Sachsa im Bad Lauterberger Polizeikommissariat. Er sei vor knapp einer Woche von einer Frau angesprochen worden, die sich nach dem Besitzer des benachbarten Hauses erkundigt habe, sagte er. Sie war mit ihm verabredet gewesen, hatte ihn aber nicht angetroffen.

»Sie hat mich gebeten, dem Herrn Bescheid zu geben, falls ich ihn sehen sollte«, erklärte der Bauhofmitarbeiter weiter. »Dann hat sie mir seinen Namen genannt: Hagen vom Ravensberg. Und als ich gestern im Radio von der Suchmeldung gehört habe, habe ich sofort gewusst, was los ist. So einen merkwürdigen Namen vergisst man nicht. An das Auto, diesen Audi Q7, kann ich mich auch erinnern. Der hat öfter vor dem Haus gestanden.«

»Und die Frau, mit der Sie gesprochen haben, wer war das? Hat sie Ihnen ihren Namen genannt?«, fragte die Polizeibeamtin.

»Anna. Ihren Nachnamen kenne ich nicht. Ich sollte ihm nur sagen, Anna sei dagewesen und habe nach ihm gefragt. Mehr nicht. Angeblich wüsste er dann Bescheid.«

»Schön«, seufzte die Beamtin, »wir kümmern uns darum. Sagen Sie mir bitte noch, wo genau dieses Haus seht?« Nachdem sie sich die Adresse notiert hatte, verabschiedete sie sich von dem Mann und legte auf.

4.

Ingo Behrends war einigermaßen überrascht, als er am Nachmittag von dem Haus in Bad Sachsa erfuhr. Inzwischen waren seine Leute und er mit dem Fall befasst, denn es gab ja ernstzunehmende Anzeichen, dass der vermisste Reinhold Bender Opfer eines Unglücks oder möglicherweise einer Straftat geworden sein könnte. Die Polizeistation Bad Lauterberg aber, bei der die Ehefrau die Vermisstenanzeige aufgegeben hatte, verfügte über kein eigenes entsprechendes Fachkommissariat. Daher war Northeim zuständig. Behrends selbst tat nur das Nötigste und delegierte alle weiteren Arbeiten an seine Kollegen. Die Suche nach dem Mann lief auch ohne ihn auf Hochtouren, und die Hinweise für einen Selbstmord oder gar einen Mord hatten sich bisher nicht verdichtet.

Dennoch verfolgte er die Angelegenheit mit einigem Unbehagen. Nicht etwa wegen des berühmten Bauchgefühls, das er ohnehin nur selten spürte. Vielmehr hing dieses Unbehagen mit seinem alten Freund Holger Diekmann zusammen, dem Inhaber und Chefredakteur des Online-Magazins »Burgblick«. Der nämlich hatte, wie nicht anders zu erwarten, sofort Witterung aufgenommen, als er hörte, dass ein gewisser Hagen vom Ravensberg vermisst wurde. Und das nicht nur, weil er als Reporter ständig auf der Jagd nach der ultimativen Story war, sondern darüber hinaus in seiner Abstellkammer ein Gemälde von eben jenem Hagen vom Ravensberg verstaubte. Heike, seine Frau, hatte das Bild vor gut einem Jahr bei einer Tombola gewonnen.

Die Möglichkeit, ausgerechnet Holger Diekmann könne seinem Freund wieder einmal, wie schon in der Vergangenheit, den berühmten Schritt voraus sein, wenn es einen Toten zu finden galt, stand Behrends wie eine Mahnung vor Augen. Das durfte nicht passieren. Nicht schon wieder! Behrends wusste selbst, wie idiotisch es war, so zu denken, und er hätte es auch nie offen zugegeben. Dennoch konnte er sich nicht recht dagegen wehren, Holger als nervenden Störenfried zu sehen, dem er unbedingt zuvorkommen musste.

Und jetzt dieser Anruf. Die Kollegen hatten ein Haus entdeckt, das offensichtlich das Zentrum von Reinhold Benders zweitem Leben darstellte. Das war nichts, was er Richard Unrein oder sonst jemandem aus seinem Team überlassen wollte. Das musste er mit eigenen Augen sehen. Was er zu Gesicht bekommen würde, konnte ihm vielleicht einen Vorsprung verschaffen im Wettlauf mit seinem heimlichen Konkurrenten Holger.

Als Behrends am Bauhof in Bad Sachsa eintraf, hatte er seine Gedanken wieder unter Kontrolle. Holger war vergessen, und er war ganz auf das fokussiert, was ihn im Inneren des Gebäudes erwartete. Es glich von außen mehr einer Lagerhalle, denn dem Wohnhaus, mit dem er gerechnet hatte.

»Tag Ingo«, sprach ihn einer der uniformierten Beamten an, kaum dass er durch die Tür getreten war, »das musst du dir unbedingt ansehen! Du wirst staunen.«

»Tag.« Behrends wusste nicht sofort, wo er den Mann hinstecken sollte, der ihn so vertraulich duzte. Möglicherweise hatten sie sich auf dem letzten Hoffest in Northeim an der Bierbude kennengelernt und waren sich nähergekommen. »Was gibt es denn?«, fragte er und machte ein paar schnelle Schritte an dem Beamten vorbei in den Raum hinein. Was er erblickte, entlockte ihm einen leisen Pfiff.

»Das ist ja …«, murmelte er und wandte sich wieder dem Beamten zu, der ihm gefolgt war.

»Richtig, das ist das voll ausgestattete Atelier eines Malers.«

Behrends steuerte auf einen Stapel Bilder zu. Die Gemälde waren in Holzrahmen eingefasst und lehnten, voreinandergestellt, an der Wand. Er zog eins nach dem anderen nach vorn. Berge, Felsen, einzelne Bäume und Wälder. Ausschließlich Motive aus dem Harz, die Hagen vom Ravensberg auf Leinwand gebannt hatte.

»Hat er nur so was gemalt?«, fragte Behrends und ließ die Rahmen langsam wieder gegen die Wand sinken.

»Nein. Zwar findest du hier nichts außer den Landschaften, aber es gibt ja noch andere Zimmer. Komm mit.«

Sie betraten den angrenzenden Raum, ein spartanisch, aber recht geschmackvoll eingerichtetes Schlafzimmer mit Doppelbett. Die Gemälde, die diesmal nebeneinander an der gegenüberliegenden Wand aufgereiht waren, passten ausgesprochen gut hierher, jedenfalls besser, als jede der Öl- und Pastelllandschaften aus dem Atelier.

Es waren drei Bilder mit weiblichen Akten, die Behrends ein anerkennendes Nicken abnötigten. »Nicht schlecht, Herr Specht«, brummte er. »Das lässt doch alles ganz schön tief blicken hier.«

»Wenn du dich im Bad umsiehst, wirst du schnell merken, dass er seine Modelle nach getaner Arbeit sicher nicht sofort wieder nach Hause geschickt hat.« Der Beamte grinste breit. »Make-up, Deo, Haarbürste, das ganze Weibergedöns …«

»Sagen Sie … sag mal, bist du eigentlich allein hier?«, wunderte sich Behrends plötzlich. Außer dem Beamten, der wie eine Klette an ihm hing, hatte er bisher noch niemanden gesehen. Nur ein leises Rumoren aus einem weiteren angrenzenden Raum verdeutlichte ihm, wie überflüssig seine Frage war.

Der Beamte, dessen Name Behrends partout nicht einfallen wollte, winkte ab. »Nee, meine Jungs sind nebenan. Die durchforsten das Wohnzimmer.«

Behrends verließ das Schlafzimmer und ging zurück ins Atelier. In der Mitte des Raumes blieb er stehen, schob seine Hände in die Hosentaschen und drehte sich langsam um die eigene Achse. »Wie macht er das nur als Versicherungsvertreter. Angeblich ist er doch dauernd auf Achse. Dies alles sieht nicht danach aus, als steige er nur für kurze Zwischenstopps hier ab.«

»Also hier finden sich nicht die geringsten Hinweise auf seine Vertretertätigkeit«, entgegnete der Beamte.

»Du meinst also, es gibt gar keinen Versicherungsvertreter Reinhold Bender, sondern nur den Maler Hagen vom Ravensberg?«

»Möglich wäre es schon.«

Behrends schüttelte den Kopf. »Also, ich weiß nicht. Dies hier und so ein Doppelleben überhaupt muss doch von irgendwas finanziert werden. Ich kann mir nicht vorstellen, dass seine Bilder so viel bringen sollen.« Er dachte an Holger und das Bild aus der Tombola. »Woher hat er nur das Geld für so einen Lebenswandel.«

»Hierher.« Einer der Beamten, die das Wohnzimmer durchsuchten, war unbemerkt ins Atelier gekommen. Triumphierend schwenkte er einen Aktenordner. »Das haben wir eben entdeckt. Der Mann, also genauer gesagt, Hagen vom Ravensberg, ist mehrfacher Millionär.«

5.

Maike war wieder da.

Endlich!, dachte Behrends und gleichzeitig spürte er die Unsicherheit, die ihn beschlich. Ein dumpfes Drücken in der Magengegend. Sie kannten sich so gut, und doch wusste er nicht, wie er ihr jetzt, nach ihrer monatelangen Abwesenheit, begegnen sollte.

Er hatte zufälligerweise am Fenster gestanden und nach draußen geschaut, als er sie ins Haus gehen sah. Seine Mundwinkel verzogen sich zu einem schiefen Grinsen. Nein, natürlich hatte er nicht zufällig da gestanden. Warum wollte er sich das denn einreden? Er hatte auf sie gewartet, wollte sie kommen sehen. Voller Vorfreude war er gewesen, doch die schien plötzlich wie weggeblasen.

Was sollte er zu ihr sagen? Sie begrüßen, als wären sie sich erst gestern und nicht bei seiner Hochzeit im zurückliegenden Sommer das letzte Mal begegnet? Das würde nicht funktionieren. Seit er sie auf dem Weg der Besserung wusste, hatte er sich nur noch sporadisch bei ihr gemeldet. Andere Dinge waren in den Vordergrund getreten und hatten die Sorge um seine Kollegin fast ganz aus seinem Kopf verdrängt.

Aber Maike wie eine von den Toten Auferstandene willkommen zu heißen, ging genauso wenig. Er kannte sie gut genug, um zu wissen, dass es ihr unangenehm wäre. Sicher würde sie sofort da anknüpfen wollen, wo sie aufgehört hatte, als diese schreckliche Sache passiert war. Aber das war nicht möglich. Nachdem sie vergangenes Jahr ihr ungeborenes Kind auf so tragische Weise verloren hatte, war sie in tiefe Depressionen gefallen. Monate hatte es gedauert, ehe sie dank psychologischer Hilfe wieder Fuß gefasst hatte und in den Polizeidienst zurückkehren konnte. Trotzdem würde es noch ein langer Weg werden, bis wieder alles normal für sie laufen und sie wie früher an seiner Seite als seine Partnerin arbeiten können würde.

Er gab sich einen Ruck. Alles Grübeln hatte keinen Zweck. Davon würde sich nichts ändern. Er musste da durch. Und auch Maike musste da durch. Am besten sofort.

»Hey Maike, da bist du ja wieder! Wurde aber auch Zeit!«

Behrends hatte sich seine Worte nicht lange zurechtgelegt, war einfach in ihr Büro gestürmt. Er ging mit ausgebreiteten Armen auf sie zu, drückte sie an sich. Sie fühlte sich an wie ein Holzbrett – steif und sperrig.

»Ich soll hier eingesperrt werden«, sagte sie sofort mit hohler Stimme und schob ihn von sich weg. »Hast du auch was damit zu tun?« Sie kniff die Augen zusammen und blinzelte ihn feindselig an. »Na sicher! Das hat der Chef nicht allein entschieden. Warum hast du ihm nicht klargemacht, dass das nicht geht? Ich dachte, wir wären Freunde!« Jedes ihrer Worte war wie ein Nadelstich, zielsicher genau da platziert, wo es richtig wehtat.

»Maike, bitte … natürlich sind wir Freunde! Das … das ist doch nur zu deinem Besten. Ich … ich … Verstehst du denn nicht …?« Er hörte sich stammeln und fand sich unerträglich dabei.

»Was verstehe ich nicht?«, unterbrach sie ihn. »Dass ich ein psychisches Wrack bin? Dass ich aus allem rausgehalten werde, damit ich keinen Schaden anrichten kann? Oh, ja, ich weiß, ihr lasst mich nicht hängen. Das verbietet euch euer Anstand. Ihr schleppt mich mit durch, ihr gönnt mir das Gefühl, dazuzugehören. Aber mitmachen lasst ihr mich nicht! Stattdessen lasst ihr mich Akten wälzen! Papier ist geduldig. Das nimmt auch nicht übel, wenn ich entgegen jeglichem ärztlichen Attest doch hin und wieder einen kleinen Ausraster bekomme oder grundlos in Tränen ausbrechen sollte. Auf die gute Maike de Baer ist eben kein Verlass mehr!«

»Jetzt hör endlich auf, solch einen Scheiß zu reden, verdammt!«, schnauzte Behrends sie an. »Du hast doch mit dem Chef gesprochen, und er hat dir ausführlich erläutert, warum er dich im Innendienst lassen will. Ich kann ja nachvollziehen, wie du dich fühlst …«

»Ach, kannst du das?«, fiel sie ihm giftig ins Wort. »Weißt du wirklich, wie das ist, so diskriminiert zu werden? Ich glaube nicht!«

»Maike, niemand will dich diskriminieren! Du bist unserer Ansicht nach nur noch nicht so weit. Und mit deinem Verhalten lieferst du mir gerade den Beweis dafür. Gib dir einfach noch ein wenig Zeit!«

»Ingo, bitte …«, plötzlich schwenkte Maike um und fiel in einen weinerlichen Bettelton, »bitte, tu doch was. Ich kann hier nicht eingesperrt sein. Ich muss wieder raus!«

Er schüttelte den Kopf. »Tut mir leid, das geht nicht«, sagte er bestimmt.

An ihrem Schreibtisch konnte Maike weder für andere noch für sich selbst zum Problem werden. Die Gefahr, ihre Psyche könnte ihr im Einsatz vor Ort in einer kritischen Situation einen Streich spielen, war einfach zu groß. Niemand vermochte zu sagen, wo derzeit ihre Grenzen lagen. Also war es vernünftig, Maike zunächst im Innendienst zu lassen. Es sollte ja nicht für immer sein. Allerdings würde Behrends sie mit Arbeit zudecken müssen, damit sie nicht zum Nachdenken kam.

Maike hob resignierend die Arme, legte den Kopf leicht zur Seite und starrte an ihm vorbei zu Boden. »Okay, okay … schon gut. Ich habe verstanden …« Sie atmete ein paar Mal tief durch, dann sah sie Behrends fest an. »Ich sollte wohl besser wieder gehen, brav meine Therapie fortsetzen und mir zu Hause die Decke auf den Kopf fallen lassen. Ich bin für euch nicht wirklich von Nutzen … Wie kann ich euch schon helfen? Was soll's, so ein Leben als Frührentnerin ist vielleicht auch nicht ganz schlecht.«

Ein Bild des Jammers gab sie ab, wie sie dastand. Behrends konnte nicht anders, als sie wieder an sich zu drücken. Dieses Mal wehrte sie sich nicht, ließ ihre Arme schlaff herabbaumeln. »Du kannst uns helfen. Und wie du uns helfen kannst!«, sagte er leise. »Wir brauchen dich, Maike.« Er schob sie mit sanftem Druck zu ihrem Bürostuhl. »So, du setzt dich erst mal hin, und ich hole uns einen Kaffee. Dann werden wir über deine Arbeit sprechen. Ich habe da eine ganz spezielle Aufgabe für dich.«

Es dauerte keine fünf Minuten, dann erschien er mit einem kleinen Tablett in der Hand. Neben zwei Tassen duftenden Kaffees befanden sich darauf Löffel, eine Dose mit Zucker und ein kleines Tetrapack Kondensmilch.

»Fehlt bloß noch das Plunderstück«, sagte Maike unsicher lächelnd.

»Kein Problem, besorge ich gern«, entgegnete Behrends, »dauert dann aber etwas länger. Ich müsste kurz um die Ecke zum Bäcker.« Er grinste zurück, glücklich zu sehen, dass sie sich offensichtlich ein wenig beruhigt hatte und bereit war, vernünftig mit ihm zu sprechen.

Maike schüttelte den Kopf. »Lass gut sein, Ingo. Kaffee ist toll. Auch ohne Kuchen. Erzähl mir lieber, was ich machen soll. Ich muss endlich wieder was um die Ohren haben.«

Behrends nickte und stellte das Tablett ab. »Okay, dann mal los. Wahrscheinlich hast du von dieser rätselhaften Vermisstengeschichte gehört. Der vermeintliche Versicherungsvertreter Reinhold Bender, der sich selbst Hagen vom Ravensberg nennt und Landschaftsbilder malt. Der oben am Brocken verschwunden ist.«

»Ja, ist mir bekannt.« Maike gab ein Stück Zucker in den Kaffee und goss etwas Milch dazu. Dann nahm sie einen der beiden Löffel und rührte bedächtig um. »Gibt bis jetzt keinen Hinweis darauf, wo er stecken könnte, wenn ich richtig informiert bin. Und das nach wochenlanger Suche.«

»Genau. Das komplette Areal um den Brocken wurde weiträumig mit allen zur Verfügung stehenden Hundertschaften und Hilfskräften abgesucht. Hundestaffeln, Hubschrauber mit Wärmebildkameras, einfach alles wurde mobilisiert. Ohne Erfolg. Als der erste Schnee gefallen ist, haben sie aufgegeben. Es war zwecklos.«

»Was denkst du, könnte er einem Gewaltverbrechen zum Opfer gefallen sein?«, fragte Maike.

Behrends nickte. »Abgesehen von einigen anderen Möglichkeiten – durchaus. Auch wenn dafür absolut keine Anzeichen gefunden wurden. Ist vielleicht auch wo ganz anders passiert als im Suchgebiet am Brocken. Wir haben uns parallel zu der Suche ziemlich intensiv mit dem Mann befasst und schließlich auch über das BKA Interpol um Mitfahndung ersucht.«

»Ist das nötig gewesen? Habt ihr denn konkrete Hinweise, dass er sich im Ausland aufhalten könnte?«

Behrends kratzte sich im Nacken. »Na ja, das nicht. Allerdings müssen wir die Möglichkeit in Betracht ziehen. Das Problem ist, wir wissen fast gar nichts über den Mann. Eigentlich undenkbar, aber er hat es irgendwie geschafft, in seinem Doppelleben so gut wie keine Spuren zu hinterlassen. Weder konnten uns die Frauen, die er gemalt und mit denen er geschlafen hat, weiterhelfen, noch gab es Anzeichen, dass sie mit seinem Verschwinden zu tun haben. Und von seinen Lottomillionen weiß natürlich auch niemand etwas, von der Lottogesellschaft und seiner Bank einmal abgesehen.« Er verzog seinen Mund zu einem schiefen Grinsen. »Tja, wir sind also mehr oder weniger dazu verdonnert, stillzuhalten und abzuwarten, was passiert.«

»Wenn das so ist, was soll ich dann in dieser Sache tun?«, wunderte sich Maike.

Behrends beugte sich vor. »Du kannst für mich etwas recherchieren«, antwortete er verschwörerisch.

Sie zog verwundert die Augenbrauen hoch. »Meintest du nicht eben noch, Stillhalten und Abwarten ist angesagt? Wieso gräbst du dann weiter in der Sache? So kenne ich dich gar nicht.«

Hätte er Maike sagen sollen, dass eine der Haupttriebfedern für sein Engagement die fixe Idee war, Holger Diekmann könne über die Leiche des Vermissten stolpern, während er untätig herumsaß? Unmöglich!

»Ich weiß selbst nicht«, entgegnete er stattdessen, »irgendwas irritiert mich an der Sache. Ich habe so ein Scheißgefühl, als ob wir etwas übersehen hätten.«

»Zum Beispiel?« Maike blickte ihn herausfordernd an.

»Die Ehefrau. Ich war selbst bei ihr, wollte ihr noch ein paar Fragen stellen. Einige Tage, nachdem die Kollegen sein geheimes zweites Zuhause entdeckt und sie damit konfrontiert hatten. Die Frau ist eine merkwürdige Person. Sie hat das alles offensichtlich gar nicht richtig registriert, obwohl es spätestens da keine Zweifel mehr gab, dass ihr Mann identisch ist mit besagtem Hagen vom Ravensberg. Diese Maria Bender hat auf mich völlig abwesend gewirkt, so als ob sie in einer anderen Welt leben würde.«

»Ist doch verständlich«, warf Maike ein. »Ich kann das nachvollziehen. Wenn mein Mann spurlos verschwunden wäre und ich dann noch erfahren würde, dass er gar nicht der ist, den ich zu kennen glaube, wäre ich wahrscheinlich auch erst mal paralysiert.«

»Ja, sicher«, gab Behrends zu, »aber es war ja schon einige Zeit vergangen seitdem. Sie hatte einen Schock, das stimmt schon. Aber sie ist in ärztlicher Behandlung gewesen, soweit ich weiß, und hätte sich eigentlich wieder etwas fangen müssen.«

»Und da das anscheinend nicht der Fall war, ist sie für dich gleich verdächtig?«

»Nein, natürlich nicht«, widersprach Behrends. »Mich hat etwas ganz anderes irritiert. Als ich bei ihr gewesen bin, hat die Frau gerade Besuch gehabt. Ein guter Freund, der ihr seelischen Beistand leiste, hat sie gesagt. Der Mann hat sich mir als Anton Radloff vorgestellt. Mir ist im Nachhinein nicht ganz klar gewesen, was sie mit *guter Freund* gemeint hat. Sie wollte ihn dann unbedingt bei unserem Gespräch dabeihaben. Ich habe ihn trotzdem gebeten, zu gehen. Ich vermute, er hat sich aber nur in einen Nebenraum verdrückt und mitgehört. Das Haus verlassen hat er jedenfalls nicht. Mir ist dieser Herr recht merkwürdig vorgekommen. Jetzt möchte ich, dass du mal ein bisschen recherchierst. Vielleicht findest du heraus, mit was für Leuten sich diese Maria Bender abgibt.«

Maike blickte ihn verwundert an. »Hast du irgendeinen Verdacht gegen den Mann? Vielleicht ist er ihr Liebhaber? Vielleicht hat sie auch ihre kleinen Geheimnisse, die sie vor ihrem Mann verborgen gehalten hat? So ist das manchmal – wenn du es erfährst, bist du schockiert über das, was dein Partner vor dir verheimlicht, treibst aber selbst genau die gleichen Spielchen.«

»Kann ich mir bei der Frau nicht vorstellen«, widersprach Behrends, »also nicht im Sinne von Fremdgehen oder so. Mag ja auch alles nichts bedeuten, aber auf dem Tisch im Wohnzimmer der Frau lagen ein paar Heftchen herum, solche … Traktate oder wie man die nennt. Mit ziemlich radikalen Titeln. Ich vermute, die stammten von diesem Radloff.«

»Was für radikale Titel denn?«

»*Er trennt die Spreu vom Weizen* stand auf einem der Hefte, *Gottloses Leben – tödliches Gift* auf einem anderen. Das klingt für mich nach religiösen Kampfschriften. Leider konnte ich nicht feststellen, wer der Verfasser ist.«

»Siehst du da etwa einen möglichen Zusammenhang mit dem Verschwinden von Maria Benders Mann?«, fragte Maike. »Ziemlich gewagt, findest du nicht?«

Behrends zuckte mit den Schultern. »Mag sein. Trotzdem möchte ich wissen, wie das alles zusammenhängt, die Frau, dieser Freund und die Heftchen. Erst dann können wir überlegen, ob es für unseren Vermisstenfall unter Umständen eine Bedeutung hat.«

»Und? Was noch?« Maike sah Behrends an, dass ihn noch ein anderer Gedanke beschäftigte.

»Ich frage mich, ob wirklich kein Mensch von Benders Millionen gewusst oder zumindest etwas geahnt hat?«

Maike runzelte die Stirn. »Du denkst dabei auch an diesen Herrn, richtig? Ein Foto hast du sicher nicht von ihm, nehme ich an. Aber ich brauche irgendeinen Anhaltspunkt.«

»Du hast seinen Namen. Und wenn du willst, kann ich dir sein Aussehen beschreiben«, sagte er und fasste die wichtigsten Merkmale zusammen.

»Na, dann mache ich mich mal an die Arbeit.« Maike rieb sich unternehmungslustig die Hände.

»So will ich dich sehen«, erwiderte Behrends. »Du hältst mich auf dem Laufenden?«

»Aber sicher doch.«

Behrends nickte und stand auf, um zu gehen. Doch dann zögerte er und setzte sich wieder hin. »Sag mal, Maike, kennst du dich mit Hunden aus?«

Maike blickte ihn verdutzt an. »Nee, eigentlich nicht. Ich hatte nie einen Hund. Warum fragst du? Ist was mit Sir Toby?«

»Na ja, nicht direkt«, druckste er. »Ich finde nur, er hat so gar keine Eigenschaften seiner Vorfahren mehr in sich, und das ist doch ziemlich schade. Ein bisschen mehr Wolf könnte er schon noch sein.«

Maike lachte auf. »Ach, wirklich? Wer hat dir denn den Floh ins Ohr gesetzt? Ingo, du hast einen Irischen Setter!«

»Trotzdem«, maulte Behrends, »auch der stammt vom Wolf ab. Wenigstens heulen könnte er ab und zu. Hast du eine Idee, wie man ihm das beibringen kann?«

»Das ist nicht dein Ernst.« Sie starrte ihn an, als habe sie einen zugedröhnten Junkie vor sich.

»Eigentlich schon.«

»Du bist verrückt, Ingo. Ehrlich. Aber frag doch mal in 'ner Hundeschule nach. Vielleicht können die was mit deinen komischen Ideen anfangen.« Sie schüttelte den Kopf und kicherte in sich hinein. »Sir Toby das Heulen beibringen ... ich fasse es nicht.«

»Danke für deine Hilfe«, maulte Behrends beleidigt und stand auf. »Ich höre dann von dir, wenn du was über diesen Typen herausgefunden hast.« Damit verließ er ihr Büro.

Drei Tage später lieferte Maike de Baer erste Ergebnisse. Sie saß Behrends gegenüber, hatte vor Eifer gerötete Wangen und berichtete: »Dein Misstrauen gegenüber diesem Radloff ist offensichtlich berechtigt. So ganz koscher scheinen er selbst und auch die Leute, die er um sich geschart hat, nicht zu sein.«

Behrends beugte sich vor. »Jetzt machst du mich neugierig. Was genau hast du rausbekommen?«

»Es existiert da so ein merkwürdiger Verein, nicht eingetragen, sondern eine lose religiöse Gruppierung. Sie nennen sich *Die wahren Kinder Gottes*. Allein der Name deutet schon auf einen gewissen Absolutheitsanspruch hin. Und Anton Radloff scheint der Kopf der Truppe zu sein. Er fungiert wohl als so eine Art Pastor oder Seelsorger.«

»Hm ... ist ja erst mal nichts Schlimmes«, warf Behrends ein. »Woher hast du denn deine Information? Internet?«

Maike verschränkte die Arme vor der Brust. »Da findest du nichts über die«, sagte sie. »Jedenfalls nichts Offizielles. Der Selbstdarstellungsdrang dieser Leute im Netz ist nicht sehr ausgeprägt. Meine alte Freundin aus Scharzfeld war so nett, mir weiterzuhelfen. Sie ist schon seit Urzeiten im Vorstand ihrer Baptistengemeinde und kennt sich, was kirchliche und religiöse Aktivitäten in unserer Region angeht, einigermaßen aus.« Sie hielt kurz inne und lächelte Behrends triumphierend an. »Anton Radloff ist ihr hinlänglich bekannt. War bis vor ein paar Jahren selbst Mitglied ihrer Gemeinde, zum Schluss nur noch als Karteileiche. Er hat sich nicht gerade beliebt gemacht, den Schwestern und Brüdern den rechten

Gottesglauben abgesprochen und die ganze Richtung als zu tolerant und weltlich gebrandmarkt.«

»Ein kleiner Fundamentalist, was?«, warf Behrends ein.

Maike nickte. »Wenn du so willst. Er macht den wahren Glauben an einer strikten Einhaltung des Alten Testaments fest. Nennt sich selbst einen Wortgläubigen. Eine wie auch immer geartete Auslegung der Bibelverse lehnt er ab, es sei denn, sie stammt von ihm. Und wie nicht anders zu erwarten, gehört auch die Apokalypse im Johannesevangelium zu seiner bevorzugten Glaubensgrundlage. Sein Tenor: ein gottesfürchtiges Leben frei von Sünde, bereit sein für das Ende mit Blick auf das Paradies.«

»Und er legt allein fest, was gut und böse, sündig und rein ist.«

»Das siehst du wahrscheinlich ganz richtig«, bestätigte Maike.

»Legt er auch Bomben?«

»Keine Ahnung. Hoffentlich nicht«, erwiderte sie. »Aber ganz sicher leitet er diese Wahre-Kinder-Gottes-Truppe. Er hat schon zu Zeiten seiner Gemeindezugehörigkeit einen eigenen Bibelkreis gegründet. An sich ist das nichts Außergewöhnliches, es gehört nicht nur in den freikirchlichen Gemeinden dazu, selber auf diese Weise aktiv zu sein. Doch Radloff hat danach intensiv die Spaltung betrieben und es geschafft, auch andere aus der Baptistengemeinde zu überzeugen und bei seinem späteren Austritt mitzuziehen. Etwa die, die meinten, in der Gemeinde zu kurz zu kommen oder die, denen es nicht streng genug zuging, und denen dadurch der Halt gefehlt hat. Meine Freundin hat gesagt, er habe sich zuweilen wie ein kleiner Messias benommen. Sie sei froh, dass er nicht mehr dabei ist und versucht, die Leute in seinem Sinne zu radikalisieren. Seit seinem Weggang ist wieder Ruhe eingekehrt.«

»Und was hat das alles mit Maria Bender zu tun?«, fragte Behrends. »Hat sie in ihrer Not jetzt auch zu ihm gefunden?«

Maike lächelte wissend. »Ja und nein«, sagte sie, »sie ist nicht erst jetzt zu der Gruppe gestoßen. Das ist schon eine Weile her. Sie und ihr Mann sind ja vor Jahren von Frankfurt in den Harz gezogen. Eigentlich wollte sie nicht weg von ihrem alten Zuhause, hat sich aber dem Willen ihres Mannes gebeugt. Hier hat sie ein paar Dinge versucht, ist aber nie richtig heimisch geworden. Wirkliche Freundinnen oder Freunde hat sie nicht, auch nicht durch ihren

Mann, der ja immer unterwegs gewesen ist. Sie hat dann mal einen Volkshochschulkurs in Herzberg besucht. Dort ist sie mit zwei Frauen aus dem Kreis von Anton Radloff zusammengetroffen.« Sie machte eine kleine Pause, ehe sie seufzend fortfuhr: »Tja, und dann ist es gekommen, wie nicht anders zu erwarten gewesen war – sie hat Halt und Verständnis für ihre deprimierende Situation gefunden und auch vermeintliche Hilfe. Unser Freund Anton Radloff hat sehr schnell ihren Mann als den Grund für ihre Probleme ausgemacht und ihr geraten, den Weg zu einem gottesfürchtigen Leben einzuschlagen.«

»Und das hat dir alles deine Baptistenfreundin erzählt?«, unterbrach Behrends sie verwundert.

»Nein, die hat mir nur den Namen einer der Frauen genannt, die damals mit Radloff aus ihrer Gemeinde abgewandert sind.«

»Und dann?«

»Dann habe ich mich an diese Frau gewandt, habe ihr den ganzen Schmus erzählt, den man erzählen muss, um als armes, Hilfe suchendes Schäfchen erkannt zu werden. Der Rest war nicht weiter schwer. Ist ja so, dass die Leute trotz allem menschliche Wesen sind. Wenn du es richtig anfängst, laden sie dich zu sich nach Hause ein und quatschen alles aus, was du wissen willst. Wie jeder andere auch. Nur, dieses Mal ging es rasend schnell. Gestern war ich schon bei der Frau zum Kaffeetrinken eingeladen. Zwei ihrer Glaubensgenossinnen sind auch dabei gewesen. Ich schätze, sie wollten mich mit geballter Kraft im Schnellverfahren missionieren.«

»Meine liebe Maike«, sagte Behrends gespielt vorwurfsvoll und drohte ihr mit erhobenem Zeigefinger, »du hast wirklich nichts verlernt. Immer noch alle Tricks drauf.«

Sie blickte ihn empört an. »Was hast du denn erwartet? So was verlernt man nicht. Es kommt sogar noch besser!«

»Ach ja! Na los, ich höre!«

»Ganz allgemein kann man sagen, dass *Die wahren Kinder Gottes* eine Gemeinschaft gescheiterter Existenzen darstellt, von ihrem Oberhirten einmal abgesehen. Und einige dieser Existenzen haben es faustdick hinter den Ohren. Mit den Namen, die mir die Frau genannt hat, bin ich nur so aus Neugier in unsere Datenbank eingestiegen. Sind ein paar Jungs und auch ein Mädchen dabei, die ein nettes Vorstrafenregister haben. Drogen, schwerer Raub, Totschlag.«

Behrends stieß einen leisen Pfiff aus. »Interessant«, sagte er nachdenklich. »Das heißt, um lästige Hindernisse auf dem Weg zu einem gottesfürchtigen Leben beiseitezuräumen, gäbe es in der Gruppe durchaus ein paar Fachkräfte, die dabei behilflich sein könnten.«

»Du denkst an das Verschwinden von Reinhold Bender?«

»Allerdings. Du doch auch, oder?« Behrends sah sie fragend an. »Du hast vorhin gesagt, dieser Radloff hatte ihren Mann im Visier.«

»Naja, so direkt habe ich es nicht gesagt«, antwortete Maike gedehnt. »Möglicherweise gibt es bei den Benders ja Eheprobleme, von denen wir nichts wissen. Angenommen, sie hat diesem Guru davon erzählt und sich dabei über ihren Mann beklagt. Könnte doch sein, dass Radloff ihr in bester Absicht zur Trennung von ihrem Mann geraten hat. Aber ob er diese Trennung dann auch gleich selber mit Gewalt herbeigeführt hat? Nee, du, die These ist mir dann doch etwas zu gewagt. Mit etwas Geduld und geschickter Manipulation hätte er die Frau sicher auch so dazu bewegen können, ihren Mann zu verlassen. Es muss nicht immer gleich Mord sein. Außerdem ist mir nicht klar, was für einen Vorteil er davon hätte.«

»Geld, Maike, viel Geld! Denk doch mal nach: Die Benders haben ja ohnehin schon so gut wie getrennt voneinander gelebt, wenn ich die Frau richtig verstanden habe. Er hat sie mit Geld versorgt, hat aber ansonsten nicht viel von dem getan, was eine funktionierende Ehe ausmacht. Sie hat nicht gearbeitet, wäre durch eine Trennung möglicherweise ins wirtschaftliche Abseits geraten. Eine Scheidung hätte auf jeden Fall ein finanzielles Risiko dargestellt.«

Behrends griff nach einem Kugelschreiber, der auf dem Schreibtisch lag, und begann, damit zu spielen. »Vielleicht wollte unser Herr Radloff auf Nummer sicher gehen und nicht zusehen, wie ihm ein riesiges Vermögen am Ende durch die Lappen geht.«

»Was meinst du damit?«

»Benders Millionen!«, sagte er lakonisch. »Bender stirbt, seine Frau erbt. Was glaubst du, was sie mit dem Geld machen wird? Verprassen? Allein? Oder wird ihr neuer Seelsorger ihr eine Anlage empfehlen, die ihr ein gutes Gewissen beschert? Du weißt ja –

37

Geld verdirbt den Charakter. Besonders, wenn man es für sich behält, anstatt es zu teilen.«

»Oder zu spenden«, ergänzte Maike seine Überlegung. »Also doch ein Motiv für eine Gewalttat? Vielleicht sollten wir Maria Bender noch mal etwas gründlicher zu der Gruppe und ihrem Verhältnis zu Anton Radloff befragen«, schlug sie vor.

»Hm …«, brummte Behrends, »es gibt da nur ein Problem. Meine These setzt voraus, Radloff oder jemand aus seinem Umfeld hatte Kenntnis von Benders Millionen. Etwa durch Maria Bender selbst. Die ist aber aus allen Wolken gefallen, als sie von dem dicken Konto ihres Mannes erfahren hat. Dass sie möglicherweise sogar aktiv in so eine Geschichte verstrickt ist, kann ich mir auch nicht vorstellen. Das Verhalten der Frau den Kollegen gegenüber und so, wie ich sie selbst erlebt habe, deutet ganz und gar nicht darauf hin. Andernfalls würde sie über schauspielerische Fähigkeiten verfügen, die ich ihr einfach nicht zutraue.«

»Und? Was schlägst du vor?«, fragte Maike. »Wie verhalten wir uns weiter?«

»Wir warten zunächst ab, behalten die Herrschaften aber im Auge«, entschied Behrends. »Übrigens, gute Arbeit«, fügte er hinzu.

Maike quittierte sein Lob mit einem gequälten Grinsen.

6.

Behrends war noch nie auf dem Brocken gewesen! Auch nach über zwanzig Jahren ohne DDR-Grenze hatte er es nicht geschafft, dem Gipfel einen Besuch abzustatten. Es waren sehr zwiespältige Gefühle, die ihn bisher davon abgehalten hatten. Einerseits übte der höchste Berg Norddeutschlands eine recht starke Anziehungskraft auf ihn aus, andererseits scheute er aber den Weg dort hinauf. Er hatte zu keiner Zeit den Drang verspürt, in Goethes oder Heines Fußstapfen zu treten, durch die Wildnis zu kraxeln, und sich am eigenen Leib von der angeblichen Magie und dem rauen Charme des Berges zu überzeugen. Dann besser mit der Brockenbahn fahren. Doch auch dazu hatte er sich nie durchringen können.

Dass er es heute endlich geschafft hatte sich zu überwinden, war allein dem Vermisstenfall Reinhold Bender zu verdanken. Zwar köchelten die Ermittlungen derzeit auf Sparflamme, trotzdem ließ ihm das ungeklärte Schicksal des Mannes keine Ruhe, auch weil ihm ein Gespenst namens Holger Diekmann im Nacken saß.

Auf dem Brocken, so viel stand fest, war Reinhold Bender, oder besser Hagen vom Ravensberg, kein Unbekannter, und Behrends hatte die vage Hoffnung, vom Leiter des Brockenhauses zu den bekannten Details ein paar Hinweise zu bekommen, die ihm zu neuen Erkenntnissen verhalfen. Noch immer ging er davon aus, dass Bender einer Gewalttat zum Opfer gefallen war, hatte aber keine Ahnung, wo dieses vermeintliche Verbrechen geschehen sein könnte. Mittlerweile hatten die meisten der mit dem Fall befassten Beamten ihre Meinung geändert und vermuteten jetzt, dass Bender noch lebte und sich nur auf geschickte Weise ganz aus seinem alten Leben gestohlen hatte. Sie begründeten das unter anderem mit seinem Doppelleben als Landschaftsmaler. Aber gerade dieses Doppelleben und das millionenschwere Konto ließen Behrends an seiner Vermutung festhalten.

Was hätte Bender auch zum Untertauchen bewegen sollen? Es hatte doch alles perfekt funktioniert! Unter seinem Decknamen konnte er ungehindert ausleben, was ihm in seiner offiziellen Existenz wohl nicht vergönnt war. Nein, auch wenn er bislang nicht gefunden worden war, war das für Behrends kein Grund, zu der völlig unsinnigen Annahme zu tendieren, der Mann hätte mit seinem Aufstieg zum Brocken nur eine falsche Spur legen wollen, um sich dann in aller Ruhe verdrücken zu können.

Bender hatte nicht vorgehabt, sich abzusetzen. Er war in Richtung Brockengipfel gegangen, weil es irgendwo da oben ein Ziel gab, das er erreichen wollte. Was ihm dann auf diesem Weg passiert war, ob er an diesem vermeintlichen Ziel überhaupt angekommen war, das lag im Dunkeln. Ein Umstand, der Behrends wurmte.

Unwirsch stapfte er von einem Fuß auf den anderen, während er am Bahnhof von Drei-Annen-Hohne auf die Brockenbahn wartete. Es war kalt, und er fror trotz seiner neuen Daunen-Outdoorjacke.

Hätte er eine Möglichkeit gesehen, den Gipfel mit dem Auto zu erreichen, er hätte sie ohne zu zögern genutzt.

So aber stand Behrends' betagter Skoda Octavia, der nach einigen intensiv geführten Wortgefechten mit Katrin als Siegerin bald einem geräumigen Opel Zafira würde weichen müssen, auf dem Parkplatz, wo auch Reinhold Bender vor seinem Verschwinden den Wagen abgestellt hatte.

Die Brockenbahn war bis auf den letzten Platz besetzt. Einige der Fahrgäste hatten keinen Sitzplatz mehr ergattert und mussten stehen. Behrends war dieses Schicksal zum Glück erspart geblieben. Dafür trat ihm der Schweiß auf die Stirn in der stickigen Hitze des Waggons. War er eben noch auf dem Bahnsteig fast erfroren, so kam er sich jetzt vor wie in der Sauna. Umständlich schälte er sich aus seiner Jacke und legte sie sich über den Schoß. Die meiste Zeit der Fahrt starrte er missmutig vor sich hin, hatte nur ab und zu einen Blick übrig für die herben Naturschönheiten links und rechts der Strecke. Zwischen all den anderen Reisenden, denen durchweg ein erwartungsvolles Leuchten in den Augen stand, wirkte er mit seinem abweisenden Verhalten ziemlich fehl am Platze.

Seine Stimmung besserte sich auch nicht, als sie den Gipfel erreichten und er den Zug verließ. Im Gegenteil – sie sank schlagartig auf das Niveau der Temperaturen, die gefühlt weit im zweistelligen Minusbereich lagen. Schneidender Wind schleuderte ihm feine Eiskristalle ins Gesicht, die schmerzhaft in seine Haut stachen. Er zog seinen Kopf tief in den aufgestellten Kragen der Daunenjacke und beeilte sich, mit vorgebeugtem Oberkörper gegen den Wind ankämpfend, das etwa zweihundert Meter entfernt liegende Brockenhaus zu erreichen. Ein endlos erscheinender Weg angesichts der Wetterverhältnisse.

Mark Kroeger, der Leiter des Brockenhauses, erwartete ihn an der kleinen Rezeption gleich hinter der Drehtür. Behrends hatte gestern mit ihm telefoniert und sich für heute Vormittag angekündigt. Als er jetzt den asketischen Typen mit den rotblonden, in alle Richtungen abstehenden kurzen Haaren und den fröhlich blitzenden Augen vor sich sah, fragte er sich, wie es ein Nordlicht auf diesen unwirtlichen Gipfel verschlagen konnte. Was trieb einen Menschen dazu, sich solch einen Arbeitsplatz anzutun?

Kroeger war Betriebswirt und stammte aus Bremen. So viel hatte Behrends während ihres gestrigen Telefongespräches schon erfahren. Auch, dass er bereits an einigen anderen Orten Deutschlands seine beruflichen Spuren hinterlassen hatte. Der Posten als Leiter des Brockenhauses war in seiner Karriere allerdings der bisherige Gipfel – im wahrsten Sinne des Wortes.

»Herzlich willkommen auf dem Brocken, Herr Behrends!« Kroeger verließ seinen Platz hinter der Rezeption und kam ihm mit ausgestreckter Hand entgegen.

»Kalt habt ihr es hier oben«, entgegnete Behrends knurrend, anstatt die Begrüßung zu erwidern. Er blickte prüfend um sich. »Wie hält man das als Flachländer bloß aus?«

Kroeger winkte lachend ab. »Alles halb so schlimm. Man muss sich nur auf den Berg einlassen. Dann gewöhnt man sich an ihn und lernt ihn sogar zu lieben. Andernfalls ... naja ...«

»Dann gehöre ich wohl eher in die Kategorie Andernfalls«, gab Behrends unumwunden zu. »Irgendwie habe ich mir wohl ein falsches Bild gemacht. Na, was soll's. Ich bin nicht hier, um einen Schnellkurs in Sachen Brockenliebe zu absolvieren.« Er schickte seinen Worten ein schiefes Grinsen hinterher.

»Ja, ich weiß.« Kroeger nickte. »Kommen Sie, wir gehen hoch in die Cafeteria. Da können wir einen Kaffee trinken und uns in Ruhe miteinander unterhalten. Oben hängen auch ein paar Bilder von Hagen ... von Reinhold Bender. Ich habe mich noch nicht an seinen richtigen Namen gewöhnt. Für mich war er immer nur Hagen vom Ravensberg, der Landschaftsmaler.«

Behrends seufzte zufrieden, als er nach dem ersten Schluck des kräftigen, heißen Kaffees spürte, wie die Wärme in seinen Körper zurückfand und sich ausbreitete. »Wie gut haben Sie Reinhold Bender wirklich gekannt?«, fragte er dann.

»Wie meinen Sie das?« Kroeger verstand den Sinn der Frage nicht.

»Mir geht es nicht darum, von Ihnen zu hören, was Sie der Polizei im Verlauf der Suchaktion schon erzählt haben. Ich weiß, er ist sehr oft hier oben gewesen, um seine Landschaftsbilder zu malen. Und ich weiß auch, dass Sie ihm hier im Brockenhaus einen Raum zur Verfügung gestellt haben, wo er seine Malutensilien unterbringen konnte, damit er sie nicht jedes Mal hochschleppen musste.

Doch ich möchte mehr von Ihnen wissen. Ihre persönliche Einschätzung. Was für ein Mensch war Reinhold Bender? Sie bekommen es hier oben tagtäglich mit vielen Besuchern zu tun. Ich denke, Sie haben im Laufe Ihres Berufslebens eine gewisse Menschenkenntnis entwickelt.«

Kroeger nickte. »Ich verstehe. Aber Sie reden von dem Mann, als sei er tot. Gibt es neue Erkenntnisse?«

»Nein, die gibt es nicht«, entgegnete Behrends, »Bender wird nach wie vor vermisst. Niemand weiß bis jetzt, was mit ihm passiert ist. Deshalb möchte ich Sie auch bitten, aus meinen Worten nicht die falschen Schlüsse zu ziehen. Ich versuche lediglich ein Motiv zu finden, das sein Verschwinden erklärt.«

»Und Sie glauben, das könnte ich Ihnen liefern?«, fragte Kroeger.

Behrends zuckte mit den Schultern. »Möglicherweise. Ich bin mir nicht sicher. Wissen Sie, Bender war ... ist ja kein Mann, den man in eine der üblichen Schubladen einordnen kann. Menschen, die ein Doppelleben führen, fallen aus der Norm und sind schon deswegen bemerkenswert. Bei Bender kommen noch Ort und Zeitpunkt seines Verschwindens hinzu, die mich stutzig machen.«

»Weil er hier am Brocken verschwunden ist?«, wunderte sich Kroeger. »Er ist oft zu Fuß zum Gipfel unterwegs. Das ist nichts Besonderes. Die Fahrt mit der Bahn lehnt er strikt ab. Er verachtet die Bahnfahrer regelrecht. Das sind alles verweichlichte Gestalten, hat er mal zu mir gesagt, wenn die oben ankommen, springen sie schlotternd aus dem Zug und rennen zum Brockenrestaurant ins Warme, schlagen sich den Bauch voll und fahren wieder ins Tal. Das ist nicht sein Ding. Er braucht die frische Luft, egal, ob Sommer oder Winter. Unterwegs sammelt er seine Bildmotive und skizziert. Meist abseits der Wege. Hier oben malt er sie dann.«

»Sie sehen also nichts Auffälliges darin, dass er den Hauptweg verlassen hat? Und dazu um diese Uhrzeit?«

Kroeger zögerte einen Moment, schüttelte dann aber den Kopf. »Nein, eigentlich nicht. Gut, er ist vielleicht etwas früher dran gewesen als gewöhnlich, aber sonst ...«

»Ist er ein umsichtiger Mensch? Wie ist Ihr Eindruck? Es soll ja wohl hier am Brocken einige Ecken geben, die einem leichtsinnigen Wanderer schon gefährlich werden können.«

»Sie meinen, ob er einen Unfall gehabt haben könnte?« Kroeger lachte auf. »Ich denke, dann wäre er längst gefunden worden. Die Leute, die ihn gesucht haben, das waren keine Amateure, glauben Sie mir. Viele von denen kennen den Berg genau. Davon abgesehen, ich denke schon, Hagen ... also Herr Bender würde sich vorsehen. Er kommt mir nicht gerade leichtsinnig vor. Außerdem hat er den Brocken im Laufe der Jahre besser kennengelernt, als manch anderer. Gerade, weil er auf seiner Motivsuche oft genug die weniger ausgetretenen Wege nimmt.«

»Ein disziplinierter Zeitgenosse also«, resümierte Behrends etwas enttäuscht.

»Nun, nicht immer. Wenn es um seine Bilder geht, dann riskiert er schon mal was.«

»Was heißt das?«

»Einmal habe ich ihn mit seiner Staffelei auf einer Klippe stehen und malen gesehen. Er hat mir zwar versichert, dass er sich des Risikos bewusst sei und auf sich aufpasse, aber es war schon sehr gefährlich.«

Behrends nahm einen weiteren Schluck von seinem Kaffee und schielte zur Theke hin, an der gerade zwei neu eingetroffene Gäste ihren Teller mit Erbsensuppe in Empfang nahmen.

Kroeger war der Blick seines Gastes nicht entgangen. »Möchten Sie auch eine Suppe? Oder etwas anderes, ein Stück Kuchen vielleicht?«

»Oh ja, gerne. Aber keinen Kuchen. Ich probiere lieber die Suppe.« Von einer Sekunde zur anderen verspürte er einen unbändigen Appetit.

Wenige Minuten später löffelte er genüsslich die leckere Erbsensuppe in sich hinein. Kroeger hatte ihm obendrauf eine Bockwurst als Einlage spendiert, von der er zwischendurch immer wieder abbiss.

»Wie lange kennen Sie Bender eigentlich?«, fragte Behrends zwischen zwei Bissen.

»Er war einer der Ersten, die ich hier oben kennengelernt habe. Als ich das Brockenhaus übernommen habe. Irgendwie schien es mir, als gehöre er dazu. Ich musste nichts tun. Er ist schon bald zu mir gekommen und hat den Kontakt gesucht. Er hat eine Bleibe für seine Malutensilien gebraucht. Im Gegenzug hat er dem Museum einige Bilder geschenkt. Sie hängen draußen im Treppenbereich. Ganz dekorativ, finde ich. Naja, bei ihm dreht sich alles um die Malerei. Wenn er hier ist und meine Zeit es erlaubt, sitzen wir gelegentlich zusammen und reden über seine Leidenschaft.«

»Und private Dinge? Haben Sie jemals darüber gesprochen?«

Kroeger antwortete nicht sofort. Gedankenverloren blickte er aus dem Fenster auf eine tief verschneite Harzlandschaft unter einer grauen Wolkendecke. Wahrscheinlich würde es bald wieder zu schneien beginnen. »Eigentlich weiß ich gar nichts über ihn«, sagte er schließlich mit leiser Stimme. Bedauern lag darin. »Ich habe ihn mal gefragt, ob er denn von der Malerei leben könne, weil – er war ja doch ziemlich oft hier, zu Zeiten, wo andere Menschen ihrem Beruf nachgehen.«

»Und?« Behrends forschte gespannt im Gesicht seines Gegenübers, vergaß darüber für einen Moment seine Erbsensuppe.

»Er sei finanziell unabhängig, hat er nur gesagt. Mehr nicht. Ich wollte nicht indiskret sein und habe nicht nach der Herkunft seines Geldes gefragt. Er hat mir dann noch verraten, dass er nie geheiratet hat. Er musste also mit niemandem teilen, konnte sich ganz seiner Malerei widmen. Seinen Worten zufolge konnte er leben, wie er wollte, ohne auf irgendjemanden Rücksicht zu nehmen.«

»Weiter nichts?« Die Wahrheit war, zumindest in weiten Teilen, eine andere, wie Behrends wusste. Wenn das alles gewesen sein sollte, was er hier oben in Erfahrung bringen konnte, dann hatte sich sein Ausflug wahrhaftig nicht gelohnt. Immerhin, die Erbsensuppe war es wert gewesen. Er kratzte den letzten Rest Suppe vom Teller.

»Nein, nichts. Nur, dass er eine kleine Eigentumswohnung am Südharzrand besitzt, hat er mal gesagt. Aber nicht, wo genau. Naja, das scheint dann wohl auch ins Reich der Fabel zu gehören, oder?«

»Wie man's nimmt.« Behrends dachte an die unscheinbare Halle am Ortsrand von Bad Sachsa, dem Zentrum von Benders Doppelleben. Dann ließ er sich seufzend gegen die Lehne der hölzernen Sitzbank zurückfallen. »Wirklich schade, dass Sie von dem Mann trotz Ihrer langjährigen Bekanntschaft nur so wenig wissen.«

»Vielleicht weiß der alte Urian ja mehr über ihn.«

»Wer?«

»Oh … Entschuldigung. Ludwig Gerboth heißt der Mann. Er wird aber von allen nur Urian genannt – der Brockenteufel. Den zieht es auch in schöner Regelmäßigkeit hier hoch. Bei Wind und Wetter. Trotz seines Alters und seiner Leibesfülle ist er noch immer recht fit. Harzer Urgestein eben. Den wirft so leicht nichts um. Dabei hatte er schon so einige heftige Nackenschläge zu verkraften. Unten in Elend wohnt er.« Kroeger grinste schief. »Passt irgendwie zu ihm … Elend.«

»Urian, der Teufel«, wiederholte Behrends gedehnt. »Nicht gerade eine freundliche Bezeichnung. Wie kommt er denn zu dem Spitznamen? Verhält er sich etwa so … wie ein Teufel?«

»Ach was!«, entgegnete Kroeger lachend. »Auch wenn er ein ziemlicher Stoffel sein kann und das passende finstere Gesicht dazu hat, ist er doch ein ganz friedlicher Kerl. Etwas eigen und verschlossen vielleicht. Hat kaum Kontakt zu anderen Menschen. Aber gut, von der Sorte gibt es in diesem Landstrich mehr als genug. Nein, den Spitznamen hat er sich wohl während der Walpurgisfeiern eingehandelt. So habe ich es jedenfalls gehört. Er hat etliche Jahre bei den Feiern den Teufel gegeben.«

»Obwohl er so menschenscheu ist?«

Kroeger ließ sich die Frage einen Augenblick durch den Kopf gehen. »Hm … möglich, dass er hinter seiner Teufelsmaske seine Scheu abgelegt hat«, sagte er schließlich.

Behrends nickte. »Und dieser … dieser Urian kennt also Reinhold Bender gut? Woher?«

»Tut mir leid, Herr Behrends, das weiß ich leider auch nicht. Und ob sie sich wirklich gut kennen – das ist nur eine Vermutung. Ich habe sie das eine oder andere Mal beobachten können. Immer etwas abseits des ganzen Getümmels. Es schien, als wollten sie keine Aufmerksamkeit erregen. Auf der anderen Seite passte es zu ihnen. Beide waren keine Freunde großer Menschenansammlungen. Mir ist es trotzdem nicht verborgen geblieben, dass sie sich ab und zu sehr intensiv unterhalten haben. Ja, ich denke schon, die beiden kennen sich mehr als nur flüchtig.«

»Aber sicher sind Sie sich da nicht?«, fragte Behrends noch einmal nach.

»Ich habe sie nie darauf angesprochen«, antwortete Kroeger, »weder Urian, noch Hag... Reinhold Bender. Ich denke, das hätte auch keinen Zweck gehabt. Urian ist, wie ich schon sagte, ein recht unnahbarer Stoffel. Und Bender ist das auch, wenn es nicht gerade um seine Bilder geht.«

»Können Sie mir denn sagen, wo genau er da unten wohnt, in Elend? Oder wissen Sie, ob er vielleicht heute noch hier hochkommt?«

Kroeger starrte nachdenklich auf den leeren Teller seines Gastes. »Ob er heute noch auftaucht, weiß ich nicht. Seltsam ... ich habe ihn schon seit Wochen nicht mehr gesehen.« Er hob seinen Kopf und blickte Behrends ins Gesicht. »Seine Adresse kenne ich leider nicht. Da müssten Sie sich unten im Ort durchfragen.«

Behrends blieb noch eine knappe Stunde im Brockenhaus. Er musste auf die nächste Bahn warten. Das gab Kroeger Gelegenheit, über den Berg und seine Arbeit auf dem Gipfel zu plaudern und seinem skeptischen Gast dabei ganz unaufdringlich die raue Schönheit des Harzes näher zu bringen. Behrends hörte ihm gern zu, und als er sich verabschiedete, um zur Bahnstation zu gehen, stand nicht nur sein Entschluss fest, Urian in Elend einen Besuch abzustatten. Auch eine weitere Reise auf den Brockengipfel, zusammen mit Katrin, hielt er nicht mehr für ausgeschlossen. Der Berg hatte eine zweite Chance verdient, und sei es nur, um eine Erbsensuppe zu essen.

»Was wollen Sie?«, brummte der alte Gerboth, nachdem sich Behrends ihm vorgestellt hatte.

Wie ein unüberwindbares Bollwerk stand er in der Eingangstür seines Hauses, das mit der traditionellen Harzer Stülpschalung verkleidet war. Mit mürrischem Blick passte er sich dem düsteren, rotbraunen Anstrich der Schalbretter an und erinnerte selbst ein wenig an die Zeit, als den Harzer Bergleuten die Mühsal ihrer Arbeit ins Gesicht geschrieben stand und sie ihr armseliges Dasein in Häusern ähnlicher Bauart fristeten.

»Kennen Sie Reinhold Bender?«, fragte Behrends geradeheraus und wusste schon jetzt, dass der Chef des Brockenhauses mit seiner Charakterisierung des Alten ins Schwarze getroffen hatte.

»Wer soll das sein?« Ludwig Gerboth zog die buschigen Augenbrauen über seiner Nasenwurzel zusammen. Dadurch wirkte er noch etwas feindseliger.

»Der Mann, der schon seit Wochen vermisst wird. Er ist am Brocken verschwunden. Sie haben sicher von ihm gehört.«

»Hm … nee.«

Behrends schnaubte missbilligend. »Heißt das, Sie haben nichts vom Verschwinden des Mannes gehört oder kennen Sie ihn nicht?«

»Ich kenne keinen Bender«, knurrte der Alte. »Wer sind Sie überhaupt?«

»Ich bin von der Polizei. Kennen Sie dann vielleicht Hagen vom Ravensberg, den Landschaftsmaler?«

Für den Bruchteil einer Sekunde meinte Behrends, ein Flackern in Gerboths Augen bemerkt zu haben. Unsicherheit? Überraschung? Vielleicht hatte er sich auch getäuscht, nur etwas gesehen, was er sehen wollte.

»Weiß nicht … sollte ich?«, tat der Alte ahnungslos.

»Sagen Sie es mir. Sie wandern oft auf den Brocken, richtig?«

»Hm …«

So wurde das nichts. Behrends wandte kurz seinen Blick ab und ließ ihn über den leeren Hof und die Nebengebäude mit den verwitterten Holzfassaden gleiten, die den Hof u-förmig umschlossen. Dabei atmete er tief ein, um die aufsteigende Wut zu unterdrücken. Er durfte sich von dem Mann nicht länger wie ein Trottel vorführen lassen.

»Können wir nicht reingehen, Herr Gerboth?«, unternahm er einen neuen Vorstoß, »ich muss Ihnen ein paar Fragen zu Reinhold Bender stellen. Sie sind vielleicht der Letzte, der ihn vor seinem Verschwinden gesehen hat.« Er hoffte, dass der Alte gesprächiger wurde, wenn er wusste, wie wichtig seine Aussage war. Einen Versuch war es wert. »Herr Kroeger vom Brockenhaus meinte, Sie haben oben auf dem Gipfel ab und zu mit dem Vermissten zusammengestanden und geredet.«

»Ach, sagt er das?« Gerboth machte keine Anstalten, die Tür freizugeben und ihn hereinzubitten.

»Ja, sagt er«, raunzte Behrends, »er hat Sie zusammen gesehen. Draußen, wenn er gemalt hat.«

47

»Hm …« Endlos dauernde Sekunden vergingen, Sekunden, die Behrends an den Rand seiner Leidensfähigkeit trieben.

Doch plötzlich brach der Alte sein Schweigen: »Ja, tatsächlich. Jetzt dämmert mir was. Ein paar Mal habe ich ihm dabei über die Schulter geschaut, wenn er seine Leinwand vollgeschmiert hat. Nichts Dolles. Weiß nicht, was die Leute an so was finden. Schöne Landschaftsbilder sollen das sein … nee, mit unserem Harz hat das nichts zu tun. Wie kann sich der Kroeger so was nur da oben in sein Museum hängen!«

»Und sonst? Haben Sie sich denn nun mit ihm unterhalten?«, hakte Behrends nach. Doch da war der eben noch hoffnungsvoll sprudelnde Redeschwall schon wieder versiegt.

»Nee.«

»Kein Wort?«

»Doch.« Der Alte sammelte geräuschvoll den Speichel in seinem Mund und spuckte verächtlich aus. Nicht weit von Behrends' Schuhspitzen entfernt klatschte die schleimige Masse auf den Boden. »Dass seine Kleckserei Mist ist, habe ich ihm gesagt.«

»Das war alles? Mehr nicht?«

»Hm …«

»Was sein Verschwinden angeht – können Sie sich denken, was vielleicht mit ihm passiert ist, wo er sein könnte?«

»Kann ich nicht. Sonst noch was?« Der Alte wartete gar nicht erst ab, sondern machte sofort einen Schritt zurück ins Hausinnere. »Schön. Dann war's das wohl.«

Ehe Behrends noch etwas entgegnen konnte, hatte ihm Ludwig Gerboth die Haustür vor der Nase zugeknallt und ihn ohne Gruß einfach stehenlassen. Er starrte einige Augenblicke ungläubig auf die geschlossene Tür. Dann schüttelte er sich, als habe ihm gerade jemand ein Glas Wasser über den Kopf gegossen.

»Alter Idiot«, fauchte er leise und stapfte wütend zur Straße zurück. Dieser sture Hund hatte ihm nicht die Wahrheit gesagt. Eigentlich hatte er ihm gar nichts gesagt! Aber warum wollte er nicht reden? War er wirklich so ein übler Stoffel oder tat er nur so? Gab es vielleicht noch andere Gründe für sein Schweigen?

Am Ortsausgang fiel Behrends ein kleines Bistro direkt am Straßenrand ins Auge. Kurz entschlossen hielt er an. Eine Tasse Kaffee und ein Stück Kuchen würden ihm sicher dabei helfen, über die gerade erlittene Demütigung hinwegzukommen.

»Nu, Sie sind aber nicht von hier«, stellte die grauhaarige Verkäuferin wenig später fest und blickte ihn mit freundlichen Augen aus einem faltigen Adlergesicht an. Die leicht gebogene lange Nase ließ Behrends unwillkürlich an die typische Harzhexe auf den Hochglanzbroschüren denken. Fehlte bloß noch die Warze auf der Nase. Schwer zu sagen, wie alt die Frau war. Ging man nach ihrem Aussehen, hatte sie das Rentenalter schon lange erreicht. Gerade war sie hinter ihrem Tresen hervorgekommen und mit einem Tablett, das sie sich unter ihrem gebeugten Oberkörper vor den Bauch hielt, zu ihm herüber an den Stehtisch getrippelt. Umständlich hatte sie seine Bestellung, einen Pott Kaffee und einen Teller mit Schwarzwälder Kirschtorte, vor ihm abgestellt. Jetzt stand sie japsend da. Ihr Atem wurde von einem ungesunden Rasseln begleitet. »Sie kommen aus dem Westen, richtig?«, stellte sie wie selbstverständlich fest.

»Merkt man das?«, fragte Behrends schief grinsend, wohl wissend, dass der kleinen, verhutzelten Verkäuferin sein Auto und das Nummernschild nicht entgangen sein durften. »Ich dachte, so gravierend sind die Unterschiede mittlerweile nicht mehr.«

»Nu, ich merke das schon noch. Ich habe 'ne Nase für die feinen Unterschiede, wenn Sie verstehen.« Sie ließ ein heiseres Lachen folgen, das in einen Hustenanfall mündete und sie zwang, sich ein Stofftaschentuch vor den Mund zu halten. »Was verschlägt denn so 'nen stattlichen Mann ganz alleine in unser kleines Dörfchen?«, fragte sie, nachdem sie den Anfall überwunden hatte. »Nach Winterurlaub sehen Sie mir nicht gerade aus.«

Behrends räusperte sich verlegen. »Ich habe nur jemandem einen Besuch abgestattet.« Während er sprach, musterte er die Frau mit einiger Sorge. Er fürchtete, dass dieses kleine, zerbrechliche Wesen angesichts seiner Statur und der ramponierten Bronchien den langen Harzer Winter nicht überstehen würde. Aber vielleicht hatte sie ja nicht nur das Aussehen, sondern auch die unverwüstliche Konstitution einer Harzhexe.

»Besuch? Sie haben doch nicht etwa Verwandtschaft hier? Das täte mich aber wundern.« Die Verkäuferin beugte sich dicht zu ihm herüber. Er wich einen Schritt zurück. Auf gar keinen Fall wollte er sich ihre Bazillen einfangen, sollte sie wieder zu husten beginnen. »Bei wem waren Sie denn?«

Behrends fand die Frau eindeutig eine Spur zu neugierig. Und zu redselig. Aber vielleicht war das gar nicht so schlecht und sie hatte ein paar aufschlussreiche Auskünfte für ihn parat.

»Ich war bei Ludwig Gerboth«, sagte er.

»Nee! Woher kennen Sie den denn?« Sie riss den Kopf hoch und glotzte ihn verwundert an. »Hab gar nicht gewusst, dass der alte Urian Freunde hat. So, wie der sich da hinten auf seinem Hof von der Welt abschottet ...«

»Also, bis heute habe ich ihn noch gar nicht gekannt«, erklärte Behrends der Frau, »ich wollte ihn nur ein paar Dinge fragen.«

»Ach so ... und was?«

Behrends quittierte die überbordende Wissbegier der Verkäuferin mit einem schmallippigen Lächeln. »Es handelt sich um einen gemeinsamen Bekannten«, blieb er vage, »aber Herr Gerboth ist ziemlich abweisend gewesen. Geradezu feindselig ist er mir vorgekommen. Ist er eigentlich immer so? Sie wissen doch bestimmt ganz gut über ihn Bescheid.«

»Oh ja, das tu ich«, tönte die Verkäuferin voller Inbrunst. »So ist das eben, wenn man zusammen in 'nem kleinen Dorf aufwächst! Der Urian war nicht immer so, glauben Sie mir. 'n bisschen eigenartig, ja. Aber so schlimm nicht. Das ist erst später gekommen. Er hatte ja auch 'n paar böse Schicksalsschläge zu verkraften. Was ist denn das für 'n gemeinsamer Bekannter?«

»Vom Brocken oben. Zufallsbekanntschaft. Niemand, den Sie kennen werden.«

»Brocken ... hm ...« Es schien, als habe ihr die Erwähnung des Berges die Sprache verschlagen. Sie wirkte plötzlich, als grübele sie an etwas herum. »Ja, da ist der alte Urian regelmäßig hochgewandert. Er ist immer hier vorbei. Hat sich manchmal auch 'n Brötchen als Wegzehrung rausgeholt. Aber in letzter Zeit weniger. Eigentlich gar nicht. Komisch, dass mir das nicht aufgefallen ist. Aber jetzt, wo Sie's sagen.«

»Sie haben eben Schicksalsschläge erwähnt. Was ist Herrn Gerboth denn passiert?« Behrends war gespannt auf die Antwort der

Frau, auch wenn er auf Anhieb keine Verbindung zwischen dem verpfuschten Leben eines alten Mannes und dem Verschwinden eines Landschaftsmalers sah, dem der Alte vielleicht nur aus Zufall ein paar Mal begegnet war.

Die Verkäuferin setzte eine Trauermiene auf. »Ach, schlimm war das. Erst stirbt ihm die Frau so jung, dann ist seine Tochter so'n Flittchen, das mit irgendwelchen Männern ins Bett steigt, anstatt dem Vater zu helfen, wo die Mutter nicht mehr da ist.« Sie seufzte und ließ dabei wieder ihr rasselndes Atmen hören. »Der Arme hat ganz alleine dagestanden mit seinem Hof und den paar Fremdenzimmern, die er nach der Wende nebenbei vermietet hat. Na, und dann hängt sich die Tochter einfach auf. Er findet sie auf dem Dachboden, muss sie selbst abschneiden. Nicht genug, dass die so'n schamloses Luder war. Da tut sie ihrem Vater das auch noch an! Wenn wenigstens sein ...«, mitten im Satz brach sie ab. Behrends entging nicht, wie erschrocken sie für einen Sekundenbruchteil wirkte. So, als habe sie gerade noch rechtzeitig etwas hinunterschlucken können, was nicht gesagt werden durfte. Stattdessen starrte sie an ihm vorbei und ein paar zusätzliche Zornesfalten durchfurchten plötzlich ihre ohnehin zerklüftete Stirn. Mit der Erinnerung schien sich auch Empörung Bahn brechen zu wollen. Die Tochter also hatte mit ihrem Leben und Sterben dem Vater letztendlich das Genick gebrochen. Die Schuldfrage war damit beantwortet und Widerspruch nicht erwünscht. So stand es überdeutlich ins Gesicht der Verkäuferin geschrieben.

»Und danach?«

»Danach hat er sich aufgegeben. Hat keine Zimmer mehr vermietet und sich von allem zurückgezogen. Nu, Sie haben ihn ja erlebt.«

»Aber finanziell kommt er zurecht, oder?«, hakte Behrends nach.

»Ich meine, sein Häuschen ist einigermaßen in Schuss. Von Sozialhilfe scheint er nicht zu leben.«

»Nu, er hat Land verkauft. Steht jetzt 'n Hotel drauf. Wahrscheinlich lebt er von dem Geld, was sie ihm dafür gegeben haben. Er braucht ja nicht viel und handwerklich geschickt ist er auch. Macht fast alles selbst, wenn's was am Haus zu tun gibt. Sein einziger Luxus ist so ein dicker Wagen. Mit Allrad und allem Pipapo, ein Pick-up oder wie sie die Dinger nennen.«

Behrends wollte keine weiteren Details wissen. Der Alte interessierte ihn auch nicht wirklich. Und die Verbindung zu Reinhold Bender schien eher zufälliger Natur zu sein. Trotzdem fragte er: »Kennen Sie einen Hagen vom Ravensberg oder Reinhold Bender, wie er richtig heißt?«

Die Verkäuferin musterte ihn einen Moment nachdenklich. Mehrere Schübe ungesunder Atemluft verließen rasselnd ihren Mund. »Das ist der, der verschwunden ist, richtig? Hab's im Fernsehen gesehen. Sind Sie wegen dem hier?«

Behrends nickte.

»Ist das 'n Freund von Ihnen? Oder 'n Verwandter?«

»Nein.«

»Und warum interessieren Sie sich dann für den?«

»Ich bin Polizist.«

Die Verkäuferin zog die Augenbrauen hoch. Ihr Blick verlor schlagartig alle Freundlichkeit. »Ach so, jetzt versteh ich. Dann sehen Sie mal zu, dass Sie den finden. Ich kann da nichts zu sagen. Nu, ich muss dann mal wieder …«

Behrends sah der Frau verwundert hinterher, wie sie zum Verkaufstresen zurücktrippelte. Kein gutes Pflaster für Polizisten, dieses Elend, dachte er und trank den Rest Kaffee aus, der sich noch in der Tasse befand.

»Lassen Sie ruhig alles stehen, ich räum es dann weg«, rief die Verkäuferin vom Tresen herüber, noch ehe er das Geschirr auf das Tablett stellen konnte.

Behrends verstand den Wink gut. Sie wollte ihn so schnell wie möglich loswerden. Er zuckte die Schultern, ging zum Tresen, zahlte und verließ mit einem knappen »Auf Wiedersehen« das Bistro.

7.

Als der Bauunternehmer Karl-Heinz Harnisch gegen Mitternacht die Landstraße zwischen Wernigerode und Schierke entlangfuhr, war er in seinem Reaktionsvermögen deutlich eingeschränkt. Den Schatten, der plötzlich vor ihm im Scheinwerferlicht auftauchte, nahm er viel zu spät wahr. Zwar versuchte er noch auszuweichen, doch im selben Moment hörte er den dumpfen Schlag und spürte, wie es ihm das Lenkrad verriss. Nur mit Mühe konnte er den Wagen auf der schneeglatten Straße stabilisieren. Sofort fuhr er an den Straßenrand, hielt an und stieg aus. Den Motor ließ er laufen.

Mit wackligen Beinen umrundete Harnisch sein Auto und ging vorn an der rechten Seite der Motorhaube in die Hocke. Im diffusen Schein des Abblendlichtes war es ihm jedoch nur schwer möglich, etwas zu erkennen. Erst als er mit der Hand über den Kotflügel strich, fühlte er die Delle im Blech. Er erinnerte sich an die kleine Taschenlampe im Wagen und stolperte über den unebenen Seitenstreifen zur Beifahrertür. Dabei fiel sein Blick auf den dunklen Körper, der sich wenige Meter entfernt an der Leitplanke liegend vom Schnee abhob. Das muss die Ursache für den Zusammenprall sein, flackerte eine vage Erkenntnis in ihm auf.

Der Bauunternehmer zögerte, unschlüssig, was er als Nächstes tun sollte. Seine Gedanken steckten fest. Seit er in Wernigerode in sein Auto gestiegen war, waberte zäher Alkoholdunst durch seinen Kopf und trübte sein Bewusstsein. Schließlich öffnete er die Beifahrertür, kramte die Taschenlampe aus dem Handschuhfach und schaltete den Motor aus. Anstatt sich wieder dem Kotflügel zuzuwenden, steuerte er unsicher schwankend auf den dunklen Körper zu.

Der Anblick, der sich ihm kurz darauf im Lichtkegel der Lampe bot, ließ ihn zusammenfahren.

»Das gibt's doch nicht«, flüsterte er.

Zu seinen Füßen lag ein ausgewachsener Wolf. Kein Zweifel! Einen Wolf hätte er auch noch nach wesentlich mehr als diesen paar Bieren und Schnäpsen erkannt. Augenblicklich löste sich der Dunst in seinem Kopf auf. Er musste sich schnell etwas einfallen lassen, denn dieser Zusammenstoß bedeutete Ärger. Er war nicht auf einem seiner geliebten Jagdausflüge in den Karpaten, wo man keinen Aufstand um einen toten Wolf machte. Hier befand er sich in Deutschland, mitten in der Nacht, auf einer entlegenen Straße im Harz, mit viel zu viel Promille im Blut. Und gerade hatte er einen Wolf überfahren! Ausgerechnet ihm musste so ein Vieh vor das Auto laufen! Eins dieser seltenen Exemplare, deren Rückkehr von einigen durchgeknallten Spinnern wie die Ankunft des Messias gefeiert wurde und die einen besseren Schutz genossen, als die meisten Menschen.

Ganz allmählich wurde er sich der Konsequenzen dieses Zwischenfalls bewusst. Normalerweise musste er den Vorfall melden und sich danach unangenehme Fragen gefallen lassen. Das wollte er auf gar keinen Fall. Nicht in seinem Zustand! Vielleicht sollte er sich einfach ins Auto setzen und weiterfahren, als wäre nichts geschehen. Aber hier ging es nicht um einen simplen Wildunfall. Ein toter Wolf würde viel mehr Aufmerksamkeit erregen. Wahrscheinlich würde es Nachforschungen geben. Gar nicht gut für ihn und seine Firma! Wie es aussah, trug das Tier noch dazu einen dieser Sender um den Hals. Das hieß, das Ding funkte die ganze Zeit munter seine Position irgendwo an eine Empfangsstation.

Harnisch beugte sich hinab und fummelte nervös an dem Halsband herum. Das flache Atmen des Wolfes entging ihm dabei. Solche Feinheiten nahmen seine Sinne zurzeit nicht wahr. Außerdem war er sich schon in dem Moment, als er das Tier im Schnee hatte liegen gesehen, sicher gewesen, dass es den Aufprall nicht überlebt hatte. Auch ohne eingehende Untersuchung. Für ihn war ohnehin nur wichtig, die Spuren vor Ort zu verwischen. Und dafür blieb ihm sehr wenig Zeit. Er musste den Wolf verschwinden lassen, ebenso wie das Halsband – am besten getrennt voneinander. Um sein Auto konnte er sich später zu Hause kümmern.

Er stolperte zum Wagen zurück und riss hastig die Werkzeugtasche aus dem Kofferraum, die er immer mit sich führte. Die Schrauben zu lösen, die das Halsband zusammenhielten, gelang ihm unerwartet schnell. Er ließ Sender und Werkzeug am Straßenrand liegen, kletterte über die Leitplanke und zerrte den Wolf unter der Planke durch. Schnaufend schleifte er das Tier die Böschung hinunter ins dichte Unterholz, wo es vor neugierigen Blicken geschützt war. Dann krabbelte er zur Straße zurück, lud Werkzeug und Halsband ein und beeilte sich, wegzukommen. Wie durch ein Wunder war in der Zwischenzeit kein anderes Auto an der Unfallstelle vorbeigekommen, dessen Fahrer auf ihn hätte aufmerksam werden können. Er fuhr ein paar Kilometer, ehe er von der Straße in einen Waldweg abbog. Kurz hinter der Einmündung hielt er an. Den toten Wolf würde so schnell niemand finden, dafür hatte er gesorgt. Jetzt musste er nur noch den GPS-Sender zerstören und samt Halsband verschwinden lassen.

Keine fünf Minuten später tauchte er, den Hammer aus seinem Werkzeugset in der Hand, leicht gebückt unter den tiefhängenden Ästen der Fichten wieder auf. Er schüttelte sich kurz den herabgefallenen Schnee aus dem Nacken und stieg zurück ins Auto. Was getan werden musste, war jetzt getan. Seine Aktion würde für einige Verwirrung sorgen, sollte irgendwann jemand über den Wolf oder das Halsband mit dem zerstörten Sender stolpern.

Zufrieden mit sich selbst setzte er seinen Weg durch die Nacht fort, nicht ahnend, dass der Wolf unterdessen wieder zu Bewusstsein gekommen war und sich schmerzgeplagt davongeschleppt hatte.

8.

Die Tierärztin und ihr junger Kollege wunderten sich nicht schlecht über das, was sie soeben aus dem Verdauungstrakt des toten Wolfes ans Tageslicht geholt hatten. Eine Zeitlang studierten sie den ungewöhnlichen Mageninhalt eingehend, dann stand ihr Urteil fest.

Gestern hatte ihnen ein Vertreter des Harzer Nationalparkhauses in Schierke das verendete Tier zur Untersuchung nach Hannover ins pathologische Institut der tierärztlichen Hochschule gebracht. Ein Tourist hatte das Tier gefunden. In der Nähe des Wurmbergs.

»Möchte wissen, wie unsere NABU-Freunde das wieder geradebiegen wollen«, murmelte die Ärztin nachdenklich.

»Du glaubst doch nicht im Ernst, dieser Wolf hat einen Menschen angefallen und getötet?«, fragte ihr Assistent mit leicht spöttischem Unterton.

»Natürlich glaube ich das nicht! Aber der kleine Knochen da vor deiner Nase stammt definitiv nicht von einem Tier. Wenn die Öffentlichkeit davon erfährt, ist die Hölle los. Dann fragt keiner mehr nach dem Wie und Warum. Du weißt selbst, wie sensibel das Thema immer noch ist.«

»Muss sie das?«

»Was?« Irritiert blickte die Tierärztin dem Mann, der ihr Sohn hätte sein können, ins blasse Pickelgesicht.

»Davon erfahren. Die Öffentlichkeit, meine ich. Von unserem Fund.«

»Von mir sicher nicht. Aber unter den Teppich kehren kann ich die Sache wohl kaum, mein Lieber«, entgegnete sie kopfschüttelnd. »Freiwillig verfüttert kein Mensch seine Gliedmaßen an so ein Tier. Wir müssen umgehend die Polizei benachrichtigen. Was die dann daraus macht, ist deren Sache, oder?«

»Sehe ich genauso«, stimmte der Assistent ihr zu. »Aber mal unter uns, was glaubst du, was passiert ist? Die Verletzungen des Wolfes und diese Fingerknochen – gibt es da deiner Meinung nach einen Zusammenhang?«

Die Tierärztin wiegte nachdenklich ihren Kopf. »Schwer zu sagen. Die Nationalpark-Leute vermuten ja, dass es sich um eine Kollision mit einem Auto handelt. Das könnte hinkommen. Die gebrochenen Rippen sind aber nicht die Todesursache. Jedenfalls nicht unmittelbar. Falls es solch einen Zusammenprall tatsächlich gegeben hat, dann hat der Wolf noch längere Zeit danach gelebt und ist irgendwann an seinen inneren Blutungen verendet. Muss eine ganz schöne Tortur für ihn gewesen sein in den letzten Stunden. Wie die Knochen in dieses Szenario einzuordnen sind, darüber müssen sich andere den Kopf zerbrechen.«

Sie wandte sich um und ging in den Nebenraum. Dort streifte sie die dünnen Latexhandschuhe ab und ließ sie in den Mülleimer neben dem Waschbecken fallen. Nachdem sie sich die Hände gewaschen hatte, griff sie zum Telefon und rief im Nationalparkhaus in Schierke an, noch bevor sie die Nummer der Polizei wählte.

»Können Sie sich erklären, was passiert ist?«, fragte der Kriminalbeamte der Polizeidirektion Hannover die Biologin, eine gewisse Dr. Elena Herzog, die ihm drei Stunden später im Büro der Tierärztin gegenübersaß.

Dr. Herzog betreute zusammen mit anderen Fachkräften die Wölfe in der Braunkohleregion Lausitz. Sie überwachte und dokumentierte dort das Verhalten der Tiere. Nachdem man sie gestern über den Wolfsfund informiert hatte, war sie noch am selben Tag in den Harz gereist, um sich vor Ort über die Vorkommnisse zu informieren. Alles hatte zunächst danach ausgesehen, als handele es sich um einen bedauerlichen Wildunfall, dessen Umstände im Dunkeln lagen. Das Ergebnis der Obduktion hatte Dr. Herzogs wissenschaftliche Neugier in Besorgnis umschlagen lassen.

Menschenknochen im Verdauungstrakt eines Wolfes – eine Katastrophe! Auch wenn sie nicht wusste, was das alles zu bedeuten hatte, so war ihr eins klar: Die Nachricht glich einer Ladung Sprengstoff, die man mit äußerster Vorsicht behandeln musste. Schon eine kleine, missverständliche Äußerung, die nach draußen drang, konnte zur brennenden Zündschnur werden, mit einer Detonation als unabwendbarer Folge. Gerüchte und Halbwahrheiten würden die alten Ressentiments mit neuer Nahrung versorgen. Das war schlecht für ihre Arbeit und noch schlechter für ihre grauen Schützlinge. Sie hatte sich umgehend mit dem Chef des Nationalparkhauses auf den Weg nach Hannover gemacht, wo sie bereits von der Tierärztin und dem Polizisten erwartet worden waren.

»Erklären kann ich mir die Sache auch nicht, tut mir leid«, erwiderte Dr. Herzog. »Was ich aber mit einiger Sicherheit ausschließen kann, ist, dass das Tier einen lebenden Menschen angefallen und getötet hat.«

»Was macht Sie da so sicher?«

»Wölfe sind argwöhnisch und extrem vorsichtig. Sie gehen Gefahren und potenziellen Feinden schon früh aus dem Weg. Und der Mensch gehört nun mal zu den Feinden der Tiere. Zu direkten Begegnungen oder Angriffen kommt es da eigentlich nie.«

»Und trotzdem waren die Fingerknochen in dem Wolf«, ließ der Beamte nicht locker. »Irgendwie muss das Tier ... nun ja, wie soll ich sagen ... sie zu sich genommen haben.«

»Aas vielleicht?«

»Aas? Ich verstehe nicht.«

»Bedenken Sie, unser Wolf war schwer verletzt, also selbst kaum in der Lage, ein gesundes Reh oder ein anderes Wild zu reißen. In solch einer Situation ist er nicht sehr wählerisch, ernährt sich von Aas, möglicherweise sogar von Abfällen, die er in der Nähe menschlicher Siedlungen findet.«

»Moment, Moment«, bremste sie der Kriminalbeamte, »wollen Sie damit andeuten, das verletzte, aber hungrige Tier hat in irgendeiner Mülltonne menschliche Überreste gefunden und mangels Alternativen gefressen?«

»Hm, ja ... möglich wäre das.«

»Das hieße dann natürlich ...« Er zwirbelte nachdenklich am rechten Ausläufer seines Günther-Grass-Schnauzbartes herum. »Und Sie sind sicher, dass es sich bei dem toten Wolf um einen Ihrer Schützlinge aus der Lausitz handelt?«

»Ganz sicher«, bestätigte Dr. Herzog, »der helle Wirbel an der Stirn und die ausgeprägte Narbe unter dem linken Auge, das sind Bens typische Merkmale.«

»Ben?«

»Ja, Ben. So haben wir ihn getauft. Er hat zu unserem Wanderwolf-Projekt gehört und war mit einem GPS-Halsbandsender ausgestattet. Wir haben immer genau gewusst, wo er sich aufgehalten hat, ebenso die Mitarbeiter der Harzer Nationalparkverwaltung. Bis dann vor drei Tagen Bens Sender ausgefallen ist. Das war in der Nähe von Wernigerode. Wir haben umgehend die Ranger um Hilfe gebeten.«

»Meine Leute haben in dem Gebiet, aus dem das letzte Signal empfangen wurde, verstärkt nach dem Wolf Ausschau gehalten, ihn aber nicht gesehen«, warf der Ranger ein. »Und als wir ihn später eingesammelt haben, hatte er keinen Sender mehr um.«

»Vergessen wir mal diesen Sender und kümmern uns um den Mageninhalt des Tieres«, knurrte der Kriminalbeamte unwirsch. »Ich überlege die ganze Zeit, was passiert sein könnte. Das Tier war immerhin verletzt! Und verletzte Tiere sind unberechenbar, das wissen wir alle.«

»Jetzt hören Sie aber auf!«, blaffte Dr. Herzog wütend. Ihr gefiel es nicht, in welche Richtung das Gespräch abzudriften drohte. »Wölfe fallen keine Menschen an! Das ist doch absoluter Schwachsinn!«

»Schon gut, schon gut.« Der Kriminalbeamte hob entschuldigend seine Hand. »Dann denken wir doch mal über Ihren Vorschlag nach, Frau Doktor Herzog. Nehmen wir an, Ihr Ben hat einfach nur Aas genascht. Das bedeutet dann doch, dass es noch mehr davon geben muss. Irgendwo befindet sich eine menschliche Leiche – passend zum Fingerknochen. Sollte es so sein, stellt sich natürlich die Frage, wo ist die Leiche und wie ist dieser Mensch zu Tode gekommen? Im Augenblick fast noch wichtiger aber – gibt es jemanden, der ihn vermisst?«

Für einen Moment herrschte angespannte Stille im Büro der Tierärztin, bis sich der Ranger plötzlich nach vorn beugte, sich mit verschränkten Armen auf der Tischplatte abstützte und dem Kriminalbeamten fest in die Augen sah.

»Ich glaube, den gibt es«, sagte er in ruhigem Tonfall. »Ist schon eine ganze Weile her die Geschichte.«

»Was denn für eine Geschichte?«

»Eine Frau namens Maria Bender. Sie wohnt im Südharz bei Bad Lauterberg. Hat ihren Mann Ende Oktober als vermisst gemeldet. Es hat ein ziemlicher Trubel geherrscht damals. Das ganze Brockenareal ist durchkämmt worden. Wir sind alle auf den Beinen gewesen. Der plötzliche Wintereinbruch hat die Suche zusätzlich erschwert und wir mussten letztendlich aufgeben. Der Mann wurde bis heute nicht gefunden.«

Für einen Augenblick herrschte Schweigen im Büro der Tierärztin. Die vier anwesenden Personen wechselten ahnungsvolle Blicke. Jeder von ihnen wusste, was das bedeuten konnte.

Der Kriminalbeamte räusperte sich. Dann sagte er: » Die zuständigen Kollegen vor Ort werden sich freuen, wenn sie den Harz nochmal durchkämmen müssen. Nach einer Leiche diesmal.«

»Vielleicht wird die Suche ja ganz einfach«, warf der Ranger ein.

»Ach? Haben Sie eine Idee?«

Der Ranger nickte, warf beiläufig einen Blick aus dem Fenster. »Nun, wir haben seit ein paar Tagen klares Frostwetter. Es hat nicht weiter geschneit. Und der Wolf muss auf seiner Wanderung doch Spuren im Altschnee hinterlassen haben. Genau wie die, die wir bei dem Kadaver gefunden haben. Wenn wir vom Fundort des Tieres aus seine Spur zurückverfolgen, gelangen wir möglicherweise ziemlich schnell an die Stationen, wo der Wolf zuletzt auf Beute gestoßen ist.« Er wandte sich der Biologin zu. »Was meinen Sie? Wäre das eine Option?«

»Ja, vielleicht«, stimmte Dr. Herzog vorsichtig zu. »Einen Versuch ist es auf jeden Fall wert.«

Der Kriminalbeamte erhob sich von seinem Stuhl: »Schön«, sagte er entschlossen, »dann wird es höchste Zeit, dass die Kollegen vor Ort über unsere Erkenntnisse informiert werden.« Er hielt kurz inne und wandte sich der Tierärztin zu: »Ach, Frau Doktor ...«

»Ja?«

»Die Fingerknochen sind doch in der Gerichtsmedizin?«

»Richtig.«

»Gut. Es wäre sicher hilfreich für die Harzer Kollegen, wenn sie nicht allzu lange auf die Ergebnisse warten müssen. Die DNA-Analyse dürfte sie vor allen Dingen interessieren.«

Die Tierärztin nickte. »Ich kümmere mich darum.«

Zur gleichen Zeit, als in Hannover über die Ergebnisse der Wolfs-obduktion gesprochen wurde, stattete ein Mann dem National-parkhaus in Schierke einen Besuch ab. Nicht irgendein Mann, sondern der Tourist, der am Wurmberg über den Kadaver gestolpert war. Eigentlich hatte er nach einer Woche Harzurlaub wieder nach Hause fahren wollen, wäre ihm nicht dieser unerwartete Fund da-zwischen gekommen. Er beschloss, seinen Urlaub noch ein oder zwei Tage auszudehnen und sich umzuhören und die Ranger aus-zufragen. Ein verendeter Wolf! Das konnte noch interessant werden. Vielleicht sprang eine spannende Geschichte dabei heraus, die er an interessierte Abnehmer verkaufen konnte.

Den Nationalparkmitarbeiter, mit dem der Mann hinter der Ein-gangstür beinahe zusammengestoßen wäre, kannte er von früheren Begegnungen. Ein Glück, denn das würde es ihm leichter machen, an Informationen zu kommen.

»Du warst das also, der dem Vieh auf den grauen Pelz gepinkelt hat«, stellte der Ranger augenzwinkernd fest, nachdem sich die beiden Männer begrüßt hatten. »Die Kollegen sagen, du hast den Wolf entdeckt, als du austreten musstest?«

»Richtig«, bestätigte der Besucher lachend. Dann wurde er ernst. »Was ist denn jetzt aus der Sache geworden?«

»Naja, da musst du mit dem Chef sprechen, wenn er wieder da ist. Ich weiß eigentlich gar nichts«, stammelte der Ranger und wirkte dabei ausgesprochen nervös.

»Komm schon, du weißt doch was«, sagte der Besucher und zwinkerte seinem Bekannten zu. Offensichtlich hatte man dem Ranger einen Maulkorb verpasst und er musste nur geschickt weiterbohren, um an die Informationen zu gelangen, die anscheinend so brisant waren, dass sie nicht ausgeplaudert werden durften.

Nach einem heimlich zugesteckten Geldschein hatte der Ranger das Geheimnis unter dem Siegel der Verschwiegenheit dann tatsächlich gelüftet: Menschenknochen im Magen eines Wolfes!

Als der Besucher wenig später auf sein Auto zusteuerte, schüttelte er ungläubig den Kopf. »Was für eine Geschichte!«, murmelte er vor sich hin. »Völlig durchgeknallt!« Er sah die Schlagzeile bereits vor sich: »Tollwütiger Wolf tötet Menschen!«

Tollwütig war gut! Tollwütig sollte das Vieh schon gewesen sein. Das würde die Glaubwürdigkeit der Nachricht untermauern. Aber das sollten die entscheiden, denen er seine Informationen verkaufen wollte. Zufrieden lächelnd ließ er sich auf den Autositz fallen, schloss die Fahrertür und tastete im Handschuhfach nach seinem Handy. Kurz darauf wählte er eine Nummer. Sie würden ihm seine Informationen regelrecht aus der Hand reißen!

9.

Für Behrends begann der Tag normalerweise nicht mit der Lektüre der Tageszeitung. Er fand die täglichen Regionalnachrichten zu wenig lohnenswert, als dass er darauf schon beim Morgenkaffee Zeit verschwendet hätte, und Holger Diekmanns Online-Magazin Burgblick verlangte einen eingeschalteten Computer. Undenkbar für ihn, sich kurz nach dem Aufstehen schon zu Hause vor den Bildschirm zu hocken. So bekam er die Aufregung erst mit, kurz nachdem er die Inspektion betreten hatte.

Er hatte sich gerade auf seinem Stuhl niedergelassen, als Maike de Baer in sein Büro stürmte. »Hier, hast du das schon gelesen?« Aufgebracht warf sie ihm die Tageszeitung auf den Tisch.

»Was?« Es wunderte ihn, Maike so zu erleben. Soweit er wusste, gehörte sie ebenfalls zu denen, die sich vor dem Frühstück jeglicher Nachrichtenlektüre enthielten.

»Na, sieh doch selbst!«

Behrends griff nach dem Blatt – es war die Northeimer Ausgabe der Hessisch/Niedersächsischen Allgemeinen – und überflog die Überschrift auf der Titelseite.

»Menschenknochen in Wolfsmagen« stand da und etwas kleiner darunter: »Im Harz geht die Angst vor dem grauen Mörder um.«

Ungläubig blickte er zu Maike auf. »Was soll das denn?«

»Richard ist mit der Zeitung vorhin zu mir gekommen. So, wie du jetzt mich, so muss ich ihn auch angesehen haben. Ich dachte, ich träume, als ich das lese.«

Behrends vertiefte sich einen Augenblick in den Artikel. Danach hob er wieder den Kopf. »Glaubst du das, was da drin steht?«

»Was? Dass im Harz ein Wolf einen Menschen gefressen haben soll?« Maikes Augen funkelten wütend.

»Also, so habe ich das jetzt nicht gelesen. In dem Artikel wird nichts dergleichen behauptet.« Er wusste um Maikes Einstellung und derartige Nachrichten konnten sie auf die Palme bringen.

»Vielleicht siehst du das so! Aber die meisten interessiert es bei der Schlagzeile doch überhaupt nicht mehr, was wirklich in der Meldung steht. Da wird schon in der Überschrift bewusst in eine

Richtung manipuliert! Jetzt kriegen doch die wieder Oberwasser, die schon immer der Meinung waren, der Wolf gehöre ausgerottet. Diese Schmierfinken wissen gar nicht, was sie mit so einer Nachricht für Schaden anrichten!«

»Das haben die auch nur von dpa übernommen«, fühlte sich Behrends verpflichtet, eine Lanze für die heimischen Redakteure zu brechen.

»Na klar«, giftete Maike trotz seines Einwandes weiter, »einer setzt so einen Schwachsinn in die Welt und alle schreiben es ohne nachzudenken ab! Hauptsache, die Auflage steigt!«

»Dann lass wenigstens uns vernünftig sein.« Behrends widerstand der Versuchung, sich gemeinsam mit Maike an dem Thema hochzuschaukeln. »Ich weiß selbst, dass es nicht so ist, wie es in der Zeitung rüberkommt. Ich beschäftige mich ja seit einiger Zeit mit dem Thema. Seit dieser Fernsehdiskussion mit einem Forstwirt, um genau zu sein. Später an dem Abend hat es dann noch eine Reportage über die Lausitzer Wölfe gegeben. Wirklich interessant. Habe sie sogar aufgenommen und auf DVD gebrannt. Übrigens, was die Ähnlichkeiten zwischen Wolf und Hund betrifft, da gibt es doch verblüffende Gemeinsamkeiten. Das war mir gar nicht so bewusst. Zum Beispiel die Fressgewohnheiten. Dieses Schlingen. Das habe ich neulich auch bei Sir Toby beobachtet ...«

»Ingo!«, fuhr ihm Maike ins Wort.

Behrends räusperte sich verlegen. »Na gut, lassen wir das jetzt mal. Betrachten wir die Fakten, die in dem Artikel genannt sind. Alles können die sich ja wohl kaum aus den Fingern gesogen haben.« Er griff wieder zur Zeitung, hob sie ein wenig an, sodass er noch einmal einen Blick auf die Zeilen werfen konnte, ohne Maike aus den Augen zu verlieren. »Ein Tourist findet am Wurmberg einen verendeten Wolf. Bei der Obduktion werden im Magen des Tieres Knochen eines menschlichen Fingers gefunden. Wie die Knochen in den Magen des Tieres gelangt sind, ist noch nicht bekannt. Die Nationalparkverwaltung und eine Wolfsexpertin aus der Lausitz stehen vor einem Rätsel. Die Polizei hat die Ermittlungen aufgenommen. Das war's mit den Fakten. Der Rest sind Spekulationen. Ob das Tier die Tollwut hatte und deshalb auf einen Menschen losgegangen ist und ihn getötet hat, ob möglicherweise weitere Wölfe im Harz ihr Unwesen treiben, blablabla, alles Mutmaßungen, die nur das Ziel haben, Angst zu verbreiten.«

»Ganz genau«, bestätigte Maike, »Angst verbreiten. Du glaubst gar nicht, wie mich so ein Dreck ankotzt! Ich könnte ...«

»Weißt du was«, unterbrach Behrends sie, ehe sie sich noch weiter in ihre Empörung steigern konnte, »sieh die Sache doch einfach etwas gelassener. Sobald die Hintergründe geklärt sind, wird alles gerade gerückt und das Märchen vom Killerwolf hat sich erledigt. In zwei Tagen redet ohnehin keiner mehr von diesem Geschreibsel.«

Maike atmete tief durch. »Hoffentlich hast du Recht. Richard wollte jedenfalls mal bei den Oberharzer Kollegen anrufen. Einfach, um zu hören, was da genau passiert ist. Er hat einen Bekannten da oben auf dem Revier.«

Noch während Maike das sagte, kam Richard Unrein durch die Tür.

»Na Richard, bist du dem Geheimnis des Menschenfressers auf die Spur gekommen?«, begrüßte Behrends ihn mit leisem Spott in der Stimme.

»Wie man's nimmt«, antwortete Unrein ausweichend. »Die Kollegen sind mehr oder weniger in Bereitschaft. Tatsache ist, es gibt diesen toten Wolf wirklich, und die Ärzte der tiermedizinischen Hochschule in Hannover haben im Magen des Viehs Knochen eines menschlichen Fingers gefunden. Die werden derzeit noch gerichtsmedizinisch untersucht. Heute Morgen ist ein Suchtrupp aufgebrochen. Ranger aus dem Nationalpark und diese Wolfsexpertin, von der in der Zeitung die Rede ist. Sie wollen die Stelle suchen, wo der Wolf den Finger gefunden und gefressen hat. Die vorrangige Frage ist natürlich, was mit der Person passiert ist, zu der der Finger gehört. Sollten die Ranger auf irgendwas Verdächtiges stoßen, werden sie Alarm schlagen. Dann werden sich entweder die niedersächsischen Kollegen darum kümmern, oder die aus Sachsen-Anhalt. Ist ja Grenzgebiet da oben, wie ihr sicher wisst.«

»Hat man schon eine Idee, wessen Finger das sein könnte?«, fragte Behrends. »Wie ich gelesen habe, wurde der Wolf doch in der Gegend entdeckt, wo auch unser Landschaftsmaler verschwunden ist. Sehe ich das richtig?«

»Hm ...«, brummte Unrein. »Du bist nicht der Erste, der darauf kommt. Der Leiter des Nationalparkbüros hat auch schon eine entsprechende Vermutung geäußert. Aber es kann ebenso gut eine andere Person sein. Das Gebiet ist nun doch relativ groß und wenn jetzt irgendein anderer Wanderer ... also, ich meine ...«

»Hast du gefragt, ob sonst noch Personen vermisst werden, nachdem sie zu einem Harzausflug aufgebrochen und nicht zurückgekehrt sind?«, unterbrach ihn Behrends.

»Darüber ist denen nichts bekannt. Und in unserer Vermisstendatei findet sich auch niemand, den ich mit dieser Geschichte in Verbindung bringen würde. Ich habe da gerade noch mal nachgesehen. Was aber nicht heißt, dass wir die als vermisst gemeldeten Personen ganz außer Acht lassen sollten.«

»Dann also doch unser Maler.«

»Naja, ... ich würde sagen, wir warten lieber erst mal ab«, schlug Unrein vor.

Behrends lehnte sich zurück und faltete die Hände vor dem Bauch. »Gut, warten wir ab. Richard, du hältst Kontakt mit den zuständigen Kollegen – ob Niedersachsen oder Sachsen-Anhalt, das ist mir egal. Sollte sich herausstellen, dass es unser Maler ist, dann geht es uns auf jeden Fall auch etwas an.«

»Ist klar.« Unrein nickte und wandte sich zum Gehen.

»Ach, Richard«, rief Behrends ihm hinterher, »nimm bitte deine Zeitung mit. Für heute ist mein Bedarf an Horrormeldungen gedeckt.« Dann wandte er sich an Maike. »Und wir? Was haben wir heute noch so vor?«

»Was du vorhast, weiß ich nicht«, schnappte sie. »Ich gehe und koche mir erst mal 'nen starken Kaffee. Dieser Mist ist mir irgendwie auf den Magen geschlagen.«

»Solltest du es dann nicht besser mit Tee versuchen?«, fragte er breit grinsend.

Sie funkelte ihn wütend an und stapfte ohne ein weiteres Wort hinter Unrein her. Seine Bürotür ließ sie mit einem lauten Knall ins Schloss fallen.

Kurz nach Mittag wurde die Tür zu Behrends' Büro aufgerissen, und er schreckte aus seinen träumerischen Gedanken hoch. Vor einer knappen Viertelstunde war er von einem kleinen Spaziergang durch die Fußgängerzone zurückgekehrt und hatte danach den mitgebrachten Döner verschlungen. Manchmal brauchte er dieses ungesunde Fast-Food-Zeug, entwickelte einen regelrechten Heißhunger darauf. Natürlich würde er Katrin kein Sterbenswörtchen davon verraten und abends brav alles aufessen, was sie für ihn zubereitet hatte. Seiner Figur kam das zusätzliche abendliche Kalorienpaket zwar nicht unbedingt zugute, aber wenigstens entging er so Katrins Vorwürfen und ihrem Vortrag über gesundes Essen. Manchmal konnte es richtig nerven, eine Arzthelferin zur Frau zu haben. Seine Erfahrungen, die er in der Vergangenheit im Kampf um sein geliebtes Köstritzer Schwarzbier gesammelt hatte, mahnten ihn seither zur Vorsicht, wenn es um das Thema »Gesund leben« ging.

In der Tür stand Holger Diekmann und grinste ihn breit an. »Im Harz ist die Hölle los!«, krakeelte er munter.

»Was machst du denn hier?«, Behrends konnte seine Überraschung nicht verbergen.

»Ach, nichts weiter.« Diekmann winkte ab und kam mit schnellen Schritten auf den Schreibtisch zu. Er zog den Besucherstuhl zu sich heran und fläzte sich darauf. »Heike macht Krankengymnastik im Gesundheitszentrum um die Ecke. Wegen ihres Rückens, du weißt schon. Ich habe sie gefahren. Und da dachte ich mir, ich schaue mal kurz bei dir rein und erzähle dir von meinem Besuch in Schierke.«

»Schierke?«, wunderte sich Behrends.

»Genau. Du hast sicher auch schon von dieser Wolfsgeschichte gelesen.«

»Allerdings.«

»Und? Was hältst du davon?«

»Reißerischer Aufmacher, der die eigentliche Botschaft völlig zukleistert. Du hast das doch nicht etwa unkommentiert in deinen Burgblick übernommen?«

»Nee, mein Lieber!« Diekmann warf sich stolz in die Brust. »Meine Leser haben Anspruch auf seriöse Berichterstattung. Deshalb habe ich mich auch gleich ins Auto gesetzt und bin hoch in den Harz zum Büro der Nationalparkverwaltung. Ich wollte wissen, was da wirklich los ist.«

»Und?« Behrends beugte sich neugierig vor.

»Seit die heute Morgen die Zeitung aufgeschlagen haben, steppt bei denen der Bär! Die wollten ja nicht richtig raus mit der Sprache. Da seien falsche Informationen an die Öffentlichkeit gelangt, haben sie mir gesagt. Ich vermute allerdings, dass die Informationen gar nicht so falsch sind und einfach nur unter Verschluss gehalten werden sollten. Aber einer der Ranger hat dann wohl doch gequatscht.«

»Warum ein Ranger?«, wunderte sich Behrends. »Kann die undichte Stelle nicht irgendwo anders gewesen sein?«

Diekmann zuckte mit den Schultern. »Möglich. Halte ich aber für unwahrscheinlich. Da oben im Nationalparkbüro in Schierke laufen die Fäden zusammen. Auf jeden Fall hat so'n Touri 'nen Wolfskadaver gefunden. Und gestern ist der Typ wohl wieder aufgetaucht. Hat sich ziemlich lange mit einem der Ranger unterhalten. Naja, ich kann mir denken, worüber. In der Haut von dem armen Kerl möchte ich nicht stecken.«

»Ach, und das erzählen die dir einfach so. Sind ja die reinsten Plaudertaschen!«

»Sie haben nur Andeutungen gemacht. Nichts Konkretes.« Diekmann grinste schief. »Mussten sie aber auch nicht.«

»Schreibst du darüber?«, fragte Behrends.

»Worüber? Glaubst du, ich habe es nötig, meine Vermutungen in 'nem reißerischen Artikel zu verpacken? So scharf bin ich nun auch wieder nicht darauf, auf Teufel komm raus mit meinem Burgblick Schlagzeilen zu produzieren. Ich stütze meine Berichte lieber auf Fakten.«

»Dein Glück. Ich finde es nämlich zum Kotzen, wie verantwortungslos manche Zeitgenossen handeln«, nölte Behrends. »Ist doch auch eine Frage des Ansehens. Diese haarsträubende Story könnte dem Harz als Urlaubsregion einen ziemlichen Dämpfer verpassen! Gerade jetzt, wo einige Anstrengungen unternommen werden, den Landstrich für den Fremdenverkehr attraktiver zu machen, ist das ein echter Tiefschlag. Wenn die Gäste wegbleiben, aus Angst, sie könnten vom bösen Wolf gefressen werden, bremst das die Bemühungen ganz schön aus.«

»Wenn du dich da mal nicht irrst«, konterte Diekmann.

»Äh ... verstehe ich jetzt nicht. Wieso denn?«

»Weil es sich genau ins Gegenteil zu entwickeln scheint. In der kurzen Zeit, die ich da oben im Nationalparkbüro war, hat das Telefon nicht stillgestanden. Fast alle Anrufer wollten mehr über den menschenfressenden Wolf wissen und ob im Harz noch andere von den Viechern rumlaufen. Und das waren nicht nur meine Pressekollegen! Sogar nach speziellen Führungen ins Wolfsgebiet haben die Leute gefragt. Ob man so was schon buchen könne.« Diekmann japste vernehmlich, seine Wangen glühten vor Aufregung. »Ich sage dir was, Ingo, da oben wird sich über kurz oder lang ein regelrechter Wolfs-Sensationstourismus entwickeln, wenn es nicht gelingt, den Leuten zu verklickern, was da wirklich passiert ist. Und die Unternehmen, die von so 'nem Hype profitieren, werden kaum Interesse daran haben, die Märchen, die in den Medien verbreitet werden, zu begraben.«

»Also die ganze Fremdenverkehrsbranche«, folgerte Behrends.

»Du sagst es«, bestätigte Diekmann.

»Pervers.« Behrends schüttelte kraftlos den Kopf. »Das ist einfach nur pervers, das alles … ach, übrigens, Holger …«

»Ja?«

»Kennst du zufällig eine gute Hundeschule?«

»Hundeschule? Was willst du denn damit?«

»Naja, Sir Toby … er könnte noch ein paar Sachen lernen.«

Diekmann lachte wiehernd auf. »Dein Sir Toby? Ich dachte, der hat schon Abitur!«

»Vergiss es, Holger.« Behrends winkte resigniert ab.

10.

Nur eine Handvoll Männer hatte sich in aller Frühe auf die Suche nach dem Ort gemacht, wo der verendete Wolf seine Beute gefunden hatte. Begleitet wurden sie von Dr. Herzog, der Biologin aus der Lausitz. Sie kannte sich bestens aus mit den Tieren, wusste ihre Spuren zu lesen und zu deuten. Das Wetter würde auch in den kommenden Stunden mitspielen. Schneefall war nicht zu erwarten, sodass die kleine Expedition die Wolfsspur höchstwahrscheinlich schnell und ohne große Probleme zurückverfolgen konnte.

Jeder in der Gruppe ahnte die Folgen der Schlagzeilen, die an diesem Tag die regionalen und einige überregionale Medien bestimmten. Noch vor ihrem Aufbruch waren sie von den Nachrichten überrascht worden und hatten sich gefragt, wie die Presse so schnell Wind von der Sache bekommen konnte, obwohl sie vereinbart hatten, bis zur Klärung der Umstände zu schweigen. Die Tierärztin in Hannover und ihr Assistent drängten sich ihnen augenblicklich als Informanten auf und auch der Kriminalbeamte, der offensichtlich zu der Sorte Mensch gehörte, die einem Wolf alles zutrauten. Wer aber letztendlich für die Indiskretion verantwortlich war, darüber wollten sie sich so kurz vor dem Aufbruch nicht den Kopf zerbrechen. Dafür blieb später noch genug Zeit. Und da die Nachricht nun einmal in der Welt war, konnte sie sowieso nicht rückgängig gemacht werden.

Die Spur führte den Suchtrupp durch zum Teil schwer zu überwindendes, unwegsames Gelände, hin zu einer alten Holzhütte in der Nähe der Scherstorklippe, auf halbem Weg zwischen dem Wolfsfundort und Schierke. Ein gutes Stück abseits des offiziellen Wanderweges duckte sich die Hütte in ein beinahe undurchdringliches Dickicht aus morschen Ästen, Dornengestrüpp und hohen Fichten. Etliche der schlanken Bäume waren vom Sturm entwurzelt und zu Boden geworfen, oder auf halber Höhe abgeknickt. Wie drohende Mahnmale reckten sie ihre nackten, zersplitterten Stämme in den wolkenlosen Winterhimmel.

Ungefähr so groß wie eine Gartenlaube und fast vollständig mit Moos und Flechten überzogen, war das baufällige Gebäude erst zu sehen, wenn man fast direkt davor stand. Selbst die Ranger schienen überrascht. Über die Jahre war die Hütte der Natur überlassen worden und in Vergessenheit geraten.

Der Anblick, der sich den Männern und der Wolfsexpertin wenig später bot, war nicht weniger erschreckend als die Sensationsmeldungen in der Zeitung. Mit einem gravierenden Unterschied – der grausige Fund hatte nichts mit Panikmache zu tun und war Grund genug, wie vereinbart, die zuständige Polizeistation zu informieren.

69

Aus einer flachen Mulde nahe der Hütte ragten Verpackungsteile und Glasscherben aus dem gefrorenen Boden. Überreste von Einwegspritzen lagen zusammen mit locker verteiltem Erdreich um die Vertiefung herum. Bei genauerem Hinsehen fanden sich zudem ein paar Knochenstücke, über deren Herkunft sich in der Gruppe niemand Illusionen machte. Es musste sich um Teile menschlicher Handknochen handeln.

Wie die zahlreichen frischen Spuren um den Fundort zeigten, hatten neben dem verletzten Wolf auch andere Tiere auf der Suche nach Nahrung hier ihr Glück versucht. Wer immer an dieser Stelle ein Loch gegraben hatte, um etwas verschwinden zu lassen, hatte nur halbe Arbeit geleistet. Vielleicht, weil er überzeugt war, dass sich kein Mensch hierher verirren und danach suchen würde. Die kleine Kuhle war nicht tief genug, um den Inhalt dauerhaft vor der feinen Nase und den Krallen eines hungrigen Raubtieres zu verstecken.

Während die Erkennungsdienstler und ein eilig herbeigerufener Rechtsmediziner ihrer Arbeit nachgingen und die Mulde, die Hütte und das nahe Umfeld eingehend untersuchten, warteten alle anderen ungeduldig auf erste Ergebnisse. Unterdessen hatte sich der leitende Kriminalbeamte, Hauptkommissar Mirko Ollenhauer, von der Gruppe entfernt und stand ein gutes Stück abseits wie ein Feldherr allein auf einer kleinen, baumlosen Erhebung. Er rieb sich das unrasierte Kinn und starrte grüblerisch über die Harzlandschaft, die sich weiß und tiefgefroren zu seinen Füßen ausdehnte. Der eisige Wind, der ihm um die Ohren pfiff, störte ihn nicht. Wie eine Schildkröte in ihrem Panzer steckte der Mann tief in seiner dicken, gefütterten Jacke und sein Kopf war geschützt von einer Strickmütze, die er sich weit ins Gesicht gezogen hatte.

Ollenhauer gingen verschiedene, äußerst beunruhigende Gedanken durch den Kopf. Unter anderem fragte er sich, wo sich wohl der Rest des Menschen befinden mochte, dessen Fingerknochen man im Magen des Wolfes gefunden hatte und von denen gerade weitere von seinen Erkennungsdienstlern gesichert wurden. Die Hände waren ihm mit einer Axt oder einem ähnlich scharfkantigen Gegenstand vom Körper abgetrennt worden, wie ein erster, schneller Blick vermuten ließ.

»Wo bist du, verdammt?«, brummte er kaum hörbar in den hochgestellten Kragen seiner Jacke und weißer Atemnebel verflüchtigte sich in der klaren Winterluft.

»Was?«, fragte plötzlich einer der Ranger. Er hatte sich ihm unbemerkt von hinten genähert.

Der Hauptkommissar schien nicht überrascht über das Auftauchen des Mannes. »Ich habe nur laut nachgedacht«, sagte er, ohne seinen Blick von der Landschaft abzuwenden. »Vielleicht können Sie mir ja sagen, wo wir jetzt nach der Leiche suchen sollen.«

Der Ranger überlegte einen Augenblick. »Nee, keine Ahnung«, sagte er dann.

Jetzt wandte sich Ollenhauer dem Mann zu. Er reckte seinen Kopf etwas aus der Jacke und musterte ihn unter seiner Mütze hinweg. »Vielleicht lebt der Typ ja auch noch und läuft jetzt handamputiert herum, erfreut sich aber ansonsten bester Gesundheit.«

»Ist nicht Ihr Ernst«, erwiderte der Ranger skeptisch.

»Nee, ist es nicht.« Bitter grinsend wandte Ollenhauer sich ab und ging zurück zu den anderen. Der Ranger blieb dicht neben ihm.

»Also suchen wir weiter?«, fragte er.

»Genau. Suchen wir weiter. Und zwar so lange, bis wir die Leiche gefunden haben.«

Ollenhauers Partner Biermann kam ihnen entgegen. Unbewusst verharrte der Ranger einen Augenblick, blieb ein paar Schritte zurück. Warum, das konnte er sich nicht erklären, aber er wollte dem Kollegen des Hauptkommissars nicht zu nahe kommen. Irgendetwas an dem Mann störte ihn. Immer wieder in der letzten halben Stunde hatte der Beamte seine Aufmerksamkeit auf sich gezogen. Dabei tat er nichts Ungewöhnliches und das, was er sagte, hörte sich vernünftig an. Zugegeben, er sprach sehr schnell, aber das war es nicht, was diese instinktive Abneigung bewirkte. Für einen flüchtigen Moment trafen sich die Blicke der beiden Männer, dann wusste der Ranger plötzlich, was ihn an dem Mann so irritierte. Es waren seine Augen! Diese ausdruckslosen Augen! So etwas hatte er noch nie bei einem Menschen gesehen.

Biermann hatte Ollenhauers letzte Worte aufgeschnappt. »Vorausgesetzt, es gibt einen Ermordeten, könnte der Mörder sein Opfer dann nicht schon im Tal umgebracht haben?«, fragte er.

»Und danach hat er dem Toten die Hände abgehackt, ist damit hier hoch und hat sie da drüben im Waldboden entsorgt?«

»Deine Fantasie geht mit dir durch, Biermann«, raunzte Ollenhauer abfällig.

»Ja, natürlich«, stimmte sein Partner unterwürfig zu. »Warum sollte jemand so etwas Blödes machen?«

»Eben. Ich denke, wir sollten uns erst mal hier oben weiter umschauen. Die Frage ist nur, wo? Hat jemand einen Vorschlag?« Seine Augen wanderten über die Gesichter der umstehenden Ranger.

»Leichensuchhunde?«, fragte Biermann. »Soll ich mich darum kümmern?«

Ollenhauer musterte mit zusammengekniffenen Augen die tiefstehende Wintersonne. »Das dauert mir, ehrlich gesagt, zu lange, bis wir die hier vor Ort haben.«

»Warum folgen wir nicht einfach den Spuren weiter?«, fragte plötzlich Dr. Herzog. Sie hatte hinter den Männern gestanden und drängte sich jetzt nach vorn. »Oder glauben Sie, Ben ist vom Himmel gestürzt und vor dieser Hütte gelandet? Wir sollten uns weiter an seine Fährte halten. Vielleicht haben wir Glück und sie führt uns direkt zur Leiche.«

»Gute Idee, das machen wir«, erwiderte Ollenhauer. Er hätte seine Worte am liebsten sofort zurückgeholt, als er das schiefe Lächeln der Wolfsexpertin bemerkte. Sie schien seine Zustimmung wie ihren persönlichen Triumph zu werten. Diese Wolfsfrau war ihm von Anfang an unsympathisch gewesen. Gleich nachdem sie sich miteinander bekannt gemacht hatten, hatte sie ihm gegenüber in ziemlich arrogantem Tonfall klargestellt, dass ihr Wolf kein Menschenfresser sei. Als ob er das auch nur eine Sekunde lang vermutet hätte! Wie ein dummer Junge war er sich vorgekommen.

»Schön, dann sollten wir losgehen«, schlug sie in forschem Ton vor, einem Ton, der Ollenhauer überhaupt nicht passte. Wollte sie etwa das Heft des Handelns an sich reißen. Das fehlte ihm noch! Er blickte an der kleinen, drahtigen Frau vorbei zur Hütte. Andreas Roth, einer der Männer vom Erkennungsdienst, winkte ihn zu sich. Es schien wichtig zu sein.

»Noch nicht. Ich sage Ihnen Bescheid, wann wir aufbrechen«, knurrte er und stapfte los. Dr. Herzog ließ er einfach stehen.

Vor der Hütte nahm er einen kleinen Plastikbeutel von dem Kollegen im weißen Overall entgegen und hob ihn vor seine Augen. Einen Augenblick betrachtete er den Ring, der sich darin befand, drehte und wendete ihn mehrmals.

»Ein Ehering, würde ich sagen. Schlichtes Weißgold, eingravierter Name und Datum. Maria, fünfzehnter Mai 1980. Der Ring scheint also einem Mann zu gehören, und zwar einem, der die Fünfzig möglicherweise schon überschritten hat. Immerhin. Jetzt wüsste ich natürlich gern, ob es sich dabei tatsächlich um diese Maria Bender handelt, deren Ehegatte vermisst wird.«

»Möglicherweise«, sagte Roth. »Allerdings ist noch nicht klar, wieso der Ring hier in der Hütte liegt und nicht in der Mulde, bei den Knochen. Normalerweise rutscht dir so ein Ring nicht einfach vom Finger. Auch nicht, wenn dir einer die Hand abhackt.«

»Beruhigend zu wissen«, brummte Ollenhauer. »Also könnte er doch jemand anderem gehört haben. Willst du das damit andeuten?«

»Es gibt noch weitere Möglichkeiten. Nicht jeder trägt seinen Ring am Finger. Manchmal auch lose in der Hosentasche oder an einer Kette am Hals. Und wenn er sich mit dem Täter einen Kampf geliefert hat und der ihm die Kette unbeabsichtigt abgerissen hat …«

»Habt ihr eine Halskette gefunden?«

»Bis jetzt nicht.« Roth wies zur Hütte. »Aber wir sind hier auch noch nicht durch.«

»Gut.« Ollenhauer nickte. »Dann macht ihr erst mal weiter, wir gehen unterdessen mit unserer Expertin Fährten lesen. Wenn wir was finden, melde ich mich.«

Sie waren vielleicht eine Stunde unterwegs, als sie bemerkten, dass die Wolfsfährte in Richtung Scherstorklippen führte. Je näher sie den steil aufragenden Felsen kamen, desto schwieriger wurde es, die Spur zu erkennen. Sie wurde zunehmend von Abdrücken anderer, kleinerer Raubtiere überlagert. Waren die Tiere irgendwo dort hinten auf Beute gestoßen?

Als sie nahe genug an die Klippen herangekommen waren, fiel ihnen der merkwürdige Schutzwall auf, der sich unnatürlich von dem Felsen dahinter abhob. Kein Zweifel, der Wall war von einem Menschen errichtet worden. Erschöpft vom erneuten Fußmarsch durch unwegsames Gelände, machten sie sich daran, sämtliche Hindernisse zur Seite zu räumen. Dicht und stabil aufgeschichtet verdeckten sie fast vollständig eine Art steinernes Portal. Als sie die oberste Schicht aus Ästen und kleineren Felsbrocken fast abgetragen hatten, starrte Ollenhauer und seinen Begleitern plötzlich aus dem Halbdunkel der nahezu fleischlose Schädel eines Menschen entgegen und ließ sie zurückschrecken. Es dauerte nur ein paar Sekunden, dann hatten sie sich von ihrem Schreck etwas erholt. In fieberhafter Eile entfernten sie weitere Teile der Barrikade.

Der Hohlraum im Felsen, der sich dahinter auftat, ähnelte einer Grotte mit einem Durchmesser von ungefähr zwei Metern. Der Tote saß gegen die hintere Felswand gelehnt. In seinem Rücken ragte ein rohes Holzkreuz auf, gezimmert aus dünnen Fichtenstämmen. Die Arme des Leichnams waren an die Querbalken des Kreuzes genagelt. An beiden Armen fehlten die Hände. Leichenverfall und Aasfresser, die in der Lage gewesen waren, die Barrikade zu überwinden, hatten den Toten bis zur Unkenntlichkeit entstellt.

Es war ein grausiges Bild voller Symbolkraft und gleichzeitig ein deutliches Indiz dafür, dass die Leiche gefunden werden sollte. Auch wenn die Stelle geschützt lag und für arglose Wanderer nicht einzusehen war, musste dennoch über kurz oder lang jemandem die unnatürliche Anhäufung von Holz und Steinen an der Felswand auffallen.

»Wie eine öffentliche Hinrichtung«, murmelte Biermann tonlos. Er wirkte seltsam unbeteiligt, zeigte keine Gefühlsregung.

»Öffentlich trifft es vielleicht nicht so ganz, aber ansonsten gebe ich dir Recht«, entgegnete Ollenhauer seinem Partner und warf dabei einen spöttischen Blick auf die Wolfsexpertin neben ihm. Dr. Herzog starrte wie hypnotisiert auf den Gekreuzigten. Alle Farbe war aus ihrem Gesicht gewichen und unverkennbare Würgegeräusche deuteten an, dass sie sich gleich übergeben würde. Trotzdem konnte sie ihren Blick nicht abwenden.

Ollenhauer war die Situation nicht fremd. Junge Polizistinnen und Polizisten, die das erste Mal mit einem übel zugerichteten Toten konfrontiert wurden, reagierten oft ähnlich und auch er selbst hatte bei seiner ersten verstümmelten Leiche gekotzt wie ein Reiher. Mit jedem anderen hätte er Mitleid empfunden, nur nicht mit dieser Wolfsfrau.

»Geht's Ihnen nicht gut?«, fragte er spöttisch in ihre Richtung.
»Tja, das ist mal was anderes als ein toter Wolf. Hier haben wir es mit einem Mann zu tun, der vielleicht schon seit Herbst letzten Jahres hier angenagelt ist. Und jetzt haben wir Ende Januar. Da sieht er eben nicht mehr so taufrisch aus. Aber keine Sorge, mit der Zeit gewöhnt man sich an solche Anblicke.« Er erwiderte ihren giftigen Blick mit einem Grinsen und wandte sich dann ab, um die Erkennungsdienstler und den Mediziner zu benachrichtigen.

»Macht hin, es gibt reichlich zu tun!«, rief er den Kollegen eine halbe Stunde später zu, kaum dass die sich den Klippen näherten. Ihren Geländewagen hatten sie ein gutes Stück entfernt geparkt.

»Immer mit der Ruhe«, erwiderte Erkennungsdienstler Roth, der dem Trupp vorausging, »bevor wir hier anfangen, will ich dir noch was zeigen.«

»Die Kette, an der der Ehering hing?«, fragte Ollenhauer.

»Nee, so was haben wir leider nicht gefunden. Aber das hier wird dich auch interessieren.« Wie schon an der Hütte bekam er einen Beutel gereicht. Ein größeres Taschenmesser befand sich darin. »Schau dir das mal an. Schönes Stück.«

Schon ein erster flüchtiger Blick ließ Ollenhauer zusammenzucken. Solch ein Messer mit dem ungewöhnlich geformten Hirschhorngriff sah er nicht zum ersten Mal. Unwahrscheinlich, dass viele davon im Umlauf waren. Bei näherem Hinsehen entdeckte er dann auch das kleine, kaum zu erkennende Zeichen einer Wolfsangel. Er presste die Lippen aufeinander, sog durch die Nase tief die Luft ein. Ganz ruhig bleiben, hämmerte es in seinem Schädel, vielleicht ist es ja doch ein anderes Messer. Das war natürlich dummes Zeug, das wusste er. Er brauchte sich nichts vorzumachen. Scheinbar kühl und gelassen blickte er zu Roth auf. »Wo habt ihr das entdeckt? In der Hütte?«

»Nicht in der Hütte. Es lag ein Stück weit entfernt im Unterholz. Hat er wohl da hingeworfen.«

»Wer? Der Mörder?«

»Ja, klar. Wer sonst? Hast du einen Verdacht?«

»Nein. Wie kommst du darauf?«

Der Mann legte den Kopf schief. »Für einen Moment habe ich gedacht, du kennst das Messer.«

»Quatsch!« Ollenhauer musste aufpassen. Roth hatte nicht nur scharfe Augen, sondern darüber hinaus war er für seinen untrüglichen Instinkt bekannt.

»Ist ja auch ein außergewöhnliches Exemplar«, redete der Erkennungsdienstler weiter. »Ich hätte es nicht einfach weggeworfen, wenn ich der Täter wäre. Das ist ein echtes Schmuckstück und damit stößt er uns möglicherweise geradezu mit der Nase auf seine Spur. Ich frage mich, warum er das getan hat?«

»Stimmt. Das ist tatsächlich eigenartig«, murmelte Ollenhauer leise. Seine Gedanken beschäftigten sich jedoch mit einer ganz anderen Frage – einer Frage, die sich ihm schon an der Hütte aufgedrängt hatte und auf die er jetzt noch weniger eine Antwort wusste. Es wurde Zeit, mit jemandem zu reden. Dringend.

11.

Zuerst hörte Behrends nur ein leises »Plupp« neben sich auf dem Lederbezug. Er war nicht etwa erschrocken, nur fand er das Geräusch merkwürdig, irgendwie … unpassend. Suchend blickte er sich im Wohnzimmer um, ohne dabei seine Lage auf der Couch zu verändern. Für mehr als eine Kopfbewegung war er einfach zu müde. Alles war wie immer, abgesehen davon, dass Katrin heute von einer eigenartigen Unruhe befallen war. Sie hatte es nicht vor dem Fernseher ausgehalten und trieb sich stattdessen im Haus herum. Er fuhr sich leise schnaubend mit den Fingern durchs Haar und wandte sich wieder dem Bildschirm zu. Nach den Zeitungsnachrichten vom Morgen und den Gesprächen mit Maike und Holger hatte er gleich nach dem Essen die DVD mit dem Bericht über die Wölfe herausgekramt und sah sich jetzt das Video noch einmal an. Zwischendurch waren ihm immer wieder kurz die Augen zugefallen.

Plötzlich ertastete seine Hand etwas Kleines, Hartes – die Ursache für das Plupp, wie er vermutete. Noch bevor er es betrachten konnte, traf ihn etwas am Kopf. Diesmal machte es jedoch nicht plupp, sondern tock. So, als ob etwas auf Holz prallt.

»Au, verdammt!«, fluchte er und fuhr in dem Sitz hoch. In seinem Schoß lag ein Küsschen – besser gesagt, ein Nüsschen, eingehüllt in Schokolade und mit orange-glänzendem Papier umwickelt. Das Plupp in seiner Hand war ebenfalls eins dieser süßen Geschosse. Im Türrahmen, eingehüllt vom Dunkel des Flurs stand Katrin und kicherte in sich hinein.

»Was soll denn der Quatsch?«, knurrte Behrends verärgert. So kindisch kannte er seine Frau gar nicht.

Katrin trat ins Zimmer. Behrends musterte sie über die Lehne der Couch hinweg und wunderte sich. Am gedämpften Licht der Stehlampe konnte es nicht liegen, dass sie so strahlte. Es schien beinahe, als ginge ein himmlisches Leuchten von ihr aus, das den Raum zusätzlich erhellte.

Das kommt davon, wenn man vor dem Fernseher wegdämmert und dann so unsanft aus dem Halbschlaf gerissen wird, dachte Behrends, man fängt unweigerlich an, zu halluzinieren.

Es dauerte zwei, drei Sekunden, dann reduzierte sich die Lichtgestalt an der Tür wieder auf Normalzustand. Das geheimnisvolle Lächeln in Katrins Gesicht allerdings blieb. Ebenso, wie die Sektflasche und die zwei Gläser in ihrer Hand.

»Haben wir was zu feiern?«, wunderte sich Behrends. Sofort überfiel ihn ein schlechtes Gewissen. Welchen Termin hatte er dieses Mal verschwitzt? Ihr Geburtstag konnte es nicht sein, der stand noch bevor. Hochzeitstag schied auch aus. Ihre Heirat lag gerade mal ein halbes Jahr zurück. Was also dann?

Katrin sagte nichts. Lächelnd schwebte sie auf ihn zu, umrundete die Couch, stellte die Gläser auf dem Tisch ab und griff zur Fernbedienung. Ein kurzer Knopfdruck und die Lausitzer Wölfe hatten Feierabend.

»Hier, mach mal auf«, sagte sie und hielt ihm die Flasche hin. Dann setzte sie sich dicht neben ihn auf die Couch, legte ihren Kopf an seine Schulter.

Augenblicklich verspannte er sich. Behrends empfand die Berührung zwar nicht als unangenehm, aber ihre Anschmiegsamkeit ließ ihn ahnen, dass etwas ganz Besonderes in der Luft lag. Das konnte gut, aber auch weniger gut sein. Seine Gedanken überschlugen sich, während er mit nervösen Fingern den Draht am Verschluss der Sektflasche löste. Als Katrin plötzlich ihre Hand auf seinen Oberschenkel legte und sie, wie beiläufig streichelnd nach oben führte, reduzierte sein Bewusstsein die Zahl der möglichen Ursachen für ihr anschmiegsames Verhalten auf eine einzige: Katrin war schwanger! Dabei hatten sie doch beschlossen, erst noch eine Weile verstreichen zu lassen, ehe …

Der Korken löste sich überraschend schnell mit einem lauten Knall aus der Sektflasche und verfehlte die filigrane Milchglaskuppel der Stehlampe nur um Haaresbreite.

Katrin hatte doch nicht etwa ihre Abmachung gebrochen und ihn ausgetrickst? Verstört starrte er dem Korken hinterher. Zorn stieg in ihm auf, verflüchtigte sich jedoch sofort wieder, als ihre Hand seinen empfindlichsten Stellen immer näher rückte.

»Warum schüttest du nicht ein?«, schnurrte sie leise.

»Weil ich … na ja, du könntest mir schon erklären …« Er beugte sich vor. Als er mit dem Flaschenhals den Rand ihres Glases berührte, klirrte es leise. Er zwang sich, seine Hand ruhig zu halten. Ohne Erfolg.

»Bist du etwa nervös?« Ihr hinterhältiges Grinsen machte ihn noch unsicherer.

»Ich? Nervös? Quatsch! Ich finde nur, du solltest mir endlich sagen, was das alles zu bedeuten hat.« Er setzte die Flasche wieder ab, stellte sie neben das Glas auf den Tisch. Tief einatmend wandte er sich ihr zu, ignorierte, so gut es ging, ihre Hand auf seinem Schenkel, sah ihr fest in die Augen. »Bist … bist du … schwanger?«

Es war heraus! Endlich! Und Katrin reagierte wie jemand, der gerade auf frischer Tat ertappt worden war: »Sag mal, geht's noch?« rief sie und starrte ihn erschrocken an. »Glaubst du wirklich, ich würde Alkohol trinken, wenn ich schwanger wäre? Darauf würde ich doch nicht mit Sekt anstoßen!« Sie schüttelte den Kopf. »Eigentlich solltest du mich etwas besser kennen.«

»Also, ich … daran habe ich gar nicht gedacht«, stammelte er. »Du verhältst dich wirklich sehr komisch.« Behrends hasste es, so vorgeführt zu werden, schaffte es aber nicht, sich dagegen zu wehren. »Es … es ist doch sonst gar nicht deine Art, so mit Sekt und allem.«

»Und allein deshalb nimmst du an, ich bin schwanger?«

»Ja, wundert dich das?« Endlich gelang es ihm, etwas Nachdruck in seine Stimme zu legen. »Bei diesem einen Mal, als ich ohne … du weißt schon. Du hast mir zwar gesagt, es passiert nichts, aber …«

»Du denkst also, ich hätte es darauf angelegt«, sprach sie seine Befürchtungen laut aus.

»Na ja, was würdest du denn an meiner Stelle glauben?«

»Ich würde dir vertrauen!« Ein Schatten flog plötzlich über ihr Gesicht und in ihrer Stimme lag ein Hauch von Bitterkeit. »Einfach nur vertrauen.«

»Aber ich vertraue dir doch. Ehrlich!«, versuchte er die aufkommende Missstimmung zu stoppen.

»Und warum kommst du mir dann mit solchen Unterstellungen? Das tut mir ganz schön weh.« Sie verschränkte die Arme vor der Brust und schlug die Augen nieder.

»Es tut mir leid«, murmelte Behrends nach einigen Augenblicken unangenehmer Stille schuldbewusst.

Katrin seufzte. »Fällt dir denn kein anderer Grund ein für unsere kleine Feier?«

»Nein. Wirklich nicht.« Behrends verdrehte die Augen. Wie lange wollte sie ihn denn noch auf die Folter spannen? »Herrgott, nun sag schon! Worauf trinken wir?«

»Erst anstoßen!« Katrin lächelte. Alle Enttäuschung war aus ihrem Gesicht verflogen.

Behrends gab auf. Wenn er ihr Spiel nicht mitspielte, würde sich die Prozedur noch ewig hinziehen. Also nahm er das Glas und hielt es ihr müde entgegen.

»Auf unser Wohl«, rief Katrin fröhlich in das Gläserklingen hinein und nahm einen Schluck.

Er folgte ihrem Beispiel und trank. »Lecker«, sagte er und lümmelte sich in die Polster. Schweigend nippte er in kurzen Abständen das Glas leer und tat dabei äußerst desinteressiert. Das hatte Katrin bisher noch immer gesprächig gemacht.

»Findest du nicht, die Wand sieht ziemlich leer aus?«, fragte sie nach einer Weile.

»Welche Wand?« Verständnislos glotzte er Katrin an. Konnte sie nicht ein einziges Mal so reagieren, wie er es von ihr erwartete?

»Na, die!«

Er folgte ihrem Blick über den Couchtisch und den gegenüberstehenden Sessel hinweg. Gut, vielleicht wirkte die schlichte Raufasertapete etwas öde, aber im dezenten Schein der indirekten Deckenbeleuchtung hatte sie durchaus ihren Reiz, so weiß und leer, ganz ohne überflüssigen Schnickschnack.

»Nö, finde ich nicht«, brummte er. »Was soll das jetzt überhaupt?«

»Ich denke, da gehört ein richtig schönes Bild hin.«

»Ach?«

»Ja! Und stell dir vor, ich habe auch schon eins.« Sie strahlte über das ganze Gesicht.

Behrends konnte ihr nicht folgen. »Der Sekt … du wolltest mir gerade noch den Grund dafür sagen … Was für ein Bild überhaupt?«

Katrin antwortete nicht. Stattdessen sprang sie auf und ging schnell zur Tür. Sie tauchte ins Dunkel des Flurs ein und blieb ein paar Sekunden verschwunden. Dann kam sie zurück. Mit einem riesenhaften Gemälde, wie Behrends auf den ersten, flüchtigen Blick erkannte. Nahezu quadratisch und gut einen Meter hoch. Der zweite Blick versetzte ihn in fassungsloses Staunen.

»Das glaube ich jetzt nicht!«

Behrends kannte das Bild. Aber nur als digitales Foto: Er, neben Katrin stehend und mit Sir Toby zu ihren Füßen liegend. Holger hatte es im letzten Frühling bei ihnen im Garten aufgenommen. Dazu noch einige andere. Nur so zum Spaß. Und jetzt lachte ihm genau dieses Bild in Übergröße, in Öl und irgendwie verfremdet entgegen – fast wie ein Werk von …

»… Andy Warhol!«, sagte er mit gedämpfter Stimme. »Wenn der nicht tot wäre, würde ich glauben … Mann, das sieht ja fantastisch aus. Wie kommst du denn an so was?«

»Mein Hochzeitsgeschenk«, sagte Katrin. »Erinnerst du dich? Ich habe dir gesagt, du bekommst es später. Tja, letzte Woche ist es endlich fertig geworden.«

»Und wer … wer kann so was? Wer hat das gemalt?« Er konnte seinen Blick nicht von dem Gemälde losreißen.

»Deutschlands führender Pop-Art-Künstler«, erklärte sie stolz, »Kurt Schulzke aus Hamburg.«

»Kenne ich nicht.« Behrends hatte noch nie von dem Mann gehört. Er kannte allerdings auch sonst keine Maler, Andy Warhol und zwei oder drei andere berühmte, tote ausgenommen.

»Heike hat mich darauf gebracht«, sagte Katrin. »Sie ist bei Facebook mit Kurt Schulzke befreundet. Als sie mir von ihm vorgeschwärmt hat, ist mir die Idee gekommen.«

»Und deshalb der Sekt? Wegen des Bildes?«

»Richtig. Ist doch 'n Grund, oder.«

»Das ist es allerdings«, brummte Behrends freudestrahlend.

Katrin stellte das Bild auf den Sessel gegenüber und lehnte es gegen die leere weiße Wand. Danach setzte sie sich wieder zu ihm auf die Couch. Schweigend betrachteten sie eine Weile das Kunstwerk.

»Teuer, oder?«, fragte Behrends irgendwann leise, den Blick fest auf das Gemälde geheftet.

»Na ja, schon.«

»Bereust du es nicht?«

»Nicht, wenn es dir gefällt. Es gefällt dir doch, oder?«

»Na, und ob!«

»Und es passt auch richtig gut an die Wand«, stellte Katrin nüchtern fest.

Behrends legte den Arm um ihre Schulter, zog sie zu sich heran. »Danke«, murmelte er. »Tolle Idee.«

Das Läuten des Telefons riss sie aus ihrer andächtigen Stille.

»Das kann doch nicht wahr sein!« Fluchend quälte sich Behrends von der Couch hoch, stolperte über Katrins Beine und hinüber zum Esstisch, auf dem sein Handy lag und munter vor sich hin plärrte.

»Tim, was gibt's?« Er hörte einen Augenblick zu. »Hättest du mich denn nicht früher anrufen können? Was? Und er ist es wirklich? Irrtum ausgeschlossen? Da frage ich mich doch, warum man uns erst so spät informiert!« Wieder schwieg er einen Moment. »Aha … na schön«, sagte er dann. »Warten wir die DNA-Analyse ab. Ich denke, wir müssen uns heute Abend nicht mehr treffen, oder?« Etwas später verabschiedete er sich: »Okay, dann wünsche ich dir eine ruhige Bereitschaftsnacht ohne weitere Vorkommnisse. Mach's gut, Tim. Bis morgen.«

»Sie haben ihn gefunden«, sagte er zu Katrin, die ihn erwartungsvoll anblickte. »Jedenfalls scheint es ziemlich sicher, dass er es ist.«

»Wer?«

»Unser vermisster Maler – Reinhold Bender alias Hagen vom Ravensberg. Ich hatte ihn schon fast wieder vergessen.« Er schüttelte ungläubig den Kopf, grinste. »Schon komisch. Eben noch bewundern wir das Werk des einen Malers, da taucht auch schon der zweite auf. Tot zwar, aber das war abzusehen. Reichlich viele Künstler an einem Tag für so einen Banausen wie mich.«

12.

Tim Seidel, der Rattenfänger, machte ein Gesicht, als wolle er jemanden beißen. Zähnefletschend stand er vor Behrends, der ihm gerade die Nachricht überbracht hatte. »Was soll der Scheiß?«, fluchte er aufgebracht. »Warum muss ausgerechnet ich dahin? Es gibt genug andere, die das machen können!«

»Und wer?«

»Na, Richard zum Beispiel!«

Behrends schüttelte den Kopf. »Lass Richard mal aus dem Spiel. Der hat gerade genug mit seinem Hausbau um die Ohren. Da kann er nicht einfach für längere Zeit weg. Und wir wissen ja nicht, wie lange sich die Ermittlungen hinziehen werden. Außerdem finde ich, du bist der geeignete Mann für die Soko.«

»Ach, bin ich das? Heißt das, du hast mich beim Chef für diese Harzer Jodeltruppe empfohlen?«

»Das nicht«, entgegnete Behrends und versuchte, ernst zu bleiben. »Er ist von ganz allein darauf gekommen. Ich habe mich aber auch nicht gegen seinen Vorschlag gewehrt. Du bist schließlich einer meiner besten Leute. So, und jetzt komm mal wieder etwas runter.« Er fand Seidels Theater einfach nur lächerlich. Der Rattenfänger benahm sich wie ein Bengel, den sie in ein Camp für schwererziehbare Jugendliche stecken wollten. Und ein wenig sah er auch danach aus, jetzt, wo er versuchte, sein Heavy-Metal-Image zusätzlich zu seinem Pferdeschwanz mit einem Dreitagebart etwas aufzuwerten.

Dabei sollte er lediglich die Halberstädter Kollegen bei der Aufklärung des Mordes an Reinhold Bender unterstützen.

Es war nichts Neues, dass bei entsprechender Sachlage gelegentlich der Austausch von Polizeibeamten vereinbart wurde, um die grenzübergreifende Zusammenarbeit zu intensivieren. Und hier waren die Voraussetzungen dafür gegeben: Der Leichenfundort befand sich in Sachsen-Anhalt, die Polizeidirektion in Halberstadt übernahm den Fall und würde die »Soko Wolf« bilden. Reinhold Benders Wohnsitz wiederum lag gerade mal dreißig Kilometer entfernt im niedersächsischen Barbis, also im Zuständigkeitsbereich der Polizeiinspektion Northeim/Osterode. Das und die laufenden Ermittlungen im Vermisstenfall Bender waren für Behrends' Chef der Anlass gewesen, einen seiner Beamten in die Soko zu entsenden, um bei der Suche nach dem Mörder zu helfen.

»Wenn ich einer deiner besten Leute bin, dann brauchst du mich ja wohl eher hier!« Seidel wollte sich nicht beruhigen lassen.

»Tim, du weißt selbst, wie ruhig es im Moment bei uns ist. Außerdem ist Maike wieder da, die mich bestens unterstützt. Die Musik spielt derzeit im Wilden Osten. Da geht die Post ab! Und du sollst mit im Orchester sitzen. Das ist eine große Ehre. Freu dich doch darüber!«

»Ha, ha. Tut mir leid, wenn ich nicht so musikalisch bin, wie du es gern hättest.« Seidels Gesichtszüge hatten sich von einer Sekunde zur anderen verändert. Sie folgten plötzlich der Erdanziehungskraft und in seinen Augen schimmerten erste Anzeichen von Resignation.

»Du wirst dich dort für diese kurze Zeit bestimmt wohlfühlen«, versuchte Behrends, ihn aufzumuntern. »Sie haben ihr Basislager schon in Wernigerode aufgeschlagen. Einige von ihnen bleiben vor Ort und übernachten in einer kleinen Pension. Jedenfalls die, denen der tägliche Weg nach Hause nicht zuzumuten ist. Du musst dich also nicht allein in einem anonymen Hotel einquartieren. Ich habe dafür gesorgt, dass dir auch ein Zimmer reserviert wird. Na los, Tim, so ein bisschen Abstand und Ablenkung wird dir sicher gut tun, nachdem dir deine Nicole den Laufpass gegeben hat.«

»Erinnere mich bloß nicht an die!«, schnauzte Seidel giftig und ballte die Hände zu Fäusten. Seine kurze Beziehung mit der attraktiven Mini-Cooper-Liebhaberin hatte nur einen Sommer lang gehalten. Die Art und Weise, wie sie ihn abserviert hatte, schmerzte den Rattenfänger immer noch sehr. Mehr als ein schwaches Aufbäumen war seine Reaktion jedoch nicht, dann gab er seinen Widerstand endgültig auf. »Also gut, schickt mich ruhig in die Harzer Wildnis«, jammerte er theatralisch. »Ich werde dort auf dem schneeumtosten Außenposten die Werte unserer zivilisierten Gesellschaft mit allem, was ich habe, verteidigen. Tim Seidel – der mit dem Wolf heult.«

Behrends lachte auf und schlug ihm mit der Hand freundschaftlich auf die Schulter. »Genau so kenne ich dich, Herr Kollege! Mutig und unerschütterlich im Kampf gegen das Böse.« Plötzlich wurde er ernst. »Dann lass uns gleich noch ein paar organisatorische Dinge klären. Wenn nichts dagegen spricht, werde ich dich begleiten, sobald du nach Wernigerode aufbrichst. Nur, um die Kollegen dort mal persönlich kennenzulernen und mich vor Ort auf den aktuellen Stand bringen zu lassen. Danach fahre ich wieder zurück.«

In Wernigerode hatte Behrends an der ersten Zusammenkunft der neugegründeten Soko Wolf teilgenommen. Danach setzte er sich mit Mirko Ollenhauer zusammen, dem Hauptkommissar, der die Sonderkommission leitete. In dessen Büro auf Zeit tauschten sie noch einmal unter vier Augen alle Informationen aus, die ihnen bekannt waren.

»Wollen Sie mit der Ehefrau sprechen und sie schonend darauf vorbereiten, dass wir möglicherweise ihren Mann tot aufgefunden haben?«, fragte Ollenhauer gerade. »Die Fingerknochen im Magen des Wolfes, die Reste der Hände an der Hütte und die Leiche an den Klippen gehören zusammen, das steht fest. Aber ob es sich bei dem Toten wirklich um Reinhold Bender handelt, wissen wir natürlich erst, wenn uns die Frau bestätigt hat, dass der Ring und die anderen Sachen, die wir bei der Leiche gefunden haben, ihrem Mann gehören. Vielleicht reicht das aus, und wir sparen uns umständlichere Wege, zum Beispiel über die Identifikation anhand seines Zahnschemas. Ausweispapiere hatte er ja leider nicht bei sich.«

»Die Leiche selbst ist also nicht mehr als Reinhold Bender zu identifizieren?«

Ollenhauer schüttelte den Kopf. »Nichts zu machen. Da hat uns die Natur keine Chance gelassen. Wen wundert's? Seit seinem Verschwinden Ende Oktober sind mittlerweile fast drei Monate vergangen. Da hat der Verfall längst eingesetzt und die kleinen und größeren Aasfresser hatten einen reich gedeckten Tisch, zumindest die, die durch diese Barrikade geschlüpft sind.«

»Hm, ja, natürlich …«, murmelte Behrends. Dann gab er sich einen Ruck: »Okay, vielleicht können wir die Identität des Toten ja anders und auch einfacher feststellen, um ganz sicherzugehen. Ich würde Frau Bender gern erst dann benachrichtigen, wenn hundertprozentig klar ist, dass es sich wirklich um ihren Mann handelt. Dann stürzt sie nicht unnötig ins Bodenlose.« Todesnachrichten zu überbringen, war nicht Behrends' Stärke. Früher hatte er das immer gern Maike überlassen. Aber sie hatte gerade erst wieder ihren Dienst aufgenommen. Auch wenn sie selbst vor Tatendrang zu strotzen schien, gab es zwischendurch doch immer noch Momente, wo sie labil und unsicher wirkte. Er konnte ihr die Aufgabe auf keinen Fall aufbürden. Also versuchte er, das Unvermeidliche so weit wie möglich hinauszuschieben.

»Meinen Sie nicht, sie ist ohnehin schon in Panik geraten? Die Nachricht von unserem Leichenfund wird sie bestimmt mitbekommen haben und sich ihren Teil denken.« Ollenhauer seufzte leise.

»Wenn dem so wäre, hätte sie sich wahrscheinlich längst bei uns gemeldet und sich erkundigt. Hat sie aber nicht. Bei Ihnen vielleicht?«

»Nein, bei uns auch nicht.«

»Kommt vielleicht noch, wenn sie begreift, was da passiert ist. Aber so lange …«

»Also gut, wie sollen wir dann Ihrer Meinung nach den Toten schnell und sicher identifizieren, ohne die Frau zu behelligen?«

»Über einen DNA-Abgleich«, schlug Behrends vor.

Ollenhauer runzelte die Stirn. »Dazu müssten Sie wahrscheinlich in seine Wohnung gehen, Herr Kollege. Das ist Ihnen schon bewusst, oder? Ich habe keine Ahnung, wo wir sonst an Vergleichsmaterial kommen könnten. Also benötigen Sie letztendlich doch die Mithilfe seiner Frau.«

»Nicht unbedingt«, erwiderte Behrends und lächelte wissend. »Es gibt da, wie Sie sich bestimmt erinnern, dieses Atelier in Bad Sachsa, das Bender auch für seine kleinen Abenteuer benutzt hat. Da bisher Unklarheit über Benders Verbleib geherrscht hat, haben wir die Räume noch nicht wieder freigegeben. Ich bin mir sicher, dort finden wir genug Material für einen Abgleich. Das eine oder andere Haar zum Beispiel. Bevor wir also die Ehefrau aufsuchen, sollten wir es auf diesem Weg probieren. Oder sehen Sie das anders?«

»Wenn es so ist, wie Sie sagen, dann warten wir natürlich den Abgleich ab«, stimmte Ollenhauer zu, »aber wir sollten uns nicht allzu viel Zeit lassen. Die Presse sitzt uns im Nacken und will neue Informationen. Lange können wir die nicht mehr hinhalten. Vor allen Dingen, seit diese unsägliche Geschichte vom Killer-Wolf in der Welt ist, sind hier alle ziemlich nervös.« Er trommelte mit den Fingerspitzen auf der Tischplatte herum. »Es rumort im ganzen Harz. Die Leute haben Angst. Das spürt man überall, egal wohin man kommt.«

»Aber das ist blanker Unfug«, wandte Behrends ein, »es glaubt ja wohl keiner mehr an diese Märchengeschichten!« Er hätte es eigentlich besser wissen müssen, seit er sich von Diekmann über dessen Besuch im Nationalparkbüro hatte erzählen lassen. Es gab nichts, was die Leute lieber glaubten, als solche Horrorgeschichten. Je abstruser, desto besser. Zum wiederholten Mal in den vergangenen beiden Tagen schüttelte er fassungslos den Kopf. Die Bereitschaft, den Wahrheitsgehalt gewisser Meldungen zu hinterfragen, war wirklich nicht stark ausgeprägt, das musste er wohl langsam als Tatsache akzeptieren.

»Da muss ich Sie wohl enttäuschen«, bestätigte Ollenhauer seine Befürchtungen. »Abgesehen davon, dass der Glaube an den bösen Wolf immer noch fest in den Köpfen verankert ist und obendrein von ein paar gewissenlosen Jägern und Tierhaltern geschürt wird, ist der Harz ein ziemlich mystisches Gebirge. Da fallen solche Geschichten auf fruchtbaren Boden und halten sich meist sehr lange. Und das nicht nur bei den Einheimischen. Der Harz hat so seine Geheimnisse, wissen Sie. Hexen und Teufel sind hier immer noch allgegenwärtig und prägen das Image. In dieses Bild passt der böse Wolf bestens hinein.«

»Sie kennen sich anscheinend sehr gut aus«, stellte Behrends müde fest.

»Der Harz ist meine Heimat. Ich bin hier aufgewachsen.«

»Ob es noch mehr Wölfe im Harz gibt als nur diesen einen? Der war ja registriert. Aber es sind bestimmt nicht alle Tiere erfasst, die zu uns einwandern.«

Ollenhauer zuckte mit den Schultern. »Kann sein. Es kursieren ja die tollsten Gerüchte von vermeintlichen Wolfssichtungen. Ich glaube allerdings nicht, dass unter normalen Umständen irgendein Mensch die Tiere zu sehen bekommen wird. Außer, man macht jetzt wieder gezielt Jagd auf sie. Was glauben Sie denn selbst? Halten Sie Wölfe für gefährlich?«

»Oh nein, ganz und gar nicht!«, wehrte Behrends ab. »Ich finde, es sind faszinierende Tiere. Unabhängig von dieser Geschichte hier, interessieren sie mich schon etwas länger. Und darüber hinaus die Entwicklung der Hunde, die ja angeblich von den Wölfen abstammen. Das zu glauben, fällt mir, zugegeben, etwas schwer. Ich habe selbst einen Hund. An seinem Verhalten erinnert mich leider kaum etwas an seine Vorfahren.«

»Und das finden Sie schlimm?«, wunderte sich Ollenhauer. »Vielleicht schauen Sie nur nicht richtig hin oder Sie verstehen ihn nicht richtig. Nehmen Sie nur seine Mimik. Ich habe mal irgendwo gelesen, die funktioniert bei Hunden immer noch genauso wie bei den Wölfen.«

»Möglich«, überlegte Behrends, »ich suche schon nach einer Hundeschule.«

»Und wie wäre es mit einem Sachbuch? Ich bin mir sicher, es gibt zu dem Thema eine Menge guter Literatur.«

Behrends nickte. »Wahrscheinlich haben Sie Recht. Eigentlich sollte ich mich auch nicht mit solchen Lappalien beschäftigen, sondern mir lieber über die elende Sache mit den Fingerknochen Gedanken machen.«

»Hm ... ja, das ist wirklich eine üble Geschichte«, entgegnete Ollenhauer nachdenklich.

»Übrigens«, wechselte Behrends abrupt das Thema, »kennen Sie einen gewissen Ludwig Gerboth, oder Urian, wie ihn die Leute nennen?«

Unvermittelt versteinerte sich Ollenhauers Gesichtsausdruck. Doch Sekundenbruchteile später hatte er wieder ein verbindliches Lächeln aufgesetzt. »Oh ja, natürlich«, entgegnete er. »Urian ist hier im Ostharz bekannt wie ein bunter Hund. Wahrscheinlich sogar noch darüber hinaus. Aber Sie, woher kennen Sie ihn denn?«

»Ich habe auf dem Brocken von ihm gehört. Vom Leiter des Brockenhauses. Im Zusammenhang mit der Suche nach Reinhold Bender bin ich vor einigen Wochen da oben gewesen.«

»Verstehe. Aber getroffen haben Sie Urian nicht, oder?«

»Nicht auf dem Gipfel«, bemerkte Behrends, »ich bin zu ihm nach Hause gefahren.«

»Zu ihm nach Hause?«, wunderte sich Ollenhauer. »Warum?«

»Er hat Reinhold Bender gekannt. Draußen vor dessen Staffelei haben sie sich unterhalten, das hat mir der Museumschef gesagt. Worum es ging, und ob sie sich tatsächlich gekannt haben oder nur zufällig begegnet sind, das hat er aber nicht gewusst. Also habe ich mir gedacht, ich frage diesen Urian selbst. Ich hatte gehofft, er könne mir etwas über den Verbleib des Landschaftsmalers sagen.«

»Wäre es nicht klüger gewesen, das den zuständigen Kollegen zu überlassen, also uns?«, fragte Ollenhauer und ein leiser Vorwurf schwang in seiner Stimme mit. »Dann hätten wir die Befragung durchführen können.«

Behrends setzte eine unschuldige Miene auf. »Oh, ich wollte Sie bestimmt nicht übergehen. Aber ich hatte ohnehin keinen Erfolg. Der Mann hat mich nicht mal in sein Haus gelassen, sondern mich vor der Tür ziemlich schroff abgefertigt!«

»Das ist nicht der Punkt«, entgegnete Ollenhauer kalt, »Sie sollten wissen, dass viele der Alteingesessenen immer noch ziemlich ablehnend auf Westler reagieren. Unsere Leute hätten vielleicht etwas von ihm erfahren.«

Behrends konnte sich ein spöttisches Grinsen nicht verkneifen. »Stimmt. An derlei Befindlichkeiten habe ich nicht gedacht. Aber das ist sicher nicht allein der Grund für sein Verhalten gewesen. Gerboth weiß eben nichts von Bender, oder er will nichts von ihm wissen. Das hätte er mir allerdings auch etwas freundlicher mitteilen können.«

Ollenhauer nickte. »Das stimmt natürlich. Urian soll ein ungehobelter Klotz sein. Ein Eigenbrötler, seit das mit seiner Frau und seiner Tochter ... Wahrscheinlich kennen Sie die Geschichte bereits.«

»Ja, ich habe davon gehört. Scheint auch allgemein bekannt zu sein in dieser Gegend. Ich habe sie mir jedenfalls bei Kaffee und Schwarzwälder Kirschtorte in so einem kleinen Bistro am Ortsausgang von Elend erzählen lassen.« Behrends blickte nachdenklich zur Zimmerdecke. »Schon komisch, dass die Leute ausgerechnet immer über die Menschen am besten Bescheid wissen, die zu den schweigsamen Einzelgängern gehören.«

»Eben darum.«

»Was?«

Ollenhauer beugte sich zu Behrends hin. »Das sind doch gerade die interessanten Menschen, verstehen Sie? Die, die schroff und ablehnend sind, die niemanden an sich heranlassen, nichts von sich preisgeben. Genau von denen will man alles wissen und setzt auch alles daran, es zu erfahren. Und wenn es nicht gelingt, werden Anekdoten und Märchen um sie gestrickt und man macht sie im schlimmsten Fall zum Mythos.« Er schnaubte verächtlich. »Naja, ganz so weit ist es mit Urian noch nicht. Und das mit den beiden Frauen, das ist traurige Wahrheit. Auch wenn er versucht hätte, es zu verschweigen – diese Tragödie konnte niemandem verborgen bleiben.«

Die Tür wurde geöffnet. Ein Mann trat ein, der zuvor schon bei der Teambesprechung dabei gewesen war. Behrends hatte den Kollegen vorhin nicht beachtet. Jetzt musterte er ihn etwas genauer. Er mochte in seinem Alter sein, vielleicht jünger. Schwer abzuschätzen, so, wie er sich dekoriert hatte. Seine streichholzlangen Haare schienen gefärbt. Solch ein Schwarz entsprach nicht der natürlichen Haarfarbe. Zusammen mit dem kleinen Ring, den sich der Mann am Mundwinkel in die Unterlippe hatte piercen lassen, und dem eng anliegenden, schmalen Halsband hinter dem halb geöffneten Kragen seines dunkelblauen Troyers hegte er möglicherweise Sympathien für die Gothic-Bewegung, vermutete Behrends. Dazu die rote Ansteckschleife am Kragen, das Solidaritätssymbol mit den HIV-Infizierten – ein weiteres Indiz dafür, dass er seine Gesinnungen offensichtlich gern nach außen kehrte.

Alles ein wenig exotisch für einen Polizeibeamten, wie er fand. Seidels Outfit kam ihm in den Sinn. Wahrscheinlich war er mit seinen hoffnungslos konservativen Ansichten wohl selbst der Exot.

Der Beamte nickte Behrends flüchtig zu und wandte sich an Ollenhauer: »Dauert das hier noch lange? Ich müsste dich dringend sprechen.«

»Lukas Biermann, meine rechte Hand«, erklärte Ollenhauer, an Behrends gewandt.

»Ich erinnere mich. Sie haben Ihre Kollegen ja vorhin alle schon kurz vorgestellt.«

»Und wie ist doch gleich noch mal Ihr Name?«

Behrends sah sich plötzlich einem Paar ausdrucksloser, grauer Augen ausgesetzt, die Biermann starr auf ihn gerichtet hielt. »Ingo Behrends«, sagte er, »Hauptkommissar.«

»Oh, ja, ja. Aus Northeim, richtig? Genau, wie der Herr Seidel, den Sie uns mitgebracht haben, damit der uns bei der Arbeit ein wenig auf die Finger schaut.« In Biermanns Stimme schwang eine unüberhörbare Gereiztheit mit. Seine Augen jedoch zeigten keine Regung. Ein Widerspruch, der Behrends irritierte. Er konnte dem Blick kaum standhalten, als er antwortete: »Niemand will Ihnen auf die Finger schauen, Kollege Biermann. Aber wie Sie sicher wissen, bearbeiten meine Leute und ich die Vermisstensache Reinhold Bender. Auch wenn es noch keine endgültige Sicherheit gibt, deutet doch alles darauf hin, dass der Ermordete, den Sie bei den Klippen gefunden haben, eben jener Bender ist. Da kann es doch nicht schaden, wenn wir bei den Ermittlungen eng zusammenarbeiten und die Zuständigkeitsgrenzen eine Weile außer Acht lassen. Unsere Chefs sehen das jedenfalls so. Sie etwa nicht?«

»Doch, doch … natürlich«, ätzte Biermann, »wir sind sehr dankbar für Ihre Hilfe.«

»In ein paar Minuten bin ich bei dir, Lukas«, ging Ollenhauer dazwischen. »Wir sind hier gleich soweit.«

»In Ordnung.« Biermann wandte sich ab und verließ grußlos das Zimmer.

»Nehmen Sie es ihm nicht übel«, entschuldigte sich Ollenhauer, »er ist zuweilen etwas empfindlich.«

»Schon gut«, antwortete Behrends verunsichert und warf dann einen schnellen Blick auf seine Armbanduhr. »Tja, Herr Kollege, ich will dann auch nicht länger mit Ihnen über die Schicksale der Einheimischen plaudern und Sie von der Arbeit abhalten. Wenn es

Ihnen recht ist, kann ich meine Leute sofort auf Benders Atelier in Bad Sachsa ansetzen, um nach Material für den DNA-Abgleich zu suchen. Dann bekommen Sie es noch heute.«

»Das würde uns sehr weiterhelfen«, erwiderte Ollenhauer und folgte Behrends' Beispiel, der sich erhoben hatte.

Auf dem Weg zur Tür blieb Behrends plötzlich stehen. »Das Messer«, sagte er, »wirklich ein außergewöhnliches Stück.« Er sah das Foto des Beweisstücks wieder vor sich. Ollenhauer hatte es bei der Zusammenkunft der Soko mit einem Beamer an die Leinwand geworfen. »Das haben Sie bei der Leiche gefunden?«

»Nicht bei der Leiche, sondern in der Nähe der Hütte, wo dem Mann die Hände abgetrennt worden sind.«

»Ah, ja, klar.« Behrends hatte vorhin bei Ollenhauers Vortrag offensichtlich etwas falsch verstanden. Das passierte ihm nur selten, aber es kam vor. »Und es gibt keine Spuren an der Klinge?«

»Jedenfalls keine Fingerabdrücke oder Blutspuren, soweit wir derzeit wissen. Aber die Kollegen arbeiten weiter daran. Vielleicht finden sie ja was anderes.«

»Also nicht die Mordwaffe?«

»Vielleicht nicht. Vielleicht aber doch. Wie gesagt, die Kollegen sind mit den Untersuchungen noch nicht ganz durch.«

»Naja, okay«, brummte Behrends unzufrieden in sich hinein. Dann blickte er zu dem gut einen Kopf größeren Ollenhauer auf: »Könnte ich vielleicht eine Kopie des Fotos haben? Das mit dem Messer, meine ich. Sie können mir die Bilddatei per Mail schicken.«

Ollenhauer zuckte mit den Schultern. »Ja, gern. Aber warum? Wir veranlassen schon alles Nötige. Haben Sie was Bestimmtes mit dem Foto vor?«

»Ich möchte es bei Gelegenheit mal Maria Bender zeigen.«

»Wieso das denn?«, wunderte sich Ollenhauer. »Glauben Sie, sie kennt es?«

»Nun, wir haben im Zusammenhang mit der Suche nach ihrem Mann auch die familiären Hintergründe ein wenig beleuchtet, wie Sie sich denken können. Dabei sind wir über eine recht dubiose Glaubensgemeinschaft gestolpert, zu der Frau Bender seit einiger Zeit Kontakt hat. Wir wissen nicht, welchen Einfluss diese Brüder und Schwestern im Geiste auf sie haben, aber es gibt Anzeichen, dass sie versucht haben, einen Keil zwischen sie und ihren Mann zu treiben. Vielleicht wissen die Herrschaften auch über Benders Millionen Bescheid.«

»Sie haben den Verdacht, der Mörder könnte sich unter diesen religiösen Spinnern befinden?«

Behrends wiegte den Kopf. »Um von einem Verdacht zu sprechen, sind unsere Erkenntnisse noch zu mager«, sagte er. »Aber wir sollten die Möglichkeit nicht von vornherein ausschließen. Kurz und gut – ich will Frau Bender auf jeden Fall noch mal eingehend befragen, sobald sich bestätigt hat, dass der Tote tatsächlich ihr Mann ist. Das Ergebnis der Befragung bekommen Sie dann natürlich umgehend mitgeteilt.«

»Na schön«, brummte Ollenhauer etwas widerwillig, »ich werde Ihnen die Bilddatei zusenden. Allerdings möchte ich Sie bitten, ohne mein Wissen keine weiteren Überprüfungen zu dem Messer zu veranlassen. Was in dem Zusammenhang getan werden muss, darum kümmern wir uns. Falls es etwas gibt, womit Sie uns helfen können, werden wir uns sicher an Sie wenden.«

Behrends presste verärgert die Lippen zusammen. Ihm gefiel überhaupt nicht, was der Mann ihm mit seiner Bitte durch die Blume deutlich machen wollte. Offensichtlich hielt Ollenhauer ebenso wenig von kollegialer Zusammenarbeit wie sein Partner Biermann, wenn er ihm indirekt riet, sich nicht zu sehr in die Kompetenzen der Soko einzumischen. So konnten sie keine Freunde werden! Er zögerte einen Augenblick mit der Antwort. Dann ließ er ein widerwilliges Nicken folgen. »Ist schon in Ordnung, Herr Kollege«, sagte er und reichte Ollenhauer die Hand. »Also, machen Sie's gut. Hat mich gefreut, Sie kennenzulernen.« Er trat durch die Tür, drehte sich noch einmal um, grinste breit. »Und behandeln Sie mir ja den Rattenfänger anständig!« Damit ließ er den verdutzten Ollenhauer stehen und ging.

13.

Zwei Tage nach seinem Besuch in Wernigerode hatte Behrends Gewissheit: Der Tote war Reinhold Bender!

Ollenhauer hatte ihn am späten Nachmittag angerufen und ihm die Neuigkeiten mitgeteilt. Allerdings – wirklich neu waren die Erkenntnisse nicht, denn die lagen dem Leiter der Soko bereits seit den frühen Morgenstunden vor. Das hatte er Behrends beiläufig in einem Nebensatz mitgeteilt. Fast ein ganzer Tag war seitdem vergangen, wertvolle Zeit, die am Ende vielleicht fehlen würde. Aber wenn schon nicht Ollenhauer, warum hatte ihn Seidel dann morgens nicht sofort informiert? Schließlich war er auch aus dem Grund zur Soko abgeordnet worden, um einen schnellen Informationsaustausch zu gewährleisten. Das konnte er natürlich nur, wenn er im Bilde war, überlegte Behrends und er fragte sich, ob die Halberstädter ihren Northeimer Kollegen nicht doch als unerwünschten Eindringling sahen und die Zusammenarbeit mit ihm bewusst zu boykottieren versuchten. Vielleicht sah er die Dinge aber auch zu schwarz, und es musste sich erst alles einspielen.

Er beschloss, sofort nach Barbis zu fahren, um mit Maria Bender zu reden. Mit einem kurzen Anruf vergewisserte er sich, dass sie zu Hause war und Zeit für ihn hatte. Ob sie den Grund für seinen Besuch ahnte, vermochte er am Telefon nicht herauszuhören. Ihre knappe Antwort und die leere, tonlose Stimme ließen jegliche emotionale Regung vermissen.

Maike war, während er mit Maria Bender telefonierte, in sein Büro getreten und hatte augenblicklich gewusst, worum es in dem Gespräch ging. Es war immer noch wie früher, man konnte sich nicht an ihr vorbeimogeln.

»Ich begleite dich«, sagte sie sofort, als er aufgelegt hatte.

»Maike, bitte«, flehte Behrends, »mach jetzt keinen Stress. Ich muss der Frau die Nachricht vom Tod ihres Mannes überbringen. Ich fahre allein.«

»Heißt das, ich bin jetzt sogar schon bei so einer harmlosen Geschichte eine Gefahr für dich?«, moserte sie beleidigt.

»Quatsch! Aber du weißt, wie die Leute auf solche Nachrichten reagieren. Das möchte ich dir noch nicht wieder zumuten.«

Mit einer wütenden Handbewegung wischte sie seine Worte beiseite, ließ ihrem Ärger freien Lauf: »Das ist doch ein Witz! Ausgerechnet du sagst das! Früher hast du mir immer den Vortritt gelassen, wenn wir den Leuten Hiobsbotschaften überbringen mussten. Ich sage dir eins – ich mache das zwar nicht gern, aber ich kann das auch jetzt immer noch besser als du.«

Behrends verdrehte die Augen. »Okay, okay«, sagte er widerwillig, »in fünf Minuten. Ich gebe dem Chef Bescheid, dass ich dich mitnehme. Ich sage ihm, es ist nur eine ungefährliche Zeugenbefragung. Nichts weiter. Eine gute Gelegenheit, dich langsam wieder an den Außendienst heranzuführen.«

»An den Außendienst heranführen!«, entgegnete sie verächtlich. »Du müsstest dich mal selber hören. Vielleicht würdest du dann merken, was für einen Müll du dir zusammenredest!« Damit stapfte sie aus dem Zimmer.

Maria Bender öffnete ihnen nach einer gefühlten Ewigkeit. Behrends schien es, als habe sie seit seinem letzten Besuch bei ihr abgenommen. Vielleicht war ihm ihre dürre Erscheinung damals auch nur nicht aufgefallen, es kam eben immer auf die Kleidung an. Jetzt jedenfalls, in ihrer unscheinbaren grauen Stoffhose und dem ebenso schlichten weißen Pullover, wirkte sie wie ein Brett. Der hohe, eng anliegende Stehkragen und die wie ein Helm geschnittenen aschblonden Haare betonten dazu ihren langen Hals über die Maßen. Die tiefliegenden Augen der Frau kamen ihm auch heute wieder unergründlich vor und schienen auf eine Wirklichkeit jenseits der realen Welt gerichtet. Ihre Haut hatte kaum noch Farbe. Grau und wächsern gab sie ihren beiden Besuchern das Gefühl, vor einer Leiche zu stehen.

»Guten Tag, Frau Bender«, begrüßte Behrends sie. »Dies ist meine Kollegin, Kommissarin Maike de Baer. Dürfen wir reinkommen?«

Sie zögerte, schien sich erst auf die beiden Personen vor ihrer Tür besinnen zu müssen. »Äh ... ja, ja ... bitte«, sagte sie schließlich und trat etwas beiseite. »Geradeaus. In das Zimmer am Ende des Flurs.«

Sie folgte ihnen ins Wohnzimmer und drückte sich verunsichert an die Wand neben der Tür.

Ein kurzer prüfender Blick zeigte Behrends ein paar auffällige Veränderungen, seitdem er vor einiger Zeit in diesem Raum mit ihr gesprochen hatte. Zu den Traktaten, die auf dem niedrigen Tisch zwischen Couch und Sesseln lagen, kamen jetzt unterschiedlich große Bilder an den Wänden hinzu, verkitschte Darstellungen biblischer Szenen und Personen, wie Behrends vermutete. Dazwischen gerahmte Sprüche und Verse, kleine Engelsfiguren aus Steingut oder Keramik und anderer frommer Schnickschnack. Schwere, orientalische Düfte hingen in der Luft, die ihren Ursprung in den Räucherstäbchen auf den beiden Fensterbänken und der Vitrine hatten. Die Jalousien vor den Fenstern waren zur Hälfte heruntergelassen. An verschiedenen Stellen standen weiße Kerzen, von denen zwei dickere Exemplare brannten und zusätzlich zu der gedimmten Deckenlampe als Lichtquelle dienten. Sie verstärkten den Eindruck, dass es sich bei dem Zimmer um einen Ort für spirituelle Begegnungen handelte. Leise sphärische Musik drang aus den Lautsprechern der sündhaft teuren Hi-Fi-Anlage, die Behrends auch jetzt wieder ins Auge stach. Die Frau hatte das gesamte Wohnzimmer anscheinend in einen Andachtsraum verwandelt. Er fragte sich, ob sie sich hier allein mit Hilfe von Meditation in ihren Zustand geistiger Entrücktheit beförderte oder vielleicht gewisse Stimulanzien zu Hilfe nahm.

»Bitte setzen Sie sich«, forderte Maria Bender ihre Besucher mit leiser Stimme auf. Sie wählten je einen der beiden Sessel.

»Frau Bender, wollen Sie sich nicht besser auch hinsetzten?«, begann Maike, bevor Behrends das Wort ergreifen konnte. Sie wartete, bis die Frau ihnen gegenüber auf der Couch Platz genommen hatte, ehe sie weitersprach: »Wir haben Ihnen leider eine traurige Mitteilung zu machen. Ihr Mann wurde gefunden. Er ist tot. Mein herzliches Beileid.«

Maria Bender antwortete nicht. Sie saß da, knetete die Hände in ihrem Schoß und blickte an ihnen vorbei ins Leere, vielleicht auch auf eine ihrer Engelsfiguren an der gegenüberliegenden Wand.

»Frau Bender«, fragte Maike nach einigen Sekunden völliger Stille nach, »haben Sie mich verstanden?«

»Ja ... Der Wolf, nicht wahr?« Es schien, als kämpfe sie sich mit letzter Kraft in die Realität zurück. »Ich habe es beim Einkaufen gelesen. Da lagen die Zeitungen aus. Ich habe mir schon gedacht, dass er es ist.«

»Nicht der Wolf«, mischte sich Behrends ein und ließ einen schnellen, prüfenden Blick durch das Zimmer gleiten. Außer den Traktaten lagen keine anderen Zeitschriften oder eine Tageszeitung herum. Das musste natürlich nichts bedeuten. Die Frau schien ja über das Tagesgeschehen informiert. Und sei es eben nur durch einen Blick auf das Zeitungsregal im Supermarkt. »Die Überschriften sind da leider etwas missverständlich gewesen. Ihr Mann wurde ermordet.«

»Ermordet?« Zäh wie Sirup flossen die Buchstaben aus ihrem Mund.

»Richtig. Ermordet«, bestätigte Maike.

Maria Bender wendete ihr Gesicht ab, ihre Augen huschten fahrig umher. »Möchten Sie Tee?«, fragte sie plötzlich und nestelte an den Spitzen des Deckchens herum, das vor ihr auf dem Tisch unter einer Obstschale lag. »Darf ich Ihnen einen Tee anbieten? Ich setze Wasser auf. Es dauert nicht lange.«

»Danke, machen Sie sich keine Mühe.« Behrends fragte sich, was im Kopf der Frau vorging. Entsetzen, Schreck oder wenigstens Betroffenheit sahen normalerweise anders aus. Stattdessen wirkte sie auf eine seltsame Art unberührt von der furchtbaren Nachricht, schien auch in diesem Moment wieder in ihre Parallelwelt abzutauchen. Allerdings entwickelte die Psyche bei solchen Nachrichten ja ihre ganz eigenen Strategien und Schutzmechanismen, das wusste er. Jeder Mensch war da anders.

»Frau Bender?«

»Hm?« Sie wandte sich ihm zu.

»Haben Sie eine Idee, wer Ihren Mann getötet haben könnte? Hatte er Feinde?« Es war ein Versuch, sie an der Oberfläche zu halten, nicht mehr.

Wieder eine endlos erscheinende Pause. »Gott hat ihn bestraft«, sagte sie schließlich, »er war ein schlechter Mensch.«

Behrends gab ein leises, unwilliges Schnauben von sich. »Frau Bender, Ihr Mann wurde ermordet. Von einem Menschen. Gott hat nichts damit zu tun.«

Sie sah ihn an. Mit überraschend festem Blick. »Doch, doch, Gott hat damit zu tun«, sagte sie schleppend. »Gott hat mit allem zu tun. Vielleicht wussten Sie das ja nicht. Auch wenn Sie es nicht glauben wollen, mein Mann hatte Strafe verdient für sein lästerliches Leben. Und jetzt hat Gott einen seiner Engel geschickt, damit er die Strafe vollzieht.«

»Wie bitte? Wer sagt das?«

»Gott selbst. Das Treiben der Sünder ist ihm ein Gräuel, und er wird sie dafür zur Rechenschaft ziehen. So steht es geschrieben.« Sie schluckte. »Er wird das Böse ausrotten mit Stumpf und Stiel.«

»Frau Bender, haben Sie schon einmal von der Glaubensgemeinschaft *Die wahren Kinder Gottes* gehört?«, fragte Maike dazwischen.

Maria Bender blickte erstaunt zu ihr auf: »Woher wissen Sie …?« Sie brach den Satz ab, wirkte einen Augenblick nervös, schien mit sich zu ringen. Dann nickte sie. »Ja, ich gehöre jetzt zu ihnen. Die Brüder und Schwestern haben mir sehr geholfen in meinen schweren Stunden. Sie sind es auch gewesen, die versucht haben, mir hinsichtlich Reinholds die Augen zu öffnen. Viel früher als ich selbst, haben sie erkannt, dass er mir nicht gut getan hat. Lange Zeit wollte ich den Ratschlägen der Geschwister nicht folgen. Ich hatte einfach nicht die Kraft, mich von ihm zu trennen. Dann im Herbst ist er eines Tages nicht mehr nach Hause gekommen. Als die Polizei mir später von seinem Doppelleben und seinem schmutzigen Treiben erzählt hat, ist für mich eine Welt zusammengebrochen. Meine Geschwister haben mir geholfen, darüber hinwegzukommen und mich endlich von meinem Mann loszusagen.«

»Heißt das, Sie finden es gerecht, dass Ihr Mann getötet wurde?« Sie senkte ihren Kopf. »Anton … unser Prediger … hat Reinholds Tod vorausgeahnt, nachdem bekannt geworden ist, was er hinter meinem Rücken getrieben hat«, entgegnete sie ausweichend. »Gott lässt sich nicht verspotten.«

Behrends schluckte seine Fassungslosigkeit hinunter. Am liebsten hätte er die Frau an den Schultern gepackt und wachgerüttelt. Stattdessen sagte er: »Sie haben eben von einem Engel gesprochen, der Gottes Strafe an Ihrem Mann vollzogen hat. Könnte dieser Engel zufällig Anton Radloff heißen?« Er hoffte, sie mit dieser kleinen Provokation aus der Reserve zu locken. Ohne Erfolg. Maria Bender antwortete nicht. In ihrem Gesicht zeigte sich keine Regung, die ihm Aufschluss hätte geben können.

Maike versuchte es mit einer anderen Frage: »Frau Bender, Sie sind jetzt reich. Was werden Sie mit dem Geld machen, das Ihr Mann vor Ihnen verborgen gehalten hat?« Sie schlug die Beine über, sagte dann mehr zu sich selbst: »Wenigstens sind Sie finanziell abgesichert. Eine Sorge weniger. Immerhin.«

»Ich brauche das Geld nicht«, antwortete Maria Bender im Flüsterton und verharrte dabei reglos in ihrer Behrends zugewandten Haltung.

»Aber Sie wollen es doch wohl nicht verschenken?«

»Andere haben es nötiger als ich.« Ein weiterer Satz wie ein Hauch, der einfach nur so dahingesagt klang und dennoch ein Hinweis darauf war, wer möglicherweise Nutznießer ihres Reichtums sein würde. *Die wahren Kinder Gottes* konnten sich freuen!

Behrends zog die Kopie eines Fotos aus der Innentasche seines Sakkos, faltete sie auseinander und legte sie vor Maria Bender auf den Tisch. »Kennen Sie dieses Messer?«, fragte er. »Haben Sie es schon mal gesehen?«

Ein kurzes, kaum wahrnehmbares Zucken ihres Kopfes war die einzige Reaktion auf seine Frage. Behrends bemerkte es, genauso wie die flüchtige Augenbewegung. Dann war sie wieder erstarrt. Eine Antwort blieb aus. Sie schien sich immer mehr in ihre Scheinwelt zurückzuziehen.

Behrends spürte, dass es keinen Zweck hatte, weiter in die Frau zu dringen. Er nahm die Kopie und steckte sie in seine Tasche zurück. »Gut, Frau Bender«, sagte er seufzend, »das war's dann zunächst einmal. Falls wir noch Fragen haben, melden wir uns.«

Er erhob sich und forderte Maike mit einem Blick auf, seinem Beispiel zu folgen. Sie reagierte nicht sofort auf ihn, fragte stattdessen: »Kommen Sie allein zurecht, Frau Bender? Sollen wir Ihnen vielleicht Hilfe rufen? Einen Arzt? Oder haben Sie jemanden, dem wir Bescheid geben können, damit er sich um Sie kümmert?«

Maria Bender wandte ihr den Kopf zu. Mechanisch, zeitlupenhaft. »Danke. Es ist alles in Ordnung«, entgegnete sie.

Vor der Tür kamen ihnen zwei Frauen entgegen. Unscheinbar wie graue Mäuse und um die vierzig Jahre alt. Vielleicht auch fünf Jahre jünger – oder älter.

Sie grüßten einander und Behrends fragte: »Wollen Sie zu Frau Bender?«

»Richtig«, antwortete eine der Frauen. »Wir sind Freundinnen und sorgen ein bisschen für sie.«

»Das ist gut. Sie ist im Moment doch ein wenig hilflos, wie es aussieht.«

Die Frau lächelte verhalten. »So ist es nun einmal. Der Weg in ein gottesfürchtiges Leben ist steinig und hart«, antwortete sie vielsagend. »Manchem fällt es schwer, sein altes Leben loszulassen. Aber wer es schafft, wird reichen Lohn empfangen.«

Behrends nickte wissend. »Damit meinen Sie aber bestimmt nicht Geld oder andere irdische Güter.«

»Natürlich nicht!«, sagte die Frau streng. »Geld ist Schall und Rauch. Allein das ewige Leben an der Seite unseres himmlischen Vaters ist erstrebenswert!«

»Da kann sie ja wirklich froh sein, dass sie bei den *wahren Kindern Gottes* Unterschlupf gefunden hat.«

Die Miene der Frau hellte sich ein wenig auf. »Sie kennen uns?«

»Aber sicher. Ich habe schon viel von Ihnen gehört.«

»Das ist schön«, freute sich die Frau, »vielleicht sehe ich Sie beide ja mal in unserem Kreis.«

»Wer weiß ... möglicherweise.«

»Für Maria ist es auf jeden Fall ein Segen, dass sie uns gefunden hat.«

»War es nicht anders herum? Wurde sie nicht von Ihnen gefunden?«

Die Frau musterte ihn irritiert, schien über den Sinn seiner Worte nachzudenken. Dann fragte sie: »Und wer sind Sie eigentlich? Auch Freunde von Maria?«

»Wie man will«, antwortete Behrends, »wir sind von der Mordkommission. Schönen Tag noch.« Er zupfte Maike am Ärmel, sie wandten sich ab und gingen schnell weiter. Die beiden verdutzten Frauen ließen sie einfach stehen.

»Was glaubst du?«, fragte Behrends. »Ob die Frau etwas mit dem Tod ihres Mannes zu tun hat? Ob sie weiß, oder zumindest eine Ahnung hat, wer hinter dem Mord steckt?« Sie waren auf dem Weg zu Anton Radloff, den sie ebenfalls angerufen und um ein Gespräch gebeten hatten. Der Mann hatte sich sofort an Behrends und ihre Begegnung im Haus von Maria Bender erinnert.

»Auf keinen Fall«, legte sich Maike fest, »die steckt bereits so tief in dieser religiösen Waschküche, die hat doch fast jede Orientierung und Verbindung zur normalen Welt verloren. Für die Frau ist alles irgendwie Gottes Wille. Und was Gottes Wille ist, das werden ihr die Glaubensbrüder und -schwestern bestimmt nachdrücklich klargemacht haben.«

Behrends nickte. »Wahrscheinlich hast du Recht. Was aber nicht bedeuten muss, dass diese fromme Truppe ein Zusammenschluss von lauter Unschuldslämmern ist, die alles in ihrem Leben Gottes Handeln überlassen. Ich denke da besonders an die Vorbestraften in ihren Reihen. Sind die etwa alle geläuterte Seelen? Das mag glauben, wer will. Ich nicht! Mich lässt der Gedanke nicht los, die könnten schon zu Lebzeiten Wind von Reinhold Benders heimlichen Millionen bekommen haben – durchaus ein Anreiz, den Mann ins Jenseits zu befördern, es dem lieben Gott in die Schuhe zu schieben und danach Maria Bender um ihr Erbe zu erleichtern.«

»Schöne Theorie, nettes Motiv«, murmelte Maike. »Müssen wir nur noch die nötigen Beweise zusammensuchen.«

»Dann fangen wir doch gleich mal damit an und hören, was uns dieser Laienprediger Radloff zu sagen hat.«

»Ah, der Kriminalbeamte, der mich bei unserer Schwester Bender aus dem Wohnzimmer hinauskomplimentiert hat«, empfing Radloff seine beiden Besucher. »Und Verstärkung haben Sie sich auch gleich mitgebracht.« Seine Stimme triefte vor Spott. Er nahm Behrends den Rausschmiss immer noch übel, das war ihm deutlich anzumerken. Gleichzeitig ließ er ihn spüren, dass er sich eine solche Demütigung nicht noch einmal bieten lassen würde. Nicht in seinem Revier! »Was kann ich denn für Sie tun?«, fragte er aufgeräumt.

»Das würden wir gern drinnen mit Ihnen besprechen«, sagte Behrends. »Dürfen wir eintreten?«

»Oh ja, natürlich!« Anton Radloff legte seine Handflächen zu einer entschuldigenden Geste aneinander. »Ich wollte nicht unhöflich sein. Bitte treten Sie ein.«

Radloff wohnte in einem restaurierten Fachwerkhaus inmitten eines weitläufigen und weitgehend naturbelassenen Grundstücks. Von außen eher bieder, präsentierte sich ihnen gleich hinter der Haustür eine äußerst geschmackvolle, vor allen Dingen aber luxuriöse Einrichtung. Offenes, rustikales Gebälk paarte sich mit Edelhölzern, hochglänzender Metalloptik und cremefarbenem Leder. Bis zum Boden reichende Glasscheiben an der Rückfront des Hauses gewährten einen Blick auf eine kunstvoll in die Landschaft integrierte Terrasse.

Behrends und Maike warfen sich einen schnellen Blick zu. Jetzt fügte sich auch die S-Klasse vor der Haustür ins Bild ein. Der Mann pflegte eindeutig einen kostspieligen Lebensstil.

»So lässt es sich wohnen.« Behrends nickte anerkennend.

»Nun ja, meine Frau und ich mögen es halt stilvoll.«

»Und teuer, wie mir scheint«, ergänzte Maike.

Radloff nickte. Selbstgefällig grinsend sagte er: »Unsere Zeit auf Erden ist kurz. Und wenn man von Gott so reich beschenkt wird wie wir, sollte man sich nicht dagegen wehren, sondern einfach nur dankbar sein.«

»Predigen Sie Ihren Jüngern denn nicht, dass sie sich von allen irdischen Gütern trennen sollen, die sie an der Verbindung mit Gott und seiner Liebe hindern?«

Radloff lachte auf. »Jetzt überraschen Sie mich aber, Herr Hauptkommissar!«, rief er. »Sind Sie etwa gekommen, um mit mir theologische Fragen zu diskutieren? Das sollten Sie doch lieber lassen.«

Behrends hob die Hände. »Keine Sorge, Herr Radloff. Sie müssen Ihren Luxus nicht vor mir rechtfertigen. Ich nehme an, Ihre Glaubensgeschwister fühlen sich sehr wohl bei Ihnen, wenn sie sich hier zu den Versammlungen treffen.«

»Wir treffen uns nicht hier. Wir haben einen extra Versammlungsraum angemietet. Aber bitte, können Sie mir nicht endlich den Grund Ihres Besuches nennen?«

»Sicher doch.« Behrends blickte ihm fest in die Augen. »Wir haben nur ein paar Fragen an Sie, dann sind wir auch schon wieder weg. Es geht um Ihre Glaubensschwester Maria Bender, wie Sie sich vorstellen können. Ihr Mann wurde gefunden.«

»Oh!« Radloff zog die Augenbrauen hoch. »Wie geht es ihm? Hoffentlich gut.«

»Er ist tot. Man hat ihn ermordet.«

»Das ist ja schrecklich!« Radloff machte auf betroffen, rieb sich mit der Hand das Kinn. »Ich wusste ja nicht ...«

»Lesen Sie denn keine Zeitung?«, fragte Maike.

»Zeitung? Ah, ich verstehe. Sie meinen die Sache mit dem Wolf! Der Tote, von dem da die Rede war, das war Herr Bender? Und jetzt suchen Sie seinen Mörder. Nicht im Traum hätte ich vermutet, dass es sich um Marias Mann handeln könnte.«

»Ach, tatsächlich. Immerhin, Sie haben wenigstens den ganzen Artikel gelesen, nicht nur die Überschrift.«

»Ich pflege das immer so zu machen«, gab Anton Radloff arrogant zurück.

»Ja, natürlich«, sagte Behrends. »Ich habe einen Augenblick befürchtet, Sie schließen sich der allgemeinen Wolfhysterie an und machen das Tier für den Tod des Mannes verantwortlich.« Er verzog die Mundwinkel und ergänzte bissig: »So ein menschenfressender Wolf als Vorbote der Apokalypse – würde doch ganz gut passen, oder?«

»Herr Hauptkommissar, Sie machen mir Angst«, entgegnete Radloff grinsend und drohte ihm spielerisch mit dem Finger. »Der Wolf und die Apokalypse! Ich rate Ihnen noch mal, überlassen Sie die theologischen Fragen lieber Leuten, die sich damit auskennen.«

»Also Ihnen.«

»Zum Beispiel.«

Behrends nickte. »Gut, dann wende ich mich wieder den Dingen zu, mit denen ich mich auskenne. Herr Radloff, Sie sollen Frau Bender, nun, sagen wir, dahingehend beeinflusst haben, dass sie sich von ihrem Mann trennt. Stimmt das?«

Radloff zögerte. Mit gerunzelter Stirn musterte er Behrends, schien eine Falle zu wittern. »So einfach ist das nicht, Herr Hauptkommissar. Maria Bender ist ein sehr unglücklicher Mensch gewesen, als sie zu uns gekommen ist. Und es ist bald klar geworden, dass ihr Unglück maßgeblich auf ihren Mann zurückzuführen war.

Das haben wir in langen Gesprächen und vielen Gebeten herausgefunden. Ich habe ihr gesagt, sie müsse etwas tun, wenn sie ein erfülltes und glückliches Leben in der Liebe Gottes führen will. Dazu gehört manchmal auch, verdorrte Äste abzuschneiden, damit die gesunden Triebe ans Licht kommen und wachsen können. Das ist Gottes Wort. Und Gottes Wort ist wahr. Allerdings haben wir ihr eine Trennung von ihrem Mann nicht direkt nahegelegt.«

»Trotzdem musste sie es so verstehen, nehme ich an. Dabei heißt es doch, was Gott zusammengefügt hat, soll der Mensch nicht scheiden.«

»Es gibt durchaus Situationen, die solch eine Trennung auch vor Gott legitimieren. Alles, was den Menschen am geistlichen Wachstum hindert, muss zerstört werden.«

»Ebenfalls Gottes Wort?« Behrends blickte den Mann lauernd an.

»Lesen Sie die Bibel«, entgegnet Radloff abfällig, »da finden Sie Ihre Antwort.«

»Haben Sie vielleicht ein wenig nachgeholfen?«, fragte Maike plötzlich und erreichte damit, dass Radloff erschrocken zu ihr herumfuhr.

»Wie bitte?«

»Haben Sie den verdorrten Ast eigenhändig abgeschnitten, indem Sie Reinhold Bender ermordet haben? Es heißt doch, Gottes Mühlen mahlen langsam. Zu langsam für Sie?«

»Sie sind ja verrückt!«, rief Anton Radloff entrüstet aus.

»Was haben Sie alles über Reinhold Bender gewusst?« Maike ließ sich nicht aus der Ruhe bringen. »Über seine zweite Identität als Maler Hagen vom Ravensberg, zum Beispiel?«

»Nichts! Gar nichts! Nur das, was uns seine Frau erzählt hat.«

»Auch nichts von seinem geheimen Reichtum?«

»Nein!« In Radloffs Augen lag ein nervöses Flackern. »Hören Sie, ich habe nichts mit seinem Tod zu tun!«

»Aber er kommt Ihnen sehr gelegen. Frau Bender will nichts mit den Millionen ihres Mannes zu tun haben, sagt, andere brauchen es nötiger. Meint sie damit möglicherweise Sie und Ihren Wahre-Kinder-Gottes-Verein?«

Radloff hatte sich wieder unter Kontrolle. »Das ist eine böswillige Unterstellung«, sagte er kalt. »Ich muss mir diese Dinge nicht von Ihnen sagen lassen! Wenn Sie nichts gegen mich in der Hand haben außer Ihren wüsten Theorien, dann ist das Gespräch an dieser Stelle beendet. Ich bitte Sie, mein Haus zu verlassen.«

»Eine letzte Frage noch, Herr Radloff.« Behrends hatte seine Kopie hervorgeholt und hielt sie dem Mann unter die Nase. »Haben Sie dieses Messer schon mal gesehen?«

Radloff riss ihm das Blatt aus der Hand, warf einen schnellen Blick darauf. »Nein, habe ich nicht«, sagte er schroff und gab es Behrends zurück.

»Gut.« Behrends nickte und streckte ihm die Hand entgegen. »Danke für Ihre Hilfsbereitschaft.« Anton Radloff ignorierte die Hand, starrte nur wütend auf Behrends, der milde lächelnd sagte: »Also dann, auf Wiedersehen. Sie brauchen uns nicht zur Tür bringen. Wir finden allein raus.«

»Was für ein arrogantes Arschloch!«, stöhnte Behrends wenig später im Auto. »Nur für seine überhebliche Art hätte ich ihm am liebsten Handschellen angelegt.«

»Leider ist Überheblichkeit nicht strafbar«, erwiderte Maike mit Bedauern in der Stimme. »Und darüber hinaus haben wir nichts, womit wir ihn festnageln könnten. Nicht mal damit, dass er und seine Handlanger mit ziemlicher Sicherheit massiv auf Maria Bender eingewirkt haben, um sie auf Kurs zu trimmen. Mit welchen dubiosen Methoden auch immer. Übrigens – wolltest du den Mann mit seinen eigenen Waffen schlagen?«

»Wie kommst du denn darauf?«

»Naja, du hast mich schon überrascht mit deinem theologischen Wissen. Von wegen, Apokalypse, Trennung von irdischen Gütern oder was Gott zusammenfügt, soll der Mensch nicht scheiden und so weiter. Ganz schön bibelfest, mein Lieber.«

Behrends musste lachen. »Liebste Maike, vergiss nicht, ich habe vor gar nicht langer Zeit geheiratet«, sagte er, »auch kirchlich. Da bleibt es nicht aus, dass man mit einigen dieser Weisheiten konfrontiert wird. Du warst aber auch nicht schlecht. Was soll's, ausgereicht hat es ja leider nicht, um Radloff damit aufs Kreuz zu legen. Wenn wir ihn wenigstens nach seinem Alibi in Bezug auf den Mord hätten fragen können!«

»Die Tatzeit ist wirklich nicht mehr festzustellen? Nicht mal annähernd?«.

»Nach so langer Zeit zwischen Mord und Leichenfund ist das äußerst schwierig, das weißt du«, knurrte er unzufrieden. »Dazu in dieser Jahreszeit, im Harz und bei den herrschenden Wetterbedingungen – vergiss es.«

Am Abend telefonierte Behrends mit Tim Seidel. Er hatte nicht damit gerechnet, Ollenhauer noch im Dienst anzutreffen und es daher gar nicht erst bei ihm versucht. In wenigen Sätzen schilderte er seinem abgeordneten Kollegen die mageren Ergebnisse ihrer Recherche bei Maria Bender und Anton Radloff. »Ich denke, im Moment kommen wir da nicht weiter«, zog er ein abschließendes Fazit. »Wir behalten diesen Gotteskinder-Verein natürlich im Auge, das ist klar. Aber sonst können wir nicht viel tun. Wie steht es eigentlich mit der Tatzeit? Haben die aus der Rechtsmedizin noch irgendwelche neuen Erkenntnisse gewonnen?«

»Nicht, dass ich wüsste«, antwortete Seidel. »Ich glaube aber, die arbeiten noch daran. Ollenhauer hat gesagt, sie haben nach Madenresten gesucht, irgendwas, das die Viecher hinterlassen, wenn sie sich verpuppen. Keine Ahnung. Wenn du das genauer wissen willst, musst du die Spezialisten fragen.«

»Na, mal sehen«, brummte Behrends unzufrieden. »Auf jeden Fall ist es jetzt an euch, die Dinge voranzutreiben.«

»Wird nicht ganz einfach«, seufzte Seidel.

»Warum?«

»Naja … dieser Ollenhauer ist … wie soll ich sagen, etwas gewöhnungsbedürftig, was seine Methoden und Anordnungen betrifft.«

»Kannst du das ein bisschen präzisieren?«, fragte Behrends.

»Ist schwierig«, druckste Seidel, »er scheint nicht wirklich zu wollen, dass wir bei den Ermittlungen alle Möglichkeiten ausschöpfen.«

»Betrifft das euch alle? Oder hält er nur dich kurz, um unsere Zusammenarbeit zu torpedieren? Wann hast du vom Ergebnis des DNA-Abgleichs erfahren?«

»Heute Nachmittag. Gleich nachdem Ollenhauer dich angerufen hat. Da hat er es mir und den anderen mitgeteilt.«

»Komisch. Er hat es aber schon morgens gewusst.«

»Na bitte!«, triumphierte Seidel. »Das passt doch! Als ob er unsere Arbeit manipulieren will. Ich werde ihm mal etwas auf die Finger schauen.«

»Tim, mach einfach deinen Job und sonst nichts, klar?« Das brauchte er nun gar nicht – einen Polizisten, der sich mit einer möglichen Verschwörung im eigenen Lager beschäftigte, anstatt bei der Aufklärung eines Mordes zu helfen. »Vielleicht bist du einfach nur deren Arbeitsmethoden nicht gewohnt.«

»Ingo, ich bitte dich!«, Seidel schnaufte verärgert. »Polizeiarbeit ist Polizeiarbeit – ob in Niedersachsen oder Sachsen-Anhalt, das macht ja wohl keinen Unterschied.«

»Trotzdem, Tim, halt dich zurück«, mahnte Behrends. »Du weißt, wie so was enden kann.«

»Ich sage es erst mal nur dir, Ingo. Anscheinend bin ich sowieso der Einzige, dem das auffällt. Die anderen machen meist ohne zu fragen, was er ihnen befiehlt, und sein engster Verbündeter stellt sich ganz offen vor seinen Chef, wenn auch nur die geringste Kritik laut wird. Als ob er ihn schützen müsste. Ist sowieso ein merkwürdiger Typ, dieser Biermann. Redet manchmal einen Stuss zusammen. Und widersprichst du ihm, behauptet er das Gegenteil von dem, was er gerade gesagt hat. Dabei wirkt er völlig schmerzfrei. Was soll's. Vielleicht bilde ich mir alles nur ein. Aber sollte ich merken, dass da tatsächlich was schief läuft, schaue ich garantiert nicht weg!«

»Du musst es wissen«, entgegnete Behrends und verabschiedete sich von Seidel. Junge, verbrenn dir nur nicht die Finger, dachte er noch, als er auflegte.

14.

Luc traf unmittelbar nach Molly auf dem Parkplatz ein. Er war seinem Freund über den Harz nach Osterode gefolgt. Dank des Peilsenders an Mollys Auto war er stets über dessen genaue Position informiert, ohne ihm zu dicht auf die Pelle rücken zu müssen. Ganz davon abgesehen, hätte Molly wohl sowieso keinen Verdacht geschöpft. Warum sollte er auch? Sie pflegten immerhin schon über zwei Jahrzehnte eine heimliche Liebesbeziehung, etwas, das nur funktionierte, wenn man sich vertraute.

Wahrscheinlich hatte Molly in den zurückliegenden Jahren nicht eine Sekunde daran gedacht, sein Freund könnte ihn hintergehen. Aber genau das war der Fall! Von Anfang an hatte Luc Molly ausspioniert, mit seinen kleinen technischen Helfern, die ihn beinahe rund um die Uhr über jeden Schritt des Freundes informierten. Er war überhaupt nur aus diesem Grund mit ihm zusammen. Und immer hatte er gehofft, irgendwann würde sie kommen, die perfekte Gelegenheit, um Molly zu vernichten. Nichts anderes hatte er im Sinn gehabt. Sein ganzes Leben hatte er auf diese Gelegenheit ausgerichtet, hatte sich in beinahe endloser Geduld geübt und Gefühle geheuchelt, die er nie empfunden hatte. Alles ließ sich ertragen, alles konnte man schaffen, wenn man ein Ziel vor Augen hatte.

Das lange Warten hatte sich gelohnt. Eines Tages war Axel, Mollys alter Kumpel aus Jugendtagen, aufgetaucht. Er war eine Zeit lang bei Molly untergekrochen, ehe er später in eine Mietwohnung zog. Die beiden Jugendfreunde hatten viel zu bereden gehabt, auch manches, vom dem Luc offensichtlich nichts hatte hören dürfen. So hatte Molly ihm verschwiegen, dass er Axel versprochen hatte, für ihn einen gewissen Mann zu finden. Axel steckte voller Hass, wollte sich an dem Mann rächen.

Danach waren noch einmal über fünfzehn Jahre vergangen. Der gesuchte Mann, ein Maler namens Hagen vom Ravensberg, schien wie vom Erdboden verschluckt zu sein. Dann aber hatte Molly mit seiner Suche endlich Erfolg gehabt und Axel das Opfer geliefert. Molly hatte nicht ahnen können, dass im Hintergrund noch jemand bei dem mörderischen Spiel mitmischte, nämlich er, Luc! Seine kleinen Korrekturen der Spielregeln hatten Molly ziemlich aus der Bahn geworfen. Vor wenigen Tagen erst. Und nun hoffte er offensichtlich, durch sein Treffen mit Axel den schlingernden Kahn wieder auf Kurs zu bringen. Luc wiederum spekulierte darauf, möglichst viel von dem außerplanmäßigen Treffen mitzubekommen, um es für seine eigenen Zwecke zu nutzen. Damit das unbemerkt geschehen konnte, hatte er die notwendige Technik in seiner geräumigen Umhängetasche dabei.

Luc hatte den Reißverschluss seines schwarzen Parkas ganz nach oben gezogen, bis ihm der Kragen über Kinn und Mund bis fast zur Nasenspitze reichte. Die Kapuze verdeckte fast vollständig sein Gesicht. Mit der Tasche, die er sich über die Schulter gehängt hatte, folgte er seinem Freund in einigem Abstand zu Fuß durch die Gassen der Osteroder Innenstadt.

Molly wollte sich mit Axel im Ratskeller treffen, einem belebten Ort, der ihnen mehr Anonymität versprach als etwa ein Hotelzimmer. Die Gefahr, vom Portier gesehen und später wiedererkannt zu werden, war Molly zu groß gewesen.

Auf halbem Weg zum Ratskeller blieb Molly plötzlich im trüben Lichtkegel einer Straßenlaterne stehen und blickte sich um. Luc machte einen Satz zur Seite, um hinter einem Hausvorsprung in Deckung zu gehen. Dabei strauchelte er und wäre um ein Haar zu Boden gestürzt. Schnell fing er sich wieder und spähte vorsichtig um die Hausecke. Er fragte sich, ob Molly ihn vielleicht bemerkt hatte. Doch seine Sorge schien unbegründet, denn Molly steuerte bereits wieder mit ausgreifenden Schritten seinem Ziel entgegen.

Luc erreichte den Ratskeller und blieb ein paar Minuten vor dem steinernen Eingangsbogen stehen. Erst dann trat er ein. Er öffnete den Reißverschluss ein Stück und schob seine Kapuze etwas nach oben, ohne sie ganz abzusetzen. Vorsichtig tastete er sich in den Gastraum hinein, blickte hastig in die Runde. Die Begrüßung eines Kellners quittierte er mit einem kurzen Nicken. Er machte noch zwei weitere Schritte in den von Gewölbebögen durchzogenen Raum, dann sah er durch die Fächer einer Phönixpalme hindurch die beiden Männer in einer vom Mauerwerk halb verdeckten Nische sitzen.

Luc beschloss, den Gastraum wieder zu verlassen und vor dem Ratskeller Posten zu beziehen. Dort konnte er seine mitgebrachte Technik einsetzen. Nur die Gebäudewand trennte den Tisch, an dem die beiden Männer saßen, von der Fußgängerzone. Es würde kein Problem werden, ihr Gespräch ohne allzu viele störende Nebengeräusche zu empfangen. Außerdem lief er so nicht Gefahr, von den beiden Männern entdeckt zu werden.

Minuten später hatte sich Luc im Eingangsbereich des Schuhge-schäftes schräg gegenüber, nur wenige Meter entfernt, auf eine längere Wartezeit eingerichtet. Unter der Kapuze trug er jetzt Kopf-hörer und aus der Tasche zu seinen Füßen ragte ein kleiner, aufge-klappter Schirm. Niemand interessierte sich für ihn. Die wenigen Personen, die vorbeihuschten, hatten nur eins im Sinn – möglichst schnell ins Warme zu gelangen.

Schon die ersten Worte, die Luc von dem Gespräch der beiden Männer auffing, entlockten ihm ein zufriedenes Nicken. Molly war sauer, richtig sauer. Nichts war so gelaufen, wie er es mit seinem alten Kumpel Axel abgesprochen hatte.

»Ich hatte damals gesagt, du sollst die Sache kurz und schmerz-los erledigen und dann sofort wieder verschwinden«, hörte er Mol-ly gerade mit wutunterdrückter Stimme sagen. »Du hast mir am Telefon bestätigt, dass alles wie geplant gelaufen ist. Ich habe dir geglaubt, aber du hast mich belogen! Ich habe gedacht, die Leiche wird später irgendwo im Dickicht gefunden, abgestürzt von einem Felsen. Aber nein, du musstest natürlich seinen Tod zelebrieren. Ihn erst verstümmeln und dann ziemlich dilettantisch zwischen den Klippen verstecken. Ha, verstecken! Ein Witz, das so zu nen-nen, was du da gemacht hast. Dein vermeintliches Versteck war so auffällig zusammengeschustert, dass man ihn finden musste!«

Molly atmete schwer. Sogar das konnte Luc hören! Wie hoch-präzise diese technischen Wunderwerke doch arbeiteten. Er grins-te in sich hinein, als er sich Mollys gerötetes Gesicht vorstellte und Axels verächtlicher Antwort lauschte.

»Oh ja, ist klar … auffälliges Versteck. So auffällig, dass erst ein Wolf auftauchen und verrecken musste, ehe überhaupt einer was kapiert. Soweit ich das mitbekommen habe, war die groß angeleg-te Suche nach dem Vermissten zuvor völlig ergebnislos verpufft. Wann war das doch gleich, als du mir den Dreckskerl mit deiner Geschichte vom Platz mit der tollen Aussicht in die Arme getrie-ben hast? Ende Oktober war das, mein Lieber! Ende Oktober! Und jetzt haben wir schon fast Februar. Erzähl mir also bitte nichts von wegen auffällig!«

»Stimmt, Axel«, brummte Luc auf seinem Horchposten vergnügt vor sich hin, »da muss ich dir Recht geben.«

»Lenk nicht ab«, zischte Molly in Lucs Ohr, meinte natürlich Axel damit. »Du hast ihn regelrecht hingerichtet! Jeder Dummkopf hätte auf den ersten Blick erkennen können, dass du da eine Art Kreuzigung inszeniert hast! Du verdammter Idiot! Damit hast du alles nur unnötig verkompliziert, kapierst du das? Jetzt fragt sich natürlich alle Welt, was für eine besondere Geschichte hinter der Sache steckt. An einen Unglücksfall denkt da bestimmt keiner. Ein total beschissener Egotrip war das von dir, mehr nicht! Ich hätte es wissen müssen! Bist du dir überhaupt im Klaren darüber, was das für dich bedeutet?« Luc konnte förmlich spüren, wie sich Molly zusammenreißen musste, um nicht laut loszubrüllen und die Aufmerksamkeit des ganzen Restaurants auf sich zu lenken. »Es heißt eben nicht: tragischer Unfall eines Leichtsinnigen, Pech gehabt, Akte zu, Affe tot. Stattdessen wird jetzt ein Mörder gesucht! Und ich hänge mit drin in der ganzen Scheiße. So hatten wir das nicht abgemacht!«

Ungeduldig lauschte Luc dem weiteren Verlauf des Gesprächs. Im Gegensatz zu Molly hatte er zu jeder Zeit gewusst, was Axel da oben an der Hütte und an den Klippen getrieben hatte. Anders hätte er seinen bescheidenen Beitrag zu dem abgefeimten Spiel auch gar nicht leisten können. Er fragte sich, wann Molly endlich auf dieses Detail zu sprechen kommen würde.

Lange brauchte er nicht mehr zu warten. Molly unterbrach plötzlich das fruchtlose Hin und Her und fragte: »Kannst du mir mal dein Messer zeigen?«

»Mein Messer?« Axel klang heftig erschrocken.

»Dein Messer, ja! Du gehst doch keinen Schritt ohne das gute Stück.«

Luc grinste auf seinem Horchposten in sich hinein.

»Warum willst du das wissen?«, fragte Axel deutlich verunsichert.

»Kannst du dir die Frage nicht selbst beantworten? Also los, zeig's mir!« Molly wurde fordernder.

»Ich ... ich kann nicht ... Ich … hm, okay … ich habe es nicht mehr«, stammelte Axel, um sofort aufbrausend hinzuzufügen: »Ja, und? Was spielt das für eine Rolle? Ich hab's eben verloren.«

»Ha, verloren«, höhnte Molly, »du verlierst also einfach so ein wertvolles Ding. Und wenn es so wäre, dann müsstest du sagen, am Tatort verloren. Das trifft die Sache etwas besser. Es lag nämlich in unmittelbarer Nähe der Hütte, wo du dem Typen die Hände abgeschnitten hast. Aber das weißt du ja selbst. Du kannst von Glück sagen, dass die fehlenden Fingerabdrücke es schwer machen dürften, dich als Besitzer zu identifizieren.«

»Bist du wahnsinnig? Was redest du da für einen Stuss?« Axel schien zu explodieren, verfiel aber sofort in ein hektisches Flüstern: »Ich habe das Messer da nicht verloren. Das weiß ich ganz genau. Es ist mir erst später weggekommen. Jemand muss es mir gestohlen haben. Vielleicht ist es ja auch gar nicht meins.«

»Es ist deins«, stellte Molly klar. »Ich kenne es genau. Es ist ein besonderes Messer. Keins, das du an jeder Straßenecke findest. Ich war dabei, als du es damals geschenkt bekommen hast, erinnerst du dich?«

»Ich habe es da nicht hingeworfen. Ehrlich!« Axels Stimme begann zu kratzen, sein Flüstern wurde hektisch. »Du musst mir glauben! Warum sollte ich das tun?«

»Ich hatte gehofft, du kannst es mir erklären«, beharrte Molly. »Es ist mir nämlich völlig unklar, was du mit der Aktion beabsichtigt hast.«

»Nochmal, ich war das nicht!«, protestierte Axel. »Vielleicht hat es mir einer geklaut. Aus meinem Hotelzimmer. Aus meiner Hose. Was weiß denn ich! Ich erinnere mich nur, dass ich mal für eine Stunde in der Hotelsauna gewesen bin. Meine Klamotten hatte ich im Zimmer gelassen.«

»Na klar. Der große Unbekannte, der unbemerkt ins Hotelzimmer eindringt und dein Messer stiehlt. Danach hat er ja auch ganz gezielt gesucht. Absoluter Blödsinn.«

»Wenn du wüsstest«, murmelte Luc und dachte daran, wie einfach es gewesen war, das Messer aus Axels Zimmer zu stehlen. Er konzentrierte sich wieder auf das Gespräch.

»Hör zu, Axel«, sagte Molly, »was immer du dir bei der Aktion mit dem Messer gedacht hast – noch einmal so ein Ding und ich bin raus. Dann kannst du nicht mehr auf mich zählen, ist das klar? Am besten, du verschwindest umgehend wieder aus der Gegend und tauchst unter, bis die Sache ausgestanden ist.«

Luc hörte, wie Molly kurz darauf nach der Bedienung rief. Wenig später wurden Stühle gerückt. Er packte eilig seine Sachen zu-

sammen und war startbereit, als die beiden Männer aus dem Ratskeller traten, sich voneinander verabschiedeten und in entgegen-
gesetzte Richtungen davongingen.

Luc verließ seinen Horchposten am Schuhgeschäft und folgte
Molly wieder in angemessenem Abstand. Im Schatten der alten
Stadtmauer wartete er dann, bis er sicher war, dass Molly tatsächlich in seinen Wagen stieg und wegfuhr. Danach wandte er sich ab
und schlenderte, zufrieden mit sich selbst, zurück zum Ratskeller.
Er ging hinein und nahm an einem leeren Tisch Platz. Schon kurz
darauf spürte er, wie die Wärme in seinen Körper zurückkehrte.
Bei einem Bier und einer Currywurst versuchte er, seine Gedanken
zu ordnen und das, was er in der vergangenen Stunde gehört hatte, für sich zu werten.

Alles lief genau so, wie von ihm geplant. Mit dem Messer war der
Köder ausgelegt und die zwei hatten angebissen. Sie begannen, sich
gegenseitig zu misstrauen. Der Anfang vom Ende. Besonders von
Mollys Ende. Jetzt hieß es, wieder zu warten, bis sich die nächste
Gelegenheit bot, um ihnen einen weiteren, größeren Brocken hin-
zuschmeißen. Wie und wann das sein würde, wusste er in diesem
Augenblick noch nicht. Vielleicht musste er sogar, wenn sich gar
nichts tat, ein wenig helfend eingreifen. Aber es würde passieren.
So oder so.

15.

Der alte Urian war vorläufig festgenommen worden.

Seidel hatte Behrends über Gerboths bevorstehende Verhaftung
informiert und ihn gebeten, nach Wernigerode zu kommen, um
sich mit ihm über die Umstände zu unterhalten, die zu der Festnahme geführt hatten. Nicht am Telefon und auch nicht am Stützpunkt der Soko, sondern in der Stadt. An einer Stelle, wo sie eine
halbe Stunde ungestört miteinander reden konnten. Solange konn-

te sich Seidel verdrücken, ohne von jemandem vermisst zu werden, der danach dumme Fragen stellte.

Der Verdacht gegen Anton Radloff und dessen wahre Gotteskinder war mit der neuen Entwicklung gegenstandslos geworden. Er hatte Maike darüber informieren wollen, sie aber nicht angetroffen. Also war er sofort losgefahren. Seidel hatte besorgt geklungen.

»Ollenhauer hat einen Zeugen aus dem Hut gezaubert, der beschwört, dass das Messer vom Tatort Ludwig Gerboth gehört«, erzählte Seidel ihm auf ihrem Spaziergang am Wernigeröder Schloss. »Er kennt es angeblich als einer der Wenigen, vielleicht auch als Einziger. Unser Tatverdächtiger hat es dem Mann, seinen Worten zufolge, mal in einer schwachen Stunde gezeigt. Ich habe den Zeugen selbst nicht gesehen, dafür aber das Protokoll, das seine Worte belegt. Im Nachhinein frage ich mich, ob an dieser Aussage nicht vielleicht etwas faul ist … Das ist alles so unglaublich schnell gegangen mit den Beweisen. Wie auch immer, Ollenhauer hat es so aussehen lassen, als sei er dank seiner akribischen Ermittlungsarbeit auf den redewilligen Zeugen gestoßen. Dazu noch die leeren Insulinspritzen, die wohl ebenfalls Ludwig Gerboth zuzuschreiben sind. Klar, nachdem wir gewusst haben, wem das Messer gehört, haben wir uns auf den Mann konzentriert. Es war ein Leichtes, herauszufinden, dass der Alte zuckerkrank ist. Du erinnerst dich, die Spritzen in der Mulde vor der Hütte. Und in seiner Wohnung haben wir dann tatsächlich die zugehörige Verpackung mit weiteren Spritzen gefunden. Gut versteckt, so als wüsste er, dass er sie im Zweifelsfall nicht offen liegenlassen durfte. Da war es natürlich kein Problem für Ollenhauer, seinen Haftbefehl zu bekommen.«

»Hat Urian die Tat schon gestanden?«

»Nein. Er redet nicht mit uns. Auch einen Anwalt will er nicht.«

Seidel hörte sich an, als sei Gerboths Schweigen schon ein Beleg für seine Verdächtigungen gegen Ollenhauer. Behrends konnte dessen Zweifel an der Sachlage jedoch nicht recht nachvollziehen und ärgerte sich, wegen vager Verdächtigungen quer durch den verschneiten Harz gefahren zu sein. Er fragte den Rattenfänger noch, was für Gründe Ollenhauer haben könnte, Gerboth die Tat in die Schuhe zu schieben. Seidel blieb ihm eine plausible Antwort schuldig. Zuletzt riet er ihm, wie schon einmal, sich nicht mit unbewiesenen Behauptungen die Finger zu verbrennen. Dann gingen sie auseinander. Auf dem Rückweg kam Behrends der leckere Kuchen in dem kleinen Elender Bistro in den Sinn und er machte einen Abstecher. So wäre sein Harztrip wenigstens nicht ganz umsonst.

Die verhutzelte, kleine Verkäuferin erinnerte sich an Behrends. Auch daran, dass er Polizist war. »Also, nee, das hätt ich wirklich nicht gedacht!«, krächzte sie, gleich nachdem die einzige Kundin den Laden verlassen und die Tür hinter sich geschlossen hatte. »Der Urian ein Mörder! Man kann sich doch nicht so in einem Menschen täuschen! Nee, wirklich, ich glaub das nicht!«

Gerboths Festnahme lag erst wenige Stunden zurück. Aber wie nicht anders zu erwarten, wussten wahrscheinlich sämtliche Dorfbewohner dank gut funktionierender Buschtrommeln längst Bescheid.

»Das muss sich erst noch herausstellen, ob er ein Mörder ist«, versuchte Behrends die Frau zu bremsen. »Zunächst mal wurde er nur abgeholt, um ein paar Fragen zu beantworten.«

»Aha, machen Sie das jetzt so?«, höhnte die Verkäuferin. Ihr rasselndes Atmen schien sich seit Behrends' letztem Besuch noch verschlimmert zu haben. »Legen Sie den Leuten Handschellen an und führen sie ab, wenn man sie nur was fragen will? Nu, verkaufen Sie mich mal nicht für dumm, Herr Kommissar.«

»Hauptkommissar.«

»Hä?«

»Hauptkommissar Behrends. Polizei Northeim.«

»Northeim, ach …«, in ihrem Kopf arbeitete es sichtlich. »Wo liegt das denn? Moment, sagen Sie 's nicht, ich hab's gleich … Das ist drüben im Westen, richtig? Natürlich! Sie kommen ja aus dem Westen. Ist mir doch beim letzten Mal schon aufgefallen. Scheint 'ne schlimme Sache zu sein, wenn unsere Leute hier Ihre Unterstützung brauchen und nicht alleine damit zurechtkommen.«

»Könnte ich bitte wieder ein Stück Ihrer Schwarzwälder Kirschtorte haben?«, fragte Behrends, ohne auf ihre Anspielungen einzugehen. »Die war wirklich lecker.«

»Ja, nicht?« Augenblicklich taute ihre frostige Fassade ein wenig auf und ein Strahlen legte sich auf das faltige Hexengesicht der Verkäuferin. »Die backe ich noch selbst. Hab das Rezept von meiner Mutter. Wollen Sie wieder 'n Pott Kaffee dazu?«

Behrends nickte. »Ja, bitte.« Er wandte sich ab und steuerte auf den Bistrotisch zu, an dem er auch beim letzten Mal gestanden hatte.

»Ich bringe gleich alles rüber an den Tisch!«, rief sie ihm hinterher.

Während Behrends etwas später die Torte genoss, trippelte die Verkäuferin in unmittelbarer Nähe zwischen den anderen Tischen herum, wischte mit einem feuchten Lappen über die weißen Kunststoffplatten, rückte kleine Vasen mit Plastikblumen zurecht und tat dabei übertrieben beschäftigt. Es würde nur noch wenige Augenblicke dauern, bis die erste Frage aus ihr herausplatzte. Ihre Neugier näherte sich ihm auf leisen Pfoten, gleich einem Luchs auf Beutejagd.

»Warum hat er das denn nur gemacht, mein Gott?« Urplötzlich hatte sie ihr Putzen eingestellt. Leicht vornüber gebeugt, mit einer ihrer knochigen Hände an der Kante des Nachbartisches abgestützt, glotzte sie ihn an. Ihr kranker, geräuschvoller Atem erreichte Behrends aus dieser Distanz zum Glück nicht. »Nu, Sie müssen sich irren. Der Urian ist bestimmt kein Mörder. Was sollte er denn mit so 'nem Maler zu schaffen haben?«

Er fragte sich, wie viel von den bekannten Fakten bereits durchgesickert und was an Gerüchten dazugekommen war. Ganz egal, was er auch antwortete, die kleine Verkäuferin würde ohnehin nur ihrer eigenen Sicht der Dinge Glauben schenken. Von ihm erwartete sie lediglich die offizielle Bestätigung. Eine Situation, die ihm überhaupt nicht schmeckte.

»Wie ich schon sagte, Frau ...«

»Weidlich, Inge.«

»Also, Frau Weidlich, noch einmal: Bis jetzt ist Herr Gerboth nicht verurteilt. Ich kann Sie nur bitten, keine Märchen in die Welt zu setzen.«

Die Verkäuferin schien ihm gar nicht zuzuhören. Ihr Blick ging sorgenvoll an Behrends vorbei. »Nur gut, dass dem Urian sein Sohn wieder aufgetaucht ist. Vielleicht kümmert er sich ja jetzt um das Haus«, murmelte sie abwesend und schien für einen Augenblick vergessen zu haben, wer ihr am Bistrotisch gegenüberstand.

»Sein Sohn?« Behrends' Überraschung konnte nicht größer sein als die Verwirrung der Frau, die er mit seinem Ausruf in die Gegenwart zurückgeholt hatte.

»Ich ... Was? Nein«, stammelte die Verkäuferin erschrocken. »Was ... was für ein Sohn? Ich hab nichts gesagt.«

»Doch, doch, haben Sie«, beharrte Behrends. »Sie haben gesagt, sein Sohn sei wieder da und könne sich um sein Haus kümmern.« Ihm war bisher nichts davon bekannt, dass Gerboth einen Sohn hatte, und soweit er wusste, auch den Halberstädter Kollegen nicht. Was also sollte die merkwürdige Äußerung der Frau? Erste Auswüchse der brodelnden Gerüchteküche?

Inge Weidlich dachte nach. Angestrengt, wie ihre mahlenden Kiefer verrieten. Sie schluckte einige Male heftig, ihr Kehlkopf tanzte dabei deutlich sichtbar unter der papiernen Haut ihres Halses auf und ab. »Sie sind aber schon nur wegen dem toten Maler hier unterwegs, oder? Nicht wegen der alten Sache?«, fragte sie plötzlich.

Behrends ließ die Kuchengabel, die er sich gerade zum Mund führen wollte, wieder sinken. »Alte Sache? Was denn für eine alte Sache? Klären Sie mich auf. Ich weiß nichts von einer alten Sache.«

Inge Weidlich musterte ihn einen Moment, dann schien sie einen Entschluss gefasst zu haben. »Nu gut«, sagte sie, »wenn Sie wollen, erzähl ich Ihnen die Geschichte.«

Er nickte. »Nur los. Ich habe Zeit.«

»Nu«, begann sie und holte tief Luft, »Sie wissen ja bestimmt, früher zu DDR-Zeiten, da war das hier Sperrgebiet. Da durfte keiner so einfach rein oder raus. Wir waren hier wie von der Welt abgeschnitten. Der Axel, also der Sohn vom Urian, und sein Freund Mirko, die waren damals noch Kinder. Immer nur Blödsinn im Kopf. Richtige Jungs eben. Besonders der Axel. Hat es oft übertrieben. Und da war noch ein Bengel. Den haben die beiden gekannt. Aus Tanne kam der, gleich an der Grenze zum Sperrgebiet. Ab und zu haben die Jungs den heimlich bei uns eingeschleust. An dem Tag, als das passiert ist, sind sie angeblich wieder mit ihm zusammen losgezogen.« Sie stockte und atmete schwer. Fast schien es, als wolle sie Behrends mit der Pause auf den dramatischen Höhepunkt der Geschichte vorbereiten. »Nu, gegen Abend sollen nur der Axel und der Mirko zurückgekommen sein. Der Bengel nicht. Tage später hat man den Jungen dann tot aufgefunden. Abgestürzt soll er sein. Von 'nem Felsen. Eigentlich hätten wir damit gerechnet, dass die Polizei auftaucht und Mirko und Axel wegen der Sache verhört, aber nichts ist passiert. Stattdessen hieß es, der Junge sei alleine ins Sperrgebiet eingedrungen, dort herumgestreunt und später verunglückt. Das wollten die Eltern so nicht hinnehmen und haben behauptet, der Axel und der Mirko seien schuld am Tod ihres Sohnes.«

Erneut machte Inge Weidlich eine Pause und blickte einen Moment gedankenverloren ins Leere, ehe sie sich wieder Behrends zuwandte. »Nu, ich kann die Eltern ja irgendwie verstehen. Vielleicht hätt ich mich auch so verhalten. Immer wieder sind sie mit ihren Anschuldigungen zur Polizei gerannt und haben zum Schluss sogar unser ganzes Dorf beschuldigt. Angeblich sollten wir alle unter einer Decke stecken und die Mörder in Schutz nehmen. Das hat der Stimmung hier im Dorf nicht sehr gut getan. Besonders, weil die meisten von uns ja wussten, dass die drei Bengel oft zusammen unterwegs gewesen sind. Ein paar Leute wollten das auch melden. Zum Schluss gab es hier im Dorf heftige gegenseitige Anfeindungen wegen der Sache. Und besonders dem Axel haben einige ganz schön zugesetzt. Dabei war er doch noch 'n kleiner Junge. Er hat das alles alleine abgekriegt. Der Mirko war kurz zuvor mit seinen Eltern in den Westen rübergemacht.«

»Und was ist dabei rausgekommen?«, fragte Behrends, der gespannt zugehört hatte. »Hat die Polizei was unternommen wegen der Beschuldigungen der Eltern?«

Die Verkäuferin zuckte mit den Schultern. »Nicht bei uns. Dafür wurde der Vater des Bengels verhaftet und weggesperrt. Hat sich, soweit ich mich erinnere, dazu hinreißen lassen, die Polizei zu beschimpfen und ihr Untätigkeit und was weiß ich noch vorzuwerfen. So was ist bei unserer Staatsmacht damals gar nicht gut angekommen. Nu, danach war dann jedenfalls Ruhe und wir haben weder von der Familie, noch von diesem Unglück wieder etwas gehört. Bis kurz nach der Wende ...« Wieder verstummte sie und nötigte Behrends nachzuhaken: »Nach der Wende? Was ist da geschehen?«

»Nu, da ist der Vater eines Tages hier aufgetaucht und durch das Dorf gezogen. Hat überall Stunk gemacht. Den Fall wieder aufrollen wollte er, die Seilschaften enttarnen, die damals verhindert hatten, dass die Schuldigen am Tod seines Sohnes zur Rechenschaft gezogen wurden. Am schlimmsten aber, nachts darauf hatte einer quer über unser Ortsschild *Mörderdorf* gesprüht.«

»Der Vater?«, fragte Behrends.

»Das haben wir angenommen. Aber beschwören konnte das keiner. Nur eins wussten wir: Wir wollten Aufschwung und Touristen. Dazu brauchten wir Ruhe. Wer kommt schon gern in ein Mörderdorf?«

»Hm, verstehe«, Behrends nickte. »Da hat also alles wieder angefangen.«

»Genau. Weil der Axel ja noch bei seinem Vater gewohnt hat, haben einige von uns gedacht, er solle am besten auch aus Elend verschwinden, dann hätten wir endlich Frieden und könnten die Sache von damals vergessen. Und den Axel gleich mit.«

»Aber hatten er und sein Freund denn auch tatsächlich Schuld am Tod des Jungen?«

»Das weiß bis heute keiner. Aber wir Alten haben immer befürchtet, da kommt doch noch mal einer und schnüffelt rum. Deshalb dacht ich zuerst, als Sie heute ...«

»Keine Angst, Frau Weidlich«, beruhigte Behrends die Verkäuferin. »Außerdem ginge mich die Sache überhaupt nichts an. Aber mich interessiert schon, was mit diesem Axel passiert ist. Musste er das Dorf verlassen? Hat man ihm zu verstehen gegeben, dass er verschwinden soll?«

Inge Weidlich zog die Augenbrauen hoch. »Nicht was Sie denken, Herr Kommissar. Er ist ganz von alleine gegangen. Bei Nacht und Nebel abgehauen.«

»Hat er Angst gehabt, dass ihm jemand an den Kragen wollte wegen der Geschichte? Vielleicht aus dem Dorf?«

»Nee!« Sie schüttelte heftig den Kopf. »Da ist noch was anderes passiert. Also, ich hab's ja nur gehört. Was Genaues weiß ich nicht.«

»Ach ja? Da bin ich aber gespannt. Erzählen Sie mal.«

Sie räusperte sich, dreht sich plötzlich zur Seite und wurde von einem heftigen Hustenanfall erfasst. Nach einer Minute hatte sie sich wieder in der Gewalt und konnte reden: »Nu, der Axel hat seinen Vater für den Tod der Schwester verantwortlich gemacht. Miri, also die Tochter vom Urian, die soll einer vergewaltigt haben. Ein Tourist. Ein paar Jahre, nachdem sie die Grenze aufgemacht haben, sind ja viele aus dem Westen hierhergekommen. Der Urian hat zu der Zeit auf seinem Hof ein paar Zimmer vermietet. Angeblich hat der Vergewaltiger bei ihm gewohnt. Das hat jedenfalls der Axel im Suff in der Kneipe ausposaunt. Und nicht nur das! Urian soll sogar gewusst haben, was da passiert ist und für sein Schweigen vom Vergewaltiger 'ne Menge Geld kassiert haben! Die Miri hat sich wegen der Sache erhängt. So hat es Axel jedenfalls gesagt. Also nee, wie kann ein Sohn nur so was von dem eigenen Vater behaupten? Eine ungeheuerliche Anschuldigung, wenn Sie mich fragen. Nu, das haben wohl einige in der Kneipe genauso gesehen und ihn rausgeprügelt. Dabei sollen sie ihm deutlich gemacht haben, dass es besser für seine Gesundheit ist, wenn er abhaut aus Elend.«

»Was er dann auch getan hat«, folgerte Behrends.

»Nu ... ja. Nachdem es vorher noch richtig zwischen ihm und seinem Vater gekracht hat, ist er dann weg. Seitdem hatte ihn keiner mehr gesehen.«

Behrends runzelte die Stirn und musterte die Verkäuferin. »Was glauben Sie, Frau Weidlich? War etwas dran an Axels Vorwürfen?«

Inge Weidlich riss entsetzt die Augen auf. »Niemals!«, donnerte sie empört. »Der Urian ist zwar ein alter Stoffel, aber so was? Nee, nee! Sie haben die Miri nicht gekannt. Ein Flittchen, wie's im Buche steht. Hat die Männer verrückt gemacht. Hab's doch selbst erlebt. Wenn die wirklich vergewaltigt worden ist, dann kam das nicht von ungefähr! Aber dass der Urian es gewusst und nichts gegen so einen Kerl unternommen hat ... nee! Glauben Sie mir, Herr Kommissar, was der Axel da gesagt hat, das durfte er nicht! So viel Dreck über seinen Vater auskippen, dem Einzigen, der ihm von der Familie noch geblieben ist!«

»Und jetzt ist der Sohn also wieder zurückgekehrt?«, fragte Behrends. »Dann hätten meine Kollegen ihm doch eigentlich begegnen müssen.«

»Vielleicht wohnt er ja woanders. In Schierke oder sonst wo in der Nähe. Oder er ist wieder dahin zurück, wo er hergekommen ist.

Ich weiß nicht. Wäre aber eine Schande, wenn er nicht geblieben ist und seinem Vater hilft, wo der doch jetzt verhaftet ist. Hoffentlich hat er sich mit Urian wieder versöhnt. Nach so langer Zeit muss die Sache doch mal 'n Ende haben.«

»Wie lange ist es eigentlich her, seit Axel damals aus Elend verschwunden ist?« Eine innere Stimme sagte Behrends, dass die Geschichte, die sich um den Tod von Urians Tochter rankte, keineswegs in Vergessenheit geraten oder begraben worden war. Aber konnte das dann auch bedeuten, dass es hier eine Verbindung zum Mord an Reinhold Bender gab?

Die Verkäuferin dachte angestrengt nach. »Hm, beinahe zwanzig Jahre muss das jetzt her sein.«

»Und wann genau ist er wieder aufgetaucht?«

»Mein Gott, Herr Kommissar, da fragen Sie mich aber was! Da muss ich erst mal nachdenken … Könnte Ende Oktober gewesen sein … ja, richtig, jetzt fällt's mir wieder ein, da lag noch kein Schnee. Hat sich ziemlich verändert, der Axel. Trotzdem habe ich ihn wiedererkannt.«

»So lange liegt das schon zurück?«

»Jaha!«, tönte die Verkäuferin.

Wenn die Frau Recht hatte, dann war der Sohn des alten Gerboth also genau zu der Zeit aufgetaucht, als Reinhold Bender verschwunden war. Wirklich nur Zufall, diese zeitliche Übereinstimmung?, überlegte Behrends.

»Und? Haben Sie mit ihm gesprochen? Oder sonst jemand aus dem Ort?«, fragte er die Verkäuferin.

»Nee, ich hab gesehen, wie er um das Haus von seinem Vater rumgeschlichen ist. Ich wollte ihn ja ansprechen, aber da war er auch schon wieder verschwunden.«

»Rumgeschlichen? Können Sie sich denken, warum er das gemacht hat?« Behrends' Gedanken irrten orientierungslos herum. Es gelang ihm nicht, sie angesichts all der neuen, unerwarteten Informationen zusammenzuhalten.

Inge Weidlich zuckte mit den Schultern. »Hm … keine Ahnung. So, als ob er da einbrechen wollte, sah es eigentlich nicht aus.« Sie wandte ihren Kopf zur Seite, hustete kurz in die vorgehaltene Faust, blickte dann mit tränenfeuchten Augen wieder auf Behrends.

»Vielleicht hat er sich auch nicht getraut, reinzugehen und Urian unter die Augen zu treten.«

»Ja, möglicherweise«, seufzte Behrends. Oder er ist aus einem ganz anderen Grund um das Haus geschlichen, dachte er. »Können Sie mir sagen, ob es noch jemanden gibt, der ihn gesehen hat und vielleicht weiß, wo er sich jetzt aufhält?«

»Nee, keine Ahnung. Aber fragen Sie doch mal den Mirko«, sagte die Verkäuferin plötzlich, »vielleicht kann der Ihnen helfen.«

»Mirko? Der Freund von damals? Haben Sie nicht gesagt, der sei mit seiner Familie in den Westen geflohen?«

»Ja schon. Aber der ist seit ein paar Jahren wieder hier. Nu, den müssen Sie eigentlich kennen. Ist in Halberstadt bei der Kripo. Ich glaub, der war es sogar, der den Urian festgenommen hat.«

»Mirko ... Ollenhauer?« Behrends spürte, wie sich sein Puls beschleunigte. Die Überraschung war der Frau gelungen.

»Natürlich Mirko Ollenhauer!«, rief sie. »Wen denn sonst? 'nen anderen Mirko kenn ich nicht.«

Behrends wurde einiges klar. Trotzdem kam er sich plötzlich orientierungslos vor wie in einem Irrgarten. Ollenhauer hatte ihm gegenüber Gerboths Sohn nicht erwähnt. Weder bei ihrem ersten Aufeinandertreffen, noch heute. Auch Tim Seidel wusste nichts, sonst hätte der die Information längst nach Northeim weitergeleitet. Aber spielte das überhaupt eine Rolle? Angenommen, Mirko Ollenhauer und Axel Gerboth wären sich nie wieder begegnet, nachdem sie durch die Flucht voneinander getrennt wurden, dann gab das Wissen um die Jugendfreundschaft der beiden den Ermittlungen keine neue Richtung.

Aber waren sie sich tatsächlich nie wieder begegnet? Hätte Ollenhauer nicht versucht, nach seiner Rückkehr in die alte Heimat Kontakt zu dem Kumpel von früher aufzunehmen? Und was war im Oktober, als Axel Gerboth plötzlich wieder da war und von Inge Weidlich am Haus seines Vaters gesehen wurde? Gab es wirklich nie wieder ein Treffen der zwei, bei einer Flasche Bier vielleicht und vielen Erinnerungen, die sie miteinander auszutauschen hatten?

Behrends' Gedanken überschlugen sich. »Was wissen Sie über Mirko Ollenhauer?«, fragte er die Verkäuferin. »Und über seine Freundschaft zu Axel Gerboth?«

»Ach, das ist doch eine ganz alte Freundschaft.« Inge Weidlich machte eine Pause, starrte versonnen durch die großen Scheiben nach draußen, wo feiner Schneestaub, von einer Windbö aufgewirbelt, im Sonnenlicht zu Boden flirrte. Ein Film aus der Vergangenheit schien vor ihrem inneren Auge abzulaufen. Etliche Sekunden vergingen, ehe sie weitersprach. »Der Axel und der Mirko, die waren unzertrennlich. Nach der Flucht vom Mirko war der Axel wie vor den Kopf gestoßen. Ich glaube, der hat das nie richtig verwunden. War seitdem eher so'n Einzelgänger, 'n bisschen sonderbar. Und dann ist der Mirko vor ein paar Jahren plötzlich wieder da gewesen. Zur Polizei in Halberstadt haben sie ihn versetzt. Aus Essen, wo er vorher gearbeitet hat. Er hat's mir erzählt, als er mal hier im Laden war. Da, wo Sie jetzt stehen, genau da hat er auch gestanden. Wollte sich nach der langen Zeit in seiner alten Heimat umsehen, hat er gesagt und nach Axel gefragt hat er auch. Nu, aber der war ja nun mal weg.«

»Haben Sie ihm gesagt, warum er verschwunden ist?«, fragte Behrends.

»Nee. Das konnte ich nicht! Geh zu Urian, hab ich ihm geraten. Ich dachte mir, ist vielleicht besser, wenn er die Geschichte von dem erfährt, als hinten rum. Das wäre Urian dann womöglich nicht recht gewesen.«

»Und? War Mirko Ollenhauer bei Gerboth?«

»Weiß nicht. Fragen Sie ihn selbst. Oder treffen Sie ihn nicht mehr?«

Behrends antwortete nicht auf ihre Frage. Zu viele Gedanken gingen in seinem Kopf herum, die geordnet werden wollten.

»Ja, Frau Weidlich«, sagte er plötzlich und sog tief die Luft ein, »es war nett, mit Ihnen zu plaudern, aber jetzt muss ich wirklich los.« Er tippte mit der Kuchengabel auf den leeren Teller. »Ihre Schwarzwälder Kirschtorte – wie immer köstlich. Was macht das dann?«

Er zahlte und ging zur Ladentür. Sein Blick blieb an der Rückseite eines Plakates hängen, das von außen an die Scheibe der Tür angebracht war. Er hatte bisher keine Gelegenheit gefunden, die Verkäuferin darauf anzusprechen.

Er zog die Tür auf und deutete mit der freien Hand auf das Plakat. »Kein Platz für den Wolf im Harz!« stand in fetten Buchstaben am oberen Rand des hastig am Computer zusammengeschusterten

Machwerks und gleich darunter: »Verhindert die Rückkehr der mordenden Bestien.« Das Bild eines grimmig aussehenden Wolfskopfes mit gefletschten Lefzen verlieh der Forderung den nötigen Nachdruck.

»Angst vorm bösen Wolf?«, fragte Behrends spöttisch in den Laden hinein. »Was ist denn Schreckliches passiert, dass Sie hier solche Aufrufe hängen haben?«

»Nu hör'n Sie mal, Herr Kommissar«, entrüstete sich die Verkäuferin hinter ihrem Tresen, »wo leben Sie denn? Die Viecher sind gefährlich! Haben Sie das denn nicht mitgekriegt? Erst die Sache mit den Knochen im Bauch von diesem toten Vieh! Und vorletzte Nacht ist schon wieder was passiert. Unten in Elbingerode hat eins von diesen Monstern zwei Schafe gerissen, hab ich gehört. Da laufen also noch mehr von den Viechern rum. Man traut sich ja fast nicht mehr vor die Tür!«

»Sie müssen nicht alles glauben, was die Leute so erzählen. Wölfe sind scheue Tiere, die vor den Menschen lieber Reißaus nehmen, anstatt sie anzufallen.«

»Ach ja? Woher wollen Sie das denn so genau wissen?«

»Ich beschäftige mich seit einiger Zeit mit dem Thema, also mit den Verhaltensweisen von Wölfen. Wissen Sie, ich habe einen Hund und …«

»Hör'n Sie auf, Herr Kommissar! Damit können Sie mich jetzt nicht beruhigen«, schnitt die Weidlich ihm das Wort ab. »Die Sache mit den Schafen, solche Geschichten erfindet doch keiner! Tun Sie mal lieber was, damit die Leute sicher leben können. Das ist doch Ihre Aufgabe als Polizist und nicht das mit den Verhaltensweisen da! Oder wollen Sie uns den Bestien überlassen ohne was zu tun? Wissen Sie denn jetzt eigentlich, wer das arme Schwein ist, den das Vieh angefallen und getötet hat? Davon hab ich nichts in der Zeitung gelesen.«

Behrends zögerte, wollte ihr erklären, dass ein Landschaftsmaler umgebracht wurde. Und dessen Mörder war garantiert kein Wolf. Doch dann ließ er es bleiben. »Schönen Tag noch«, sagte er lapidar und schloss die Ladentür hinter sich.

Es wurde allerhöchste Zeit, der Öffentlichkeit reinen Wein einzuschenken und einige gefährliche Irrtümer aus der Welt zu räumen.

16.

Behrends hatte lange mit Maike geredet. Die ganzen Neuigkeiten aus dem Bistro konnte er nicht allein mit sich herumschleppen. Er musste sein Wissen mit jemandem teilen, auf dessen Sachverstand er vertraute. Und das war nun einmal Maike de Baer. Nicht nur, weil sie gerade zur Verfügung stand und weil Tim in Wernigerode wahrscheinlich genug andere Dinge um die Ohren hatte. Es war noch etwas anderes: ihre Intuition. Schon immer hatte er das Gefühl gehabt, sie konnte tiefer blicken, konnte mehr hinter den offensichtlichen Zusammenhängen sehen, als andere.

Letztendlich waren sie während ihres Gesprächs zu dem Schluss gekommen, dass vieles von dem, was Behrends von der kleinen, hutzeligen Verkäuferin erfahren hatte, durchaus wahr sein konnte. Auch die die angebliche Vergewaltigung konnte passiert sein. Wenn Gerboth nach der Wende in seinem Haus Urlaubsgäste beherbergt hatte, warum sollte nicht einer darunter gewesen sein, der es auf dessen Tochter abgesehen hatte? Oder irgendein anderer Mann, den das Mädchen kannte oder dem sie zufällig über den Weg gelaufen war.

Sogar die Geschichte vom verstoßenen Sohn klang plausibel. Sollte dieser Axel tatsächlich derart ungeheuerliche Anschuldigungen gegen seinen Vater geäußert haben, dann war es, unabhängig vom Wahrheitsgehalt, darüber ganz bestimmt zum Zerwürfnis gekommen. Es war ihnen nicht einmal sehr abwegig erschienen, dass Axel Gerboth in seinem Heimatdorf als Einzelgänger und Störenfried galt und viele Dorfbewohner es mit Genugtuung gesehen hatten, als er endlich aus Elend verschwunden war.

Für einige Fragen jedoch hatten sie in ihrem Gespräch keine vernünftige Erklärung gefunden. Etwa die, wo er abgeblieben war und was er in den zurückliegenden zwanzig Jahren angestellt hatte. Und was hatte ihn im Oktober vergangenen Jahres wieder nach Hause getrieben? Maikes Intuition war ihnen keine große Hilfe gewesen. Auch nicht bei den Fragen, die sich um Ollenhauer gedreht hatten. Wie gut kannte der Hauptkommissar die Gerboth-Familie? Hatte er von den Vergewaltigungsvorwürfen gehört, als er nach

Halberstadt versetzt worden war? Oder schon viel früher? Vielleicht sogar von Axel selbst, weil der seinen alten Freund gesucht und schließlich wiedergefunden hatte?

Wie wichtig waren diese Fragen überhaupt? Zwischenzeitlich war es Behrends vorgekommen, als manövrierten sie sich mit jedem neuen Gedanken immer tiefer in eine Sackgasse. Doch dann waren da wieder die Zweifel gewesen, die in seinen Eingeweiden rumorten, seit er das Bistro und Elend verlassen hatte: Ollenhauer überführte in seinem alten Heimatort völlig unbeeinflusst einen vermeintlichen Mörder, mit dessen Sohn ihn früher eine enge Freundschaft verbunden hatte. Das war eigentlich nicht normal. Was ging in einem Mann vor, der scheinbar kalt bis ins Herz seine Arbeit tat, und niemand von seinen Mitarbeitern vermutete etwas von seiner Beziehung zu dem Mann, den er höchstpersönlich verhaftet hatte? Legte man dann noch Seidels Zweifel an der eigenmächtigen Art zu ermitteln zugrunde, und die Geschwindigkeit, mit der Ollenhauer den alten Gerboth als Täter entlarvt hatte, so konnte man schon auf die Idee kommen, dass dabei tatsächlich nicht alles mit rechten Dingen zugegangen war. Aber welches Interesse hätte Ollenhauer daran haben sollen, den Vater seines früheren Freundes hinter Gitter zu bringen?

Behrends beschloss, Ollenhauer mit dieser und noch einigen anderen Fragen zu konfrontieren. Sofort. Am Telefon. Anders konnte er das Durcheinander in seinem Kopf nicht ordnen. Der Kollege musste ihm einiges erklären, damit er sich nicht weiter in Verdächtigungen verrannte, die möglicherweise völlig unhaltbar waren.

Ollenhauer war schon nach dem ersten Läuten am Telefon. »Hallo, Herr Kollege«, rief er in den Hörer, »Sie haben wohl Sehnsucht nach mir, was?« Er ließ ein spöttisches Lachen folgen. »Oder wollten Sie Ihren Kollegen Seidel sprechen? Ich kann Sie gerne zu ihm durchstellen.«

»Nein, nein. Ich habe mich nicht verwählt. Ich wollte tatsächlich mit Ihnen reden.«

»Ach ja?«, wunderte sich Ollenhauer. »Wie kann ich Ihnen denn helfen?«

»Erinnern Sie sich an Ihren alten Freund Axel Gerboth?«, überfiel Behrends seinen Kollegen.

Am anderen Ende herrschte einen Moment atemlose Stille. »Woher wissen Sie …?« Der Schreck in Ollenhauers Stimme war deutlich zu hören, doch unvermittelt wechselte die Klangfarbe und Behrends schlug kalte Wut entgegen: »Was soll das, Herr Behrends? Stellen Sie etwa hinter meinem Rücken Nachforschungen an? Sie überschreiten eindeutig Ihre Kompetenzen! Ich werde …«

»Moment, Herr Ollenhauer«, unterbrach Behrends ihn, »ich stelle keine Nachforschungen an. Dass der alte Gerboth einen Sohn hat, den Sie, genau wie den Vater, von früher kennen, habe ich heute durch Zufall erfahren.«

»Ach! Durch Zufall also«, grollte Ollenhauer. »Das sollten Sie mir schon etwas genauer erklären.«

»Inge Weidlich. Die kennen Sie doch.« Als vom anderen Ende der Leitung keine Reaktion kam, fuhr er fort: »Ich war heute zufällig in der Gegend unterwegs und habe einen kurzen Abstecher in das Bistro gemacht, wo sie arbeitet. Ihre Schwarzwälder Kirschtorte ist einfach köstlich.«

»Zufällig in der Gegend unterwegs, aha. Und weiter?«

»Wir haben uns nett unterhalten. Über den alten Urian, über Elend und über früher, als Sie und Ihr Freund Axel noch in kurzen Hosen durch das Sperrgebiet gestromert sind. Als dieser andere Bengel, mit dem Sie umhergezogen sind, umgekommen ist und der Vater Sie beide dafür verantwortlich gemacht hat.«

»Entschuldigen Sie bitte«, polterte Ollenhauer, »aber was soll das jetzt? Warum reiben Sie mir meine Vergangenheit unter die Nase?«

Behrends seufzte. »Finden Sie nicht, Sie hätten mich bei unserer ersten Begegnung über Ihre Beziehung zu der Familie Gerboth aufklären können, anstatt so zu tun, als kennen Sie den alten Urian nur vom Hörensagen als Brockenlegende?«

»Warum? Was spielt das für eine Rolle? Ich habe Axel seit rund dreißig Jahren nicht mehr gesehen. Seit meine Eltern mit mir aus der DDR geflohen sind. Wir waren damals noch Kinder!«

»Hm …«, überlegte Behrends, »ich habe wirklich gedacht, dass Sie noch etwas mit ihm verbindet. Oder wenigstens mit seinem Vater. Haben Sie denn keinen Moment Zweifel an seiner Schuld gehabt, als Sie ihn festgenommen haben? Keine Skrupel?«

»Warum sollte ich?«, fragte Ollenhauer. »Die Beweislage ist erdrückend. Außerdem habe ich mit den Gerboths seit damals nichts mehr zu schaffen. Vergessen und vorbei.«

»Ach, tatsächlich«, höhnte Behrends, »aber nachdem Sie in den Harz versetzt wurden, haben Sie sich umgehend bei Inge Weidlich nach Ihrem alten Freund Axel erkundigt. Wirklich alles vergangen und vergessen?«

»Ja, ja ... eine kurze emotionale Regung. So was passiert, wenn man nach einer Ewigkeit die alte Heimat wiedersieht. Nichts von Bedeutung.«

»Was halten Sie eigentlich von dieser Vergewaltigungsgeschichte? Ihr Freund Axel hat seinem Vater ja schlimmste Vorwürfe gemacht. Auch ein Grund, weshalb er Elend kurz darauf mehr oder weniger freiwillig verlassen hat. Davon haben Sie doch sicher gehört.«

Behrends vernahm das leise Stöhnen am anderen Ende der Leitung. Zu gern hätte er in das Gesicht seines Kollegen geblickt. Wie viel hätte er daraus in diesem Moment lesen können. Dann plötzlich ein schwaches Räuspern. »Ja ... ich kenne die Geschichte. Und Inge Weidlich hat sie Ihnen natürlich auch aufgetischt.«

»Richtig«, bestätigte Behrends.

Ollenhauer lachte bitter auf. »Die gute, alte Inge. Hat ihre Augen und Ohren überall, und sie kann den Mund nicht halten. Wer sie kennt, braucht weder Zeitung, noch Fernseher. Hören Sie, Herr Kollege, was halten Sie von einer kleinen Harzwanderung?« Von einer Sekunde zur anderen war seine Stimme in einen versöhnlichen Tonfall umgeschlagen.

»Eine was?« Behrends fühlte sich regelrecht überfallen. Was für eine absurde Idee!

»Ich würde Ihnen gern ein paar Sachen etwas ausführlicher erzählen. Die Weidlich weiß zwar eine ganze Menge, aber sie vermischt dabei gelegentlich Tatsachen und Gerüchte. Mir ist daran gelegen, dass Sie mein Verhalten nicht missverstehen und dadurch unsere Mordermittlungen in ein völlig falsches Licht geraten. Ich habe schon begriffen, worauf Sie hinaus wollen. Sie glauben, ich hätte die Ermittlungen aus persönlichen Gründen manipuliert. Und jetzt wollen Sie wissen, warum. Das kann ich verstehen, ehrlich. Gerade deshalb ist es mir wichtig, wenn wir das erst mal unter uns ausmachen und Sie mit niemandem sonst über Ihre Vermutungen sprechen. Was Sie später mit Ihrem Wissen anstellen, überlasse ich Ihnen. Ich bin mir sicher, Sie haben danach keinen Anlass mehr, die Sache offiziell zu behandeln. Wären Sie damit einverstanden?«

Behrends zögerte. »Also, ich weiß nicht, ich bin eigentlich nicht der große Wanderer. Können wir uns nicht irgendwo treffen, wo man sich gemütlich hinsetzen und unterhalten kann? Und was dazu trinken oder essen.«

»Kommen Sie«, forderte ihn Ollenhauer auf, »bei dem Wetter macht das wirklich Spaß, glauben Sie mir. Auch solchen Wandermuffeln wie Ihnen. Ich zeige Ihnen dann mal die wirklich schönen Seiten des Harzes. Ich kenne Stellen, die nicht täglich von Besucherhorden überrannt werden. Und dabei können wir dann ganz und gar ungestört unser Problem erörtern, mit klaren Gedanken und ungetrübtem Blick, wenn Sie so wollen. Außerdem könnten wir uns auf die Spuren der Wölfe begeben.«

Behrends spitzte die Ohren. »Wie meinen Sie das?«

»Nun, wie es aussieht, gibt es außer unserem toten Wolf noch weitere Exemplare davon im Harz. Zumindest deutet ein Schafriss, der erst ein paar Tage zurückliegt, darauf hin.«

»In Elbingerode?« Es fiel Behrends schwer, seine Aufregung zu unterdrücken. »Frau Weidlich hat davon gesprochen. Ich habe das allerdings für ein dummes Gerücht gehalten.«

Ollenhauer seufzte. »Vielleicht wurden die Schafe auch von wildernden Hunden angefallen. Aber der Bauer, mit dem ich gesprochen habe, beschwört, dass es ein Wolf gewesen ist. Vielleicht waren es auch zwei.«

»Und Sie glauben, wir könnten tatsächlich auf die Tiere stoßen?«, fragte Behrends.

»Versprechen kann ich das nicht. Aber vielleicht entdecken wir ihre Spuren. Na los, Herr Hauptkommissar, geben Sie sich einen Ruck! Sie haben mir doch erzählt, dass Sie sich für Wölfe interessieren.«

Behrends schwankte. Was Ollenhauer sagte, klang verlockend. Aber sich auf bloße Vermutungen hin dem Wanderstress aussetzen? Schließlich siegte seine Neugier. »Also gut«, beschloss er. »Und wann?«

»Übermorgen früh. Gegen sieben am Campingplatz Schierker Stern, okay?«

»Wirklich so früh?«

»Später geht natürlich auch, wenn Sie so ein Langschläfer sind. Aber dann verpassen wir das Beste.«

»Und das wäre?«

»Lassen Sie sich überraschen. Es wird grandios. Sofern das Wetter hält. Aber die Aussichten sind gut. Ich verspreche Ihnen, Sie werden es nicht bereuen. Vernünftige Outdoor-Kleidung haben Sie?«

»Ich denke, es wird reichen«, sagte Behrends. »Und wie komme ich zu diesem Campingplatz?« Er zog einen Notizzettel aus dem kleinen Behälter neben dem PC-Bildschirm und nahm einen Kugelschreiber zur Hand.

Ollenhauer beschrieb ihm kurz den Weg. Dann fragte er unvermittelt: »Weiß außer Ihnen eigentlich noch jemand von meinem kleinen Geheimnis, was Axel Gerboth betrifft?«

»Nein, niemand.« Behrends verstand selbst nicht, wie ihm die Lüge so schnell herausrutschen konnte. Er war schon nahe daran gewesen, dem Mann uneingeschränkt zu vertrauen. Irgendwo in seinem Inneren schien aber berufsbedingt dieser letzte Funken Argwohn zu glimmen. Er widerstand dem Impuls, seine Antwort zu korrigieren. Ollenhauer musste nicht wissen, dass er Maike ins Vertrauen gezogen hatte.

»Gut«, grunzte Ollenhauer. »Und das sollte zumindest bis nach unserer Wanderung so bleiben. Können Sie mir das versprechen? Wie gesagt, ich möchte nicht, dass sich da jemand Gedanken macht und ebenso die falschen Schlüsse zieht wie Sie. Sie haben immerhin vorher mit mir geredet. Ein anderer könnte aber unnötig Staub aufwirbeln.«

Behrends dachte an Seidel. Was den betraf, waren Ollenhauers Befürchtungen möglicherweise berechtigt. Bei Maike hatte er da keine Bedenken. »Versprochen, ich behalte die Sache für mich«, sagte er nicht ganz wahrheitsgemäß.

Als Behrends aufgelegt hatte, informierte er Maike kurz über seine Absichten.

»Wandern? Im Harz? Du?«, rief sie entgeistert aus.

»Ja, und? Was ist daran so merkwürdig?«

Sie lachte. »Hör mal, freiwillig würdest du doch keinen Schritt gehen. Was hat er dir geboten?«

»Die Wahrheit inklusive aller Zusammenhänge. Das wollten wir doch, oder?«

»Dafür überwindest du dich? Das nehme ich dir nicht ab!«

»Naja«, druckste Behrends herum, »der eigentliche Grund ist ein anderer.«

»Und der wäre?«

»Wir wollen Wolfsspuren suchen. Stell dir vor, wir begegnen einem leibhaftigen Wolf. Das wäre ein Ding!«

Maike schüttelte den Kopf. »Das entwickelt sich bei dir langsam zu einer fixen Idee, glaube ich.« Ihr war nicht wohl bei der Sache. »Wer sagt dir überhaupt, dass er es ernst meint? Wenn er dich nun damit nur geködert hat und was ganz anderes im Schilde führt? Du kennst ihn nicht. Vielleicht ist seine Geschichte gar nicht so harmlos, wie er vorgibt.«

Behrends schmunzelte. »Machst du dir etwa Sorgen?«, fragte er amüsiert.

»Vielleicht.«

»Maike, ich bitte dich! Ollenhauer ist ein Kollege, kein Tatverdächtiger. Also ...«

Er sagte ihr noch, dass er für die nächsten beiden Tage nicht in die Inspektion kommen würde. Die Zeit sei reif, ein paar Überstunden abzubauen und neben der Wanderung einige private Termine wahrzunehmen. Dann bat er Maike um Stillschweigen über die Geschichte mit Ollenhauer. So lange , bis er sich über dessen Verhalten im Klaren sei. Ganz besonders gegenüber Tim Seidel sollte sie nichts verlauten lassen.

Später fiel Behrends eine Kleinigkeit ein, die er vergessen hatte. Er hätte Maike Bescheid geben sollen, wo im Harz er sich mit Ollenhauer treffen wollte. Er überlegte, sie anzurufen, verzichtete dann aber darauf. So wichtig war das auch wieder nicht.

17

Behrends brauchte endlich eine vernünftige Harzwanderkarte. Für alle Fälle. Auch wenn er einen kundigen Führer dabeihaben würde – man konnte nie wissen.

Der Gedanke daran überfiel ihn, als er die Klinke der Ausgangstür hinunterdrückte, um das Bad Lauterberger Polizeikommissariat wieder zu verlassen. In der zurückliegenden halben Stunde war er mit der Kollegin ein paar unklare Details durchgegangen, die die Zeit unmittelbar nach Maria Benders Vermisstenmeldung bis zum Auffinden von Benders Audi auf dem Parkplatz in Drei-Annen-Hohne betrafen. Seine am Morgen plötzlich aufgekeimte Sorge, schon damals etwas übersehen zu haben, hatte sich zum Glück nicht bestätigt. Und er hatte endlich seine Handschuhe wieder, die er bei seinem letzten Besuch liegengelassen hatte.

»Ach, äh …«, er wandte sich noch einmal der Polizistin zu, »gibt es irgendwo in der Nähe einen Laden, wo ich eine Harzkarte kaufen kann? Eine Wanderkarte am besten, mit allen möglichen Details. Oder haben Sie zufällig hier so etwas herumliegen?«

Die Beamtin schüttelte den Kopf. »Nein, damit kann ich Ihnen leider nicht dienen, Herr Hauptkommissar. Wollen Sie am Wochenende wandern? Bei dem traumhaften Wetter wird das bestimmt herrlich.«

»Mal sehen«, blieb er unbestimmt. Er hatte keine Lust, ihr von der Verabredung mit seinem Kollegen aus Halberstadt zu erzählen. Das ging sie nichts an. »Also, haben Sie einen Tipp für mich?«

»Allerdings. Ich kenne einen schnuckeligen kleinen Buchladen in der Hauptstraße. Da bekommen Sie eigentlich alles … also alles, was auf Papier gedruckt wird. Ich verwette ein Monatsgehalt darauf, dass Sie dort die richtige Wanderkarte finden.«

Das klang überzeugend. »Seien Sie lieber vorsichtig mit Ihren Wetten«, sagte er augenzwinkernd. »Aber gut, dann sagen Sie mir doch bitte noch, wo genau ich diesen Wunderladen finde.«

Eigentlich ein nettes Städtchen, dachte Behrends kurze Zeit später und blickte die belebte Einkaufsstraße hinunter. Er hatte seinen

Wagen auf dem Parkplatz am Kurhaus abgestellt. Danach war er zu Fuß die wenigen Meter ins Zentrum Bad Lauterbergs gegangen. Alle seine bisherigen Eindrücke von der Stadt hatte er aus dem fahrenden Auto gesammelt. Zwei oder drei Mal mochten es gewesen sein und ihm hatte der Sinn nach anderem gestanden, als sich näher mit dem zu beschäftigen, was sich links und rechts der Straße tat. Heute war das anders. Er hatte jetzt frei. Es warteten keine dringenden Termine auf ihn. Also hatte er genügend Zeit. Sollte sich trotzdem etwas Wichtiges ereignen, wusste Maike über seinen Verbleib Bescheid und konnte ihn jederzeit auf seinem Diensthandy erreichen. Für einen Moment verharrte er bei dem Gedanken. Er hatte ihr doch gesagt, dass er es mitnehmen würde, oder? Behrends seufzte leise. Wenn nicht – auch egal. Die Nummer seines Privathandys hatte sie schließlich auch, und wie er aus der Vergangenheit wusste, würde sie im Notfall ohne Bedenken darauf zurückgreifen und sie wählen.

Fröstelnd zog er den Kragen seines Mantels hoch und blinzelte in die Strahlen der Mittagssonne, die von einem tiefblauen Winterhimmel schien. Bis gestern Abend hatte es heftig geschneit. Danach waren die Temperaturen rapide gesunken. Auch jetzt noch waren sie ein ganzes Stück vom Nullpunkt entfernt. Der Schnee auf den Dächern und den umliegenden Harzbergen glitzerte und ließ alles um ihn herum wie eine mit Zuckerguss überzogene Märchenwelt erscheinen. Allein die Fahrzeuge, die sich durch die mäßig freigeräumte Geschäftsstraße quälten, vermittelten so etwas wie winterliche Realität.

Behrends suchte die Häuserfront zu seiner Linken ab. Irgendwo dort hinten, fast am Ende der Straße, musste sich der Buchladen laut Beschreibung der Polizistin befinden. Langsam schlenderte er weiter, ließ seinen Blick suchend über die Schaufensterfronten gleiten, verharrte hier und da einen Moment vor den Auslagen. Er wunderte sich über das reichhaltige Angebot, das er in dieser kleinen Harzstadt nicht erwartet hatte.

Plötzlich wurde er vor einem Schuhgeschäft aufgehalten. Ein Ständer mit Sonderangeboten vor dem Eingang verengte die schmale Gasse zwischen den zur Straße hin aufgehäuften Schneehügeln und den Häuserfassaden zusätzlich. Er blieb stehen, um die entgegenkommenden Fußgänger passieren zu lassen. Ohne dieses Hindernis hätte er den kleinen Laden auf der gegenüberliegenden Seite wohl übersehen. So verschüchtert, wie der sich zwischen die Nachbarhäuser duckte, schien er sich seines Daseins beinahe zu schämen. Darüber hinaus verhinderten verblasste Markisen, dass wenigstens etwas Sonnenlicht die Hausfront erhellte.

Behrends suchte eine Lücke zwischen den Schneewällen und steuerte quer über die Straße direkt auf den Laden zu. Altes, dunkelbraunes Fachwerk fasste drei Schaufensterscheiben ein. Hinter zwei der Scheiben versammelten sich, in eine fantasievolle Dekoration eingebettet, die aktuellen Buch-Bestseller. Das dritte Fenster war ganz der regionalen Literatur gewidmet. Fotobücher, Harz-Sagen, Regionalkrimis und ein paar Faltkarten waren um ein Plastikrelief angeordnet, das den Harz abbildete und fast die gesamte Bodenfläche hinter dem Fenster überdeckte.

Tante-Emma-Laden, dachte Behrends, als er die ausgetretene Stufe zur Eingangstür nahm, ein Buchhandels-Tante-Emma-Laden! Sein Verdacht, in einem Relikt aus längst vergangenen Zeiten gelandet zu sein, verstärkte sich beim Eintreten noch. Unwillkürlich hielt er die Luft an, glaubte sich dünnmachen zu müssen in dem, wie es schien, hoffnungslos überfüllten Lädchen. Dabei waren es gerade mal vier weitere Kunden, von denen zwei am Tresen mit der Registrierkasse und den abgewetzten Holzkanten standen, während die anderen beiden sich zwischen den fast bis zur Decke reichenden Buchregalen herumdrückten.

Einem ersten, heftigen Impuls folgend wollte er sofort wieder gehen. Im Moment seines Eintretens war die schwache Kindheitserinnerung an kleine, vollgestopfte Dorfläden mit der Einkaufserfahrung in den modernen, weitläufigen Shoppingpalästen kollidiert und hatte ihm ein altbekanntes Engegefühl beschert.

»Guten Tag. Was kann ich für Sie tun?«

Hatte die Frau nicht gerade noch an der Kasse gestanden und sich mit den beiden Kunden unterhalten? Urplötzlich war sie vor ihm aufgetaucht und hinderte ihn mit freudestrahlendem Gesicht daran, seinen Entschluss, wieder zu gehen, in die Tat umzusetzen.

»Ich … ich wollte … Haben Sie Wanderkarten?«, stammelte Behrends verlegen.

»Aber klar doch!«, jubelte die Dame. »Die haben wir da hinten stehen. Kommen Sie mal mit.« Ohne seine Reaktion abzuwarten, drehte sie sich um und eilte los.

»Was für eine Karte möchten Sie denn? Wir haben Wanderkarten vom Westharz, vom Ostharz, vom gesamten Harz, ein paar auch von anderen Gegenden. Unterschiedlich detailreich. Und natürlich Stadtkarten, falls Sie sich dafür interessieren. Von Bad Lauterberg haben wir eine ganz besondere Ausgabe. Mit zusätzlichen Informationen. Wunderschön gestaltet. Und was wir nicht haben, können wir Ihnen ganz schnell besorgen.«

Die Buchhändlerin redete munter drauflos, während sie zurück in die geheimnisvollen Tiefen des alten Ladens steuerte. Wie hypnotisiert folgte Behrends ihr. Als er dann vor dem Sammelsurium unterschiedlichster Faltkarten stand, verließ ihn der Mut. Hilflos seufzend wandte er sich der Buchhändlerin zu: »Können Sie mir nicht eine empfehlen?«

»Hier«, sagte sie und zog, ohne zu überlegen, mit sicherem Griff ein blaues Kartenset in transparentem Plastikumschlag aus einem der Holzkästen. »Damit können Sie nichts falsch machen. Die deckt alle Bedürfnisse ab.«

»Ja, die ist wirklich gut«, bestätigte eine Stimme in seinem Rücken. Er fuhr herum, blickte ins Gesicht einer zierlichen Frau, die er bei seinem Eintreten nicht gesehen hatte. Sie mochte um die siebzig Jahre alt sein, trug die glatten grauen Haare als Pagenschnitt und strahlte ihn aus einem faltigen Gesicht an. In ihren Augen lag die gleiche Begeisterung wie bei der jungen Buchhändlerin neben ihm. Wo mochte die Frau so plötzlich hergekommen sein?, überlegte er.

Ein kurzer Blick über die Schulter der alten Dame zeigte Behrends, dass er jetzt der einzige Kunde war. Von ihm unbemerkt hatten die anderen Personen den Laden verlassen. Die beiden Frauen machten nicht den Eindruck, als wollten sie auch ihn möglichst schnell wieder loswerden. Anstatt das Geld für die Karte zu kassieren und ihn dann zu verabschieden, luden sie ihn ein. Wie einen willkommenen Gast – ein sehr angenehmes Gefühl. »Wie wäre es, möchten Sie einen Kaffee? Da hinter dem Regal ist eine kleine Sitzecke. Wenn Sie Zeit haben … Sie können auch einen Espresso bekommen.«

»Eine Sitzecke?« Behrends mochte es nicht glauben. »Wo haben Sie die denn noch untergebracht?«

»Hier, sehen Sie selbst.«

Behrends bestellte Kaffee. Die beiden Damen kümmerten sich fürsorglich um ihn. Wie er schon vermutet hatte, waren sie Mutter und Tochter und beide leidenschaftliche Buchliebhaberinnen. Der Laden gehörte ihnen, und sie waren stolz darauf, mit ihrem alt-ehrwürdigen Kleinod bisher dem Ansturm der großen Buchhandelsfilialen standgehalten zu haben. Doch darum und um Bücher ganz allgemein drehte sich ihr Gespräch nur kurz. Sehr schnell waren sie bei den aktuellen Nachrichten angelangt, die die Harzregion zurzeit beschäftigten. Natürlich auch bei dem Mordfall, in dessen Ermittlungen Behrends, zumindest am Rande, eingebunden war.

»Ich finde das ja wirklich total aufregend, hier mit einem Kriminalkommissar der Mordkommission zusammenzusitzen und Kaffee zu trinken«, freute sich die junge Buchhändlerin. Ihre Mutter war wieder hinter den Verkaufstresen gegangen. Das Geschäft musste weiterlaufen. »Sie waren ja erst vor ein paar Tagen in der Zeitung abgebildet, genau wie Ihr Kollege, mit dem Sie zusammenarbeiten. Der war übrigens auch schon mal bei uns.«

»Wer?«, schaltete Behrends nicht sofort.

»Na, dieser andere Kommissar. Der aus Halberstadt. Ist aber schon eine Weile her. Im Herbst war das, glaube ich. Wir hatten verkaufsoffenen Sonntag.«

»Ach, wollte er auch eine Wanderkarte kaufen?«, fragte Behrends amüsiert.

»Nein, der hat nur geguckt. Gekauft hat er leider nichts.« Sie ließ sich die Enttäuschung darüber deutlich anmerken. »Hat der den Toten eigentlich gut gekannt?«

Behrends horchte auf. »Den Toten? Welchen Toten?«

»Na, Ihren Toten. Der, dessen Mörder Sie suchen.«

»Wie kommen Sie darauf?«

»Die haben direkt vor mir gestanden. Beide zusammen! Hier im Laden!«

Behrends bedachte sie mit einem zweifelnden Blick. »Das kann nicht sein.«

»Doch, doch! Ganz bestimmt! Ich habe das Gesicht von dem Toten auch sofort wiedererkannt. Zum ersten Mal auf dem Foto von der Vermisstenmeldung. Da dachte ich nur, mein Gott, noch gar nicht lange her, da hat der bei dir im Laden gestanden, und jetzt ist er verschwunden. Und dann war ja wieder ein Bild von ihm in der Zeitung, da hieß es, dass er ermordet wurde.«

»Irren Sie sich da nicht? Ich meine, erinnern Sie sich wirklich nach so langer Zeit noch an Ihre Kunden?«

Die Buchhändlerin nickte bestimmt. »In diesem Fall schon. War ja auch etwas merkwürdig. Der Tote … also, damals hat er ja noch gelebt, der hatte zwei Tage zuvor bei mir einen sündhaft teuren Bildband über Malerei bestellt. Als er am Sonntag gekommen ist, um das Buch abzuholen, hat er so getan, als habe er nicht gewusst, dass das Buch so viel kostet. Dabei hatte ich ihn bei seiner Bestellung darauf hingewiesen. Jedenfalls fing er an, sich über den Preis zu beschweren. Dann wollte er einen Rabatt aushandeln. Aber darauf konnte ich mich schon wegen der Buchpreisbindung nicht einlassen. Er ist immer aggressiver geworden. Ein wirklich übler Kunde! Es waren noch andere Leute im Laden, aber die haben das einfach ignoriert. Nur dieser eine Mann, der Kommissar, ist schließlich an den Tresen gekommen und hat mir geholfen. Ganz ruhig hat er mit ihm geredet und ihm klargemacht, dass er einfach sein Buch bezahlen und gehen soll. Tatsächlich hat der Kerl das auch sofort getan. Er hat mir das Geld auf den Tisch geknallt und ist verschwunden. Der andere, also ich wusste da ja noch nicht, dass der bei der Polizei ist, der ist dann auch kurz darauf gegangen. Den Kaffee, den ich ihm zum Dank angeboten habe, wollte er nicht.«

»Aus so einer Geschichte können Sie doch aber keine Bekanntschaft der beiden ableiten«, sagte Behrends. Dabei schwang ein leichter Vorwurf in seiner Stimme mit.

Die Buchhändlerin strahlte ihn triumphierend an. »Nein, daraus nicht, Herr Kommissar. Aber was hätten Sie denn geglaubt, wenn Sie die beiden Herren wenig später auf dem Weg zur Post direkt hinter der Scheibe eines Schnellrestaurants sitzen sehen, wie sie sich bei einem Bier angeregt unterhalten und dabei in dem teuren Bildband blättern. Mir hat es beinahe die Schuhe ausgezogen! Ich dachte, hallo, was geht denn hier ab? Bei dir im Laden tun sie so, als seien sie sich völlig fremd, und dann das! Ich dachte zuerst, das wären zwei Betrüger, die da versucht haben, mit mir irgendeine schräge Nummer abzuziehen. Aber es ist ja danach nichts mehr passiert. Auf jeden Fall habe ich mir in dem Moment gedacht, die beiden Typen merkst du dir.«

»Komische Geschichte«, murmelte Behrends und wurde plötzlich sehr nachdenklich.

»Hm ... vielleicht habe ich auch nur zu viel in die Sache reininterpretiert.« Die Buchhändlerin winkte ab. »Manchmal geht meine Fantasie mit mir durch. Ist eben so, wenn man den ganzen Tag mit Büchern zu tun hat ... Stehen überall die wildesten Geschichten drin. Dazu kommt noch, dass ich Krimis besonders mag. Das färbt ab.« Sie kicherte verlegen.

»Ja, möglich«, entgegnete Behrends abwesend, »wahrscheinlich sind sich die zwei hinterher noch mal über den Weg gelaufen und haben beschlossen, ein Bier miteinander zu trinken. Nur eine ganz flüchtige Bekanntschaft. Nicht mehr.« Sein Instinkt sagte ihm jedoch etwas anderes. Er stand von dem kleinen Hocker auf, lächelte entschuldigend. »Ich muss dann mal wieder. Leider. Vielen Dank für den Kaffee. Ach ja, die Wanderkarte! Die nehme ich natürlich mit.« Er zahlte und nahm gerade das Wechselgeld entgegen, als ihm noch etwas einfiel: »Haben Sie zufällig ein Buch über Wölfe da? Ich interessiere mich brennend für die Tiere und wüsste gern etwas mehr über sie.«

»Da sind Sie aber einer der wenigen, die nicht schon alles wissen.«

»Wie meinen Sie das denn?«, wunderte sich Behrends.

Die Verkäuferin seufzte. »Ach, es ist seit diesen Meldungen über die Menschenknochen im Wolfsmagen. Seitdem vergeht kein Tag, an dem uns nicht mindestens ein Kunde seine unumstößliche Meinung über Wölfe mitteilt. Bei einigen klingt das dann doch ziemlich aggressiv. Und wir müssen immer freundlich bleiben und dazu nicken.«

»Ist wohl nicht immer einfach.«

»Nein, ganz bestimmt nicht. Besonders dann nicht, wenn sich zwei Kunden mit gegenteiligen Ansichten hier im Laden fast die Köpfe einschlagen!« Die Verkäuferin lächelte ihn verlegen an.

»Aber was behellige ich Sie mit unseren Sorgen! Sie haben ja nur nach einem Buch gefragt.«

»Richtig. Aber es sollte nicht nur mit Wölfen zu tun haben, sondern auch die Entwicklungsgeschichte hin zum Hund behandeln, wenn es so was gibt. Wissen Sie, ich habe selbst einen Hund, einen Irischen Setter, und ich beschäftige mich im Moment sehr mit den gemeinsamen Merkmalen der Tiere.«

Die Buchhändlerin dachte einige Sekunden nach. »Es gibt da tatsächlich ein ganz wunderbares Buch, das genau diesen Themenbereich abdeckt. Nicht ganz billig, aber es ist sein Geld wert. Das müsste ich Ihnen allerdings erst bestellen. Morgen könnten Sie es schon abholen.«

»Hm ... ich weiß nicht, ob ich das schaffe«, überlegte Behrends.

»Ich kann es Ihnen auch gerne zusenden. Portofrei. Kein Problem. Sie müssen mir nur Ihre Adresse geben.«

»Nee, lassen Sie mal«, wehrte er ab, »ich komme persönlich vorbei. Schon wegen des Kaffees.« Er grinste. »Wird aber wohl erst in ein paar Tagen möglich sein.«

Nachdem er gegangen war, schlenderte er eine Weile ziellos die Hauptstraße entlang, grübelnd, auf der Suche nach einer Erklärung. Aber nicht die Wölfe geisterten in diesen Minuten durch seine Gedanken, sondern Ollenhauer. Der hatte ihm offensichtlich ein paar weitere Dinge vorenthalten. Wie viele Geheimnisse trug der Mann noch mit sich herum? Sollte er Bender tatsächlich gekannt haben, dann war sein Schweigen mehr als nur eigenartig. Wenn sie sich morgen zur Wanderung trafen, musste er sich schon eine gute Erklärung dafür einfallen lassen – eine sehr gute Erklärung!

Als Behrends sein Auto erreichte, hatte er einen Entschluss gefasst. Er setzte sich hinter das Steuer, fuhr aber nicht sofort los. Stattdessen zog er sein Handy heraus, das private, und wählte Tim Seidels Nummer. Ebenfalls dessen private.

»Kannst du ungestört sprechen?«, fragte er, als Seidel sich meldete.

»Warte. Einen Moment.«

Er hörte im Hintergrund Gesprächsfetzen. Dann diffuse Geräusche, ein Kratzen und Scharren, und etwas, das wie Schritte klang.

Kurz darauf fiel eine Tür ins Schloss, und einige Augenblicke später meldete sich Seidel wieder: »Okay, jetzt hört keiner mehr mit. Was gibt es denn so Wichtiges?«

Behrends berichtete ihm kurz über seine Unterhaltung mit Inge Weidlich am Vortag in Elend und von seinem Gespräch mit der Buchhändlerin. »Ich will wissen, was mit Ollenhauer los ist«, schloss er, »es muss doch einen Grund geben, warum er uns diese Dinge verschweigt.«

»Dazu die Art und Weise, wie er hier agiert hat«, ergänzte Seidel. »Ich bin mehr denn je davon überzeugt, dass er die bisherigen Ermittlungen in seinem Sinne beeinflusst hat und auch weiter daran dreht. Wie zielgerichtet letztendlich alles auf den alten Gerboth rausgelaufen ist, das ... also, ich traue dem Braten nicht. Aber die Funde am Tatort und alles – die Sache scheint wasserdicht.«

»Vielleicht stimmt mit ihm tatsächlich irgendetwas nicht. Aber um ihm das nachzuweisen, musst du aktiv werden. Deshalb rufe ich dich ja an.«

»Und was soll ich tun?«, fragte Seidel.

»Wir brauchen Informationen über Ollenhauer. Über sein Leben, seine Karriere als Polizist, eigentlich alles, was wir kriegen können. Vielleicht finden wir da irgendwo eine Antwort auf unsere Fragen.«

»Wir bringen uns in Teufels Küche, wenn wir anfangen, gegen Ollenhauer zu ermitteln, Ingo. Es gibt keinen Anhaltspunkt, mit dem wir das rechtfertigen könnten.«

»Machst du etwa einen Rückzieher? Du warst es doch, der zuerst misstrauisch geworden ist. Ich dachte bis jetzt, dich reizt es, etwas gegen ihn zu unternehmen. Also los. Von mir hast du grünes Licht. Ich finde, wenn er uns seine Bekanntschaft mit dem Mordopfer verschweigt, dann ist das Anhaltspunkt genug«, munterte Behrends ihn auf. »Mir ist natürlich klar, dass wir nicht offiziell gegen ihn vorgehen können. Du hast doch ein paar Möglichkeiten, um an Informationen zu kommen, ohne dass gleich jeder etwas davon erfährt. Wenn ich mich richtig erinnere, hast du mal gesagt ...«

»Ich weiß, was ich gesagt habe«, unterbrach Seidel ihn, »und ich könnte meine Quellen auch ganz bestimmt anzapfen. Nur müsste ich dazu eine kleine Reise unternehmen, was etwas schwierig ist. Wir arbeiten hier rund um die Uhr. Freizeit ist eher Mangelware.

Und auf mich achtet Ollenhauer ganz besonders. Ich bin nämlich der ungeliebte Wessi, der auf Weisung seiner Vorgesetzten hier im *Wilden Osten* gegen das Böse kämpfen soll. Das macht es nicht einfacher, mal eben zu verschwinden.«

Behrends musste insgeheim grinsen. Seidel nahm es ihm offenbar immer noch übel, dass er seine Abordnung zur Soko Wolf nicht verhindert hatte.

»Ach, komm schon, Tim, lass dir was einfallen. Erzähl Ollenhauer irgendeine dramatische Geschichte. Dann muss er dir freigeben! Vielleicht ist er sogar froh, wenn er dich nicht in seiner Nähe hat.«

Seidel stöhnte gequält, versuchte noch ein paar schwache Einwände, gab sich aber letztendlich geschlagen. Er würde alles daran setzen, die gewünschten Informationen zu beschaffen, das wusste Behrends. Der Rattenfänger war in der Hinsicht viel zu ehrgeizig. Angesichts der Herausforderung würde er nicht tatenlos kapitulieren.

»Und wenn du schon mal dabei bist, wirf auch gleich ein besonderes Augenmerk auf die Beziehung zwischen Ollenhauer und Gerboths geheimnisumwitterten Sohn«, ergänzte Behrends seine Wunschliste. »Ich könnte fast darauf wetten, dass du in der Richtung ebenfalls auf interessante Neuigkeiten stoßen wirst.«

»Wenn du das meinst«, maulte Seidel. »Und du willst morgen also wirklich mit unserem Hauptkommissar durch den Harzer Winterwald wandern? Warum tust du dir das an und wartest nicht einfach auf das, was ich vielleicht herausfinde? Vielleicht kannst du dir dann den Weg sparen.«

»Ollenhauer hat mir Wölfe versprochen.«

»Wie, Wölfe?«, fragte Seidel irritiert.

Behrends erklärte es ihm. »Vielleicht ist er in dem Zusammenhang wenigstens ehrlich gewesen«, fügte er hinzu.

»Ingo, du machst mir Angst«, erwiderte Seidel. »Ist wirklich alles in Ordnung mit dir?«

Behrends lachte auf. »Keine Bange, alles im grünen Bereich. Und die Wanderung ist eine gute Gelegenheit, endlich mal was für meine Figur zu tun. Katrin findet das auch. Sie meint sowieso, ich bewege mich viel zu wenig.« Er zögerte kurz, ehe er sagte: »Darüber hinaus könnte Ollenhauer misstrauisch werden, wenn ich plötzlich absage. Nee, Tim, das ist schon alles in Ordnung. Ich will ihm auf jeden Fall die Gelegenheit geben, seine Heimlichtuerei mir gegenüber zu erklären. Das hat er mir angeboten, und ich denke, ich sollte ihm wenigstens zuhören. Immerhin ist er ein Kollege und vielleicht ja doch ganz in Ordnung.«

»Und dennoch lässt du mich hinter seinem Rücken sein Leben durchforsten. Ist das nicht etwas widersprüchlich?«, moserte Seidel.

Behrends blieb unbeeindruckt. »Man sollte immer noch ein Ass im Ärmel haben«, entgegnete er. »Für den Fall, dass ich mich in ihm getäuscht habe und er ein falsches Spiel spielt.«

Es dauerte einen Moment, ehe Seidel antwortete. »Dann hoffe ich nur, du täuschst dich nicht.« Er hatte ein ungutes Gefühl bei der Sache und das ließ er Behrends spüren. »Pass auf dich auf«, fügte er noch hinzu, ehe sich die beiden Männer voneinander verabschiedeten.

18.

Behrends hatte sich gut vorbereitet. Seit geraumer Zeit besaß er robuste Trekking-Stiefel. Die hatte er sich gekauft, nachdem ihm endlich klar geworden war, dass sich das Gassi gehen mit Sir Toby in seinen normalen Alltagsschuhen auf Dauer nur bei anhaltend gutem Wetter durchführen ließ. Das Harzer Wetter war jedoch überwiegend von Nässe geprägt, sah man einmal von dieser Handvoll trockener Sommertage ab. Und in der nahen Feldmark, dem bevorzugten Revier ihrer Spaziergänge, waren bei Weitem nicht alle Wege mit einer festen Teerdecke überzogen. Gelegentliche Abkürzungen über regennasse Wiesen taten ein Übriges.

Jetzt kamen ihm die allwettertauglichen Wanderschuhe auch endlich einmal bei einem anderen Anlass zugute. Dazu trug er die ausgesprochen teure Daunenjacke, das Geburtstagsgeschenk von Katrin, das ihm schon bei seinem Besuch auf dem Brocken hervorragende Dienste geleistet hatte. Für den Harzer Winter und eine

Wanderung durch die tief verschneite Mittelgebirgslandschaft glaubte er sich so jedenfalls bestens gerüstet.

In aller Herrgottsfrühe war er von zu Hause aufgebrochen. Er hatte noch nie zuvor von diesem Campingplatz am Schierker Stern gehört. Dafür kannte sich sein Navigationsgerät bestens aus und hatte ihn durch die Dunkelheit sicher an sein Ziel geleitet.

Behrends stellte sein Auto auf dem Parkplatz ab, der zum Campinggelände gehörte. Gleich ganz vorn, direkt an der Einfriedung zur Straße hin. Er hätte es nur ungern draußen am Straßenrand stehen lassen. Es war kurz nach sieben und noch immer klammerte sich die Nacht an die Wipfel der hohen Fichten. Ein heller Streifen am Horizont versprach jedoch ein schnelles Ende der Dunkelheit.

Er stieg aus und blickte sich prüfend um. Außer seinem Wagen standen noch vier oder fünf weitere Fahrzeuge auf dem Parkplatz. Ob eins davon Mirko Ollenhauer gehörte, wusste er nicht. Wenn es so war, dann hielt sich sein Kollege bestimmt irgendwo in der Nähe auf und wartete auf ihn. Aber weder hier, noch zwischen den wenigen Caravans und Campingbussen, die er im ersten Dämmerlicht auf dem leicht abschüssigen Gelände ausmachte, konnte er seinen Wanderpartner entdecken. Vielleicht hatte der sich ja verspätet.

Er überlegte, einen Blick in den Kiosk zu werfen, der zusammen mit der Rezeption den vorderen Abschnitt des Wirtschaftsgebäudes ausfüllte. Allerdings deutete nichts darauf hin, dass dort zu dieser frühen Stunde schon Leben herrschte. Als er eben auf den Kiosk zuschritt, hörte er einen durchdringenden Pfiff in seinem Rücken. Er fuhr herum und sah Ollenhauer am Eingang zum Campingplatz stehen und ihm zuwinken.

»Hierher«, hörte er ihn rufen, und er machte sofort auf dem Absatz kehrt.

»Sind Sie etwa ohne Auto da?«, wunderte sich Behrends, nachdem er seinen Kollegen begrüßt hatte.

Der schüttelte lachend den Kopf. »Oh nein, bei aller Liebe, aber so weit reicht meine Wanderleidenschaft nicht, dass ich zu Fuß hier rauf gekommen wäre.«

»Ich dachte auch eher an einen Linienbus oder so«, wandte Behrends ein.

»Mein Auto steht da drüben an der Einfahrt.« Ollenhauer deutete mit der rechten, in einen warmen Fäustling eingepackten Hand zum Wald schräg gegenüber. Gleich hinter der Straßenkreuzung erkannte Behrends an einer Wegeeinmündung das silbrige Heck eines Fahrzeugs. »Ich wollte mich nicht auf den Parkplatz stellen, weil ich kein Campinggast bin. Das sehen sie hier nicht so gern. Sie fürchten um ihre Plätze für die regulären Camper, wenn so was einreißt und jeder Wanderer da parkt.«

»Auch im Winter?«, fragte Behrends verwundert.

»Das wollen die grundsätzlich nicht«, erklärte Ollenhauer. »Außerdem ist das hier ein Ganzjahres-Campingplatz. Also ist auch im Winter Saison.«

Behrends blickte kurz über die Schulter zu seinem Wagen hin. »Dann werde ich wohl besser zu Ihnen rüberfahren, oder?«

Ollenhauer zögerte. »Ach was, jetzt lassen Sie Ihr Auto ruhig da stehen und kommen Sie«, sagte er dann, »wir sollten uns beeilen, wenn wir den Sonnenaufgang nicht verpassen wollen. Ein überwältigendes Erlebnis bei einem Wetter wie heute Morgen, das kann ich Ihnen versichern. Es sind erst für den Nachmittag neue Schneefälle angekündigt.«

Behrends nickte und folgte seinem Kollegen. Es wunderte ihn, wie gut gelaunt Ollenhauer zu sein schien. Keine Spur von Sorge oder wenigstens Nachdenklichkeit war ihm anzumerken angesichts des bevorstehenden Gesprächs, das sie führen wollten. Alles an dem langen Kerl wirkte lässig und souverän. Ein wenig erinnerte er Behrends mit seinem Auftreten an einen erfahrenen Fremdenführer, der Touristen auf unterhaltsame Weise die Schönheiten des Harzes zeigen will. Der eigentliche Grund ihres Treffens schien ihn nicht zu beunruhigen. Offensichtlich war er überzeugt, jegliches Misstrauen zerstreuen zu können.

Was auch immer der Grund für sein selbstsicheres Auftreten sein mochte, Behrends hatte sich auf der Fahrt hier hoch vorgenommen, es zu erschüttern. Spätestens in dem Moment, wenn er Ollenhauer mit der Information konfrontierte, die er gestern in Bad Lauterberg erhalten hatte. Er war gespannt, wie sein Kollege auf eine Anschuldigung reagieren würde, die ihn unvorbereitet traf. Kaum anzunehmen, dass sie ihre Wanderung dann so beschwingt fortsetzen würden, wie sie in diesen Minuten ihren Anfang nahm. Aber das hatte Zeit. Er wollte nicht mit der Tür ins Haus fallen, sondern zunächst abwarten und ein wenig den Mann studieren, der es geschafft hatte, ihn zu einer Wanderung durch den Harz zu überreden. Außerdem war da immer noch die vage Hoffnung, auf einen Wolf oder zumindest auf dessen Spuren zu stoßen. Allerdings schätzte er die Möglichkeit mittlerweile als sehr gering ein, nachdem sich seine Euphorie über Nacht stark abgekühlt hatte.

Ollenhauer lief noch einmal zu seinem Wagen und holte aus dem Kofferraum einen Rucksack und einen Feldstecher. »Ich habe uns ein wenig Proviant eingepackt«, rief er Behrends über die Schulter zu, »und ein paar Kleinigkeiten, die ein umsichtiger Wanderer immer dabei haben sollte.«

Behrends, der ihm gefolgt war, blickte an sich hinunter. Abgesehen von festem Schuhwerk und warmer Jacke zeichnete ihn wenig als umsichtigen Wanderer aus. Wahrscheinlich musste er Ollenhauers Bemerkung deshalb wohl auch als leisen Vorwurf verstehen. Er sah sich bestätigt, als der sich zu ihm umdrehte und mit gerunzelter Stirn fragte: »Haben Sie denn keine Handschuhe oder eine Mütze dabei?«

»Handschuhe schon«, entgegnete Behrends etwas ernüchtert und tastete nach seinen kunstledernen Fingerhandschuhen, die er gestern von der Bad Lauterberger Polizeistation mitgenommen hatte.

»Und was ist mit einer Mütze?«

Behrends schüttelte den Kopf. »Ich habe eine Kapuze an der Jacke.«

Ollenhauer schnaubte verständnislos. »Schützt vielleicht vor Regen, aber nicht vor Kälte. Außerdem stört so eine Kapuze. Aber Moment mal, ich glaube, ich habe noch eine Strickmütze dabei. Muss irgendwo im Auto liegen ... wenn es Ihnen nichts ausmacht, dass ich die auf meinem Kopf herumgetragen habe, kann ich sie Ihnen gerne ausleihen. Ist jedenfalls besser als abgefrorene Ohren.«

Er wartete Behrends' Antwort nicht ab, sondern wandte sich wieder seinem Wagen zu und tauchte auf der Beifahrerseite bis zur Hüfte in den Innenraum ein. Es dauerte nur ein paar Sekunden, dann hielt er ihm eine dieser Kopfbedeckungen entgegen, denen sich Behrends bisher immer kategorisch verweigert hatte. Er besaß einfach keinen Mützenkopf!

»Nun nehmen Sie schon«, forderte ihn Ollenhauer auf, als er zögerte, »Sie werden es sonst bereuen.«

»Na schön«, brummte Behrends, griff zu und zog sich die wärmende Kopfbedeckung widerwillig über. Dem Blick in den Seitenspiegel widerstand er tapfer.

»Gut sehen Sie aus«, frotzelte dafür sein Wanderpartner breit grinsend und hieb ihm mit der flachen Hand auf die Schulter. »So, auf geht's. Die Wildnis ruft!«

Ollenhauer hatte nicht zu viel versprochen. Der Sonnenaufgang war außergewöhnlich schön. Sie standen an einer erhöhten Stelle und hatten freien Blick auf den östlichen Horizont, hinter dem ein gewaltiger, rotglühender Ball aufstieg und die schneebedeckte Fichten-Skyline in ein magisches Feuerbad tauchte.

Behrends starrte reglos auf das Naturschauspiel. »Fantastisch«, murmelte er ergriffen.

Ein paar Minuten gaben sie sich dem Zauber hin, dann wandten sie sich ab und setzten ihren Weg fort. Behrends stapfte schweigend neben Ollenhauer her. In Gedanken versunken suchte er nach dem richtigen Moment, um den Mann an seiner Seite auf den eigentlichen Grund für ihre Wanderung anzusprechen. Etwas in ihm sträubte sich dagegen, die andächtige Stimmung dieses Morgens mit seinen Fragen zu zerstören. Auch Ollenhauer schien das Thema nicht anrühren zu wollen.

»Würde mich nicht wundern, wenn uns gleich ein Wolf über den Weg läuft«, meinte Behrends scherzhaft, als sie etwas später auf eine dichte Wand junger Fichten zusteuerten.

»Wie kommen Sie denn darauf?«, knurrte Ollenhauer. Die Bemerkung schien ihn nicht zu amüsieren.

»Oh ... naja, ich dachte nur ... Sie haben mich schließlich mit der Aussicht auf eine Wolfsbegegnung geködert«, entgegnete Behrends. Er war etwas irritiert angesichts der schroffen Reaktion seines Kollegen.

»Da habe ich wohl etwas zu dick aufgetragen«, gab Ollenhauer zu. »Ich dachte, so kann ich Sie am leichtesten überreden, mitzukommen. Tut mir leid, wenn Sie jetzt verärgert sind. Vielleicht stoßen wir ja auf Spuren. Aber einem Wolf in freier Wildbahn zu begegnen, dazu gehört schon etwas Glück. Sofern sich überhaupt weitere Wölfe im Harz herumtreiben.«

»Sie glauben den Geschichten also auch nicht.« Behrends hatte sich schon so etwas gedacht, war aber doch enttäuscht.

Ollenhauer schüttelte den Kopf. »Wenn ich ehrlich bin – nein. Überhaupt, diese ganzen Märchen von Wölfen, die Menschen anfallen. So ein Quatsch!«

»Das sehe ich auch so. Aber die Angst davor scheint sich derzeit ja wie ein Flächenbrand auszuweiten.«

Ollenhauer nickte. »Leider ist es so. Wie vernagelt sind die Leute, seit diese Schmierfinken das Gerücht in die Welt gesetzt haben. Wenn sich tatsächlich noch Wölfe in der Gegend befinden oder sich in nächster Zeit wieder mal ein Tier hierher verirren sollte, schätze ich die Chance zu überleben als ausgesprochen gering ein.«

»Warum?«, wunderte sich Behrends.

Ollenhauer schnaubte ungehalten. »Das fragen Sie noch? Mittlerweile wird doch ganz offen dazu aufgerufen, jeden Wolf abzuschießen, der irgendwo auftaucht. Das ist illegal und wird mit hohen Strafen geahndet, aber darum scheren die sich einen Dreck!«

»Stimmt.« Behrends sah das Plakat an der Tür des Elender Bistros wieder vor sich.

»Haben Sie mal versucht, die Leute davon zu überzeugen, dass die Tiere unter normalen Umständen harmlos sind?« Ollenhauer redete sich langsam in Rage. »Sie werden sich wundern, wie viel Hohn und Spott bis hin zu offenem Hass Ihnen dann entgegenschlägt.« Er blieb kurz stehen und blickte nachdenklich zum Horizont. »Die Situation wird langsam gefährlich. Besonders für Wanderer mit Hunden. Die müssen damit rechnen, dass hinter jedem Baum jemand mit einer Flinte steht und einfach abdrückt, wenn sich im Unterholz etwas regt. Ob Jäger oder nicht. Es gibt genug Leute, die eine Waffe zu Hause liegen haben. Möchte bei manchen nicht wissen, wie sie da dran gekommen sind. Mittlerweile rechne ich jeden Tag damit, dass was passiert. Lange dauert es bestimmt nicht mehr.«

»Jagdunfall?«, fragte Behrends lakonisch.

»So wird es dann wahrscheinlich dargestellt. Kommt darauf an.«

»Dann wird es wohl höchste Zeit, mit der ganzen Wahrheit über die Umstände herauszurücken, wie die Fingerknochen in den

Magen des Wolfes gelangt sind. Bisher lassen alle Meldungen, die in der Öffentlichkeit kursieren, auf zwei unterschiedliche Ereignisse schließen, nämlich auf einen Mord und auf eine Wolfsattacke. Jetzt, wo Sie Ihren Verdächtigen in Untersuchungshaft haben, könnte doch mal Klartext geredet werden.«

»Das haben wir vor.« Ollenhauer blieb stehen und blickte ihn mit zweifelnden Augen an. »Allerdings glaube ich nicht, dass es irgendeine Wirkung hat, wenn die Leute wissen, wie die Dinge wirklich zusammenhängen. Die wollen das gar nicht hören. Sie haben ihre Story, und von der wollen sie nicht ablassen.« Er schüttelte den Kopf, wendete sich ab und marschierte weiter. »Die Sensationstouristen, die plötzlich hier im Harz einfallen, lassen sich ihre Illusionen ungern rauben und diejenigen, die von dem unerwarteten Geldsegen durch die vielen Besucher profitieren, werden alles dafür tun, dass sich die Geschichte vom bösen Wolf noch eine Weile hält. Und die Angst, von der die Menschen seit Ewigkeiten beherrscht werden, lässt sich mit einer nüchternen Richtigstellung auch nicht einfach wieder eindämmen, wenn sie erst einmal aufgeflammt ist.«

»Eigentlich nicht zu begreifen, wie die Menschen immer noch an diesen dumpfen Mythen hängen können«, wunderte sich Behrends.

»Vielleicht, weil sie die für ihr seelisches Gleichgewicht brauchen.«

»Was? Das verstehe ich nicht.«

Ollenhauer lachte auf. Es klang bitter. »In unserer aufgeklärten, zivilisierten und hochtechnisierten Welt gibt es einfach keine Geheimnisse mehr, verstehen Sie? Wenn der letzte Schleier gefallen ist, verliert das Leben massiv an Wert, davon bin ich überzeugt.«

»Und die Geschichten vom bösen Wolf gleichen dieses Defizit aus?«

»Ja, in gewisser Weise schon.«

»Aber dabei geht es doch auch um handfeste wirtschaftliche Interessen«, gab Behrends zu bedenken. »Ein Jäger, zum Beispiel, glaubt wohl kaum an die Märchen von der Bedrohung für den Menschen, sondern sieht in erster Linie seine Abschussquote gefährdet.«

»Leider haben Sie damit Recht.« Ollenhauer seufzte. »Es liegt noch eine Menge Arbeit vor den Naturschützern. Unser toter Wolf ist bisher zwar nur ein Einzelfall, aber auch ein deutliches Indiz dafür, dass der Harz für die Tiere nicht tabu ist. Wenn sie nicht schon da sind, kommen irgendwann weitere und werden sich hier ansiedeln.« Ollenhauer schritt mit seinen langen Beinen energisch aus. Das Thema »Wolf« schien für ihn zunächst erledigt. Behrends hatte Mühe, dem Mann zu folgen. Nach ein paar Metern war er wieder neben ihm, und sie gingen wortlos weiter.

»Wieso haben Sie nichts von Ihrer Bekanntschaft mit der Familie Gerboth gesagt?«, fragte Behrends endlich nach einer knappen Dreiviertelstunde und gut zwei Kilometern, die sie weitgehend schweigend hinter sich gebracht hatten. »Sie hätten das nicht für sich behalten dürfen.«

»Warum? Ich habe Ihnen schon am Telefon erklärt, dass die Sache ewig her ist. Ich habe keine persönliche Verbindung mehr zu ihnen«, sagte Ollenhauer. Er verlangsamte weder seine Schritte, noch blickte er ihn an. Er marschierte einfach stur weiter.

»Trotzdem wäre es besser gewesen, wenn Sie Ihre Leute informiert hätten. Spätestens, als der Verdacht auf den alten Gerboth gefallen ist.«

»Ich kann nicht erkennen, was daran besser gewesen wäre.«

»Das wissen Sie doch ganz genau«, antwortete Behrends kurzatmig. Mit Ollenhauer mitzuhalten und gleichzeitig zu reden, bereitete ihm immer größere Schwierigkeiten. »Nehmen Sie zum Beispiel mich. Mir haben Sie doch sogar vorgegaukelt, der alte Gerboth sei Ihnen persönlich gar nicht bekannt. Hätten Sie von vornherein die Karten auf den Tisch gelegt, bräuchte ich mir keine Gedanken machen. Dann müsste ich mich nicht fragen, was Sie mir sonst noch verheimlichen. Ob Sie vielleicht Dinge über die Familie wissen, die Sie aus den Ermittlungen heraushalten wollen.«

»Ach wirklich? Und was könnte das sein?«, schnauzte Ollenhauer gereizt. Seine gelöste Stimmung war ins Gegenteil umgeschlagen.

»Das weiß ich nicht. Vielleicht spielt Gerboths Sohn Axel eine Rolle. Der ist übrigens vor etlichen Wochen wie aus dem Nichts wieder in Elend aufgetaucht. Zu der Zeit etwa, als Reinhold Bender als vermisst gemeldet wurde.«

»Axel ist wieder da? Wer sagt das?«

»Inge Weidlich.«

»Natürlich, wer sonst!«, höhnte Ollenhauer. Offensichtlich hielt er alles, was aus dem Mund der Verkäuferin kam, für ein Gerücht. »Wenn es so wäre, wüsste Axel längst, dass ich auch wieder im Land bin, und hätte sich bei mir gemeldet. Das alte Schandmaul hätte schon eine Möglichkeit gefunden, ihm meinen Aufenthaltsort mitzuteilen.«

»Warum sollte er sich bei Ihnen gemeldet haben?«, wunderte sich Behrends. »Ich denke, das Band zwischen Ihnen ist seit Jahrzehnten zerschnitten.«

Er stieß ein abfälliges Lachen aus. »Sie versuchen mir wohl aus allem, was ich und andere sagen, einen Strick zu drehen, wie? Warum? Haben Sie was gegen mich?«

»Ich will Ihnen keinen Strick drehen«, widersprach Behrends und blieb schwer atmend stehen. »Ich will nur die Zusammenhänge verstehen, um mir kein falsches Urteil zu bilden.«

Ollenhauer, der schon wieder ein paar Meter voraus war, kam zu ihm zurück und blickte ihn lauernd an. »Und? Was für Zusammenhänge brauchen Sie denn noch für Ihr Urteil?«

»Nun, vielleicht erzählen Sie mir etwas über Ihre Freundschaft zu Axel«, schlug Behrends vor. »Wie war das damals, als Sie noch Kinder waren? Was war das für ein Gefühl, als der Vater des Jungen, der damals umgekommen ist, überall herumerzählt hat, Sie und Axel seien für den Tod seines Sohnes verantwortlich? Sie mussten doch bestimmt damit rechnen, dass man Sie abholt und verhört. Haben Sie sich eine Geschichte ausgedacht, die Sie den Vopos erzählen wollten? Haben Sie sich gegenseitige Treue geschworen? Ich kenne das selbst aus meiner Jugendzeit – Freundschaft für immer, Blutsbrüderschaft, Sie wissen schon … Und dann waren Sie plötzlich weg. Im goldenen Westen. Und Axel ist zurückgeblieben, war ganz auf sich allein gestellt. Was haben Sie da empfunden? Schuldgefühle vielleicht? Weil Sie dachten, Sie haben Ihren Freund im Stich gelassen?«

»Blödsinn! Sie wissen doch gar nicht, was damals wirklich passiert ist!«

»Nämlich?«

Ollenhauer zögerte, schien nicht zu wissen, wie viel er Behrends preisgeben durfte. »Ja, wir haben uns da unerlaubt herumgetrieben«, sagte er schließlich, »aber nicht nur wir. Da war noch jemand. Ein Mann mit einem Gewehr. Kein Vopo oder Soldat. Ein Zivilist, aber sicher einer, der etwas zu verbergen hatte. Er hat plötzlich vor uns gestanden. Wir haben ihn nie zuvor gesehen und er hat sofort Jagd auf uns gemacht. Axel und ich sind ihm entkommen, Eric, der Junge, der mit uns zusammen war, ist in die falsche Richtung gelaufen. Er hat sich nicht so ausgekannt wie wir und ist abgestürzt.«

»Und warum ist die Sache nie aufgedeckt worden?«

Ollenhauer zuckte mit den Schultern. »Ich denke, dieser Mann hat daran gedreht. War vielleicht ein Parteifunktionär mit entsprechendem Einfluss. Der hat dafür gesorgt, dass man uns nicht behelligt, um nicht selbst ins Visier zu geraten.«

Behrends nickte. »Hm, ja, das leuchtet ein. Und da haben Sie und Axel sich geschworen, alles, was vorgefallen ist, für sich zu behalten und zu leugnen. Sich gegenseitig ein Alibi zu geben. Und dann waren Sie eines Tages weg, und Axel stand allein da. Ach, da fällt mir gerade was ein ... diese Miri, Axels Schwester, die haben Sie doch bestimmt auch gekannt. Wie war sie denn so?«

Ollenhauers Augen funkelten böse. »Kommt jetzt wieder die Sache mit der Vergewaltigung und dem Selbstmord?« Schlagartig änderte sich sein Gesichtsausdruck. Versonnen blickte er an Behrends vorbei. »Natürlich kannte ich auch Miri. Sie war ein süßes Mädchen, und sie hat sich fürsorglich um ihren kleinen Bruder gekümmert. So eine große Schwester hätte ich mir damals auch gewünscht.« Er konzentrierte sich wieder auf seinen Begleiter, blickte ihn ernst an. »Mehr kann ich Ihnen nicht sagen. Was mit ihr nach unserer Flucht geschehen ist, darüber habe ich auch erst nach meiner Rückkehr von der Weidlich gehört.«

»Und es hat Sie nicht weiter interessiert? Sie haben nicht versucht, herauszubekommen, was in der Zeit Ihrer Abwesenheit wirklich passiert ist? Sie haben ja selbst gesagt, wie wenig man dem vertrauen kann, was die Frau erzählt.«

»Verdammt, nein! Es hat mich nicht interessiert!«

Behrends nahm den kleinen Wutausbruch seines Gegenübers gelassen hin: »Sie waren nach Ihrem Besuch im Bistro also nicht beim alten Gerboth, weil Sie Klarheit haben wollten? Etwa darüber, was

150

es mit der Vergewaltigung und Axels Anschuldigungen auf sich hatte?«

Ollenhauer atmete tief ein, ehe er mit fester Stimme antwortete: »Nein! Also, nicht sofort. Ich habe später mal versucht, mit ihm zu sprechen, aber er wollte nicht. Er hat mich einfach wieder weggeschickt. Wie einen Fremden. Damit war für mich das Kapitel Gerboth dann endgültig gegessen.«

»Und da haben Sie auch keine Skrupel mehr gehabt, Urian festzunehmen. Sie haben sich nicht gefragt, was den alten Mann zu so einem bestialischen Mord getrieben haben könnte?«

»Die Beweise gegen ihn sind erdrückend«, entgegnete Ollenhauer kühl. »Ich konnte nicht anders handeln. Und was sein Motiv angeht – irgendwann wird der Alte schon reden.«

Behrends nickte. »Wahrscheinlich«, murmelte er. Dann wechselte er sich umblickend unvermittelt das Thema: »Komisch, dass wir bisher noch keiner Menschenseele begegnet sind«, sagte er verwundert.

»Der Weg ist ein Geheimtipp«, entgegnete Ollenhauer und lächelte schmallippig, »hier trifft man selten andere Wanderer. Ich hasse diese Touristenströme. Wenn ich im Harz unterwegs bin, suche ich die Einsamkeit.«

Sie setzten ihren Weg fort. Ohne weitere Worte gingen sie nebeneinander her. Ollenhauer hatte sein Tempo dem von Behrends angepasst. Sie hingen ihren Gedanken nach, jeder für sich den nächsten Schachzug des anderen abwartend.

Wieder war es Behrends, der nach längerer Zeit die Stille durchbrach: »Sie haben das Mordopfer persönlich gekannt, richtig?«

»Wie bitte?« Ollenhauers Überraschung war alles andere als gespielt. »Wenn das wieder so ein Trick sein soll, um mich aufs Kreuz zu legen ...«

»Kein Trick«, entgegnete Behrends. Sie standen sich jetzt dicht gegenüber, und er musste den Kopf heben, um dem langen Hauptkommissar in die Augen blicken zu können. »Sie sind sich in Bad Lauterberg begegnet. In dem kleinen Buchladen in der Hauptstraße, Sie erinnern sich? Im vergangenen Herbst. Bender hatte Stress mit der Buchhändlerin. Sie waren zufällig auch im Laden, sind dazwischengegangen und haben den Streit geschlichtet. Die Buchhändlerin hat Sie und Bender kurz darauf bei einer angeregten Unterhaltung beobachtet.«

»Schwachsinn!« Dieses Mal schien Ollenhauers Selbstsicherheit tatsächlich ins Wanken zu geraten. »Noch so ein bescheuertes Weib, das Gespenster sieht!«

»Heißt das, Sie waren nicht in diesem Buchladen?«

»Ich kann mich nicht erinnern. Schon möglich ... ja, irgendwann mal ... vielleicht.«

»Und da sind Sie Reinhold Bender begegnet.«

»Nein, verdammt! Was soll der Blödsinn? Die Frau bringt da was durcheinander. Die sieht jeden Tag so viele Menschen!« Ollenhauers Gesicht nahm plötzlich eine gefährliche Röte an. »Wird das jetzt vielleicht ein Verhör? Bin ich irgendwie verdächtig?«

Behrends lächelte. »Aber nein, Herr Ollenhauer, das ist weder ein Verhör, noch sind Sie irgendeiner Sache verdächtig. Ich suche nach der Wahrheit. Das tun wir alle. Sie doch auch, oder? Wir sind Polizisten. Wir können gar nicht anders. Immer sind wir auf der Suche nach der Wahrheit. Aber wenn Sie sagen, Sie kennen Bender nicht persönlich ...«

»So ist es.« Ollenhauers Erregung war ein wenig abgeebbt. Behrends spürte, dass er seinen Begleiter gehörig verunsichert hatte, ohne ihn jedoch aus der Reserve locken zu können. Wenn der Mann nicht selbst noch etwas preisgab, war seine Mission gescheitert. Dann musste er auf Seidel und dessen Informanten hoffen.

Einen Kilometer und ein paar Wegekehren später blieb Ollenhauer stehen. Er zog sich den Rucksack von der Schulter und stellte ihn in den Schnee. Dann drückte er Behrends mit einer heftigen Bewegung sein Fernglas vor die Brust. »Hier, nehmen Sie das«, sagte er schroff, »vielleicht entdecken Sie ja einen Wolf. Ich schlage mich mal eben in die Büsche. Gehen Sie ruhig weiter. Ich hole Sie schon wieder ein.«

Behrends nickte etwas überrascht und griff zu. Er sah Ollenhauer nach, der ein Stück zurückging und sich durch das Strauchwerk drückte. Danach hörte er das leise Klickern von abrutschendem Geröll. Er wandte sich um und ging weiter. Nach einigen Minuten verengte sich der Weg vor ihm und wand sich um eine Felsnase. Der Granitblock ragte links senkrecht in die Höhe, während das

Gelände auf der rechten Seite direkt an der Wegekante einige Meter steil in ein schmales Tal abfiel.

Als Behrends die Engstelle erreichte, hielt er an. Vielleicht sollte er doch auf Ollenhauer warten. Noch immer war sein Begleiter nicht wieder aufgetaucht. Er lauschte in die Stille und ließ seinen Blick unschlüssig wandern. Plötzlich schien es ihm, als habe er am Hang gegenüber dem Tal etwas aufblitzen sehen, verursacht durch die Strahlen der tiefstehenden Sonne, die eine Lücke in den aufziehenden Wolken gefunden hatten. Er kniff die Augen zusammen, konnte den Ursprung der Reflektion aber nicht erkennen. Also griff er nach Ollenhauers Fernglas, das vor seinem Bauch baumelte und hob es an die Augen. Es dauerte einen Moment, ehe er die Brennweite des Glases auf seine Sehschärfe eingestellt hatte, dann tastete er langsam den Hang ab.

Fast hätte er die Person übersehen, die sich im trüben Dämmerlicht unter den Fichten nur schwach von ihrer Umgebung abhob. Schnell schwenkte er zurück und erschrak. Dort stand jemand, der den Lauf eines Gewehres auf ihn gerichtet hielt. Das Glas des Zielfernrohres war es gewesen, das die Sonnenstrahlen reflektiert hatte. Sein Körper versteifte sich, als er in das Gesicht des Schützen blickte, der den Gewehrkolben an die Wange gedrückt hielt. Sein Gehirn wollte nicht begreifen, was seine Augen sahen. Und doch – es gab keinen Zweifel!

»Unmöglich! Das ist ja ...«, weiter kam er nicht. Der Schuss unterbrach sein leises Stammeln und er wurde gegen den Felsen in seinem Rücken geworfen, als ihn das Projektil traf. Von dort prallte er zurück, geriet ins Straucheln und fiel nach vorn. Sekundenbruchteile später stürzte er die Böschung hinab. Der tiefe Schnee und die Sträucher am Hang bremsten seinen Fall ein wenig ab. Sie konnten jedoch nicht verhindern, dass er am Fuß des Hanges mit dem Kopf gegen einen Baumstumpf schlug.

Leise stöhnend und nicht in der Lage, sich zu bewegen, registrierte er irgendwann, dass sich jemand über ihn beugte und an ihm herumhantierte. Wie viel Zeit seit dem Schuss vergangen war, wusste er nicht. Wie durch einen milchigen Schleier nahm er die verschwommenen Konturen des Mannes wahr. Vergeblich versuchte er, den Kopf ein wenig anzuheben. »Habe ... gesehen ... warum?«, flüsterte er unter größter Anstrengung. Wehrlos musste er erdulden, dass der Mann das Handy aus seiner Jackentasche angelte, es ausschaltete und sich einsteckte. Danach riss er ihm die Mütze vom Kopf und schleppte seinen schlaffen Körper durch den Schnee ins nahe Gebüsch. Dort ließ er ihn, unsichtbar für jeden, der zufällig oben auf dem Weg entlangging, liegen. Behrends versuchte ein letztes, verzweifeltes Aufbäumen, doch zu mehr als einem schwachen Zucken war er nicht fähig. Dann wurde er ohnmächtig.

19.

Irgendetwas stimmte nicht.

Maike de Baer stand hinter Behrends' Schreibtisch und starrte auf das übliche Aktendurcheinander. Seit sie Ingo kannte, hing der seiner ganz persönlichen Chaostheorie an. Er glaubte fest daran, dass in der Unordnung auf der Tischplatte immer noch etwas Gesetzmäßiges steckte, das es ihm erlaubte, mit einem gezielten Griff wiederzufinden, was er gerade suchte.

Vielleicht kam ihr diese Schlamperei jetzt zugute. Vielleicht fand sie in dem ganzen Wust aus Fallordnern und großen und kleinen Notizzetteln einen Hinweis, irgendwas, das er vergessen hatte wegzuwerfen und das ihr weiterhalf.

Bei allem offensichtlichen Wirrwarr auf seinem Tisch war er in seinem Kopf dagegen immer ziemlich klar. Sie konnte sich nicht vorstellen, dass er, ob dienstlich oder privat, etwas Wichtiges vergaß. Katrin, seine Frau, konnte das auch nicht. Und die hatte gerade angerufen, um sich nach ihrem Mann zu erkundigen. Weil es einen dringenden Termin gab, den sie zusammen mit ihm hatte wahrnehmen wollen. Und weil der Termin mittlerweile verstrichen und er immer noch nicht wieder zu Hause aufgetaucht war. Das kenne sie nicht von ihm. Und sein Handy sei komischerweise auch ausgeschaltet, hatte Katrin gesagt und dabei ziemlich besorgt geklungen.

Maike wusste ja, dass Behrends sich mit Mirko Ollenhauer treffen wollte. Privat. Um zu wandern. Allein das hatte sie schon in Erstaunen versetzt. Behrends und Wandern, das passte gar nicht! Auch wenn er ihr hatte weismachen wollen, er tue es hauptsächlich wegen der Wölfe, deren Spuren er mit Ollenhauer folgen wolle. Sollte er wirklich so vernagelt sein und nicht merken, wie lächerlich er sich mit seinem neuen Hobby machte? Das konnte sie nicht glauben. Aber der eigentliche Anlass war ja auch ein anderer gewesen.

Sie kannte Ingo normalerweise nicht als einen Beamten, der sich auf irgendwelche krummen Mauscheleien einließ, schon gar nicht, wenn sie in die Ermittlungen zu einem aktuellen Mordfall hineinspielten. Und doch hatte er sich auf diese Harzwanderung eingelassen, mit einem Mann, dessen Glaubwürdigkeit in einigen Punkten infrage stand. Ob der nun Polizist war oder nicht – wer wusste schon, was sich hinter seiner Fassade verbarg? Ihre Bedenken und ihre Kritik an seinem Alleingang hatte Ingo lachend ignoriert, sie stattdessen zur Verschwiegenheit verdonnert. Am liebsten hätte sie das Paket an Informationen, das er ihr aufgeladen hatte, abgeworfen. Es begann zunehmend, sie in die Knie zu drücken.

Die Unruhe, die sie heute schon den ganzen Vormittag über unterschwellig begleitete, hatte sich durch Katrins besorgten Anruf noch verstärkt. Wo wollte sich Behrends mit Ollenhauer treffen? Wo wollten sie hingehen? Vor allen Dingen aber, was für ein Mensch war der Hauptkommissar wirklich? Sie kannte ihn bisher nur vom Hörensagen. Ingo schien ihm bis zu einem gewissen Punkt zu vertrauen. Aber auch Ingo konnte sich irren.

Maike starrte unschlüssig auf die Zettelwirtschaft vor sich, dann begann sie, systematisch ein Blatt nach dem anderen umzudrehen, jeden Ordner anzuheben, jede Notiz zu lesen. Ohne Erfolg. Nirgends fand sie einen Hinweis auf Behrends' Verbleib. Sie zog ihr Handy aus der Hosentasche, wählte seine Nummer. Vielleicht war er inzwischen wieder erreichbar. Fehlanzeige. Enttäuscht wandte sie sich vom Schreibtisch ab und steuerte auf die Tür zu. Bevor sie das Büro verließ, drehte sie sich noch einmal um, ließ ihren Blick durch den Raum wandern. Am Papierkorb blieben ihre Augen hängen. Warum nicht?, schoss es ihr durch den Kopf, einen Versuch ist es wert.

Nach wenigen Minuten wurde sie fündig. Ein zusammengeknüllter Zettel mit ein paar hingekritzelten Notizen. Es dauerte einen Moment, ehe sie Behrends' kaum leserliche Schrift entziffert hatte, dann wusste sie, es waren die Hinweise, nach denen sie gesucht hatte: »Mirko O., Treffen 7:00 Uhr, Campingplatz Schierker Stern, Elend, L 99 Richtung Schierke« stand da und »Wanderkarte«.

Sie beschloss, die Kollegen in Halberstadt anzurufen und sich Ollenhauers Handynummer geben zu lassen. Wer, wenn nicht Behrends' Wanderpartner, konnte etwas über dessen Verbleib wissen? Ein wenig ärgerte sie sich, dass sie nicht gleich auf die Idee gekommen war. Das hätte ihr die ganze Sucherei erspart.

Minuten später hatte sie die gewünschte Nummer bekommen und notiert, zögerte jedoch, sie zu wählen. Sie habe den Hauptkommissar um fünfzehn Minuten verpasst, hatte ihr der Beamte am Telefon gesagt. Ollenhauer habe gerade bei ihnen vorbeigeschaut und sei dann weiter nach Wernigerode gefahren, wo sich ja auch der Stützpunkt der Soko Wolf befände. Die beiden Männer waren also bereits zurück. Aber dann hätte Behrends doch auch längst zu Hause sein müssen. Maikes Sorge wuchs.

Mit zittrigen Fingern tippte sie schließlich die Ziffern auf der Tastatur. Bange Sekunden vergingen, ehe sich Ollenhauer am anderen Ende meldete: »Ja?«

»Maike de Baer, Polizeiinspektion Northeim.« Sie hörte Fahrgeräusche im Hintergrund. Ollenhauer war also noch unterwegs.

»Oh, hallo Frau Kollegin«, antwortete eine freundliche, aufgeräumt klingende Stimme, »schön, dass Sie mich mal anrufen. Ich habe ja schon einiges von Ihnen gehört.« Er ließ ein kurzes Lachen folgen. »Was gibt es denn?«

Sie hielt kurz die Luft an, zwang sich, freundlich zu bleiben und die aufkommende Panik zu ignorieren. »Herr Ollenhauer, können Sie mir vielleicht sagen, wo Hauptkommissar Behrends steckt?«, fragte sie mit kratziger Stimme.

Am anderen Ende war ein unwilliges Schnauben zu hören. »Ich habe gehofft, Sie wollten mir genau das gerade erzählen«, entgegnete Ollenhauer nach einer kurzen Pause.

»Aber …« Maike schluckte, »… aber er wollte sich doch mit Ihnen treffen!«

»Richtig. Eine volle Stunde habe ich heute Morgen auf ihn gewartet, ohne dass er aufgetaucht ist. Ich habe versucht, ihn anzurufen, sein Handy war aber ausgeschaltet.«

»Sie haben auf ihn gewartet? Am Campingplatz Schierker Stern?« Ihre Hand krampfte sich um den Telefonhörer, presste ihn gegen das Ohr. Die Sorge um Behrends schlug allmählich in Angst um. Sie spürte, wie sie sich in der Magengegend ausbreitete. Nicht mehr lange, dann würde sie nach oben steigen, ihr den Hals zuschnüren. Es sei denn, Ollenhauer konnte sie mit einer plausiblen Erklärung beruhigen.

»Nein, wie kommen Sie darauf? Wir haben uns auf dem Parkplatz am Bahnhof Schierke verabredet.«

Es war nicht die Antwort, auf die Maike gehofft hatte. »Das kann nicht sein!«, rief sie in den Hörer. Ihre Stimme bebte. »Ich habe hier einen Zettel vor mir liegen, darauf hat er sich Ort und Zeitpunkt Ihres Treffens notiert. Campingplatz Schierker Stern, sieben Uhr.«

»Unmöglich!«

»Es ist aber so!«, schnappte sie und fragte, indem sie ihren vorwurfsvollen Unterton noch verstärkte: »Haben Sie eine Erklärung dafür?«

»Hm, ja …« Ollenhauer zögert, schien über etwas nachzudenken. »Wir wollten uns in der Tat erst vor diesem Campingplatz treffen. Den Plan haben wir aber gestern Morgen wieder verworfen. Ich habe ihn angerufen und ihm einen anderen Treffpunkt vorgeschlagen, und zwar den Bahnhof.«

»Sie glauben also, Behrends hat das verwechselt?« Da musste sich Ollenhauer wohl eher missverständlich ausgedrückt haben. »Hören Sie, ich kenne Ingo schon etwas länger als Sie. So verwirrt ist er normalerweise nicht, dass er solche Dinge durcheinanderwirft!«

»Offensichtlich hat er es aber doch getan«, behauptete der Hauptkommissar.

»Warum sind Sie denn nicht noch mal an Ihrem ursprünglich vereinbarten Treffpunkt vorbeigefahren und haben nachgeschaut?«

»Bin ich. Aber da war niemand.«

»Und sein Auto?«

»Er fährt einen alten Skoda Oktavia, richtig?«

»Ja, genau. Haben Sie den gesehen?«

»Leider nicht. Jedenfalls hat er nicht dort gestanden, wo er nach unserer ersten Absprache hätte stehen sollen. An der Einmündung eines Waldweges.«

»Auf dem Zettel steht Campingplatz. Vielleicht hat er dort auf dem Gelände geparkt. Die haben doch sicher einen Parkplatz, oder?«

»Schon, aber ich habe nicht extra angehalten und nachgeschaut. Wenn er da gewesen wäre, hätte er bestimmt irgendwo an der Straße auf sich aufmerksam gemacht. Hören Sie, ich mache Ihnen einen Vorschlag«, sagte er dann, »ich fahre noch einmal zum Campingplatz und sehe etwas genauer hin, ob ich eine Spur von ihm finde. Ist zwar ein kleiner Umweg, aber egal. Vielleicht hat ihn jemand bemerkt. Oder sein Auto. Sobald ich Neuigkeiten habe, melde ich mich wieder bei Ihnen. Sagen wir, in spätestens einer Stunde, einverstanden?«

»Okay«, seufzte Maike. Was blieb ihr anderes übrig? Wenn Ollenhauer sich darum kümmerte, war das vielleicht das Beste.

Knapp eine halbe Stunde war vergangen, ohne dass irgendetwas passiert wäre. Dreißig Minuten, die nicht gerade zu Maikes innerer Ruhe beigetragen hatten. Lange hatte sie es nicht an ihrem Schreibtisch ausgehalten, dann war sie aufgesprungen und nervös im Zimmer auf und ab gegangen, um sich kurz darauf wieder zu setzen und das Telefon anzustarren. Das Büro zu verlassen traute sie sich nicht. Sie wollte da sein, wenn der erwartete Anruf kam. Doch nicht Ollenhauer war am Apparat, als es plötzlich läutete, sondern wieder Katrin.

»Er ist immer noch nicht da«, jammerte sie, »und sein Handy ist immer noch aus! Ich kriege langsam Angst!«

Maike schluckte. Sollte sie ihr sagen, dass es ihr nicht besser ging? Dass Behrends schon heute Morgen gar nicht am vereinbarten Treffpunkt aufgetaucht war?

»Hören Sie, Katrin«, sagte sie stattdessen und versuchte, einigermaßen gelassen zu klingen, »er wird seine Gründe haben. Wir stecken in heiklen Ermittlungen, verstehen Sie. Möglicherweise konnte er deshalb nicht sagen, was er wirklich vorhatte, und wo er hin wollte.« Es widerstrebte ihr, solch einen Unfug von sich zu geben, aber ihr fiel keine bessere Erklärung ein, um Katrin zu beruhigen.

»Aber das hat er noch nie gemacht! Wenigstens Ihnen muss er doch gesagt haben, was er geplant hat.«

Maike räusperte sich. »Wir hatten auch noch nie einen solch vertrackten Fall. Und ich bin zurzeit nicht seine Partnerin. Er bezieht mich nicht in alles mit ein«, blieb sie bei ihrer Lüge, in der es jedoch einen wahren Punkt gab – sie war nicht mehr Behrends' Partnerin. Es tat weh, das zugeben zu müssen. Aber so war es nun mal. Es wurde Zeit, wieder etwas um die Ohren zu bekommen, damit sie nicht in Selbstmitleid versank.

Sie atmete tief durch. »Ich sehe zu, ob ich etwas erfahre, Katrin. Vielleicht weiß ja einer der Kollegen etwas. Wenn es was Neues gibt, rufe ich Sie sofort an. Versprochen.«

Schon als Maike das sagte und gleich darauf auflegte, wusste sie, dass es bald etwas Neues geben würde – allerdings nichts Gutes. Es war etwas passiert. Das spürte sie überdeutlich, und ihre Sorge ließ sich nicht eindämmen. Wann meldete sich dieser Ollenhauer endlich?

Sein Anruf kam keine fünf Minuten später. Sie hatten den Wagen gefunden. Er stand tatsächlich auf dem Campingplatz. Verschlossen. Von Behrends keine Spur. Die Pächter des Platzes hatten sich auch schon gewundert, zumal sie dem Fahrer klarmachen wollten, dass der Platz ausschließlich für Campinggäste bestimmt war, wie es auch auf dem verwitterten Schild stand.

»Sie müssen ihn suchen!«, schrie Maike ins Telefon. »Sofort!«

»Langsam, langsam, Frau Kollegin«, blockte Ollenhauer kühl ab, »bleiben Sie mal ganz ruhig. Ich sehe keinen Grund, irgendetwas zu überstürzen. Vielleicht hat sein Ausbleiben eine ganz natürliche Ursache.«

»Ach? Und welche sollte das sein?« Begriff der Mann denn nicht? War er wirklich so borniert? »Hören Sie, Herr Hauptkommissar, das Verschwinden meines Kollegen ist alles andere als natürlich! Ich will, dass Sie das Gelände nach ihm absuchen! Es ist etwas passiert! Ich weiß das!«

Maike hörte, wie Ollenhauer am anderen Ende schwer atmete. »Wie stellen Sie sich das eigentlich vor? Haben Sie schon mal aus dem Fenster geschaut? Es ist ein Scheißwetter und nicht mehr lange, dann setzt die Dämmerung ein. Ich werde keinen Suchtrupp zusammentrommeln und bei den Verhältnissen ziellos durch den Harz und vielleicht in die Nacht hinein jagen. Vergessen Sie es! Wenn, dann muss so etwas vernünftig organisiert sein. Wir werden jetzt über den Campingplatz gehen und die paar Leute befragen, die sich hier aufhalten. Viele sind das zurzeit nicht. Haben wir keinen Erfolg, werden wir bis morgen abwarten. Und sollte er sich bis dahin nicht gemeldet haben, veranlasse ich umgehend alles Notwendige. Haben Sie schon mal daran gedacht, dass Ihr Herr Behrends gar nicht gefunden werden will?«

»Was meinen Sie damit?« Wollte er sie auf den Arm nehmen?

»Nun ja, es hat schon Männer gegeben, die sind auch nur mal eben Zigaretten holen gegangen.« Ollenhauer schickte seinen Worten ein glucksendes Lachen hinterher.

»Arschloch!«, schnauzte Maike und knallte wütend den Hörer auf. »Was für ein ignorantes Arschloch!«

Mit der flachen Hand hieb sie auf die Platte ihres Schreibtisches. Zornestränen traten ihr in die Augen. Allein der Gedanke, Behrends könne sich aus dem Staub gemacht haben, war absurd und verbat sich von selbst. Und da kam dieser Idiot und sprach ihn laut aus! Unverständlich, wie Ingo mit so einem Menschen hatte wandern wollen!

Das Mobiliar musste noch einige Minuten unter ihrer ohnmächtigen Wut leiden, ehe sie sich langsam wieder beruhigte. Es half ja nichts, wenn sie ihre Einrichtung demolierte. Das verschaffte ihr auch kein Lebenszeichen von Behrends.

»Du musst was tun … was tun … was tun …« Wie ein Mantra murmelte sie die Worte immer wieder vor sich hin und lief dabei unruhig in ihrem Büro auf und ab. Nur was? Was konnte sie denn tun? Dieser Ollenhauer hatte ja Recht, das musste sie zugeben. Ohne konkrete Anhaltspunkte den Harz durchkämmen zu wollen, wäre alles andere als vernünftig. Wohin sollten sie sich wenden? Behrends konnte überall hingegangen sein. Und dass ihn jemand auf dem Campingplatz bemerkt und beobachtet hatte, in welche Richtung er verschwunden war, schien ihr auch unwahrscheinlich. Aber man konnte doch nicht einfach nach Hause fahren, die Füße hochlegen und abwarten! Hätte man nicht wenigstens sein Auto aufbrechen und darin nach Hinweisen suchen können?

Das Diensthandy! Der Gedanke traf sie wie der infrarote Blitz einer Radarfalle und brachte sie schlagartig mitten im Zimmer zum Stehen. Warum war sie denn nicht gleich darauf gekommen? Ob er sein Diensthandy bei sich hatte? Zusammen mit dem privaten? Manchmal nahm er es mit nach Hause. Sogar in seiner Freizeit hatte er es gelegentlich dabei. Ohne ersichtlichen Grund. Früher war es jedenfalls so gewesen, als sie noch seine Partnerin war. Und heute?

Sie griff nach ihrem Telefon, stürzte aus dem Zimmer, lief zurück in Behrends' Büro. Auf den ersten Blick konnte sie sein Handy nirgends entdecken. Sie wählte die Nummer. Das Freizeichen ertönte, aber im Büro blieb es still. Also hatte Behrends das Gerät bei sich.

»Gott sei Dank«, murmelte sie und spürte, wie sich ihre Spannung löste. Doch mit jeder Sekunde, die sie es läuten ließ, ohne dass abgenommen wurde, überfiel sie wieder die Furcht. Stärker als zuvor.

Vielleicht hat er es ja im Auto liegengelassen, versuchte sie sich zu beruhigen, doch es war nicht mehr, als eine letzte vage Hoffnung. Sie brauchte endlich Gewissheit! Immerhin, das Diensthandy war eingeschaltet und somit eine Ortung möglich. Sie leitete sofort die nötigen Schritte ein, machte es dringend und fühlte sich plötzlich auf eine paradoxe Weise wohl. Endlich konnte sie handeln, musste nicht mehr tatenlos herumsitzen.

20.

Als das Ergebnis der Handyortung eintraf, erstickte es ihre gerade aufgekeimte Hoffnung wieder. Über GPS war das Telefon lokalisiert worden. Irgendwo im Harz. Nicht sehr genau, aber das war kein Wunder. Die Koordinaten wiesen auf einen Ort abseits jeder Zivilisation mitten in der Wildnis hin, einige Kilometer von dem Campingplatz entfernt, wo Behrends' Wagen stand.

Maike ahnte, was das bedeutete: Entweder, Ingo hatte das Handy verloren, oder er war nicht in der Lage, es zu bedienen. Sie blickte aus dem Fenster. Draußen herrschte tiefster Winter. Noch immer schneite es ohne Unterlass. Schon seit dem späten Vormittag. Sie mussten handeln! Sofort! Auch wenn man die Hand nicht vor Augen erkannte und egal, wie beschissen das Wetter war. Sogar ein Hauptkommissar Ollenhauer konnte die Fakten nicht mehr ignorieren!

Sie wusste nicht, was mit Behrends passiert war, aber wenn er verletzt irgendwo da draußen bei Eisschranktemperaturen im Schnee lag oder orientierungslos herumirrte, dann konnte jede Stunde, die er ohne Hilfe blieb, seine letzte sein.

Als Maike kurze Zeit später ihren Chef über die aktuelle Entwicklung informierte, hatte Ollenhauer bereits einen Suchtrupp zusammengetrommelt. Gerade machte sich die Gruppe um den Hauptkommissar in das Zielgebiet auf, das ihm seine Northeimer Kollegin mitgeteilt hatte. Biermann war mit dabei, dazu zwei Nationalpark-Ranger sowie ein Notarzt und die Leute der Bergwacht mit ihrem kleinen Bergungsschlitten. Ollenhauer hatte die Führung übernommen, gab sich routiniert geschäftig. Aber in seinem Inneren rumorte es. Er war beunruhigt. Die Dinge liefen zunehmend aus dem Ruder und entwickelten dabei eine alarmierende Eigendynamik!

Mit jedem Meter, den sie sich dem Zielgebiet näherten, wurde das Gelände unwegsamer. Insbesondere für den Rettungsschlitten war das Durchkommen schwierig. Keiner von den Männern wusste, was sie erwartete, wenn sie auf den Verunglückten stießen. Sofern sie ihn überhaupt fanden! Sie hatten eine Handyortung, das war alles. Ein Lebenszeichen von Behrends gab es nicht.

»Was hat Ihren Kollegen bloß mutterseelenallein in diese gottverlassene Ecke getrieben?«, knurrte einer der Ranger wütend und wandte sich dabei an Ollenhauer, der neben ihm ging. »Bei dem Wetter! Wie kann einer nur so verrückt sein? Und wir müssen dann wegen solcher Leute jedes Mal mit raus und uns bei Nacht und Nebel den Hintern abfrieren. Wie mich das ankotzt!«

»Mensch, Sie sind doch nicht aus Pappe!«, erwiderte Ollenhauer ruppig, um sofort bemüht optimistisch hinzuzufügen: »Wir finden ihn bestimmt schnell.«

»Ihr Wort in Gottes Ohr. Hoffentlich ist es dann noch nicht zu spät.« Der Ranger mochte Ollenhauers Zuversicht nicht teilen. »Sagen Sie mal, hätten Sie Ihren Kollegen nicht von dieser bescheuerten Idee abbringen können? Wolfsspuren suchen. Was für ein Schwachsinn!«

»Ich dachte, das hätte ich. Aber offensichtlich hat der gute Herr Hauptkommissar meine Warnungen in den Wind geschlagen. Hat sich wohl etwas überschätzt.« Ollenhauer hatte den Männern zu Beginn der Suche die Geschichte von den Wolfsspuren aufgetischt, auf die er selbst Behrends gebracht hatte und die der dann finden wollte. Dabei sollte das Ganze nur ein Spaß sein, hatte er zu seiner Entlastung hinzugefügt.

»Vielleicht hat ja einer auf ihn geschossen«, argwöhnte der Ranger, »so nervös, wie derzeit gewisse Leute wegen der Wölfe sind. Und Sie wären doch sonst auch nicht selbst bei der Suche dabei, wenn Sie nicht so was vermuten würden, oder?«

»Jetzt malen Sie bloß nicht den Teufel an die Wand«, raunzte Ollenhauer und beschleunigte seinen Schritt. Er wollte nicht mehr reden.

Langsam bewegten sie sich auf dem schmalen Pfad vorwärts. Sie mussten aufpassen, um keine unbedachten Schritte zu tun. Die zunehmende Dunkelheit und der immer noch leichte Schneefall verlangten ihnen höchste Aufmerksamkeit ab. Immer wieder riefen sie nach Behrends, blieben kurz stehen und lauschten in die Stille. Nichts. Sie leuchteten das Gelände links und rechts des Pfades ab, in der Hoffnung, irgendeinen Hinweis zu entdecken.

»Da! Ich glaube, da ist was!«

Einer der Bergwachtleute, der die Gruppe anführte, war plötzlich stehengeblieben und deutete einen kurzen, steilen Abhang hinunter. Eilig scharten sich die Männer um ihn. Im Licht der Handlampen konnten sie zunächst nicht erkennen, was ihren Anführer hatte stutzen lassen. Doch dann sahen sie es auch: An den niederen Sträuchern waren dürre Äste abgebrochen. Die Bruchstellen waren noch recht frisch. Irgendetwas oder irgendjemand musste hier vor nicht allzu langer Zeit nach unten gerutscht sein und hatte dabei am Hang eine kaum wahrnehmbare Schneise hinterlassen.

Niemand brauchte etwas zu sagen. Die Männer wussten sofort, was zu tun war. Schnell fanden sie eine Stelle, an der sie, auch ohne sich abzuseilen, gefahrlos zum Fuß des Abhangs klettern konnten. Unten angekommen, arbeiteten sie sich zu der Schneise vor. Lichtkegel huschten gespenstisch über den Schnee, aus dem Baumstümpfe und kleine, verkrüppelte Fichten herausragten und sie wie drohende Waldgeister anstarrten. Dann erkannten sie die Spuren in der ansonsten unberührten Schneedecke.

Sie fanden Behrends gut versteckt inmitten von dichtem Strauchwerk. Frische Abdrücke im Schnee, unmittelbar um seinen Körper herum deuteten darauf hin, dass er bis vor Kurzem noch bei Bewusstsein gewesen sein musste. Etwas entfernt lag ein Handy. Es musste Behrends gelungen sein, es aus einer verborgenen Tasche herauszufummeln. Vielleicht hatte er dann versucht, einen Notruf abzusetzen. Vergeblich. Der Anruf war nie rausgegangen.

Alles sah im ersten Moment danach aus, als sei Behrends oben auf dem Pfad durch einen Ausrutscher ins Straucheln geraten. Aber der Schein trog. Das wurde in dem Augenblick klar, als ihn der Notarzt untersuchte. Auf Behrends war geschossen worden! Das wenige Blut, das noch am Baumstumpf in unmittelbarer Nähe zu erkennen war und das auch an seinem Kopf klebte, stammte zwar von dem Sturz, aber da war zudem diese Schusswunde, die erst richtig sichtbar wurde, als der Arzt ihm die Daunenjacke geöffnet hatte. Der Ranger hatte also mit seiner Vermutung Recht behalten.

Behrends befand sich in einem besorgniserregenden Zustand. Ein Wunder, dass er überhaupt noch lebte! Er atmete nur sehr flach und war nicht ansprechbar. Es bedurfte lediglich einiger weniger Kommandos, um die Bergung des Schwerverletzten zu organisieren. Im dem schwierigen Gelände und bei den miserablen Sichtverhältnissen war das alles andere als einfach. Aber die Männer wussten, was zu tun war.

Ollenhauer stand ein paar Schritte abseits und verfolgte grübelnd die Arbeit seiner erfahrenen Begleiter. Wenn alles reibungslos ablief und sein Northeimer Kollege rechtzeitig in eine Klinik gebracht werden konnte, würde er vielleicht überleben. Wenn! Die Chancen dafür standen jedoch ziemlich schlecht. Das hatte ihm der Notarzt gerade eben mit ein paar knappen Worten mitgeteilt, nachdem er den Verletzten stabilisiert und so gut wie möglich versorgt hatte. Es würde dauern, bis sie ihn dort rausgeholt und zum nächsten, für einen Krankentransport halbwegs nutzbaren Weg geschafft haben würden. Danach konnte man nur abwarten und hoffen. Vielleicht hatte der Mann ja eine gute Konstitution.

Behrends wurde in die am nächsten gelegene Südharzklinik nach Nordhausen eingeliefert. Mit einem Rettungswagen. An einem anderen Ort, zu einer früheren Tageszeit und unter besseren Wetterverhältnissen hätte ein Hubschrauber wertvolle, vielleicht lebensrettende Minuten herausfliegen können, aber für derart riskante Einsätze standen keine Maschinen zur Verfügung. Nicht einmal für einen schwerverletzten Polizeibeamten.

Später, auf dem Weg zur Klinik, hatte Ollenhauer Zeit, um nachzudenken. Er fuhr allein, hatte Biermann vorher zu Hause abgesetzt. Für die Formalitäten, die zu erledigen waren, benötige er keinen Assistenten, hatte er ihm gesagt. Auch nicht, um vor dem Operationssaal zu warten und darauf zu hoffen, dass ein fast toter Hauptkommissar vielleicht ins Leben zurückgeholt wurde. Er solle lieber ausschlafen, um fit zu sein für die anstrengenden Tage, die sicher folgen würden.

Supertramp drang aus den Autolautsprechern und begleitete ihn durch den Winterabend. Er hörte die Band noch immer gern, besaß alle ihre CDs und sogar noch die alten Vinyl-Schallplatten. Ebenso wie die von Karat, der legendären Ost-Rockband. Aber mit den Songs der Amerikaner war er nach der Flucht in den Westen aufgewachsen. Sie symbolisierten für ihn eine der Segnungen des Kapitalismus' – man konnte alle Musik ungestraft hören und sich mit dem nötigen Kleingeld ohne Probleme beschaffen. Leise summte er die Melodie mit und seine Finger schlugen im Takt auf das Lenkrad.

Diese Maike de Baer würde auch nach Nordhausen kommen. Er hatte mit ihr telefoniert und ihr erklärt, was passiert war, gleich, nachdem man die Tür des Rettungswagens hinter dem Schwerverletzten geschlossen und ihn abtransportiert hatte. Sie würde ihm Fragen stellen, natürlich! Heikle Fragen möglicherweise, auf die er gute Antworten brauchte. Auch deshalb war er froh, die Zeit bis zu seiner Ankunft in der Klinik für sich zu haben. Kein Biermann konnte ihn ablenken, während er das Aufeinandertreffen mit der Kollegin in Gedanken simulierte.

Besonders eine Sache beschäftigte ihn: Was wusste die Kommissarin von ihm? Wie viel hatte sie schon über ihn erfahren? Hatte Behrends vielleicht doch sein Versprechen gebrochen und mit ihr gequatscht? Konnte sie ihm gefährlich werden? Gefährlicher als der Mann, der gerade auf dem Operationstisch um sein Leben kämpfte?

Maike de Baer kam etwa eine halbe Stunde nach Ollenhauer in der Klinik an. Sie war nicht allein. Eine zweite Frau begleitete sie. Er hatte die Northeimer Kollegin noch nie zuvor gesehen, erkannte sie aber trotzdem. Ihr Auftreten hatte etwas, das sie sofort als Polizistin auswies. Zumindest er bemerkte das. Ollenhauer erhob sich, ging ein paar Schritte auf sie zu. Ehe er sie jedoch begrüßen konnte, sah er sich dem Ansturm der anderen Frau ausgesetzt. »Wo ist er?«, schrie sie ihn mit angstverzerrtem Gesicht an. »Was ist mit meinem Mann?«

Er packte sie mit beiden Händen an den Schultern, hielt sie ein Stück auf Distanz. »Ganz ruhig, Frau …«

»Kühne-Behrends«, ergänzte de Baer schnell, »die Ehefrau von Ingo … von meinem Kollegen. Sie sind Hauptkommissar Ollenhauer?«

Ollenhauer nickte und atmete tief ein. »Sie operieren noch«, sagte er mit bemüht ruhiger Stimme. »Es ist nicht ganz so einfach. Ihr Mann hat viel Blut verloren.«

Er spürte, wie die Frau in seinen Händen in sich zusammenfiel. »Wird er es schaffen?«, fragte sie mit leiser, tränenunterdrückter Stimme.

»Da bin ich mir sicher. Er hat eine gute Verfassung.« Ollenhauer zwang sich, optimistisch zu klingen. Er war nahe daran, sein inneres Gleichgewicht zu verlieren. Warum hatte er nicht daran gedacht? Er hätte damit rechnen müssen, dass Behrends' Ehefrau auftauchte. Jetzt musste er aufpassen, durfte ihre Betroffenheit nicht an sich heranlassen und möglicherweise Schuldgefühle entwickeln.

Maike de Baer legte ihren Arm um die Frau und zog sie ein Stück von ihm weg. Sanft drückte sie sie auf den Stuhl, auf dem er zuvor gesessen hatte. Dann nahm sie neben ihr Platz. Er selbst blieb wie angewurzelt stehen, suchte er nach den richtigen Worten. »Möchten Sie etwas trinken?«, fragte er. »Ich kann Ihnen einen Kaffee holen.« Er sah ihr schwaches Nicken und wandte sich zum Gehen. »Bin gleich zurück. Dauert nur einen Augenblick.«

»Was ist passiert, verdammt?« Ollenhauer hatte gerade den Getränkeautomaten erreicht und Geld eingeworfen, als er die zischende Stimme in seinem Rücken hörte. Er drehte sich um und sah in die geweiteten Augen der Kommissarin, die ihm unbemerkt gefolgt war und plötzlich dicht hinter ihm stand. Sie versucht, ihre Angst mit Wut zu überspielen, dachte er und sagte: »Sollten Sie nicht besser bei seiner Frau sein?«

»Diesen kurzen Moment kann sie allein bleiben. Katrin ist stark genug. Aber sie braucht nicht sofort alle Einzelheiten erfahren.« Herausfordernd reckte sie ihm ihr Kinn entgegen. »Sie haben am Telefon gesagt, man habe auf Ingo geschossen. Also, was war da los? Was wissen Sie? Haben Sie schon irgendwelche Erkenntnisse? Über die Tatwaffe zum Beispiel?«

Ollenhauer zog die Mundwinkel schief, grinste spöttisch. Er hatte sich wieder im Griff. »Erkenntnisse … Sie sind gut, Frau Kollegin! Das Geschoss wird gerade erst aus dem Mann herausoperiert. Wie soll ich da jetzt schon wissen, mit was für einer Waffe auf ihn geschossen wurde?«

Der Kaffee war durchgelaufen. Er zog den Becher unter dem Einlauf weg und warf Münzen nach. Dann drückte er erneut die Kaffeetaste. »Nehmen Sie auch einen?«

De Baer schüttelte den Kopf. »Danke, nein. Der Tatort, da müssen Sie doch Spuren gefunden haben! Patronenhülsen … irgendwas!«

»Sie kennen den Harz nicht sehr gut, stimmt's?« Er wendete sich ab, beschäftigte sich kurz mit dem Automaten, ehe er sich erneut zu ihr umdrehte. »Da oben, das ist kein blankgebohnerter Parkettfußboden, auf dem man jeden Staubfussel sofort erkennt! Das ist tief verschneite Wildnis, es ist steil, unwegsam und vor allen Dingen ist es stockdunkel! Da findet man auch mit entsprechender Ausrüstung nicht mal so eben was!«

»Ja, ja! Schon gut, mein Gott!«, versuchte die Northeimer Kollegin ihn zu bremsen. Vielleicht war er etwas zu aufbrausend gewesen. »Heißt das, Sie lassen den Tatort nicht untersuchen?«

Ollenhauer legte den Kopf etwas schief, zog verächtlich die Mundwinkel nach unten. »Sie denken wohl immer noch, wir im Osten sind ein bisschen zurückgeblieben, zu blöd, um irgendwas vernünftig geregelt zu kriegen.«

»Das habe ich nicht gesagt.«

»Aber gedacht haben Sie es! Na egal – natürlich sind unsere Erkennungsdienstler vor Ort. Was glauben Sie denn! Und seien Sie sicher, die drehen jede Schneeflocke einzeln um. Wenn die nichts finden sollten, dann gibt es da nichts zu finden. Auch nicht am Tag. Aber ich kann Sie beruhigen; ohne die Patronenhülse oder etwas anderes Brauchbares kommen die garantiert nicht nach Hause. Es dauert eben alles seine Zeit.«

»Ich wollte Ihnen nichts unterstellen.«

Er registrierte mit Genugtuung, wie sie die Wogen glätten wollte.

»Aber Ingo ist … ich meine … ich will einfach, dass wir den, der auf ihn geschossen hat, so schnell wie möglich fassen! Schon seiner Frau zuliebe. Die beiden haben gerade erst geheiratet. Ich weiß nicht, ob er Ihnen das erzählt hat. Wenn er jetzt stirbt …« Sah er da Tränen in ihren Augen?

»Er stirbt nicht«, antwortete Ollenhauer versöhnlich, »und glauben Sie mir, wir alle wollen das Schwein hinter Gittern sehen. Je eher, desto besser.« Er deutete mit dem Kopf den Gang hinunter. »Ich denke, wir sollten seine Frau nicht länger allein lassen.«

»Wo ist eigentlich Tim Seidel?«, fragte de Baer, als sie zurückgingen. Erst jetzt schien sie ihn zu vermissen. »Eigentlich hätte ich erwartet, ihn hier ebenfalls anzutreffen. Oder hält ihn was Wichtiges in Ihrem Stützpunkt fest?«

»Oh, ja«, Ollenhauer blieb kurz stehen, »das habe ich Ihnen noch gar nicht gesagt – Tim Seidel ist zurzeit nicht im Team. Er musste gestern zu seinen Eltern fahren, wegen einer wichtigen privaten Angelegenheit, wie er mir gesagt hat. Seine Mutter ist wohl ziemlich krank, ich weiß nicht genau. Ich habe ihm jedenfalls schweren Herzens freigegeben. Morgen früh ist er aber wieder dabei.«

»Das heißt, er weiß überhaupt nicht, was passiert ist?«

»Ich fürchte, nein.«

»Verdammt, ich muss ihn sofort anrufen!« Sie griff hektisch in ihre Tasche, suchte nach dem Handy.

»Nun kommen Sie doch endlich und lassen das«, knurrte Ollenhauer ungeduldig, »ich werde ihn morgen früh selbst informieren. Er kann jetzt ohnehin nichts machen. Außerdem hat er bestimmt genug mit sich selbst zu tun. Warum ihm noch mehr aufdrücken?«

»Aber ...«, setzte sie zu einer Erwiderung an, brach jedoch sofort wieder ab. »Okay, ist ja schon gut«, murmelte sie und ging weiter. Er folgte ihr, den Blick starr auf ihren Rücken gerichtet.

Noch fast eine Stunde saßen sie nebeneinander auf den Stühlen und warteten. In Schweigen versunken starrten sie vor sich hin. Jeder war mit seinen eigenen Gedanken beschäftigt. Immer wieder legte Maike zwischendurch den Arm um Katrins Schulter, drückte sie an sich und spendete ihr so ein wenig Trost. Wenn irgendwo eine Tür ging, hoben sie die Köpfe, blickten in die entsprechende Richtung. Dann hofften sie, einen Arzt zu sehen, der ihnen mitteilte, dass bei der Operation alles gut gelaufen war.

»Hören Sie, was ich Sie die ganze Zeit fragen wollte«, sagte Maike plötzlich leise an Ollenhauer gewandt, »was genau war das eigentlich, was Sie mit Ingo besprechen wollten während der Wanderung? Er hatte da so was angedeutet, von einem Sohn, den dieser Gerboth haben soll und den Sie angeblich kennen. Er sagte, Sie hätten das verschwiegen und wollten ihm die Gründe dafür erklären.«

Genau um diese Frage hatten sich Ollenhauers Gedankenspiele während seiner Fahrt in die Klinik gedreht und er hatte ihr mit einer gewissen Sorge entgegengesehen.

»Passen Sie auf, Frau de Baer«, begann er umständlich, »das ist alles ein bisschen schwierig und ich kann Ihnen das nicht in zwei Sätzen deutlich machen. Dieser Vorwurf, ich hätte mit meinem Schweigen über diese Sache die Ermittlungen behindert, ist jedenfalls völlig haltlos. Ich ...«

Er wurde unterbrochen, weil sich in diesem Augenblick die Tür zum OP-Bereich öffnete und der leitende Chirurg auf sie zusteuerte. Die drei Wartenden blickten zu ihm auf und sahen in ein wenig hoffnungsfrohes Gesicht. »Der Eingriff ist erfolgreich verlaufen«, sagte der Arzt müde. »Wir haben Herrn Behrends zur Sicherheit in ein künstliches Koma versetzt. Jetzt müssen wir abwarten. Wenn er die nächsten Stunden übersteht, hat er eine Chance.«

»Das heißt, wir werden in absehbarer Zeit nicht mit ihm reden können«, stellte Ollenhauer emotionslos fest, während Katrin und Maike nur mit vor Entsetzen geweiteten Augen dastanden.

Der Arzt reagierte mit zeitlupenhaftem Kopfschütteln. »Ganz sicher nicht«, erwiderte er.

Katrin räusperte sich. »Wird er ... wieder ganz gesund?«, fragte sie mit brüchiger Stimme und suchte im Gesicht des Arztes nach einer Regung, die ihr verriet, wie es wirklich um Ingo stand. Worten traute sie nicht. Als Arzthelferin wusste sie, was in solchen Situationen gesagt wurde, diente oft nur zum Trost und entsprach nicht der Wahrheit. »Seien Sie bitte ehrlich.«

Die Miene des Chirurgen blieb ausdruckslos. »Das kann ich Ihnen leider nicht versprechen. Hoffen wir erst einmal, dass er den neuen Morgen erlebt.«

Niederschmetternder konnte die Antwort für Katrin nicht ausfallen. Sie schluckte mehrmals heftig, um den Kloß aus ihrem Hals zu bekommen. Es gelang ihr nicht, und zusätzlich breitete sich jetzt ein Gefühl von Übelkeit in ihr aus. Wieder spürte sie die sanfte Hand der Kommissarin auf ihrer Schulter. Ein kleiner Trost. Es tat gut, sie an ihrer Seite zu haben.

»Ich werde gleich zurückfahren«, sagte Maike leise, »soll ich Sie wieder mitnehmen?«

Katrin versuchte ein schwaches Lächeln. »Vielen Dank, nein. Aber ich möchte bei Ingo bleiben ... wenn das möglich ist.« Sie sah zu dem Arzt auf.

»Natürlich. Ich sorge dafür, dass Sie vernünftig untergebracht werden. Man wird sich sofort um Sie kümmern.« Er drückte ihr die Hand, lächelte. »Also dann, auf Wiedersehen und – Kopf hoch.« Mit einem knappen Nicken zu Maike und zu Ollenhauer hin verschwand er den Flur hinunter.

21.

Es war fast Mitternacht, als Maike endlich zu Hause ankam. Sie ging sofort ins Bett, war aber auch eine Stunde später noch nicht eingeschlafen. Sie fand einfach keine Ruhe. Zu aufgewühlt war sie von den Ereignissen. Die Angst, Behrends könne die Nacht nicht überleben, hielt sie ebenso wach, wie die Frage, wer den Anschlag auf ihn verübt hatte und warum. Mit Ollenhauer hatte sie nicht mehr sprechen können. Nachdem Katrins Unterbringung geklärt war, hatte er sich umgehend verabschiedet und eilig aus dem Staub gemacht. Er müsse sofort ein paar Dinge in die Wege leiten und danach erst einmal seine Gedanken sortieren. Ein paar Stunden Ruhe, dann habe er wieder einen klaren Kopf, hatte er zu ihr gesagt. Ihr war es allerdings so vorgekommen, als wolle er sich eher davor drücken, ein paar unbequeme Fragen zu beantworten.

Es ergab alles keinen Sinn. Erst verfehlte Behrends Ollenhauer, dann stapfte er ohne Begleitung durch den verschneiten Harzwald. Das war nicht der Kollege, den sie kannte. Das widersprach völlig seinem normalen Verhalten. Was also hatte ihn allein da oben hingetrieben, nachdem sein vermeintlicher Wanderpartner nicht erschienen war? Hätte er sich nicht von sich aus per Handy mit ihm in Verbindung gesetzt? Wenn schon nicht mit seinem privaten, dann eben mit dem dienstlichen. Das hatte er ja ebenfalls bei sich gehabt, und es war angeschaltet gewesen. Er musste sich spontan zu einem Alleingang entschieden haben, ohne jemanden darüber zu informieren. Aber warum? Gab es irgendein Ziel, das er auch ohne Ollenhauer unbedingt erreichen wollte? Die vermeintlichen Wölfe? Nein! Soweit hatte sich Behrends garantiert nicht in diese absurde Idee verrannt! Aber was war es sonst? Wie sie es drehte und wendete, es machte einfach keinen Sinn!

Und dann der Anschlag. Gab es einen Zusammenhang zwischen dem Schuss auf Behrends und dem vermeintlichen Missgeschick der beiden Männer, als die sich verfehlt hatten? Blödsinn! Das war doch dummes Zeug, was sie sich da zusammenspann! Maike presste sich die Handballen gegen ihre Schläfen, als könne sie so ihre Gedanken in geordnete Bahnen zwingen. Ebenso gut konnte es sein, dass es gar keinen Anschlag gab, sondern alles war nur die Folge verhängnisvoller Zufälle.

Sie wusste von der Stimmung, die derzeit im Harz herrschte. Vielleicht hatte tatsächlich irgend so ein schießwütiger Jäger mit dem Gewehr im Anschlag im Unterholz gelauert, ganz wild darauf, einen Wolf zur Strecke zu bringen. Dann war plötzlich Behrends aufgetaucht, an einer Stelle, wo sonst nur selten Wanderer vorbeilaufen, und schon hatte ein nervöser Finger den Abzug durchgedrückt. Ja, so konnte es gewesen sein! Diese Erklärung hätte Maike ein wenig beruhigen können, mit der Aussicht auf doch noch etwas Schlaf. Aber sie tat es nicht. Ein unbestimmtes Gefühl sagte ihr, dass der Schuss auf Behrends keineswegs ein unglücklicher Zufall gewesen war.

Sie musste mit jemandem reden. Sofort! Mit Tim! Auch wenn es mitten in der Nacht war und der sich gerade um irgendwelche Privatangelegenheiten kümmerte. Sie konnte nicht warten und diesen Berg von diffusen Gedanken allein mit sich herumschleppen bis Tim morgen nach Dienstantritt von Ollenhauer über die neuesten Ereignisse informiert wurde. Vermutlich würde sie ihn aus dem Tiefschlaf reißen, das war ihr bewusst. Aber es musste sein! Er würde es verstehen.

»Weißt du eigentlich, wie spät es ist, verdammt?«, maulte die verschlafene Stimme am anderen Ende. Maike hatte es eine halbe Ewigkeit läuten lassen, bis Tim endlich an sein Handy gegangen war. »Was ist denn so dringend, dass es nicht bis morgen warten kann?«

»Auf Ingo wurde geschossen«, platzte es aus ihr heraus. »Er liegt im Koma.«

Am anderen Ende herrschte Schweigen. Nur ein schwaches Atmen konnte Maike hören. Dann, nach einer gefühlten Ewigkeit ein Räuspern. »Wo? Was ist passiert?« Tims Stimme klang klar und fest. Er schien jetzt hellwach zu sein.

Maike gab ihm eine knappe Zusammenfassung der Ereignisse von dem Moment an, als Katrin sie angerufen und nach Behrends gefragt hatte. »Und das passiert ausgerechnet dann, wenn du wegen deiner kranken Mutter nach Hause musst«, schloss sie, »es ist wie verhext!«

»Ich war nicht bei meinen Eltern«, entgegnete Tim. »Mein Gott, wenn das alles miteinander zusammenhängt, dann ... Ich hätte es wissen müssen. Verdammte Scheiße!«

»Was redest du da?« Maike verstand nicht. »Was hättest du wissen müssen? Wo warst du dann? Ollenhauer hat doch gesagt, du bist ...«

»Ich habe Ollenhauer die Geschichte von der plötzlich schwer erkrankten Mama erzählt, ja«, gab Seidel zu, »ich habe einen Vorwand gebraucht, um abhauen zu können. Ich musste etwas untersuchen, und er sollte nichts davon wissen. Das war mit Ingo so abgesprochen.«

In Maikes Kopf schwirrte es. Sie verstand kein Wort von dem, was Seidel sagte. »Wieso Vorwand? Was hast du mit Ingo abgesprochen?«

Seidel stöhnte leise. »Pass auf, Maike, ich bin einfach zu müde, um dir jetzt alles am Telefon zu erklären. Ich komme morgen früh in Northeim vorbei, bevor ich nach Wernigerode weiterfahre. Dann reden wir. Für Ollenhauer lasse ich mir schon eine Entschuldigung einfallen, wenn ich später komme. Nur so viel – ich habe ein bisschen in Ollenhauers Vergangenheit gewühlt. Halte dich dem Mann gegenüber etwas bedeckt. Für den Fall, dass du noch mal mit ihm Kontakt hast, bevor wir uns treffen. So, ich versuche jetzt noch ein wenig zu schlafen, ich bin total kaputt. Ehrlich. Mach's gut, bis morgen.«

»Aber ...« Tim hatte bereits aufgelegt. Keine Chance, etwas zu erwidern. Maike starrte entgeistert ihr Handy an. Schlafen! Berührte ihn Behrends' Schicksal etwa so wenig? Und was war mit ihr? Erst erzählte er ihr von irgendwelchen geheimen Recherchen, machte vage Andeutungen in Richtung Ollenhauer und ließ sie dann einfach im Regen stehen. Unverständlich, dass er angesichts der Katastrophen der letzten Stunden überhaupt an Schlaf denken konnte. Sie würde jedenfalls für den Rest der Nacht kein Auge zudrücken, soviel war sicher!

Als Tim Seidel in der Northeimer Inspektion eintraf und Maikes Büro betrat, sah er sie reglos an ihrem Schreibtisch sitzen. Den Kopf in die Hände gestützt, bohrte sich ihr starrer Blick in den

Computermonitor. Auf sein Klopfen hatte sie nicht reagiert und ihm schien es, als brauche sie eine Ewigkeit, um überhaupt zu bemerken, dass er im Zimmer stand. Dann, endlich, wandte sie sich ihm wie in Zeitlupe zu.

»Hallo Maike«, sagte er, »wie geht's?« Er hätte sich die Frage sparen können, so blass und müde, wie sie aussah.

»Sie wissen immer noch nicht, ob Ingo durchkommt«, entgegnete sie tonlos. Es war nicht mehr als ein Flüstern. »Katrin hat mich gerade angerufen. Er liegt nach wie vor im künstlichen Koma. Seine Chancen stehen nicht besonders gut, sagt der Arzt.«

»Mein Gott!«, stöhnte Seidel und ließ sich erschüttert auf den Stuhl neben der Tür sinken. »Gibt es sonst noch was? Irgendwas, das für unsere Ermittlung wichtig ist?«

»Nein, nichts. Ist mir im Moment auch völlig egal, Tim. Ich bin fix und fertig!«

»Verstehe.« Er nickte und nestelte verlegen an seinem blonden Pferdeschwanz. »Ich bin wohl ziemlich unsensibel mit meinen Fragen, was?«

»Etwas schon, ja«, bestätigte Maike mit einem gequälten Lächeln, »aber vielleicht ist es ja ganz gut, wenn ich mich auf was anderes konzentriere, um mich von diesen furchtbaren Gedanken abzulenken. Vielleicht löst du einfach die Rätsel auf, mit denen du mich letzte Nacht sitzengelassen hast. Ich habe nicht eine Minute die Augen zugemacht!«

»Tut mir leid, Maike.«

Sie winkte müde ab. »Schon gut, mach dir nichts draus und sag mir endlich, was das alles zu bedeuten hat.«

Seidel nickte. »Okay. Einiges weißt du ja schon. Von Ollenhauers merkwürdigen Ermittlungsmethoden zum Beispiel. Wie er die entscheidenden Beweise in Eigenregie gesammelt und gleichzeitig dafür gesorgt hat, die Initiativen seiner Leute ins Leere laufen zu lassen oder ganz zu unterbinden. Keine Datenbankabfragen, im Zusammenhang mit dem Messer etwa, Stillschweigen gegenüber der Presse aus ermittlungstaktischen Gründen. Der blanke Unsinn! Vielleicht hätte ich das ja noch geschluckt. Aber die Sache mit dem Auto war dann doch ziemlich krass.«

»Was für ein Auto?« Maikes Neugier war erwacht.

»Naja, wir hätten genauer nachforschen müssen, ob in der Nähe der Hütte und des Leichenfundortes Geländewagen oder andere geländegängige Fahrzeuge gesehen wurden. Zugegeben, es war ein ziemlich großer Zeitraum, in dem der Mord passiert sein konnte. Aber das da oben ist keine Autobahn. Wenn dort jemand herumkutschiert ist, hätte das vielleicht jemand bemerkt, der zufällig in der Nähe war. Irgendein Fahrzeug muss der Mörder benutzt haben. Der kann sein Opfer unmöglich da im Wald auf den Schultern hin und her geschleppt haben. Ollenhauer hat unsere Nachforschungen abgewürgt. Er fand das überflüssig. Dann hat sich herausgestellt, dass Gerboth einen Geländewagen fährt. Der wurde nach dessen Festnahme in die KTU gebracht. Im Kofferraum des Wagens wurden tatsächlich Blutspuren gefunden.«

»Das spricht dann ja wohl eher gegen den Tatverdächtigen und nicht gegen Ollenhauer.«

»Schon«, entgegnete Seidel zögernd, »der Wagen wurde wahrscheinlich benutzt. Aber ist ihn der Alte auch wirklich gefahren oder jemand anderes? Ich traue der Sache einfach nicht.«

»Und wie sehen das die anderen im Team?«, fragte Maike verwundert. Sie war jetzt ganz bei der Sache, schien es Seidel.

»Von denen wagt es keiner, aufzumucken. Er ist die absolute Autorität ... jedenfalls gibt er sich den Anschein. Besonders Biermann, sein Partner, kriecht ihm förmlich in den Arsch und hält ihm den Rücken frei. Zu diesem Biermann muss ich dir gleich auch noch was erzählen. Ein Einziger, Kommissar Rother, nörgelt ab und zu an Ollenhauer und Biermann herum. Hinter vorgehaltener Hand natürlich. Ist eigentlich ein ganz netter Kerl, dieser Rother. Er steht ziemlich weit unten auf der Hühnerleiter, wartet seit Jahren auf eine Beförderung. Er arbeitet schon lange mit den beiden zusammen. Ich weiß nicht, was für Probleme er mit ihnen hat. Er traut sich nicht, Genaueres dazu zu sagen. Ich habe mal einen Vorstoß gewagt, in einer Pause beim Kaffee. Ohne Erfolg. Jetzt frage ich mich, ob der nicht ein paar interessante Dinge über seinen Chef und dessen Partner weiß, obwohl ... die weiß ich mittlerweile auch.«

Maike rutschte unruhig auf ihrem Stuhl hin und her. »Okay, und was sind das für Dinge? Du hast mir gestern Abend gesagt, du musstest etwas untersuchen, das hättest du mit Ingo so abgesprochen.«

»Richtig. Dazu solltest du wissen, dass Ingo am Tag vor seiner Wanderung in Bad Lauterberg war. In einem Buchladen.« Er erklärte ihr mit wenigen Worten, was Behrends endgültig dazu veranlasst hatte, an Ollenhauers Handeln zu zweifeln und ihn, Seidel, um diese Nachforschungen zu bitten.

»Und trotzdem wollte er mit diesem Ollenhauer die Wanderung machen? Obwohl er das wusste?«, fragte Maike ungläubig.

»Er wollte ihm eine Chance geben. Der Mann ist Polizist. Ein Kollege! Verstehst du? Ingo wollte von Ollenhauer selbst hören, ob der es mit seiner Art, die Ermittlungen zu leiten, darauf angelegt hatte, den Alten dingfest zu machen. Oder möglicherweise mit seinen Manövern auch eine andere Person zu schützen. Den wirklichen Täter vielleicht.« Er schüttelte resigniert den Kopf. »Ich hätte Ingo ernsthafter davon abraten sollen, mit Ollenhauer loszuziehen.«

»Ich hatte auch meine Zweifel, ob das vernünftig ist, was Ingo vorhat«, tröstete Maike ihren Kollegen, »aber er hat sich ja nicht davon abbringen lassen, zumal Ollenhauer ihm auch noch diesen Spleen mit der Wolfssichtung in den Kopf gesetzt hatte. Auf irgendeine Art schien das sein Misstrauen gegenüber dem Mann aufgeweicht zu haben.« Sie schenkte Tim ein bitteres Lächeln. »Vielleicht wollte Ingo mit dem Typ auf dieser Wanderung ja eine neue Männerfreundschaft begründen, nachdem du ihm abhandengekommen bist«, sagte sie sarkastisch.

Tim Seidel stand von seinem Stuhl auf und kam langsam auf Maikes Schreibtisch zu. Ihr gegenüber baute er sich auf, beugte sich zu ihr hinüber, mit den Händen an der Tischkante abgestützt. »Da bin ich mir nicht ganz so sicher«, sagte er ernst, »ich denke, er hat innerlich ziemlich mit sich gerungen. Einerseits die Weigerung zu glauben, dass ein Kollege in einen Mord verwickelt sein könnte, verbunden mit der Hoffnung, in einem persönlichen Gespräch könne sich jeglicher Verdacht in Luft auflösen und andererseits das Misstrauen, das ihn bewogen hat, mich auf Ollenhauer anzusetzen.«

»Wieso wollte er nicht selber recherchieren?«

Seidel richtete sich auf. »Erstens sollte das möglichst schnell passieren, und er war ja am nächsten Tag zu seiner Wanderung verabredet. Und zweitens ...«, er warf sich in die Brust, »... zweitens habe ich ihm angeboten, zu helfen und meine guten Kontakte zu nutzen, die ich zu ein paar Kollegen an den richtigen Stellen habe. Hilfsbereite und sehr verschwiegene Menschen sind das. Einer von ihnen ist übrigens ein väterlicher Freund aus Hameln. Den kenne ich schon seit ewigen Zeiten und wahrscheinlich ist er schon genauso lange beim LKA in Hannover. Ich wollte es zumindest versuchen. Etwas Glück habe ich natürlich gebraucht. Ingo hat mein Angebot sehr zu schätzen gewusst.«

Maike zog die Augenbrauen hoch. Sie hatte verstanden. »Dazu hast du also den freien Tag genommen und Ollenhauer eine dringende Familienangelegenheit vorgetäuscht.«

»Richtig«, bestätigte Seidel. »Nur hätte ich nicht gedacht, dass der Kerl so schnell handelt. Dein Anruf letzte Nacht, das war schon ein Schock für mich. Glaub ja nicht, ich konnte danach noch gut schlafen. Ich frage mich seitdem, ob Ollenhauer mir die Geschichte mit meiner todkranken Mutter tatsächlich abgenommen hat oder schon misstrauisch geworden ist, als ich ihn darum gebeten habe, mir freizugeben. Er muss befürchtet haben, Ingo könne ihm gefährlich werden. Wenn ich nur wüsste, wie der Mann genau in die Sache verwickelt ist.«

»Du ... du glaubst ...«, Maike schüttelte fassungslos den Kopf, »... du glaubst, Ollenhauer könnte den Anschlag selber verübt haben?«

Seidel wiegte zweifelnd den Kopf. »Möglich. Es würde mich nicht wundern, wenn er irgendwie damit zu tun hat. Der Gedanke, dass Ingo allein in die Harzwälder gezogen sein soll, geht mir nämlich voll gegen den Strich. Ich frage mich, was da wirklich passiert ist. Da ist was oberfaul.«

»Und was könnte das sein?« Maike hatte sich etwas von ihrem Schreibtisch weggeschoben und nach vorn gebeugt. Nervös rieb sie mit den Händen auf ihren Oberschenkeln.

»Das ist die Frage«, entgegnete Seidel. »Und die lässt sich vielleicht beantworten, wenn wir uns mal die Verbindung von drei Personen zueinander etwas gründlicher ansehen, und zwar von Mirko Ollenhauer, Axel Gerboth und Hagen vom Ravensberg alias Reinhold Bender.«

»Was hast du herausgefunden?« Maike konnte ihre Ungeduld kaum zähmen. Lauernd sah sie dem Rattenfänger zu, wie der gemächlich den Stuhl neben der Tür zu sich heranzog, ihn in aller Ruhe mit der Lehne zu ihrem Schreibtisch gewandt aufbaute und sich rittlings daraufsetzte. Noch ein paar Sekunden länger, und sie wäre vor Spannung ausgeflippt.

»Wir sind über den Namen Axel Gerboth an die Sache herangegangen. Dabei sind ein paar interessante Dinge herausgekommen«, antwortete Seidel schließlich gedehnt. »Zum einen ist unser Axel kein Unbekannter bei der Polizei. Er ist auffällig geworden. Und zwar in Essen, wo er immer noch wohnt. Dort hat er eine Akte, war in verschiedene Diebstahldelikte verwickelt. Er wurde aber nie zu einer längeren Haftstrafe verurteilt. Unter anderem findet sich in der Akte eine Jahre zurückliegende Drogengeschichte. Ebenfalls nichts wirklich Schwerwiegendes. Aber dabei wurde erstmals sein Wohnsitz festgestellt. Er hat damals für einige Zeit zur Untermiete gewohnt, und jetzt rate mal bei wem.«

»Tim, bitte, keine Ratespiele!« Danach stand Maike überhaupt nicht der Sinn.

Seidel hob beschwichtigend die Hand. »Ja, schon gut. Also, sein Vermieter war niemand anderes, als sein alter Freund Mirko Ollenhauer.«

»Du machst Witze! Wann genau soll das denn gewesen sein?«

»Etwa anderthalb Jahre, nachdem er von zu Hause abgehauen ist.«

»Das heißt, Axel Gerboth hat seinen alten Freund aus Kindertagen tatsächlich wiedergefunden und ist bei ihm untergekrochen.«

»Mag sein, dass Axel ihn damals gefunden hat. Vielleicht hat aber auch Ollenhauer den Kontakt aufgenommen, gleich nachdem die DDR-Grenze gefallen war. Jedenfalls ist es nicht so, dass Ollenhauer seit der Flucht nichts mehr von seinem alten Freund gehört und erst nach seiner Rückkehr in den Harz nach ihm gefragt hat.«

»Und Ollenhauers Verbindung zu Reinhold Bender?«

»Ergibt sich über dessen Pseudonym Hagen vom Ravensberg. Nach dem hat Ollenhauer nämlich gesucht. Es war reiner Zufall, dass sich mein LKA-Freund an eine etwas merkwürdige Anfrage erinnern konnte, die schon eine ganze Zeit zurückliegt. Die kam von unserem Hauptkommissar, der damals noch bei der Polizei in

Essen Dienst tat. Er hat sich wohl mit der Bitte um Hilfe bei der Suche nach einem gewissen Hagen vom Ravensberg an andere Polizeidienststellen und eben auch an das LKA gewandt. Demnach sollte der Gesuchte im Rheinland in irgendeine Kunstfälschergeschichte verwickelt gewesen sein und sich vor seiner Festnahme abgesetzt haben. In den Registern der Einwohnermeldeämter war nach Aussage von Ollenhauer nirgends ein Mann dieses Namens aufgeführt. Mein Freund hatte allerdings auch keine Hinweise, mit denen er Ollenhauer hätte helfen können. Überhaupt hat er die ganze Art, wie die Anfrage gelaufen ist, ziemlich seltsam gefunden. Irgendwie entgegen allen üblichen Gepflogenheiten, das Ganze. Aber er hat die Sache nicht weiter verfolgt. Erst viel später, nach einem Brockenbesuch, hat sich mein Freund an die Anfrage erinnert, weil ihm die Landschaftsbilder im Brockenhaus aufgefallen waren und er sich nach dem Maler erkundigt hat. Der Mann heiße Hagen vom Ravensberg, hatte man ihm gesagt, ein Maler ganz aus der Nähe, aus dem Südharz.« Seidel setzte ein breites Grinsen auf.

»Der Name war meinem LKA-Freund seit Ollenhauers Anfrage im Bewusstsein geblieben. Hagen vom Ravensberg heißt schließlich nicht jeder. Tags darauf ist er noch einmal ins Melderegister eingestiegen, hat aber immer noch keinen Eintrag gefunden. Mein Freund hat seine vagen Informationen dann sofort nach Essen weitergegeben, wo aber niemand etwas von besagtem Fall wusste. Und Ollenhauer war zu der Zeit schon nach Halberstadt versetzt worden. Also hat mein Freund ihn dort angerufen und musste erfahren, dass sich der Fall längst erledigt hatte. Im Sande verlaufen, hieß es, vielen Dank und Tschüss.«

»Aber warum wollte Ollenhauer wissen, wo sich Hagen vom Ravensberg aufhält? Warum hat er sich nicht nach Reinhold Bender erkundigt, sondern nach dessen Pseudonym?«, wunderte sich Maike.

»Keine Ahnung«, entgegnete Seidel, »möglich, dass Ollenhauer seinen richtigen Namen gar nicht gekannt hat. Erinnere dich an Benders Doppelleben!«

»Schön«, stöhnte Maike und legte all ihre Unzufriedenheit in den Seufzer, »dann wissen wir ja jetzt eine ganze Menge. Ich frage mich nur, gab es diesen Kunstfälscherfall wirklich? Oder hatte Ollenhauer ihn nur vorgeschoben? Und wenn, was hat ein Polizist, der in Essen arbeitet, mit einem Mann zu tun, der ganz woanders lebt und eigentlich Reinhold Bender heißt? Woher kennt er dessen Pseudonym und was für eine Rolle spielte dessen Schattenleben als Landschaftsmaler? Noch eine, die entscheidende Frage: Steckt Ollenhauer vielleicht selbst hinter dem Mord an Bender? Wegen irgendeiner Sache in der Vergangenheit vielleicht? Und wenn, wollte er dann auch Ingo aus dem Weg räumen, weil der angefangen hat, in eben dieser Vergangenheit zu graben? Verdammt, ich kriege das alles nicht zusammen. Wenn ich nur irgendwo einen Grund, ein vernünftiges Motiv erkennen könnte!«

Seidel starrte nachdenklich die kleine Skulptur an, die auf Maikes Schreibtisch stand. Nicht zum ersten Mal fragte er sich, was die gläserne Figur darstellen sollte. »Und wenn uns nun der alte Gerboth das Motiv liefern könnte? Ich werde das Gefühl nicht los, dass er den Schlüssel zur Lösung des Rätsels in der Hand hält. In meinen Überlegungen läuft alles auf ihn zu. Wir müssten nur wissen, wie unser Mordopfer da reinpasst. Wenn dieser verfluchte Dickschädel nur endlich den Mund aufmachen würde. Aber seit der in Untersuchungshaft sitzt, hat er noch kein einziges Wort mit uns geredet.«

»Okay, Tim, wir sollten nicht länger warten und handeln. Du und ich.« In Maikes Augen lag plötzlich eine wilde Entschlossenheit. »Wir dürfen Ollenhauer nicht die Initiative überlassen. Offiziell lassen wir alles laufen wie bisher. Aber vielleicht kannst du deinem Soko-Chef ein wenig genauer auf die Finger schauen. Wäre allerdings gut, wenn du in Wernigerode einen Vertrauten hättest.«

»Hm«, überlegte Seidel, »vielleicht schaffe ich es ja, Rother auf meine Seite zu ziehen. Ich könnte mir denken, dass er mitmacht, wenn er weiß, gegen wen es geht.« Plötzlich griff er nach der Skulptur, hob sie vor seine Augen und drehte sie langsam um ihre eigene Achse. Mit krauser Stirn betrachtete er das gläserne Gebilde.

»Hey, was soll das?«, fragte Maike verwundert. »Das ist keine Glaskugel. Darin wirst du keine Antwort auf unsere Fragen finden. Oder interessierst du dich plötzlich für Kunst?«

Seidel ging nicht auf ihre kleine Stichelei ein. »Weißt du, wir haben dann noch was versucht. In der Hoffnung, jemanden ausfindig zu machen, der damals in Essen mit Ollenhauer zusammengearbeitet hat und uns ein wenig von ihm erzählen konnte. Eine saublöde, simple Lüge hat dafür genügt.«

»Ach ja? Jetzt bin ich aber gespannt.«

»Wir haben was von einer Ehrung für Ollenhauer und einer Laudatio erzählt und sammelten dazu Informationen von ehemaligen Wegbegleitern. Einer der alten Kollegen war sofort bereit und hat aus dem Nähkästchen geplaudert. Wusstest du, dass Ollenhauer schon mal im Dienst einen Menschen erschossen hat?«

Maike riss die Augen auf. »Nein! Woher soll ich das wissen? Wie ist das passiert?«

»Sie haben eine Produktfälscherbande ausgehoben, und dabei hat angeblich einer der Verdächtigen versucht, eine Waffe zu ziehen und auf Ollenhauer zu schießen. Dumm nur, dass der Mann gar keine Waffe hatte. Vor Gericht wurde Ollenhauers Notwehrversion später Glauben geschenkt, und er wurde freigesprochen. Er ist danach von einer Handvoll Kollegen regelrecht zum Helden stilisiert worden, wohl allein deshalb, weil das Opfer schwul gewesen ist. Das hat natürlich niemand öffentlich zugegeben. Der freundliche Kollege hat sich in dem Zusammenhang übrigens gewundert, dass Ollenhauer immer gern den Macho rausgekehrt und damit geprahlt hat, wie oft und wie viele Frauen er flachlegt. Mit einer Frau an seiner Seite hat ihn damals nämlich nie jemand gesehen.«

»Soll das heißen, er ist selber schwul? Obwohl er sich so diskriminierend verhalten hat?«, wunderte sich Maike.

»Vielleicht.«

»Absurd, findest du nicht?«

»Möglich. Was weiß denn ich, wie der tickt.« Seidel stellte die Skulptur zurück an ihren Platz. »So, ich werde mich dann mal wieder auf den Weg machen.«

»Moment«, hielt ihn Maike zurück, »wolltest du mir nicht noch was zu diesem Biermann, Ollenhauers Partner, erzählen?«

»Oh ja, richtig. Den hat der nette Kollege auch erwähnt. Warte mal … wie hat er gleich gesagt? Genau: Den Ollenhauer hätten wir trotz seiner Macken gern hier behalten. Er ist ein guter Polizist. Wenigstens hat er den Biermann gleich mitgenommen. Einen größeren Gefallen hätte er uns nicht tun können. Das waren seine Worte. Und dann wollte er noch wissen, wie sich Biermann so macht im Harz.

Ich habe gefragt, was er gegen den Kollegen hat. Da ist er so richtig in Fahrt gekommen. Ein undurchsichtiger Kerl sei der. Als Polizist eine völlige Niete. Merkwürdig, dass der überhaupt in den Polizeidienst aufgenommen worden sei. Und noch merkwürdiger, dass er mit seiner Bewerbung auf die Stelle in Halberstadt Erfolg gehabt habe. Eine Zeitlang kursierten wohl Gerüchte, Biermann habe eine einflussreiche Person aus der Führungsetage mit irgendetwas in der Hand.«

»Das wird ja immer interessanter. Erpressung?«

»So was in der Richtung«, bestätigte Seidel. »Aber du weißt ja, wie das ist. Da kannst du dir nicht erklären, warum einer den Aufstieg macht, obwohl er angeblich der totale Blindgänger ist und schon kommen die tollsten Geschichten auf.«

»Und wie siehst du den Mann? Er ist doch in der Soko dabei.«

Seidel zuckte mit den Schultern. »Ja, er ist schon merkwürdig, kriecht Ollenhauer in den Hintern. Aber das ist, ehrlich gesagt, mein geringstes Problem. Ich will wissen, wer auf Ingo geschossen hat und wie Ollenhauer in die Sache verstrickt ist.«

Maike vereinbarte mit Seidel, in regelmäßigem Kontakt miteinander zu bleiben. Mindestens ein Anruf am Tag. Danach fuhr er zurück nach Wernigerode und sie machte sich auf den Weg in die Nordhäuser Klinik. Katrin zur Seite zu stehen, das war das Mindeste, was sie für Behrends tun konnte.

22.

Ohne lange Begrüßung oder Vorrede wurde Seidel nach seinem Eintreffen im Stützpunkt der Soko mit dem Ergebnis der KTU-Spezialisten konfrontiert. Das Projektil, das die Chirurgen aus Behrends' Körper geholt hatten, war aus einer Blaser BB 97 Bockbüchse, Kaliber 8x57, abgefeuert worden.

Seidel betrachtete eingehend ein Foto des Gewehres. Ihm fiel der Waffenschrank in Gerboths Haus ein. Er selbst hatte die Waffen darin während Gerboths Verhaftung kurz begutachtet. Da es keine Anzeichen dafür gab, dass eins der drei Jagdgewehre für den Mord an Bender benutzt wurde, hatten die Erkennungsdienstler sie an Ort und Stelle gelassen, anstatt sie mitzunehmen und im Labor näher zu untersuchen. Eins der drei Gewehre war solch eine Bockbüchse gewesen, erinnerte er sich. Aber ob sie auch exakt dem genannten Modell entsprach?

Wahrscheinlich war eine derartige Waffe unter Jägern weit verbreitet, überlegte Seidel weiter. Und Gerboth hatte zum Zeitpunkt, als auf Behrends geschossen wurde, in U-Haft gesessen. Trotzdem biss sich die Idee in ihm fest, die Tatwaffe könne genau in diesem Waffenschrank gestanden haben. Eigentlich unmöglich und doch …

Er musste noch einmal in Urians Haus. Inoffiziell. Ohne dass jemand aus der Soko davon erfuhr. Vor allen Dingen Ollenhauer durfte nichts wissen. Und wie stand es mit Rother? Seidel wusste nicht, ob er ihm trauen konnte. Aber er brauchte einen Verbündeten für diese nicht ganz saubere Aktion! Er beschloss, das Risiko einzugehen und den Kollegen in seine Pläne einzuweihen.

Mit ein paar Sätzen wäre es nicht getan, Patrick Rother auf seine Seite zu ziehen, das ahnte Seidel. Auch wenn es ihm schwer fiel, er durfte nicht mit der Tür ins Haus fallen. Auf seine Frage, wie es mit einem gemeinsamen Bier nach Dienstschluss aussähe, allein sie beide, hatte Rother zum Glück sofort zugestimmt. Fast schien es, als habe der Mann nur auf eine Gelegenheit gewartet, sich mit ihm zu verbünden.

Sie saßen vor ihren Gläsern in einer Ecke im Napoleon, der Wernigeröder Szenekneipe, vom offenen Fachwerkgebälk ein wenig abgeschirmt gegen neugierige Blicke. Hier konnten sie halbwegs sicher sein, keinem der anderen Soko-Kollegen zu begegnen. Wenn überhaupt, dann zog es die nach Feierabend ins Brauhaus, das sie gleich zu Beginn ihrer Arbeit in Wernigerode zum offiziellen Treffpunkt auserkoren hatten. »Eigentlich wäre ich als Nächster dran gewesen, als die Planstelle frei wurde«, erzählte Rother gerade.

Seidel war schnell klar geworden, dass sein Begleiter eine Last mit sich herumschleppte, die er sich unbedingt von der Seele reden musste. Zu den Kollegen, mit denen er für gewöhnlich zu tun hatte, mochte er nichts sagen. Aber zu ihm, Seidel, hatte er mittlerweile ein wenig Vertrauen gefasst. Er mache auf ihn nicht den Eindruck, als wolle er sich dem Klub um Ollenhauer unbedingt anbiedern, hatte Rother ihm erklärt. Außerdem sei er ein Außenstehender, der wieder gehe, sobald der Fall abgeschlossen sei.

»Ich hatte eine Top-Beurteilung und von allen Seiten gab man mir zu verstehen, dass die Sache so gut wie gelaufen sei. Doch dann haben sie Ollenhauer in den Revierkriminaldienst geholt und ihm die Kapitaldelikte übertragen. Die Stelle musste nämlich ebenfalls neu besetzt werden. Und den Biermann haben sie sich auch gleich dazu geholt und ihm die Stelle übertragen, die eigentlich für mich gedacht war. Keine Ahnung, warum. Biermann hatte sich beworben, klar. Angeblich soll er die besseren Beurteilungen mitgebracht haben … ach, was weiß denn ich! Da ist jedenfalls gekungelt und geschoben worden, ganz bestimmt! Und ich bin nach wie vor davon überzeugt, dass Ollenhauer der treibende Keil war und dafür gesorgt hat, dass sein Kumpel mich verdrängen konnte.«

»Hat er denn so viel Einfluss?«, wunderte sich Seidel.

Rother lachte bitter auf. »Worauf du einen lassen kannst! Er ist ein Einheimischer, verstehst du? Unser ganzes Polizeirevier ist mit Leuten durchsetzt, die aus der Gegend oder aus dem erweiterten Umfeld stammen! Die alten Seilschaften funktionieren nach wie vor. Einem wie mir, der seine Wurzeln im Westen hat, begegnen viele hier immer noch mit Vorbehalten. Da bleibt man außen vor, wenn es darauf ankommt.«

»Siehst du nicht vielleicht Gespenster?« Seidel war skeptisch. »Wenn es diese Seilschaften tatsächlich gibt, hätten sie Ollenhauer wohl eher Knüppel zwischen die Beine geworfen. Er ist doch Republikflüchtling gewesen. Ich kann mir nicht denken, dass ihm da die Herrschaften den Weg geebnet haben, nachdem er ihnen damals mit der Flucht den Arsch zugedreht hat. Auch wenn er da noch ein Kind war.«

Rother schnaubte unwillig durch die Nase. »Dann hat er eben Beziehungen zu ganz anderen Stellen, viel weiter oben – keine Ahnung. Jedenfalls muss er die richtigen Kontakte bemüht haben, als es darum ging, den Biermann zu holen und in Halberstadt zu seinem Partner zu machen.«

»Und wenn er nun gar nichts damit zu tun hat?«, fragte Seidel. »Auch wenn Biermann ihm die Füße küsst, heißt das doch nicht gleich, dass sie auch die dicksten Freunde sind.«

»Hm ... mag sein«, überlegte Rother. »Mit dem Biermann möchte ich auch nicht unbedingt befreundet sein. Ist ein merkwürdiger Vogel, wenn du mich fragst.« Er machte eine abfällige Handbewegung. »Für mich war der Zug jedenfalls abgefahren. Wenn ich daran denke, könnte ich kotzen!«

Seidel nahm einen Schluck. »Meine Güte, du bist ja echt ganz schön sauer auf Ollenhauer«, stellte er fest und knallte das Glas heftiger als beabsichtig auf die Tischplatte zurück.

»Na sicher! Wie würdest du dich denn fühlen, wenn du so abserviert wirst? Nur weil du von der Küste bist und weder hier, noch sonst wo eine Lobby hast!« Er ballte die Hände zu Fäusten. »Aber wenn Ollenhauer tatsächlich daran gedreht hat, dann nicht allein. Die das abgesegnet haben, sind doch genauso schuld. Ich konnte noch nicht mal dagegen angehen, gegen diese erbärmliche, windelweiche Begründung, von wegen, gewisses Quäntchen mehr Erfahrung, etwas bessere Beurteilung, und so weiter. Alles war wasserdicht.«

»Hast du Interesse daran, es Ollenhauer zurückzuzahlen?«, fragte Seidel plötzlich geradeheraus.

Rothers Fäuste öffneten sich. Mit verständnislosen Augen blickte er Seidel an. »Wie ... zurückzahlen? Wie meinst du das?«

Seidel zögerte. Wenn er jetzt weitersprach, gab er sich in Rothers Hände. Sein Angebot widersprach dem üblichen Vorgehen, umging die Dienstvorschriften und würde im schlimmsten Fall Konsequenzen haben, die Rothers Karriere ein für alle Mal zunichtemachten. Ganz zu schweigen von dem Ärger, der ihn selbst erwartete. Er konnte nur hoffen, dass ihn sein Instinkt nicht getrogen hatte. »Hör zu, Patrick, was ich dir jetzt sage, ist nur für deine Ohren bestimmt, klar?«

Rother nickte und beugte sich zu ihm herüber.

»Ich war gestern nicht bei meinen Eltern. Das ist nur die offizielle Version. Ich habe ein paar Erkundigungen über Ollenhauer eingeholt.«

»Du hast was?«, rief Rother erschrocken aus. »Aber warum?«

185

»Leise, verdammt!«, fauchte Seidel. »Muss ja nicht das ganze Lokal mithören.« Er machte eine kurze Pause und fuhr dann mit gedämpfter Stimme fort: »Behrends, mein Chef, hat nach Gerboths Verhaftung in Elend in einem Bistro ein paar Dinge über Ollenhauers Vergangenheit aufgeschnappt und über einen Sohn von Gerboth. Ollenhauer soll mit der Familie und besonders mit dem Sohn bestens bekannt sein. Die zwei waren früher in der DDR die dicksten Freunde. Das hat er uns allen verheimlicht. Oder wusstest du etwas darüber?«

Rother schüttelte den Kopf. »Nee.«, sagte er tonlos. Dann räusperte er sich. »Behrends, ja ... das ist auch so ein Ding. Schießt da einer auf ihn! Was glaubst du, war es wirklich ein Jäger? Ein Versehen?«

Den ganzen Tag über hatte hektische Betriebsamkeit geherrscht, die Suche nach dem Täter lief auf vollen Touren. Alle gingen davon aus, dass es sich bei dem Schuss auf Behrends um einen Irrtum handelte, resultierend aus der allgemeinen Nervosität, die seit dem Auftauchen des Wolfes herrschte. Ollenhauer hatte mit einem vehementen Plädoyer dafür gesorgt, dass niemand in eine andere Richtung weiterdachte. Ein gezielter Mordversuch entbehre jeglicher Grundlage, hatte er gesagt und seine Auffassung überzeugend begründet. Er hatte sich ins Zeug gelegt, wie nie zuvor. Und gerade das hatte Seidels Verdacht erregt. Ihm war es vorgekommen, als erzeuge Ollenhauer einen Sturm im Wasserglas, dem eine ganz bestimmte Absicht zugrunde lag. Welche das war, konnte er nur vermuten.

»Deutet einiges darauf hin«, gab Seidel zu. »Aber ich glaube nicht daran.«

»Sondern?«

»Der Waffenschrank in Gerboths Haus. Ich bin mir sicher, da steht genau so ein Gewehr, wie das, mit dem auf Behrends geschossen wurde.«

Rother blickte ihn verwundert an. »Du denkst an den alten Gerboth? Darf ich dich daran erinnern, dass der in U-Haft sitzt.«

Seidel nickte. »Stimmt. Urian kommt für die Tat nicht infrage.«

»Aber was interessiert dich dann das Gewehr in seinem Schrank?«

»Ich weiß nicht. Ist nur so ein Gefühl. Und das sagt mir auch, dass irgendwas mit den Beweisen für Gerboths Schuld nicht in Ordnung ist.«

»Also hör mal, jetzt siehst du aber Gespenster!« Rother schüttelte unwillig den Kopf. »Eindeutigere Beweise kann es doch gar nicht geben!«

»Eben«, stimmte ihm Seidel zu, »das ist alles so eindeutig, dass es schon wieder stinkt. Und Urian schweigt dazu. Warum gibt er bei der Beweislast nicht einfach alles zu? Was hat er davon, den Mund zu halten?«

Es entstand eine Pause. Lachen und Gläserklirren füllten das Vakuum. Und Satzfetzen, in denen Wörter wie »Wolf«, »gefährlich« und »abschießen«, aber auch »schützen« und »ansiedeln« zu hören waren. Natürlich! Warum sollte es in dieser Kneipe anders sein? Vielleicht hatte Ollenhauer ja doch Recht, und Behrends war Opfer eines Jägers geworden, der einen nervösen Finger gehabt hatte.

»Du glaubst also wirklich, Ollenhauer hat an der Sache gedreht?«, nahm Rother den Faden wieder auf.

Seidel zuckte mit den Schultern. »Vielleicht.«

Rother senkte den Kopf und starrte auf sein Glas. Gedankenverloren klaubte er mit seinen Fingernägeln am Bierdeckel herum. »Und was hast du jetzt vor?«, fragte er nach einer Weile, schien die Antwort aber bereits zu kennen.

»Wir sehen uns ein wenig in Gerboths Haus um«, antwortete Seidel. »Ich möchte das betreffende Gewehr mitnehmen und untersuchen lassen. Ohne dass jemand Wind davon bekommt und es dann an Ollenhauer weiterleitet. Du könntest mir dabei helfen.«

»Aber wie willst du das anstellen?«, wunderte sich Rother. »Sobald du das Gewehr unseren Ballistikern übergibst, kommt die Sache raus. Blöde Idee, findest du nicht?«

Seidel grinste schief. »Ich habe nicht vor, die Waffe von euren Fachleuten offiziell untersuchen zu lassen. Du brauchst dir keine Sorgen zu machen. Ich habe da ein paar andere Möglichkeiten. Dafür muss ich das Gewehr für einen Tag mitnehmen. Danach bringe ich es zurück, und keiner wird was merken. Das heißt, wir müssen noch ein zweites Mal in das Haus. Du sollst mir eigentlich nur den Rücken freihalten. Also, was ist, bist du dabei?«

Rother antwortete nicht sofort. Für einen Moment galt sein Interesse der Kellnerin, die sich mit einem vollen Tablett katzengleich zwischen den vollbesetzten Tischen hindurchschlängelte.

»Okay, ich mach's«, stieß er plötzlich aus und entlockte Seidel damit ein zufriedenes Lächeln.

»Dann los!«

»Jetzt?«, wunderte sich Rother.

»Wann sonst? Wir haben keine Zeit zu verlieren und tagsüber ist es schlecht, wie du dir denken kannst. Die Nacht ist dein Freund, sage ich immer.«

Während Rother knapp zwei Stunden später an einer geschützten Stelle aus dem Auto heraus den Bereich um Gerboths Wohnhaus im Auge behielt, suchte Seidel einen Zugang zum Haus, der nicht durch die Haustür führte und ihn zwang, das Polizeisiegel aufzubrechen. Er fand ein Kellerfenster, das einen schmalen Spalt offen stand, gerade so, dass es niemandem auffiel, der zufällig einen Blick darauf warf. Möglicherweise hatte vor Seidel schon eine andere Person diesen Weg benutzt. Wie von ihm vermutet. Wenig später hatte er den Schlüssel zum Waffenschrank gefunden und das Haus mit dem Gewehr auf dem gleichen Weg wieder verlassen. Schon in der folgenden Nacht stand die Waffe wieder an ihrem Platz. Alles sah aus wie zuvor, nichts wies darauf hin, dass jemand unerlaubt in das Haus eingedrungen war.

Maike hatte Seidel nicht im Stich gelassen und sofort alle nötigen Schritte unternommen, damit das Gewehr untersucht werden konnte. Ohne großes Aufsehen und in aller Stille. Ein paar freundliche Worte an die entsprechende Person und ein kleiner Hinweis auf die besonderen Umstände hatten genügt.

Es war tatsächlich kürzlich mit der Waffe geschossen worden. Also hatte jemand nach Gerboths Verhaftung das Gewehr aus dem Schrank genommen, es benutzt und später wieder zurückgestellt. Natürlich hieß das nicht automatisch, dass der daraus abgegebene Schuss Behrends gegolten hatte, aber nur diese Theorie machte Sinn. Doch wer hatte geschossen? Konnte es wirklich Ollenhauer gewesen sein? Oder sollten sie sich, anstatt nach dem Schützen zu fragen, besser erst einmal um das Motiv kümmern? Irgendetwas musste Behrends zur Zielscheibe gemacht haben. Und es musste mit dem Mord an Bender zu tun haben, eine andere Möglichkeit sahen weder Seidel noch Maike de Baer.

Gerboth, überlegte Seidel, bei dem alten Gerboth liefen die Fäden zusammen. Wenn Urian auspackte, dann lichtete sich das Dunkel. Sie mussten den Mann endlich zum Reden bringen!

23.

Ollenhauer fror. Die Kälte, die ihn schaudern ließ, kam jedoch aus seinem Inneren. Im Auto war es immer noch warm genug, auch jetzt, nachdem er den Motor bereits vor knapp einer Viertelstunde abgestellt hatte. Und Axel ließ auf sich warten. Vielleicht war das Wetter der Grund für dessen Verspätung, vielleicht demonstrierte er damit auch nur seinen Unmut über diesen wenig einladenden Treffpunkt auf dem Parkplatz der Raststätte Harz an der A 7 nahe Seesen. Aber dieses Mal musste es sein! Nach allem, was zwischenzeitlich passiert war, schien ihm dieser Ort inmitten der Anonymität der Parkbuchten die beste Lösung, um sich der öffentlichen Aufmerksamkeit zu entziehen. Nicht noch einmal ein Restaurant.

Im CD-Player des Autoradios dudelte leise Karat. Ollenhauer starrte durch die Windschutzscheibe auf den wirbelnden Tanz der Flocken. Wie aus dem Nichts tauchten sie in den blassen Schein der Parkplatzbeleuchtung ein und folgten einer unberechenbaren Choreografie. Sekundenlang taumelten sie sanft zu Boden, um dann, urplötzlich, getrieben von einer Windbö, auf ihn zuzustürzen. Er hörte ihr leises Klatschen, wenn sie auf die Scheibe trafen, registrierte mit halbem Auge ihre Verwandlung in Wassertropfen und verfolgte unbewusst ihren Weg hinab in die Ablaufrinne unter dem Rand der Motorhaube. Seine Atemluft würde schon bald die Scheiben beschlagen lassen und er müsste den Motor wieder starten. Er benötigte freie Scheiben, um sehen zu können, was in seiner unmittelbaren Umgebung passierte.

Ollenhauers Gedanken glichen den Flocken. Haltlos tanzten sie umher, in alle Richtungen, ohne ein klares Ziel. Er wusste nicht mehr, was er glauben sollte. Alles war so offensichtlich, alles deutete in seiner Logik auf eine einzige Person, und dennoch hatte sich diese Person am Telefon arglos gezeigt, wie ein unschuldiges Kind. War Axel tatsächlich dermaßen abgebrüht? Als er ihm geschworen hatte, nicht zu wissen, warum Ollenhauer sich mit ihm treffen wolle, hatte das sehr überzeugend geklungen. Er hätte es seinem Freund gern abgenommen, doch er konnte es nicht. Stattdessen dachte er nur an einen Vertrauensbruch, an eine Lüge, die ohne jedes Zögern über Axels Lippen gekommen war und seinen Glauben an ihre Freundschaft im Kern erschüttert hatte.

Dabei war es doch Axel selbst gewesen, der an eben diese Freundschaft appelliert hatte, als er vor etlichen Jahren zu ihm nach Essen gekommen war und ihn um Hilfe angebettelt hatte. Um der ewigen Freundschaft willen, die sie vom Sandkasten her verband und die sie sich nach dem schlimmen Vorfall im Sperrgebiet noch einmal ganz neu geschworen hatten. Um dieser ewigen Freundschaft willen hatte er sich überhaupt nur auf Axels Bitte eingelassen und auch in der Hoffnung, damit endlich seine Schuld dem Freund gegenüber zu begleichen. Noch lange Zeit nach der Flucht aus der DDR hatte er an Axel denken müssen und geglaubt, er habe ihn im Stich gelassen. Erst allmählich waren diese quälenden Gedanken aus seinem Kopf verschwunden. An dem Tag aber, als Axel vor seiner Tür gestanden hatte, war auch sein schlechtes Gewissen wieder da gewesen und er hatte nicht anders gekonnt, als ihm seine Hilfe zuzusagen.

Wie hatte er das nur tun und sich auf diese Sache einlassen können?, fragte sich Ollenhauer in diesen Minuten des Wartens. Nicht das erste Mal kamen ihm die Zweifel. Warum war er für Axel eine halbe Ewigkeit einem Phantom nachgejagt? Einem Mann, mit dessen vermeintlicher Tat er selbst gar nichts zu schaffen hatte! Warum musste er sich damals in Essen zu diesem Versprechen hinreißen lassen, und warum war er über die Jahre nicht zur Vernunft gekommen? Er hätte sich damals Axels Bitte verweigern müssen! Spätestens, als er wusste, was sein Freund beabsichtigte und wie tief dessen Hass saß. Keine Freundschaft war es wert, sich zum

Handlanger eines Mörders zu machen! Und Axel war ein Mörder! Dafür gab es keine Entschuldigung. Egal, was sie sich in ihrer Jugend geschworen hatten. Blutsbrüderschaft, zusammenhalten bis in die Ewigkeit – das war endlos lange her, und es rechtfertigte nicht, was Axel getan hatte. Ollenhauer war in das mörderische Spiel eingestiegen, in dem Glauben, die Dinge kontrollieren zu können. Ein fataler Trugschluss. Als ihm das klar wurde, war es zu spät. Den Zeitpunkt, den Zug noch anzuhalten oder wenigstens abzuspringen, hatte er längst verpasst. Jetzt musste er mitfahren. Bis zur Endstation. Ob er wollte oder nicht. Und wie es schien, bestimmte längst nicht mehr er das Tempo und die Richtung, sondern Axel.

Vielleicht bedurfte es dieses Treffens nicht. Es änderte nichts an dem, was mit dem Northeimer Hauptkommissar geschehen war. Aber Axel sollte ihm hier im Auto ins Gesicht sagen, dass er damit nichts zu tun hatte. Er sollte ihm das sagen, ohne sich hinter einem Telefonhörer verstecken zu können. Dann zu lügen, das würde ihm nicht gelingen. So abgebrüht konnte Axel nicht sein! Nicht ihm gegenüber – seinem ewigen Freund!

Ollenhauer krallte seine Finger um das Lenkrad und schob sich stöhnend ein Stück tiefer in den Fahrersitz. Er hätte lieber etwas anderes getan, als zu diesem Treffen zu fahren, weiß Gott! Dazu noch Luc, der ausgerechnet in dem Moment bei ihm aufgetaucht war, als er schon auf dem Weg zu seinem Auto gewesen war. Mit einer Flasche Wein in der Hand hatte er in der Tür gestanden und sich auf einen gemütlichen Abend zu zweit gefreut. Warum ausgerechnet heute und völlig unerwartet? Sonst hatten sie sich auch jedes Mal vorher verabredet. Sie waren immer gut damit gefahren und hatten keine Enttäuschungen erlebt. Warum hatte sich Luc nicht daran gehalten?

Mit einer fadenscheinigen Ausrede hatte er ihn abgewimmelt und ihm nachgeblickt, wie er mit hängendem Kopf davongezogen war. Er konnte nur hoffen, dass Luc die Abfuhr nicht zu schwer nahm und seiner Enttäuschung an falscher Stelle Luft machte. Er hatte im Moment genug Probleme am Hals, und eine weitere Baustelle konnte er überhaupt nicht gebrauchen.

In immer kürzeren Abständen warf Ollenhauer einen Blick in den Rückspiegel. Endlich sah er Axels dunkelgrünen Audi A4 im trüben Licht durch das Schneegestöber auf sich zurollen. Ehe er erleichtert seinen Blick abwandte, bemerkte er ein anderes Auto, das ein Stück weiter hinten zwischen zwei Kleintransportern einparkte. Für einen Moment glaubte er, den Wagen zu kennen. Aber wahrscheinlich irrte er sich. Ganz bestimmt sogar! Es sei denn … nein, unmöglich! Luc war ihm nicht gefolgt. Warum auch? Aus Eifersucht etwa? Spionierte Luc ihm nach, weil er ihn einmal – ein einziges Mal! – hatte abblitzen lassen? Ach was!

Ollenhauer schüttelte den Kopf, um die Gespenster loszuwerden, die ihn in den zurückliegenden Minuten heimgesucht hatten. Im selben Augenblick wurde die Beifahrertür aufgerissen, und Axel schwang sich auf den Sitz. »Scheißwetter«, knurrte er dabei.

Die Tür fiel krachend wieder ins Schloss. »So, Alter, was gibt's?«, kam Axel sofort zur Sache. »Ich wüsste gern, warum du mich hierher zitierst. Auf die Fahrt hätte ich gut verzichten können. Außerdem hatte ich was ganz anderes vor.«

»Warum hast du auf ihn geschossen?«, explodierte Ollenhauer ohne Ankündigung. »War das nötig? Du hast uns damit in verdammte Schwierigkeiten gebracht!«

»Moment, Moment.«, unterbrach ihn Axel erschrocken. »Ich verstehe kein Wort. Von was redest du überhaupt?«

Ollenhauer schüttelte wütend den Kopf. »Was ist mit dir los, Axel? Ich habe dir gesagt, ich regele die Sache allein. Und ich habe dir auch gesagt, mein Kollege wird an der Klippe einen tödlichen Unfall haben, sollte sich herausstellen, dass er Dinge weiß, mit denen er uns gefährlich werden kann. Ich hätte allen eine herzergreifende Geschichte erzählt, und keiner wäre auf dumme Gedanken gekommen. Du hättest ihn nicht abknallen müssen wie ein Stück Vieh! Aber was am allerschlimmsten ist – du sitzt neben mir und tust, als wüsstest du von nichts. Du lügst mir kalt lächelnd ins Gesicht, mir, deinem besten Freund! Warum? Du missbrauchst mein Vertrauen!«

»Stopp!«, schrie Axel. »Willst du mir damit sagen, dass irgendein Verrückter diesen Schnüffler Behrends erschossen hat? Und jetzt nimmst du an, ich war das? Ich fasse es nicht!«

»Was soll ich denn sonst glauben? Du allein hast meinen Plan gekannt, du weißt von dem Waffenschrank deines Vaters und kannst dir Zugang dazu verschaffen. Das Kaliber der Patrone und die Hülse vom Tatort passen zu einem der Gewehre, die darin stehen, so viel ist mir schon bekannt. Was denkst du, was unsere Experten herausfinden, wenn einer meiner Leute auf die Idee kommt, die Waffen doch noch untersuchen zu lassen? Ich bin nicht der Einzige, der den Schrank kennt. Bei der Verhaftung deines Vaters konnten die Gewehre nicht unentdeckt bleiben. Verdammt, Axel, du hast Mist gebaut, richtigen Mist! Und warum das alles? Verrate es mir!«

Axel starrte Ollenhauer mit versteinerter Miene an. »Ich war es nicht, Molly. Ich habe nicht auf deinen Bullen geschossen! Glaub, was du willst.«

»Aber wenn nicht du, wer dann?«

»Herrgott, ich habe keine Ahnung! Es gibt genug Typen, die so eine Knarre besitzen. Irgendein schießgeiler Jäger vielleicht! Hat sich eben geirrt.«

»Und uns für Wölfe gehalten«, höhnte Ollenhauer. »Würde im Moment ja richtig gut passen. Warum glaube ich dir nur nicht, Axel?«

»Das frage ich dich!«

»Ich sage es dir: Weil der Schütze genau wusste, auf wen er anlegt. Weil er sich genau überlegt hat, wo er sich auf die Lauer legt und abdrückt. Immerhin hattest du Glück, dass ich mich zum richtigen Zeitpunkt zum Scheißen in die Büsche geschlagen habe. So habe ich nicht im Weg gestanden, und du hattest freies Schussfeld. Da muss ich dir wohl noch dankbar sein, dass ich dir nicht vor die Flinte gelaufen bin und du mich gleich mit erledigt hast. Ein Abwasch!«

»Du bist ja wahnsinnig«, bellte Axel. »Zum letzten Mal, ich habe damit nichts zu tun! Hast du auch nur einmal daran gedacht, dass jemand anderes dahinterstecken könnte? Wenn schon dieser Behrends misstrauisch geworden ist, dann gibt es vielleicht noch jemanden, der mehr über uns weiß, als wir ahnen.«

Ollenhauer stieß ein bitteres Lachen aus. »Ach! Und wer? Und warum ballert er dann den Behrends um? Dein Vater scheidet dieses Mal ja leider aus. Dummerweise sitzt er gerade in U-Haft, und ich kann ihm diese Sache nicht anhängen. Hör auf, Axel. Es gibt niemanden, der ein Interesse daran haben könnte, meinen Kollegen aus dem Weg zu räumen. Niemanden, hörst du? Von uns einmal abgesehen. Oder hast du einen Verdacht? Dann sag es mir, verdammt!«

»Tut mir leid, kein Verdacht. Das Einzige, was ich weiß – ich war es nicht.« Axel wirkte plötzlich müde. »Was soll's, der Bulle ist tot. Nicht zu ändern. Du wirst als Zeuge und Soko-Chef schon einen Weg finden, die Ermittlungen von uns fernzuhalten.«

»Wenn Behrends wirklich tot wäre, vielleicht. Aber der Mann hat den Anschlag überlebt! Ich dachte auch zuerst, er packt das nicht. Und jetzt liegt er auf der Intensivstation im Koma. Verstehst du, was das bedeutet, Axel? Wenn er je wieder aufwachen sollte, haben wir ein Problem!«

»Warum?«, wunderte sich Axel. »Was soll er schon ausplaudern? Du bist aus dem Schneider. Und mich kann er nicht gesehen haben. Ich war ja nicht da.«

Ollenhauers Atem ging schwer. »Leider ist die Sache nicht so einfach. Das Problem liegt woanders.«

»Das verstehe ich nicht.«

»Als ich den Schuss gehört und gesehen habe, was los ist, musste ich nicht lange nachdenken. Mir war sofort klar, wer dahintersteckt. Ich …«

»Noch einmal, ich war es nicht!«, fiel ihm Axel ins Wort.

Ollenhauer ließ sich nicht beirren. »Mein erster Gedanke war, dass du geschossen hast und ich sofort etwas tun muss, um die Spur zu verwischen. Also bin ich zu ihm hin. Er war noch bei Bewusstsein, wollte mir was sagen. Aber er hat kein Wort mehr über die Lippen gebracht. War nicht mehr viel los mit ihm. Dann habe ich wohl einen Fehler gemacht. Ich hätte es sofort zu Ende bringen müssen. Aber das konnte ich nicht. In seinem Zustand überlebt er die Nacht nicht, habe ich gedacht. Doch seine Kollegen haben ihn über sein Diensthandy geortet, von dem ich dummerweise nichts wusste. Ich musste wieder raus, zusammen mit den anderen, um ihn zu bergen. Der Mann hat leider eine ziemlich starke Konstitution. So sieht es aus, mein Freund! Nicht gut für uns. Gar nicht gut, wenn er wieder aufwacht!«

»Da hast du wohl Recht«, murmelte Axel und starrte auf die graue Plastikfront des Handschuhfachs. »Es sei denn …«

»Es sei denn was?« Ollenhauer hatte sich seinem Freund zuge-
wandt, stützte sich mit den Ellenbogen auf der Rückenlehne ab.

»Es sei denn, er wacht eben nicht wieder auf. Dafür solltest du
sorgen. Schon in deinem eigenen Interesse.«

Ollenhauer presste die Lippen zusammen, starrte auf das Arma-
turenbrett. »Nee, du, das kannst du vergessen.«

»Ach? Hast du vielleicht eine bessere Idee?« Axel musterte ihn
abfällig. »Du hast es da im Wald vermasselt, also bieg es jetzt gerade. Wenn du den Schwanz einziehen willst, dann denke dran,
dass du mindestens so tief in der Scheiße steckst wie ich. Im Grunde ist es egal, wer ihm das Licht ausknipst. Aber du kommst viel
besser an ihn ran. Also wirst du auch weniger Probleme haben.«

Ollenhauer antwortete nicht. Von Axel abgewandt starrte er aus
dem Seitenfenster. Sein Kiefer mahlte, kämpfte mit dem unver-
daulichen Bissen, den ihm sein Freund gerade hingeworfen hatte.

»Was ist jetzt?«, drängelte Axel nach einer Weile.

»Ich muss darüber nachdenken. Vielleicht fällt mir eine andere
Lösung ein. Etwas Zeit haben wir noch. So schnell wird Behrends
nicht wieder in der Lage sein, mit jemandem zu sprechen. Und
wenn, dann bin ich der Erste, der sich anhört, was er zu sagen hat.
Ich bin immerhin derjenige, der die Ermittlungen leitet.«

»Hat er Verwandte?«, fragte Axel.

»Er ist verheiratet.«

»Die Ehefrau dürfte dann ja wohl ständig um sein Krankenbett
herumscharwenzeln. Also sieh zu, dass du nicht den richtigen Zeitpunkt verpasst, und der Dame zuvorkommst, mein Freund.« In
Axels Stimme schwang ein drohender Unterton mit.

»Es ist besser, du fährst jetzt wieder«, entgegnete Ollenhauer.
»Ich melde mich bei dir, sobald ich klar sehe. Und solange verhältst
du dich ruhig. Keine Extratouren mehr, hörst du?«

»Ich bin nicht taub«, schnauzte Axel. »Und nerv mich, verdammt
nochmal, nie wieder mit diesem Karat-Gedudel. Du weißt, wie
sehr ich den Über-sieben-Brücken-Scheiß hasse!«

Noch eine ganze Weile, nachdem Axel ausgestiegen war und den
Rasthof wieder verlassen hatte, hockte Ollenhauer zusammenge-
sunken hinter seinem Steuer und stierte vor sich hin. Schließlich

gab er sich einen Ruck, startete den Wagen und fuhr zurück. Schemenhaft glitt die Welt an ihm vorbei, er schwamm irgendwie im dichten Verkehrsfluss der A 7 mit, hatte das Steuer seinem inneren Autopiloten überlassen. Seine Gedanken kreisten unterdessen um den Mann im Nordhäuser Krankenhaus. Wie sollte er es schaffen, ihn zu töten? Das da oben im Harz war eine andere Sache gewesen. Nur Wildnis, keine Zeugen. Aber Behrends im Krankenhaus das Lebenslicht ausblasen? Ein unkalkulierbar hohes Risiko! Verdammt, es musste einen anderen Ausweg geben!

Aus dem Nichts ragte plötzlich die Rückfront eines Lkws wie eine Wand vor ihm auf. Wäre seine Reaktion nur Sekundenbruchteile später erfolgt, hätte er sich alle seine vorangegangenen Grübeleien sparen können. Doch er kollidierte weder mit dem Heck des Vierzigtonners, noch fuhr eins der nachfolgenden Fahrzeuge auf ihn auf. Lediglich wildes Hupen hörte er als Reaktion auf sein Bremsmanöver. Ein Wunder! Er zog auf den Seitenstreifen hinüber, hielt an und schaltete die Warnblinkanlage ein. Nur kurz durchatmen, den Schreck aus den zitternden Knochen bekommen! Er ließ seinen Kopf gegen die Kopfstütze fallen. Einige Minuten starrte er wie durch einen Schleier auf die Flut der vorbeirasenden Autos.

24.

Maike musste etwas tun. Wie eingesperrt im Büro herumzusitzen, machte sie halb verrückt. Sie konnte das einfach nicht – darauf warten, dass endlich jemand aus dem Krankenhaus anrief und ihr mitteilte, Behrends sei aus dem Koma aufgewacht. Mit jeder Minute, die das Telefon stumm blieb, wuchs ihre Angst um ihn weiter an. Die Ungewissheit nagte zusehends an ihrer ohnehin noch recht labilen Verfassung. Sie brauchte etwas um die Ohren, etwas, das sie von ihrer Sorge um Behrends ablenkte.

Sie musste raus! Raus aus diesem muffigen Büro, weg vom Computer und dorthin, wo sie endlich wieder das machen konnte, was sie beherrschte – vor Ort ermitteln! Sie durfte nicht tatenlos zusehen, wie andere nach dem Dreckskerl suchten, der auf Behrends geschossen hatte. Sie wollte dabei sein, wollte ihren Teil dazu beitragen. Sie war voll auf der Höhe ihrer Möglichkeiten, und sie musste versuchen, wenn schon nicht den Chef, so doch wenigstens Unrein davon zu überzeugen. Mit Behrends' Ausfall war er als dessen Stellvertreter jetzt ihr direkter Vorgesetzter. Wenn er ihr grünes Licht gab, dann konnte sie endlich wieder richtig loslegen.

Maike wusste, sie konnte Unrein knacken, auch wenn er nicht gerade dazu neigte, Entscheidungen zu treffen, mit denen er sich über Vorschriften oder Anordnungen von oben hinwegsetzte. Es würde schwer werden, aber es konnte trotzdem gelingen. Sie war eine Frau und sie wusste, dass Unrein sie mochte.

»Richard, kannst du mir helfen?«, fragte sie, noch ehe sie die Tür zu seinem Büro richtig hinter sich geschlossen hatte.

Unrein blickte von seinem Schreibtisch auf und machte mit seinem Bürostuhl eine halbe Drehung zu ihr hin. Unsicher musterte er die Frau, die energischen Schrittes auf ihn zusteuerte und sich frontal vor ihm aufbaute. »Hallo Maike, worum geht es?« Es kam nicht oft vor, dass sie ihn um etwas bat.

»Ich muss hier raus«, stieß sie aus, »wenigstens für ein paar Stunden. Mir brummt der Schädel. Immer nur dasitzen und aus dem Fenster starren, macht mich wahnsinnig.«

»Hast du nichts zu tun?«, wunderte sich Unrein.

»Doch, doch ... das ist es nicht. Ich komme mir vor wie in einem Käfig.«

Unrein verstand sie falsch. »Willst du zum Arzt? Dich krankschreiben lassen? Ich meine, wenn dich das alles hier doch noch zu sehr belastet ... kein Problem, ich kann das verstehen. Geh ruhig.«

Maike schüttelte heftig den Kopf. »Das ist es nicht! Ganz im Gegenteil! Diese Rücksichtnahme, dieses Mich-schonen-Wollen bewirkt genau das Gegenteil – das macht mich krank! Versteh doch, Richard, ich muss wieder raus! An die frische Luft, dahin wo Leben ist! Ich bin kein Büromensch. Ich gehe ein hier drinnen!« Sie machte eine kurze Atempause und fügte leise hinzu: »Und jetzt, wo Ingo das Opfer ist ... da muss ich was tun. Bitte, Richard, lass mich wieder richtig mitmachen.«

»Du machst richtig mit. Ich brauche dir doch nicht zu erklären, wie wichtig unsere Arbeit im Innendienst ist.«

»Ich kann hier nicht hocken und warten, verdammt! Schick mich wieder los, bitte! Gib mir eine Aufgabe, zu der ich raus kann aus meinem Knast. Irgendwas!«

»Maike, das geht nicht«, seufzte Unrein und versuchte, ihre flehenden Augen zu ignorieren, »du kennst die Anordnung. Der Chef will dich schützen, dich nicht zu früh wieder dem Druck aussetzen.«

»Der Chef! Der Chef! Mein Gott!«, schleuderte Maike ihm wütend entgegen, hatte sich aber sofort wieder im Griff. »Der Chef hat keine Ahnung. Du kennst mich viel besser! Gib dir einen Ruck. Bitte, Richard«, flehte sie und griff ihm beschwörend an den Oberarm. Ihre Fingernägel krallten sich in den Stoff seines neuen, teuren Tweed-Sakkos. »Du tust es auch für Ingo.«

»Mensch, Maike, versteh doch ...« Unrein hatte längst seine selbstsichere Haltung verloren. Ein wenig wirkte er wie ein Ballon, der in sich zusammenschrumpfte, weil ihm ganz langsam die Luft ausging. »Da draußen sind genug Leute, die sich um den Anschlag auf Ingo kümmern. Und was ihn selbst betrifft – was willst du denn machen, außer warten, bis er wieder aufwacht?«

»Ich könnte mich zu ihm ans Bett setzen und Händchen halten«, erwiderte Maike.

Unrein bemerkte den leisen Spott nicht. »Das kannst du getrost seiner Frau überlassen. Die ist garantiert bei ihm.«

»Lass mich wenigstens nochmal bei Behrends im Krankenhaus vorbeischauen. Wenn Katrin da ist, könnte ich ihr etwas Beistand leisten.«

»Und dann?« Unrein legte den Kopf in den Nacken, ließ seine Augen über Maikes Gesicht wandern und versuchte zu ergründen, was sich hinter ihrer Stirn abspielte. Er konnte ihre Mimik nicht richtig entschlüsseln, und das machte ihn misstrauisch.

»Dann komme ich zurück.«

»Einfach so? Du kannst ihn ebenso gut nach Feierabend besuchen. Also, was noch?«

Maike hob ihre rechte Hand und ließ die Nägel von Daumen und Zeigefinger aneinanderschaben. Stumm betrachtete sie ihr Spiel und lauschte dem leisen Knacken, das sie dabei erzeugten. Unrein wurde nervös. Genau, wie sie es beabsichtigt hatte. »Ich könnte zu diesem Campingplatz fahren und mich etwas umhören.«

»Aber das haben die Kollegen längst erledigt, das weißt du.« Unrein sog geräuschvoll die Luft durch seine Nase ein. »Niemand hat etwas beobachtet. Niemand hat Behrends morgens dort gesehen. Also, was glaubst du, da zu erreichen? Ganz abgesehen davon, dass wir gar nicht zuständig sind.«

»Richard, ich bitte dich! Man wird die auf dem Platz doch noch mal fragen können! Zuständigkeit hin oder her! Denkst du, es interessiert da oben irgendeinen Menschen, woher ich komme? Polizei ist für die einfach nur Polizei.« Maike ballte ihre Hände zu Fäusten. Sie musste sich zusammenreißen. Konnte Richard nicht einmal über seinen Schatten springen? »Außerdem ist es möglich, dass bei der Befragung nicht alle erwischt wurden. Vielleicht hat ja doch jemand etwas mitbekommen und er war nur gerade nicht auf dem Platz, als die Kollegen an die Zelte und Wohnwagen geklopft haben.«

Unrein legte seine Hände hinter den Kopf, blickte gequält zur Decke. »Mensch, Maike, muss das denn wirklich sein?«, stöhnte er entnervt. »Wenn die aus Wernigerode das spitzkriegen, dann sieht das so aus, als trauten wir ihnen nicht zu, dass sie ihre Arbeit vernünftig machen.«

Maike hätte ihm am liebsten gesagt, dass genau das der Grund war, noch einmal zum Campingplatz zu fahren – die Ermittlungen, die offensichtlich auf Ollenhauers Initiative hin so schlampig durchgeführt wurden. Aber sie schluckte die Worte, die ihr auf der Zunge lagen, sofort wieder hinunter. Es war besser, ihn nicht in das einzuweihen, was sie und der Rattenfänger wussten. Nicht mal der Kollege, dem sie das Gewehr zur Überprüfung gegeben hatte, kannte den Grund dafür. Er hatte zum Glück nicht darauf gedrängt, zu erfahren, warum er ihr den kleinen Gefallen tun sollte.

»Dann gib mir wenigstens den Rest des Tages frei. Wenn dich einer fragt, sag einfach, ich habe mich nicht wohlgefühlt. Das wird jeder verstehen.«

»Und dann fährst du da hin und hörst dich um«, stellte Unrein ernüchtert fest und wandte sich von Maike ab. Mit einem Ruck schnellte er nach vorn, ergriff die Tischkante und zog sich samt Stuhl an den Schreibtisch heran. Er tastete nach einem Stift und begann, fahrig etwas auf den Schreibblock zu kritzeln, der vor ihm lag.

Maike lächelte. Sie hatte ihn so weit. »In meiner Freizeit kann ich machen, was ich will. Das geht niemanden etwas an.«

»Wenn du dich in deiner Freizeit in laufende Ermittlungen einklinkst, liegt der Fall etwas anders. Das geht dann schon jemanden etwas an. Außerdem entlasse ich dich krank nach Hause. Und da solltest du dann auch sein.«

»Willst du das überprüfen?«

Unrein sah zu ihr auf. Etwas Schmerzhaftes lag in seinem Blick. Wie bei einem waidwunden Tier. »Na los, nun hau schon ab«, sagte er.

Bevor Maike in den Harz aufbrach, versuchte sie Katrin zu erreichen. Sie hatte es satt, länger auf Nachricht zu warten. Behrends' Frau meldete sich nach dem dritten Klingeln.

»Wie geht es ihm?«, fragte Maike.

»Kaum eine Veränderung.« Katrin klang bedrückt. »Immerhin ist er stabil. Sie haben die leise Hoffnung, dass sich sein Zustand in den kommenden Tagen verbessern könnte. Und dann holen sie ihn irgendwann auch aus dem Koma zurück.«

Maike atmete erleichtert auf. »Das hört sich doch schon ein bisschen hoffnungsvoller an. Wollen Sie reden? Wenn Sie möchten, komme ich sofort vorbei und nicht erst heute Abend oder morgen. Ich habe jetzt Dienstschluss.«

»Das ist lieb von Ihnen, aber das müssen Sie nicht.« Ohne Katrin zu sehen, spürte Maike ihr dankbares Lächeln. »Ingos Mutter und seine Schwester sind hier. Henning Hohnstein auch. Der nörgelt nur rum und beschwert sich, dass er auf seinen Schachpartner verzichten muss.« Sie kicherte schüchtern. »Ich glaube, er macht sich am meisten Sorgen von uns allen und versucht, es mit seiner Quengelei zu überspielen. Also, Sie können gerne kommen, wenn Sie wollen. Aber in Ruhe reden, daraus wird wohl nichts.« Sie schluckte und Maike schien es, als stemme sie sich gegen die aufkommenden Tränen. »Trotzdem danke, Frau de Baer.«

»Maike.« Es war ihr unangenehm, von Behrends' Frau gesiezt und mit Nachnamen angeredet zu werden. »Bitte nennen Sie mich Maike, und wenn es Ihnen nichts ausmacht, wir können uns duzen.«

Sie hörte, wie Katrin sich schnäuzte. »Sehr gern ... Maike«, kam es darauf etwas verschnupft aus dem kleinen Lautsprecher ihres Handys.

Es hatte Maike ein wenig Mühe gekostet, den Campingplatz oberhalb von Schierke zu finden. Im Gegensatz zu Behrends hatte sie vergessen, ihr Navigationsgerät mitzunehmen. Aber das war ohnehin ein altes Ding, das seit ein paar Jahren irgendwo zu Hause in einer Schrankschublade sein Dasein fristete. Sie hatte es fast nie benutzt und wusste nicht einmal, ob es überhaupt noch vernünftig arbeitete. Dafür funktionierte ihr Mund, und nachdem sie unterwegs zweimal nach dem Weg gefragt hatte, war sie sicher an ihr Ziel gelangt.

Noch ehe sie sich aufmachte, das Personal und die Camper auf dem Platz zu befragen, blieb sie neben ihrem Auto stehen und ließ sich von einem atemberaubenden Blick zum Brocken gefangen nehmen. Ein wolkenloser, tiefblauer Himmel und eine strahlende Wintersonne verliehen dem Berg eine märchenhafte, majestätische Würde. Das ganze Panorama hatte in seinem weißgolden glitzernden Schneekleid etwas Unwirkliches, etwas, das Maike für einen Moment vergessen ließ, warum sie hier war.

Ein, zwei Minuten stand sie so, dann riss sie sich von der Aussicht los. Die Kälte hatte sich unerwartet schnell einen Weg durch ihre Jacke und den Pullover darunter gebahnt und berührte mit eisigen Klauen ihre Haut. Dazu trieb ihr der beißende Ostwind die ersten Tränen in die Augen. Hier oben war bisher nichts zu spüren von dem angekündigten Wetterumschwung hin zu milden Temperaturen und Regen. Mit schnellen Schritten stapfte sie zur Rezeption hinüber und zog dabei den Kopf tief in den hohen Kragen ihrer Jacke ein. Erleichtert seufzend registrierte sie kurz darauf die Wärme, die ihr hinter der Eingangstür entgegenschlug.

Vielleicht hatte Maike tatsächlich an einen schnellen Erfolg ihrer Mission geglaubt, als sie aus Northeim aufgebrochen war. Doch als sie am Ende ihres Rundgangs an den letzten bewohnten Caravan geklopft und auf ihre Fragen hin nur eine schnoddrige Abfuhr nach der anderen erhalten hatte, war ihr klar, dass sie sich ihren Ausflug hätte sparen können. Niemand hatte an dem Morgen etwas beobachtet. Die meisten hatten noch in ihren Kojen gelegen und geschlafen oder waren gerade erst angekommen.

Hängenden Kopfes ging sie zum Parkplatz am Eingang zurück. Auf halbem Weg stieß sie mit einer dick vermummten Person zusammen, die sich bei genauerem Hinsehen als zierliche Frau entpuppte. Ihr schmales Gesicht, das von einer rot gefrorenen Nase dominiert wurde, steckte in einer riesigen, pelzbesetzten Kapuze. Große, freundliche Augen blickten ihr neugierig entgegen. »Oh, ein neuer Campinggast«, stellte die Frau mit rauer Stimme fest. »Sie habe ich hier noch nie gesehen.« Und wie selbstverständlich fügte sie hinzu: »Irgendwann kommen sie alle hierher, jedenfalls alle, die was für das hier übrig haben.« Sie breitete die Arme aus und machte eine komplette Drehung um ihre eigene Achse. »Ist das nicht ein erhabener Anblick? Ich liebe es! Besonders früh morgens, wenn die anderen noch träumen, genieße ich hier draußen allein die Stille. Später mache ich mich dann auf die Socken zu meinen Wanderungen.«

»Jeden Tag?«, schaltete Maike sofort. Vielleicht bot sich ihr doch noch eine unverhoffte Chance auf die ein oder andere Information.

»Ja, sicher.« Die Frau nickte. »Wenn ich nicht verschlafe. Aber das passiert so gut wie nie. Meine innere Uhr funktioniert perfekt.«

»Campen Sie denn schon lange hier?«

»Fast vierzehn Tage«, entgegnete die Frau. »Im Winter bin ich immer in diesem Paradies. Abschalten vom Alltag, auftanken, bevor ich mich wieder in den Berufsstress stürzen muss. Leider schon nächste Woche wieder. Länger kann ich nicht wegbleiben, sonst wärmt plötzlich jemand anderes meinen Stuhl und managt meine Fonds.« Sie stieß ein kehliges Lachen aus, amüsierte sich über ihren eigenen Scherz.

»Das heißt, Sie waren vor fünf Tagen auch schon früh auf den Beinen?«, fragte Maike.

»Was? Oh, ja, ja, ich glaube schon«, entgegnete die Frau und ihre Mimik verriet, dass sie sich in Gedanken immer noch an ihrer Bemerkung über Fonds und angewärmte Stühle festhielt.

»Glauben Sie es nur oder wissen Sie es?«, hakte Maike etwas zu forsch nach, woraufhin die Frau schlagartig ernst wurde und die

Augen zusammenkniff. »Sie sind gar kein Campinggast, habe ich Recht?«, fragte sie misstrauisch. »Was wollen Sie von mir? Horchen Sie mich aus?«

Maike erklärte ihr, worum es ging.

»Oh ja, stimmt«, antwortete die Frau, »ich war unterwegs, als die Polizei hier die Leute befragt hat. Später habe ich dann davon gehört, weil es hieß, wenn jemand noch etwas wisse, solle er sich melden. Da ist auf irgendjemanden geschossen worden, hat man mir erzählt. Der hatte wohl sein Auto auf diesem Parkplatz abgestellt. Und das ist ein Kollege von Ihnen?« Sie zuckte mit den Schultern. »Was soll's. Ich konnte dazu nichts sagen. Also war es mir egal. Ich war müde und habe mich nicht weiter dafür interessiert. Mein Alltag ist hektisch genug. Da will ich hier meine Ruhe haben und brauche keine Krimis.«

»Waren Sie denn nun an dem Morgen vor fünf Tagen auch ganz früh draußen?«, fragte Maike noch einmal.

»War ich!« Die Frau ließ jetzt keinen Zweifel mehr an ihrem Erinnerungsvermögen.

»Und? Haben Sie da wirklich nichts beobachtet? Etwas, das Ihnen aufgefallen ist, weil es vielleicht … hm … ungewöhnlich war?«

Die Frau blickte an Maike vorbei, dachte nach. Es hatte den Anschein, als zöge sie ihren Kopf dabei noch ein wenig tiefer in die gewaltige Kapuze zurück. Wie eine Schildkröte, die sich in ihrem Panzer versteckt. »Nein, ich glaube nicht«, murmelte sie. Doch plötzlich war das Gesicht wieder da, strahlte Maike an. »Moment, da war tatsächlich was! Jetzt, wo Sie so direkt danach fragen, erinnere ich mich. Ich bin mir aber nicht mehr ganz sicher, ob es an genau dem Tag war.«

»Ja?« Plötzlich zitterte Maike. Aber nicht vor Kälte.

»Ja, da war dieser durchdringende Pfiff. Kurz danach bin ich aus dem Waschraum gekommen. Da habe ich die beiden Männer vorn am Eingang stehen sehen. Sie haben miteinander gesprochen, wie es schien. Das habe ich schon etwas komisch gefunden, weil – nun ja, normalerweise bin ich die Einzige, die um diese Zeit hier herumläuft. Die vom Kiosk sind dann die nächsten, die kommen. Aber doch erst eine ganze Weile später.«

»Können Sie die Männer beschreiben?«

»Leider nicht. Dazu war ich etwas zu weit weg, außerdem war es ja fast noch dunkel. Sie waren nur schemenhaft zu erkennen. Die zwei sind dann auch gleich darauf gegangen. Der lange Lulatsch vorweg und der andere mit seinen kurzen Beinen hinterher.«

»Langer Lulatsch?« Maike hatte augenblicklich das Bild eines ganz bestimmten Mannes vor sich.

»Ja, ja, der war schon sehr groß.«

»Wo die beiden hingegangen sind, haben Sie dann nicht mehr gesehen, oder?«

»Doch, habe ich. Ich musste ja auch in die Richtung zum Eingang gehen, und da habe ich noch schnell einen Blick über die Straße geworfen. Die zwei standen vor einem Auto, jedenfalls habe ich vermutet, dass da auf dem Weg ein Auto parkte, und der Lulatsch hatte sich einen Rucksack auf den Rücken gepackt, soviel ich erkennen konnte. Sieh an, noch ein paar Typen, die so verrückt sind wie ich, habe ich gedacht, weil alles danach aussah, dass sie auch in aller Herrgottsfrühe wandern wollten. Wenn, dann hat sich das frühe Aufstehen für die zwei bestimmt gelohnt. Der Sonnenaufgang war ja besonders schön an dem Morgen.« Sie stockte und blickte Maike erschrocken an. »Sagen Sie, war das etwa einer von den beiden, auf den geschossen wurde? Ja, natürlich! Du meine Güte, jetzt begreife ich …«

Maike hatte es plötzlich eilig. Sie wartete nicht ab, was die Fondsmanagerin ihr noch erzählen wollte. »Ja also, vielen Dank für Ihre Auskunft«, schnitt sie ihr das Wort ab, »ich muss dann mal wieder. Schönen Tag noch!« Damit ließ sie die verdutzte Frau einfach stehen und legte den Weg zu ihrem Auto im Laufschritt zurück.

»Tim! Ollenhauer war da! Ich wusste es! Ich wusste einfach, dass der Typ lügt. Er hat sich mit Ingo doch bei diesem Campingplatz getroffen, da bin ich mir jetzt ganz sicher!«, rief Maike in ihr Handy, noch ehe sich Seidel am anderen Ende richtig gemeldet hatte. Sie hatte den Campingplatz verlassen, war aber schon nach wenigen Metern an den Seitenstreifen gefahren, um mit Seidel zu telefonieren. Ihren ersten, spontanen Gedanken, zurück nach Northeim zu fahren und Unrein mit den Neuigkeiten zu konfrontieren, hatte sie schnell wieder verworfen. Richard würde nichts überstürzen und dann den offiziellen Weg einschlagen. Aber damit wäre Ollenhauer gewarnt.

»Was? Ich verstehe nicht …« Seidel schien ziemlich überrumpelt von Maikes telefonischer Attacke. »Wo bist du überhaupt?«

Sie erklärte ihm in wenigen Sätzen, was sie in den zurückliegenden Stunden unternommen hatte.

»Und was macht dich so sicher, dass es tatsächlich Ollenhauer war?«, bremste Seidel ihre Euphorie. »Zwei unbekannte Männer haben sich bei Tagesanbruch an der Zufahrt zu diesem Campingplatz getroffen und einer der Männer war ein baumlanger Kerl. Das besagt zunächst einmal gar nichts. Und wenn es tatsächlich unser Hauptkommissar und Ingo waren, was ich ja gerne glauben möchte, so müssen wir das erst einmal beweisen.«

»Verdammt, Tim, er war es!« Maike konnte nicht verstehen, warum Seidel so verhalten reagierte. Es gab keine andere Möglichkeit! Das musste er doch auch sehen!

»Okay, ist ja gut, Maike!«, grunzte Seidel. »Damit hätten wir dann ein weiteres Verdachtsmoment gegen Ollenhauer auf unserer Liste. Leider bringt uns das unserem Ziel, ihm etwas nachweisen zu können, kein Stück weiter. Er wird uns irgendeine Geschichte auftischen, die wir nicht widerlegen können.«

»Sobald Ingo aufwacht, und wir mit ihm sprechen dürfen, kennen wir die Wahrheit. Danach wird sich Ollenhauer nicht mehr rausreden können.«

»Dann beten wir mal für Ingo, dass er auch tatsächlich aufwacht und nicht …«, Seidel ließ den Satz unbeendet. Er mochte das Undenkbare nicht laut aussprechen.

Maike schluckte einen Kloß hinunter, der sich urplötzlich in ihrem Hals gebildet hatte. Seidel hätte sie nicht daran erinnern brauchen, wie schlimm es nach wie vor um Behrends stand. Er war längst noch nicht über den Berg. Gleichzeitig machte sich ein anderer, furchtbarer Gedanke in ihr breit: Was, wenn Ingo es schaffte und aus dem Koma erwachte? Ollenhauer würde umgehend davon erfahren. Was würde er unternehmen? Behrends wäre dann höchstwahrscheinlich eine große Gefahr für ihn. Würde er versuchen, ihn am Reden zu hindern? Das durfte auf keinen Fall passieren! Sie mussten Ollenhauer zuvorkommen, ehe er Behrends etwas antun konnte. Sie mussten vorher die Wahrheit ans Licht bringen! »Tim, ist es möglich, noch mal mit Ludwig Gerboth zu sprechen?«, fragte sie. »Ohne Ollenhauer im Nacken.«

»Was soll das bringen?«, entgegnete Seidel. »Ich kann mir nicht vorstellen, dass der Alte gesprächiger wird, wenn jemand anderes ihn verhört.«

»Wir müssen es versuchen. Kannst du es organisieren, dass ich mit ihm rede? Möglichst so, dass Ollenhauer nichts davon mitbekommt und auch sonst niemand, der sofort zu ihm rennt. Allen anderen musst du es als ein ganz normales Verhör verkaufen, das du zusammen mit mir führen sollst.« Maike hoffte, dem Alten ein paar Worte entlocken zu können. Vielleicht gelang ihr ja, was die anderen vergeblich versucht hatten. Bisher war Gerboth nur mit Männern konfrontiert worden, die nicht über ihr Einfühlungsvermögen verfügten. Möglicherweise ihr entscheidender Trumpf, wenn sie mit ihm redete.

»Oh Mann, Maike, weißt du, was du da von mir verlangst?«, stöhnte Seidel. »Wenn wir das durchziehen und es kommt raus, kann ich mich warm anziehen. Und du auch.«

»Er ist unsere letzte Hoffnung, Tim. Mach jetzt bloß keinen Rückzieher! Denk dran, wir tun es für Ingo. Außerdem haben wir uns sowieso schon viel zu weit aus dem Fenster gelehnt. Bisher hast du keine Bedenken gehabt. Also, kriegst du das hin?«

Einen Moment lang herrschte am anderen Ende Stille. Maike lauerte angespannt. Sie konnte geradezu spüren, wie es in Seidels Kopf arbeitete.

»Also gut, ich werde sehen, was ich tun kann«, meldete er sich endlich wieder. »Ollenhauer hat heute seinen Bowlingabend, soviel ich weiß. Da geht er immer pünktlich. Und er lässt sich durch nichts davon abhalten, habe ich mir sagen lassen. Sein Schoßhündchen Biermann ist wohl auch dabei. Also sind wir mehr oder weniger ungestört. Alles andere sollte kein großes Problem darstellen. Kannst du in … sagen wir zwei Stunden da sein?«

»Das klappt auf jeden Fall«, erwiderte Maike. »Bin ja sozusagen schon auf halbem Weg.«

»Sehr gut.« Er gab ihr noch die Wegebeschreibung zur Polizeistation durch und legte auf.

25.

Maike saß dem alten Gerboth gegenüber und war nahe daran aufzugeben. Mit Engelszungen hatte sie auf ihn eingeredet, aber nicht mehr geerntet als leere Blicke. Der Mann kam ihr vor, wie ein lebender Toter, wie eine lieblos geschnitzte Marionette, mit ausdruckslosem, hölzernem Gesicht.

Seidel hockte etwas abseits im Halbdunkel und lauschte kopfschüttelnd den verzweifelten Versuchen seiner Kollegin. Er hätte es wissen müssen. Am Ende würde auch Maike kapitulieren und übrig blieb ihnen nur ein Haufen Ärger. Ollenhauer wäre gewarnt, und was das bedeuten konnte, war ihm nur allzu klar.

Dabei hatte es anfangs so ausgesehen, als könne Maike allein durch ihre Gegenwart Gerboths Schweigen durchbrechen. Als der Alte in den Raum geführt wurde, hatten sich seine Augen für einen flüchtigen Moment aufgehellt. Doch schon als ihm klar wurde, dass ihm die fremde Kommissarin trotz ihrer sanften Stimme die immer gleichen Fragen stellen würde, hatte er sich wieder hinter seine undurchdringliche Fassade zurückgezogen.

Eine halbe Ewigkeit schien vergangen, in der Maike dem alten Mann ein stummes Duell geliefert hatte, versucht hatte, ihn allein mit Blicken niederzuringen. Plötzlich zerriss sie mit einem Räuspern die angespannte Stille. Gerboths Kopf zuckte unmerklich, die Pupillen seiner Augen verengten sich.

»Die Leute nennen Sie Urian, richtig?«, fragte sie freundlich. »Warum? Wie ein Teufel kommen Sie mir gar nicht vor.«

Gerboth schien durch die Frage irritiert, rutschte ein wenig auf seinem Stuhl hin und her.

»Wollen Sie es mir nicht sagen?« hakte Maike nach.

Ein flüchtiges Lächeln huschte über Gerboths Gesicht. »Ich war der Brockenteufel.« Die Worte lösten sich schwer aus seinem Mund. Rau und hart polterten sie heraus, kleinen Felsbrocken gleich. Er hatte lange nicht mehr gesprochen und schien sich erst wieder daran gewöhnen zu müssen. »Immer zu Walpurgis habe ich da oben den Urian gegeben. Ich war gut … richtig gut.«

Maike jubelte innerlich. Sie hatte einen Zugang zu ihm gefunden. Ein winziger Spalt nur, doch der genügte ihr. »Das haben Sie aber erst nach der Grenzöffnung gemacht, nehme ich an.«

»Ja, davor war das alles ja militärisches Gebiet. Für niemanden zugänglich.« Er senkte den Blick. »Jeden Tag den Berg vor Augen und nicht hochwandern können – das war ziemlich schlimm für mich.«

»War wohl immer viel los da oben zu Walpurgis.«

»Da ganz besonders«, bestätigte Gerboth.

»Ich kann mir vorstellen, dass viele Leute nur gekommen sind, um Sie als Urian zu sehen.«

Er lächelte dünn, schien geschmeichelt. Aber er entgegnete nichts darauf.

»Und bei so einer Walpurgisfeier sind Sie dann zum ersten Mal Reinhold Bender begegnet«, stellte Maike nüchtern fest. Ein Schuss ins Blaue, den sie ihm wie eine Tatsache präsentierte. Der Alte starrte sie nur an. Das Leben wich aus seinen Augen und gab wieder der Leere Raum.

»Vielleicht kennen Sie ihn ja besser unter seinem Pseudonym Hagen vom Ravensberg?« Es war ein hilfloser Versuch, ihm weitere Worte zu entlocken, ehe er sich ihr ganz entzog. Sie wusste es und warf einen flehenden Blick auf Seidel, der jedoch nur ohnmächtig mit den Schultern zuckte.

Wieder verstrich eine kleine Ewigkeit, in dem beengten Raum herrschte angespannte Stille.

»Wollen Sie mir etwas über Ihre Tochter erzählen?«, fragte Maike plötzlich. Ihre Eingebung erschien ihr selbst wie der Schlüssel zu seinem Herzen. Wenn der nicht passte, würde sie aufgeben. Dann hatte sie verloren. »Ihre Tochter hat Selbstmord begangen, habe ich gehört«, fügte sie hinzu. »So etwas ist schrecklich. Ich kann es Ihnen nachfühlen, glauben Sie mir.« War da ein schwaches Flackern in seinen Augen? »Erzählen Sie mir ihre Geschichte? Bitte.«

Gerboth öffnete leicht den Mund. Für einen Moment sah es tatsächlich so aus, als wolle er ihr antworten, doch dann verschloss er die Lippen wieder.

»Gut, wenn Sie nicht wollen, dann erzähle ich Ihnen eben meine Geschichte.« Noch während sie das sagte, spürte Maike den

Schmerz in sich. Sie wusste selbst nicht, ob sie das konnte, ob sie es ertragen würde, wenn sie sich ihr eigenes Leid in Erinnerung rief, nachdem sie es nach endlosen Monaten und nur mit therapeutischer Hilfe geschafft hatte, Abstand zu gewinnen und ins Leben zurückzukommen. Wollte sie das wirklich? Wollte sie noch dazu alles vor einem wildfremden Mann ausbreiten?

Ihr Magen begann zu rebellieren, wehrte sich auf seine Weise. Sie spürte die bitteren Säfte ihre Speiseröhre emporsteigen. Ihr Atem ging schnell und flach. Und doch, sie musste es tun! Sie musste dafür sorgen, dass Gerboth redete und Licht in den mysteriösen Fall brachte. Der Spuk musste endlich ein Ende haben! Und nicht nur dieser Spuk! Sie wollte sich nicht länger von ihren eigenen Gespenstern quälen lassen.

»Ich hatte auch eine Tochter«, begann sie stockend, »sie war noch nicht geboren. Ich habe dieses Kind geliebt. Vom ersten Tag an, als ich wusste, dass ich schwanger bin. Vielleicht ist es eine andere Art von Liebe, wenn Kinder noch nicht auf der Welt sind, aber sie ist nicht weniger groß, ebenso, wie die Ängste um sie nicht geringer sind.« Ihr Sprechen wurde flüssiger. Zwischendurch musste sie sich immer wieder eine heimliche Träne aus den Augenwinkeln wischen. Dennoch, mit jedem Wort fühlte sie sich ein wenig leichter und sicherer.

»Ich musste, wie Sie, den Verlust eines geliebten Menschen verkraften«, endete sie, »ob geboren oder ungeboren, ob durch einen Unfall oder durch Selbstmord, das macht keinen Unterschied, glauben Sie mir. Man wird vom Schmerz fast aufgefressen.«

»Miriam war nicht meine Tochter.«

Es kam so leise, dass Maike es fast überhört hätte. Sie blickte hoch und erkannte das Flackern in Gerboths Augen. »Was haben Sie gesagt?«, fragte sie stockend.

»Miriam war die Tochter eines anderen Mannes«, wiederholte der Alte tonlos. »Meine Frau hatte ein Verhältnis. Aus dieser Liebschaft entstammte Miriam. Sie wurde mir als meine eigene Tochter untergejubelt. Drei Jahre danach kam dann Axel zur Welt. Wenigstens er ist mein leiblicher Sohn, da bin ich mir sicher! Und weitere fünf Jahre später ist dann Miris Vater noch einmal aufgetaucht. Meine Frau hat sich wieder von ihm einwickeln lassen und ist mit ihm weggegangen. Sie hat mich und die Kinder sitzen lassen. Allein mit dem Hof, der gerade das Nötigste zum Leben abgeworfen hat. Meine Frau ist nicht gestorben, wie Sie vielleicht gehört haben. Miriam habe ich eingebläut, nie etwas anderes zu erzählen, als dass sie tot sei, und wir sie bei ihren Eltern in ihrem Heimatdorf beerdigt haben. Das ist weit weg. Keiner aus Elend hätte sich die Mühe gemacht nachzuforschen. So interessant waren wir nun auch wieder nicht. Mir ging es auch hauptsächlich darum, dass Axel die Wahrheit nicht erfahren sollte. Der war noch viel zu klein, um das alles zu verstehen. Ich nehme an, die Leute haben meine Lüge geglaubt. Andernfalls wären wir wohl Dorfgespräch gewesen.« Er schluckte trocken. »Ich habe meine Frau gehasst für das, was sie getan hat.«

Der Alte machte eine Pause und stierte vor sich hin. Dann redete er weiter, monoton, scheinbar ohne jede Gefühlsregung: »Ich wollte auch Miriam hassen! Mit jedem Tag, den sie älter wurde und den Kinderschuhen entwuchs, erkannte ich ein Stück mehr ihre Mutter in ihr. Es war ein grausamer Zwiespalt, in dem ich mich befand. Ich spürte die Demütigung, die ich durch dieses Kuckuckskind erfahren hatte und gleichzeitig war da dieses Empfinden, das ich auch ihrer Mutter gegenüber gehabt habe.« Gerboth seufzte, schien einen Augenblick seine Gedanken zu sortieren.

Maike zuckte unmerklich zusammen. Was wollte er damit sagen? Am liebsten hätte sie sofort eingehakt, doch sie verkniff es sich, ihn zu unterbrechen. Fast hatte es den Anschein, als befinde sich der Alte in einer anderen Welt, und er erzähle nicht ihr, sondern irgendeinem unsichtbaren Gegenüber eine Geschichte, die ihm schon seit etlichen Jahren auf der Seele lag. Mit ungeduldigen Fragen in diese Welt einzudringen, bedeutete vielleicht, dass er aufhörte zu reden und sich wieder verkroch.

»Sicher wäre damals einiges anders gelaufen, wenn meine Frau bei mir geblieben wäre. Dann hätten wir uns zusammengerauft und hätten in Ruhe unser Leben verbringen können. Aber vielleicht hätte das trotzdem nichts genützt. Ich war nicht gerade das, was man einen regimetreuen Parteigänger nennt. Wir konnten von Glück sagen, dass man uns nicht aus dem Sperrgebiet ausgesiedelt hat. Dann wäre unsere Existenz ohnehin kaputt gewesen. Aber im Grunde hatten wir auch so kaum eine Chance aus dem Dreck rauszukommen. Als dann die Wende kam, ging es eine kurze Zeit lang etwas bergauf. Ich habe ein paar Zimmer für Pensionsgäste hergerichtet. Ab und zu kam auch mal jemand und brachte etwas Geld rein. Aber es war nur ein Strohfeuer.« Er seufzte. »Wenigstens konnte ich jetzt immer, wann ich wollte, auf den Brocken wandern und das ganze Elend unten in Elend vergessen.« Er schickte seinem ungewollten Kalauer ein unterdrücktes Lachen hinterher. Dann hob er den Kopf und blickte Maike aus leeren Augen an. Er nahm sie nicht wirklich wahr.

»Und eines Tages ist Hagen vom Ravensberg hereinstolziert«, fuhr der Alte fort. »Hat gefragt, ob er eine Weile bei uns logieren kann. Genau das hat er gesagt – logieren. Ist jeden Tag früh raus, immer in Richtung Brockengipfel. Einen Landschaftsmaler hatten wir noch nie zu Gast. Wir waren beeindruckt, wenn er uns seine Skizzen gezeigt hat. Und irgendwie hat er sehr schnell unser Vertrauen gewonnen. Besonders Miriam war von ihm angetan. Und er von ihr. Allerdings hat er wohl gemeint, deshalb bei ihr leichtes Spiel zu haben.«

»Was ist passiert?« Maike spürte ihr Herz vor Aufregung klopfen.

Der Alte blickte zur Decke, schien dort nach Worten zu suchen: »Miriam hat ein eigenes Zimmer gehabt. In einem der Nebengebäude. Wo sich auch die Fremdenzimmer befunden haben. Sie ist ja auch schon fast eine erwachsene Frau gewesen und hat ihr eigenes Reich gebraucht. Eines Nachts bin ich rüber zu ihr. Als ich ins Zimmer trete und mit der Taschenlampe zu ihrem Bett leuchte, sehe ich, wie sich dieser vom Ravensberg an ihr zu schaffen macht und sie vergewaltigt. Sie lag ganz reglos da und hat einfach nur stumm zur Decke gestarrt.«

»Moment«, unterbrach Maike ihn, »Sie schleichen nachts mit der Taschenlampe in das Zimmer Ihrer Tochter? Warum? Haben Sie etwas Verdächtiges bemerkt?«

»Ich ...«, begann Gerboth, dann brach er wieder ab und starrte vor sich hin.

Plötzlich krampfte sich alles in Maike zusammen. Was hatte der Alte eben noch gesagt? Er habe für Miriam das Gleiche empfunden, wie für ihre Mutter. Hieß das etwa ...?

»Herr Gerboth«, es fiel ihr schwer, sich unter Kontrolle zu halten, »haben Sie Miriam auch sexuell belästigt?«

Der Alte riss den Kopf hoch, starrte sie mit ungläubig geweiteten Augen an. »Nein! Ich habe sie nicht belästigt!«, bellte er. Dann senkte er den Kopf und fügte leise hinzu: »Wir haben geschmust. Manchmal ... Sie hat sich nicht dagegen gewehrt. Es hat ihr gefallen! Aber mehr ist nicht passiert. Nur geschmust ... Und wenn es mehr gewesen wäre – sie war nicht meine leibliche Tochter. Wir hatten doch nur uns.«

»Und das soll ich Ihnen glauben? Hören Sie auf, verdammt!«, schrie sie und schlug mit der flachen Hand auf den Tisch.

»Aber wenn es doch so war!«, greinte Gerboth. »Nicht ich habe Miriam vergewaltigt, sondern dieser Maler! Ich bin dazugekommen und habe ihn überrascht!«

»Aber anstatt Miriam zu helfen und ihn anzuzeigen, haben Sie sich mit Hagen vom Ravensberg arrangiert und ihn erpresst«, sagte Maike kalt. Ihr Gesicht war zur Maske erstarrt.

»Ich konnte ihn doch nicht anzeigen! Die Polizei hätte Miriam ausgefragt. Wer weiß, was die alles für Fragen gestellt hätten. Dem wäre mein Mädchen doch gar nicht gewachsen gewesen.«

»Sie haben nichts gegen ihn unternommen, weil Sie Ihre eigene Haut retten wollten. Ist es nicht so? Wie viel hat Bender Ihnen gezahlt?«

Der Alte starrte auf seine Hände, die er vor sich auf den Tisch gelegt hatte, und beobachtete das Spiel der Finger. Plötzlich kicherte er. »Der Maler hat mir meine Rente finanziert. Ein bescheidenes Sümmchen, wenn ich das so sagen darf. Regelmäßig Monat für Monat. Er war ja ziemlich vermögend, hat mit seinem Reichtum zwar etwas hinter dem Berg gehalten, aber ich wusste es trotzdem. Es hat ihm also nicht wehgetan.«

»Und er hat all die Jahre brav mitgespielt.«

»Ja, na sicher!«

Das klang ganz selbstverständlich, aber Maike fragte sich, ob dem Alten die Gründe dafür klar waren. Er hatte nichts gewusst von Benders Doppelleben und der Angst, die er gehabt haben musste, dass es durch eine Anzeige aufgedeckt werden könnte.

»Nur einmal wäre die Geschichte fast aufgeflogen«, fuhr Gerboth fort. »Kurz, nachdem sich Miriam das Leben genommen hat, muss mir Axel eines Abends dahin gefolgt sein, wo ich mir von dem

Maler das Schweigegeld habe geben lassen. Ich weiß nicht, ob Miriam ihn ins Vertrauen gezogen hatte. Eigentlich war es immer anders herum gewesen und Axel ist zu ihr gegangen, um sich auszuheulen. Er hat sehr an ihr gehangen. Aber vielleicht hatte sie ihm gegenüber doch mal was angedeutet. Auf jeden Fall muss er was geahnt haben und hatte jetzt Gewissheit bekommen. Danach hat er sich besoffen und in der Kneipe alles ausposaunt, so voll, wie er war. Ist ihm nicht gut bekommen. Keiner wollte das hören. Er war sowieso nicht sehr beliebt im Dorf und als Stoffel verschrien. Außerdem hing ihm so eine alte Geschichte nach, die zu DDR-Zeiten passiert ist, obwohl er da gerade mal zehn Jahre alt war. Na, egal ... Als er nach seinem Suff wieder einigermaßen bei Verstand war, wollte er mich zur Rede stellen und wir haben uns fürchterlich gestritten. Kurz darauf ist er verschwunden. Ehrlich gesagt, ich war froh, dass er weg war.«

»Und danach ging alles jahrelang gut, bis Reinhold Bender eines Tages nicht mehr zahlen wollte. Da haben Sie beschlossen, ihn zu töten«, stellte sie fest.

Gerboth schüttelte den Kopf. »Quatsch. Ich bin wie immer zu unserem Treffpunkt gegangen, um mein Schweigegeld in Empfang zu nehmen. Aber ich habe vergeblich auf ihn gewartet. Dabei war er sonst die Zuverlässigkeit in Person. Heute ist mir klar, warum er nicht gekommen ist.«

»Weil er da schon tot war«, sagte Maike. »Und die Indizien gegen Sie sind erdrückend, Herr Gerboth. Besonders, da Sie mir mit Ihrer Geschichte jetzt auch noch die nötigen Motive geliefert haben.«

»Ich habe ihn nicht umgebracht! Das müssen Sie mir glauben!«

»Herr Gerboth, wir haben die Insulinspritzen gefunden, mit denen der Mann getötet wurde.«

»Es waren Ihre Spritzen! Und das Messer vom Tatort gehört auch Ihnen«, mischte sich Seidel plötzlich ein. Er war unbemerkt aufgestanden und hinter Gerboths Stuhl getreten. Der Alte fuhr erschrocken herum. »Und es gibt Blutspuren in Ihrem Auto.«

»Tim, bitte!«, fauchte Maike und bedeutete ihm mit einem giftigen Blick sich zu setzen. Dann wandte sie sich wieder Gerboth zu, der verunsichert zu Seidel schielte, ehe er schließlich sagte: »Es sind nicht meine Insulinspritzen.«

Maike runzelte gereizt die Stirn. »Aber in Ihrer Wohnung wurde die dazugehörige Verpackung gefunden, mit weiteren Spritzen. Wir wissen, dass Sie zuckerkrank sind.«

Gerboths Mimik wechselte zwischen Häme und Erstaunen. Es schien, als könne er sich nicht zwischen seinen Empfindungen entscheiden. »Wunderbar!«, rief er aus. »Aber wenn Sie das schon wissen, dann frage ich mich, warum weder Ihr netter Kollege da in der Ecke, noch der saubere Hauptkommissar Ollenhauer jemals auf die Idee gekommen sind, dass ich mir vielleicht irgendwann eine Spritze setzen müsste. So ist das nämlich bei Zuckerkranken. Ich habe aber bisher nicht um die Spritzen gebeten.«

Maike fuhr überrascht zu Seidel herum. »Stimmt das?«

»Ich weiß nicht«, gab Seidel kleinlaut zu und deutete mit dem Kopf auf Gerboth. »Der Kontakt zu ihm ist allein Chefsache. Wir haben unsere Informationen dann immer von Ollenhauer bekommen.«

»Und Ollenhauer hat Sie nie auf Ihren täglichen Insulinbedarf angesprochen?«

»Hat er nicht«, entgegnete Gerboth. »Wahrscheinlich, weil er längst wusste, dass ich das Zeug gar nicht mehr brauche und auch nicht zu Hause horte. Ein etwas genauerer Blick in meine Krankenakte hat ihm sicher genügt.«

»Aber«, Maike war irritiert, »braucht man als Zuckerkranker das Insulin denn nicht ein Leben lang?«

»Schon. Allerdings wollte mein Arzt ein ganz neues Medikament an mir testen, das gerade erst auf den Markt gekommen ist und eigentlich für Diabetiker vorgesehen ist, die noch nicht spritzen müssen. Er sagte, er wolle sehen, ob die Tabletten das Insulinspritzen bei mir trotzdem überflüssig machen. Das war vor knapp einem Jahr. Und es funktioniert. Ich nehme die Tabletten in viel größeren Zeitabständen und habe seitdem sogar einige Kilo abgenommen, weil ich die Heißhungerattacken nicht mehr habe. Die Tabletten habe ich übrigens bei mir. Hat mich aber bisher keiner gefragt, wozu die gut sind.« Gerboth reckte sich, ein selbstzufriedenes Grinsen huschte über sein Gesicht. Einen Augenblick lang schien es, als sei er vollkommen mit sich im Reinen.

Aber dazu hatte er keinen Grund. Kühl holte Maike ihn in die Realität zurück: »Das kann aber ebenso gut bedeuten, dass die Spritzen, die bei Ihnen gefunden wurden, Restbestände Ihrer früheren Insulintherapie waren. Und dann wäre da noch das Messer, das am Tatort im Unterholz lag – Ihr Messer, das Sie dort verloren haben. Oder weggeworfen, was ziemlich dumm von Ihnen gewesen wäre.«

»Nicht mein Messer.« Es war ein kaum verständliches Brummeln, das aus Gerboths Mund kam.

»Es ist Ihr Messer. Dafür gibt es Zeugen«, warf Seidel ein. Maike ließ ihn gewähren.

»Zeugen – Blödsinn!«, stieß Gerboth verächtlich aus. »Euer Hauptkommissar findet doch immer Zeugen, wenn er will.«

»Was soll das heißen?«, fragte Seidel und ahnte bereits die Antwort.

»Das soll heißen, dass Ollenhauer seinen Zeugen gekauft hat, dieser miese kleine Verräter. Die wollen mich unbedingt ans Kreuz nageln!«

»Wer die? Ollenhauer? Und wer noch?« Maike hatte sich weit nach vorn gebeugt und versuchte, Blickkontakt zu Gerboth aufzunehmen.

Der Alte hob leicht den Kopf an. Gerade so weit, dass er sie unter seinen buschigen Augenbrauen hinweg erkennen konnte. »Axel, mein Sohn. Ihm gehört das Messer. Ich habe es ihm zu seinem zehnten Geburtstag geschenkt.«

»Aber wieso …?« Maikes Gedanken blockierten. Aus irgendeinem Grund versagte ihr Kombinationsvermögen. Ehe Seidel sich einschalten konnte, sprach Gerboth weiter: »Axel war bei mir. Ist schon etliche Wochen her. Ich dachte zuerst, es sollte so etwas wie ein Versöhnungsversuch werden. Aber dann habe ich begriffen, dass er anderes im Sinn hatte. Alles an ihm wirkte so kalt und berechnend – ja, genau! Ich glaube, er hätte mich am liebsten auf der Stelle umgebracht. Aber anscheinend hatte er andere Pläne. Ich denke, die Packung mit den Insulinspritzen hat er bei mir versteckt. Genug Zeit hatte er dazu. Er wusste, dass ich zuckerkrank bin.« Er stockte, und bedachte Maike mit einem schiefen Grinsen. »Jetzt sehen Sie mich nicht so ungläubig an. Ich war gerade mal fünfundfünfzig, als sie bei mir Altersdiabetes festgestellt haben. Ziemlich früh, ich weiß. Ungesundes Essen, starkes Übergewicht … naja. Da hat der Axel jedenfalls noch zu Hause gewohnt und mitbekommen, wie ich ab da immer spritzen musste. Aber von meiner neuen Therapie konnte er nichts wissen.«

»Und das Messer?«, wunderte sich Maike.

»Das habe ich erst auf dem Foto wiedergesehen, das mir Ollenhauer hier in diesem Raum unter die Nase gerieben hat. Da ist mir plötzlich ein Licht aufgegangen.«

»Wie das Blut in Ihr Auto gekommen ist, wissen Sie demnach wohl auch nicht.«

»Nein. Ich habe den Wagen jedenfalls nicht zum Leichentransport benutzt. Darauf wollen Sie doch sicher hinaus. Vielleicht hat ihn ja jemand anderes gefahren. Nachts. Einmal ist es mir vorgekommen, als würde der Wagen morgens anders dastehen, als ich ihn noch abends abgestellt hatte.«

»Aber warum haben Sie sich denn nicht gemeldet und alles der Polizei mitgeteilt?«

»Ollenhauer ist die Polizei! Glauben Sie wirklich, das hätte etwas bewirkt, wo er doch alle Fäden in der Hand hält? Außerdem ...«

»Was?«

»Wenn nun vielleicht Axel der Täter ist?« Der Alte sackte in sich zusammen. »Ich konnte ihn doch nicht ans Messer liefern. Er ist mein Sohn ... auch wenn er ...«, seine Stimme stockte.

»Glaubst du ihm?«, fragte Maike auf dem Flur des Polizeireviers, nachdem sie Gerboth in seine Zelle hatten zurückbringen lassen und auf dem Weg nach draußen waren.

»Eine haarsträubende Geschichte«, antwortete Seidel nachdenklich, »aber ja, ich glaube ihm. Einfach, weil er mit seiner Aussage alle unsere Verdachtsmomente auf die eine oder andere Weise untermauert. Das könnte aber auch bedeuten, dass Ollenhauer von Axel Gerboths Anwesenheit weiß und sie sich hier irgendwo begegnet sind. Wundern würde es mich nicht. Vielleicht hat er ja sofort begriffen, wer hinter dem Mord steckt, und er wollte seinen Kumpel schützen, indem er dessen Verbrechen verschleiert. Denn sollte die Aussage des Alten stimmen, kann eigentlich nur sein Sohn Benders Mörder sein.«

»Oder Ollenhauer wollte ihn nicht schützen, sondern hat vielmehr die ganze Sache aktiv mit eingefädelt«, überlegte Maike.

Sie hatten das Gebäude verlassen und steuerten nun auf ihr Auto zu.

Seidel blieb stehen. »Wie kommst du darauf?«

»Erinnere dich an das, was du herausgefunden hast – Ollenhauer hat nach Hagen vom Ravensberg gesucht. Von wem, glaubst du, hat er erfahren, dass dieser Landschaftsmaler existiert? Richtig, von Axel Gerboth! Der kannte ihn möglicherweise nur unter seinem Pseudonym und er ist ihm in den ganzen Jahren wahrscheinlich nur dieses eine Mal zuvor begegnet, und zwar kurz nach der Grenzöffnung. Als Bender bei Gerboth zu Gast war und die Vergewaltigung passiert ist. So war es doch, oder?«

»Davon können wir wohl ausgehen«, gab Seidel zögernd zurück, »aber wie genau soll Ollenhauer da mit drinstecken? Er hat Axel gesagt, wo er Bender finden kann, gut. Aber sonst?«

Maike wischte den Einwand energisch beiseite: »Nehmen wir weiter an, Axel war besessen von dem Gedanken, das Mädchen, das er für seine Schwester hielt, zu rächen. Der Gedanke treibt ihn um, von dem Moment an, als er von zu Hause verschwindet. Aber er weiß nicht, wo er Hagen vom Ravensberg, von dem er nur diesen Namen kennt, finden soll. Jetzt kommt Ollenhauer ins Spiel. Axel bittet ihn um Hilfe bei der Suche. Ollenhauer ist schließlich Polizist, wird den Maler also bestimmt ausfindig machen können. Ollenhauer verspricht ihm zu helfen. Die Suche zieht sich aber über fast zwanzig Jahre hin, ohne dass Axels Hass abnimmt. Möglicherweise macht er sich Ollenhauer in dieser Zeit sogar über die Suche nach Hagen vom Ravensberg hinaus zum Komplizen. Dann spürt Ollenhauer den Maler eines Tages im Harz auf, entlarvt dessen Doppelleben und sucht seine Nähe, indem er sich mit ihm bekannt macht und vielleicht sogar anfreundet. Denk nur an das, was die Bad Lauterberger Buchhändlerin zu Ingo gesagt hat. Ollenhauer bereitet also alles für Axel Gerboth vor, der dann selbst irgendwann im Harz auftaucht. Gemeinsam locken die zwei ihr Opfer danach in die Falle. Das wäre eine Möglichkeit.«

»Schon«, gab Seidel zu, »aber ohne Beweise leider nur eine theoretische Möglichkeit.«

»Und was ist mit dem Anschlag auf Ingo? Das passt auch ins Bild! Der alte Gerboth kann nicht dafür verantwortlich sein. Axel hingegen schon. Er wusste von den Gewehren und er hatte die Möglichkeit, eins davon zu entwenden und später zurückzubringen. Angenommen, die zwei haben befürchtet, Ingo könnte ihnen auf die Schliche kommen, dann mussten sie ihn aus dem Weg räumen. Vielleicht war diese ganze Harzwanderung von vornherein ein abgekartetes Spiel zwischen den beiden, eine Falle, die sie Ingo gestellt haben. Ollenhauer ist nicht blöd. Er wusste von Ingos Wolfstick und hat ihn damit geködert. Er wollte ihn genau zu dieser abgelegenen Stelle locken, an der dann Axel auf ihn geschossen hat.«

Seidel spielte nachdenklich mit seinem Zopf, der ihm nach vorn über die Schulter hing. »Wir müssen auf jeden Fall diesen Axel finden!«

»Es wird Zeit, dass wir Richard und Jutta mit ins Boot nehmen. Ich werde sie anrufen und um Hilfe bitten. Sie müssen versuchen, Axel Gerboths derzeitigen Aufenthaltsort ausfindig zu machen. Wenn er noch hier in der Gegend ist, hat er sich vielleicht in irgendeinem Hotel oder einer Pension einquartiert. So wie möglicherweise auch im vergangenen Oktober. Darum sollen sie sich ebenfalls kümmern. Warte, ich rufe Richard an.«

Seidel hörte Maike zu, die Richard Unrein in knappen Worten die Situation schilderte und ihm erklärte, was sie von ihm und Jutta Engelke erwartete. Er malte sich aus, wie Unrein gerade mit gequältem Gesicht am Telefonhörer hing und versuchte, Maikes Wünsche mit den Dienstvorschriften in Einklang zu bringen. Dabei konnte sich Seidel ein hämisches Grinsen nicht verkneifen.

»Die Sache läuft«, sagte Maike zufrieden, nachdem sie das Gespräch beendet hatte. Sie zog ihren Autoschlüssel aus der Tasche und betätigte den Knopf für die elektrische Türverriegelung. »Dann will ich mal wieder.« Sie öffnete die Fahrertür und schob sich auf den Sitz.

»Wie sieht's aus«, fragte Seidel, »wollen wir noch was zusammen trinken gehen? Ein bisschen abspannen? Das haben wir uns eigentlich verdient.«

»Ich muss noch fahren, Tim. Schon vergessen?«

»Pass auf, Maike, du übernachtest einfach in unserem Hotel. Ich weiß, dass da noch Zimmer frei sind. Richard und Jutta schaukeln das Ding schon allein.«

Sie zögerte.

»Na los, gib dir einen Ruck.«

Als sie sich später in der Kneipe nahe dem Hotel an einem kleinen Tisch gegenüber saßen, wussten sie nicht recht, wie sie miteinander umgehen sollten. Es fiel ihnen schwer, sich über Dinge zu unterhalten, die nichts mit ihren Ermittlungen zu tun hatten. Abgesehen von zwei oder drei Zusammentreffen auf Geburtstagsfeiern waren sie sich bisher nur im Dienst begegnet. Jetzt waren sie das erste Mal allein und privat zusammen.

Die Bedienung hatte ihnen gerade ihre Getränke gebracht. Seidel, der ein Pils vor sich stehen hatte, blickte lächelnd auf Maikes Glas. Sie hatte sich ein Köstritzer Schwarzbier bestellt. »Trinkst du das sonst auch?«, fragte er. »Oder ist das so eine Art Ingo-Behrends-Gedächtnisbier?«

Sie grinste schief. »Wenn ich wüsste, dass es ihm hilft, würde ich auch jedes andere Bier trinken. Normalerweise mache ich mir ja nichts daraus, aber dieses Schwarzbier ist schon nicht schlecht. Behrends weiß, was gut schmeckt.«

Seidel musterte sie einen Augenblick eindringlich. »Du magst ihn wirklich sehr, nicht?«, sagte er schließlich.

Maike nickte.

»Und es wurmt dich, dass ich derzeit deine Stelle an seiner Seite einnehme.«

Sie wich seinem Blick aus. »Hauptsache, Ingo wird wieder gesund«, sagte sie, ohne auf seine Feststellung einzugehen.

Seidel nahm einen tiefen Schluck, wischte sich mit dem Handrücken den Schaum vom Mund. »Also, wie du den Alten aus der Reserve gelockt hast. Meine Güte ...«, er suchte nach den richtigen Worten, »... ich wusste zwar, was dir und deinem Kind passiert ist, aber das dann so aus deinem Mund zu hören ... Ich war ganz schön baff, ehrlich. Wenn ich mir vorstelle, meiner Partnerin würde so was zustoßen ...«

Maike lächelte gequält. »Hast du wieder jemanden?«, fragte sie und spürte, wie sich in ihr eine Wand der Ablehnung aufbaute. Das hier war eine andere Situation, als im Verhörraum. Sie wollte nicht mehr darüber reden.

»Nein, ich bin solo. Ich meine auch nur, ich finde es bewundernswert, wie du ihm das alles erzählt hast, nur um ihn zum Reden zu bewegen. Du bist schon eine coole Frau.«

»Tim, können wir bitte über etwas anderes sprechen?« Wahrscheinlich hatte er ihr nur ein Kompliment machen wollen. Trotzdem versetzte es ihr einen heftigen Stich.

»Tut mir leid, Maike«, murmelte Seidel, »ich wollte dir nicht wehtun. Ich hab wahrscheinlich keine Ahnung … tut mir wirklich leid.«

Sie lächelte schwach. »Ist schon in Ordnung, Tim. Mach dir keinen Kopf.« Ihre Finger suchten seine Hand und streichelten sie sanft.

Einen Moment saßen sie so, dann zuckte Maike zurück, als habe sie sich verbrannt. Er hob seinen Kopf, blickte ihr verwirrt in die Augen. Gleich darauf verzog er seinen Mund zu einem breiten Grinsen: »Was ist, Lady? Wollen wir hier versauern oder noch einen kleinen Zug durch die Gemeinde machen?«

Maike ließ ein erleichtertes Seufzen hören. »Nett von dir, dass du mich davor retten willst, in Selbstmitleid zu versinken, aber ehrlich gesagt, ich bin hundemüde. Es war ein anstrengender Tag.«

»Stimmt, du hast Recht«, pflichtete Seidel ihr bei.

Sie leerten ihre Gläser und verließen die Kneipe. Untergehakt schlenderten sie zum Hotel. Vor ihrem Zimmer drückte Maike einen herzhaften Kuss auf Tims Lippen. »Gute Nacht«, sagte sie und schloss die Tür hinter sich.

Seidel blieb noch einen Moment auf dem Flur stehen und tastete sich vorsichtig über seinen Mund. Er fragte sich, womit er ihren Kuss verdient hatte.

26.

Als Maike aus dem Schlaf hochschreckte, wusste sie nicht sofort, wo sie sich befand. Erst allmählich erinnerte sie sich daran, dass sie am Abend in das Bett eines Wernigeröder Hotelzimmers gestiegen war.

Das Klopfen an der Tür wiederholte sich. Lauter und eindringlicher. Dieses Mal nahm sie es bewusst wahr und dazu auch Seidels scharf zischelnde Stimme: »Maike, hörst du mich? Wach auf!«

»Moment«, krächzte sie und ihre Finger suchten nach dem Schalter der Nachttischlampe. Gleich darauf leuchtete das trübe Licht der Energiesparbirne und sie blickte auf ihre Armbanduhr. Kurz nach Mitternacht!

Sie bückte sich nach ihrer Steppjacke und warf sie sich über die Schulter. Zusammen mit ihren anderen Anziehsachen hatte sie die Jacke am Abend achtlos neben dem Bett fallen lassen. Sie wollte Seidel nicht halb nackt gegenübertreten. Dann stolperte sie zur Tür, drehte den Knopf des Schließmechanismus und öffnete. »Was 'n los?«, nölte sie verschlafen. Gleichzeitig registrierte ihr Gehirn den besorgten Blick ihres Kollegen und sie wusste, dass etwas passiert war. Sekundenbruchteile später war sie hellwach.

»Ein Anschlag auf Behrends! Schon wieder!«, stieß Seidel aus. »Jemand ist im Krankenhaus in die Intensivstation eingedrungen!«

Maike fasste sich an den Hals. Sie erstarrte. »Mein Gott! Hat er ihn ... ist er ...?«, stammelte sie.

Seidel schüttelte den Kopf. »Nein, die Nachtschwester ist rechtzeitig dazugekommen.«

»Gott sei Dank!« Die Starre löste sich und sie sackte leicht in sich zusammen. »Wer war es? Dieser Axel?«

»Wissen wir nicht. Vermutlich war es aber der, der auch auf ihn geschossen hat. Er hat wahrscheinlich gewusst, dass Ingo überlebt hat, und wollte die Sache zu Ende bringen! Zieh dich an. Wir fahren sofort nach Nordhausen. Rother kommt mit. Das reicht zunächst mal.«

»Und was ist mit Ollenhauer?«

Seidel warf hilflos die Arme in die Luft. »Keine Ahnung. Rother sagt, sie können ihn nicht erreichen. Und seinen Schatten Biermann auch nicht.«

Schon von Weitem konnten sie die blitzenden Blaulichter der Einsatzfahrzeuge erkennen. Auf dem Klinikgelände selbst mussten sie sich erst durch eine beträchtliche Anzahl geschäftig herumwieselnder Beamter fragen, ehe sie endlich die zuständige Einsatzleiterin fanden, eine gewisse Frau Dassler. Sie saß zusammen mit einem Kollegen in einem ansonsten leeren Zweibettzimmer und befragte die Nachtschwester.

Seidel stellte sich und Maike vor. Rother war nicht mit ihnen mitgekommen. Er hatte es vorgezogen, sich bei den Erkennungsdienstlern nach ersten Ergebnissen zu erkundigen.

»Wir haben gerade erst angefangen«, sagte die Einsatzleiterin und deutete auf die Frau in der weißen Arbeitskleidung, deren verängstigte Augen hektisch von einem zum andern huschten. »Dies ist Nachtschwester Pflug. Sie hat heute Dienst auf der Intensivstation und ist noch rechtzeitig dazugekommen, ehe der Eindringling sich an dem Patienten, Herrn ...«

»... Hauptkommissar Behrends«, half Maike ungeduldig aus.

»Richtig, Behrends. Also, ehe der Kerl an den Apparaturen herummanipulieren konnte. Frau Pflug hat sicher nichts dagegen, noch mal ganz von vorne zu erzählen.« Die Beamtin warf der Nachtschwester einen auffordernden Blick zu.

»Ja, also ... da war diese Person, die ich zufällig in meinem Spiegel bemerkt habe«, begann die Frau. »Es war reiner Zufall, weil sonst habe ich keinen direkten Blick auf das Zimmer. Ich wollte mir nur ein wenig das Gesicht ... naja, man versucht eben, sich mit allem Möglichen abzulenken, damit die Zeit vergeht. Auf jeden Fall hebe ich den Spiegel hoch und halte ihn dabei ein bisschen schräg. Da entdecke ich aus den Augenwinkeln, wie einer in das Zimmer huscht. Ich habe nicht gleich gewusst, wer das ist und ob ich mich eventuell nur getäuscht habe. Jedenfalls bin ich sofort hoch und da hin. Und da steht einer am Bett unseres Komapatienten und fummelt an den Schläuchen rum. Ich dachte erst, es ist einer von unseren Ärzten. Wegen des Kittels. Allerdings hätte der mich dann vorher informiert und wäre nicht so einfach ohne Erklärung bei dem Mann reingeschneit. Nachts! Dann dreht der Kerl sich um und ich kann in sein Gesicht sehen. Er hat eine Spritze in der Hand. Als er mich bemerkt, ist er sofort an mir vorbei und raus. Ich will ihn noch festhalten, aber er stößt mich zur Seite und ist weg.«

»Sind Sie ihm hinterhergelaufen?«, fragte Seidel. »Haben Sie versucht, Alarm zu schlagen, damit man ihn vielleicht noch erwischt?«

Die Nachtschwester schüttelte den Kopf. »Nein, ich war viel zu erschrocken! Außerdem habe ich mich zuerst um den Patienten gekümmert. Ich hatte Sorge, dass der Typ schon was in die Infusionsschläuche gespritzt hat. Zum Glück war aber noch nichts passiert. Aber dann habe ich sofort meinen Chef und die Polizei alarmiert. Der Eindringling war da schon längst über alle Berge.« Sie blickte Seidel schuldbewusst an. »Habe ich das jetzt falsch gemacht?«

»Sie haben alles richtig gemacht«, beruhigte Seidel sie und fragte: »Können Sie den Mann beschreiben? Ist Ihnen irgendwas an ihm aufgefallen?«

»Eigentlich war nichts Besonderes an ihm. Normal groß würde ich sagen, so um die eins achtzig vielleicht, schlank. Graue Haare, mit blonden Strähnen, glaube ich. Ja, und so 'nen albernen Kinnbart. Ach, und Handschuhe hatte er an, diese Latexdinger, Sie wissen schon.«

»Und sonst? Augenfarbe?«

»Keine Ahnung. Es ging alles viel zu schnell.« Sie zögerte. Dann hellte sich ihr Gesicht plötzlich auf. »Doch, er hatte da was am Mundwinkel. An der Unterlippe. So ein Piercing oder so was. Sah aus, wie ein kleiner silberner Ring.«

Seidel zuckte zusammen. »Links oder rechts am Mundwinkel?«, fragte er.

»Weiß nicht. Warten Sie …« Die Schwester zog die Stirn kraus, überlegte einen Moment. »Ich meine, links … nein, es kann auch rechts gewesen sein. Tut mir leid, aber das kann ich nicht mehr mit Sicherheit sagen.«

»Schon gut«, entgegnete Seidel. Er kannte jemanden, der solch ein Piercing trug. Nein, das war sicher Zufall. Es gab viele Personen, die sich mit so was schmückten. »Sie haben uns trotzdem geholfen«, murmelte er nachdenklich. »Vielen Dank.«

»Hast du einen Verdacht?«, fragte Maike, als sie das Zimmer verlassen hatten und nach Rother suchten. Ihr war Seidels Reaktion nicht entgangen.

»Vielleicht«, antwortete er. »Eigentlich unmöglich. Und irgendwie auch wieder nicht. Es ergibt keinen Sinn.«

»Tim, könntest du aufhören, in Rätseln zu reden? Klär mich bitte auf!«

»Ich …«, begann Seidel, wurde aber von Rother unterbrochen, der gerade um die Ecke bog. »Könnt ihr vielleicht mal kommen? Ich glaube, die Jungs vom Erkennungsdienst haben da was Interessantes gefunden.« Er fuchtelte wild mit den Armen in der Luft herum.

Kurz darauf präsentierte Rother ihnen ein Plastiktütchen. Darin befand sich ein metallener Anstecker in Form einer roten Schleife. An der Anstecknadel hing etwas, das aussah, wie ein winziges Stück eines dunklen Wollfadens.

»Da draußen lag'n Arztkittel herum. Auf dem direkten Weg zum Parkplatz. Den hat sich der Typ wahrscheinlich im Laufen ausgezogen und einfach fallen gelassen. Und dabei hat er sich dann den Anstecker abgerissen. Ich nehme an, den hat er an einem Pullover darunter getragen. Bei der Aktion oder auch schon vorher hat das Ding sich vielleicht im Kittel verhakt.«

Seidel betrachtete einen Augenblick lang den Anstecker im Beutel und sah dann zu Rother auf: »Wir wissen, wer so etwas trägt, richtig?«

Rother zog ahnungsvoll die Augenbrauen hoch. »Du glaubst doch nicht etwa ...? So was kann sich jeder andere angesteckt haben. Ich kenne da ein paar Leute ...«

»Tragen die das auch am Kragen eines dunkelblauen Troyers? Und haben dazu noch ein kleines Piercing im Mundwinkel an der Unterlippe? Das nämlich hat unsere Nachtschwester bei dem Eindringling gesehen.«

»Scheiße!«, stieß Rother aus. »Was hat der denn damit zu tun?«

»Weiß ich nicht. Noch nicht!«

»Klärt ihr mich jetzt endlich mal auf, verdammt!«, schnauzte Maike. Ihr ging die Geheimnistuerei eindeutig auf den Geist.

»Biermann«, sagte Seidel müde, »alles deutet darauf hin, dass es Biermann, Ollenhauers rechte Hand, war, der etwas in die Schläuche spritzen wollte.«

»Das ist ...«, Maike fand keine Worte, »... unfassbar!«

»Genau das ist es.« Seidel hatte es plötzlich eilig. »Ich denke, der Herr hat uns einiges zu erzählen. Wenn wir Glück haben, erwischen wir ihn vielleicht bei sich zu Hause. Parallel lassen wir nach ihm fahnden. Los, kommt!« Noch im Gehen zog er sein Handy heraus und organisierte die Fahndung und die Überwachung von Biermanns Wohnung in Derenburg, der Ortschaft, die ungefähr auf halber Strecke zwischen Wernigerode und Halberstadt lag. Er wollte sichergehen, dass sich ihr Kollege bis zu ihrem Eintreffen nicht aus dem Staub machen konnte, sofern er sich im Haus aufhielt.

»Könnt ihr einen Augenblick warten«, fragte Maike, ehe sie den Ausgang erreicht hatten. »Ich muss noch schnell was erledigen.« Ohne weitere Erklärung verschwand sie. Schon nach wenigen Minuten tauchte sie wieder auf und lief den beiden Männern nach, die bereits im Auto saßen. Sie setzte sich zu ihnen auf die Rückbank. »Ingos Frau weiß noch nichts von den Vorfällen. Sie hat sich in einem Hotel hier in der Stadt einquartiert. Bis jetzt hat sie niemand informiert. Ich habe gesagt, sie sollen sie erst einmal ausschlafen lassen und es ihr schonend beibringen, sobald sie kommt.«

»In seiner Wohnung hat sich bisher nichts gerührt«, sagte der Beamte auf dem Fahrersitz. Zusammen mit einem Kollegen hatte er die Überwachung von Biermanns Wohnung übernommen. »Stockdunkel, die ganze Zeit. Es ist weder jemand gekommen, noch gegangen oder gefahren. Aber er muss da sein. Hinterm Haus auf dem Hof steht ein Auto. Da war die Motorhaube noch warm. Wahrscheinlich ist er kurz vor uns angekommen.«

»In Ordnung«, sagte Seidel.

»Irgendwas von Ollenhauer gehört?« Rother hatte während der Fahrt mehrfach nachgefragt, ob man Ollenhauer schon erreicht hatte und es dann selbst versucht. Ohne Erfolg. Er ging nicht an sein Handy, und auch sonst gab es kein Lebenszeichen von ihm. Der Mann schien wie vom Erdboden verschluckt.

»Nichts.«

»Okay«, raunzte Seidel und nickte Rother zu, »dann wollen wir mal.« Maike hatte bereits die Wagentür geöffnet, als Seidel sie in der Bewegung bremste: »Tu mir einen Gefallen, Maike, und bleibe im Auto.«

Sie hielt kurz inne. »Warum? Das kommt überhaupt nicht infrage!«

»Maike, bitte! Du bist offiziell doch gar nicht hier! Die Sache könnte gefährlich werden. Und was, wenn dir was passiert?«

»Ich komme mit«, entschied Maike. »Versucht nicht, mich zurückzuhalten.«

Seidel seufzte. »Herrgott noch mal, Maike! Also gut. Aber du hältst dich im Hintergrund, versprochen?«

225

»Versprochen.«

»Wollen Sie nicht warten, bis die Verstärkung kommt?«, fragte der Fahrer des Observationsfahrzeugs.

»Dauert zu lange«, sagte Seidel. »Sie bleiben und nehmen die Kollegen in Empfang, sobald sie eintreffen. Wir halten Kontakt mit Ihnen – für alle Fälle.«

Die Tür zu Biermanns Wohnung war nur angelehnt. Seidel blickte sich verwundert zu Rother und Maike um, dann drückte er die Tür vorsichtig auf.

»Herr Biermann«, rief er ins Dunkel, »sind Sie da?« Als keine Antwort kam, zogen sie ihre Waffen und bewegten sich lautlos und nach allen Seiten sichernd in die Wohnung hinein. Rother fand den Lichtschalter und langsam arbeiteten sie sich den Flur entlang, vorbei an Küche und Bad. Als sie ins Wohnzimmer traten, sahen sie Biermann auf der Couch an der Wand gegenüber sitzen.

»Da seid ihr ja!«, schlug ihnen seine kratzige Stimme entgegen.

Biermann sah schrecklich aus. Fahles Gesicht, blutunterlaufene Augen. Eine Perücke lag neben ihm auf dem Polster. Aber er trug immer noch den angeklebten Kinnbart, der einen absurden Kontrast zu seinen wirr vom Kopf abstehenden schwarzen Haaren bildete. Auf dem niedrigen Couchtisch standen zwei Wodkaflaschen. Eine leer, die andere zu zwei Dritteln gefüllt. Seine Dienstwaffe lag neben den Flaschen in Reichweite. Er trug noch immer den dunkelblauen Troyer, das rote Schleifchen am Kragen fehlte.

Biermann war stockbesoffen. Sein Oberkörper geriet leicht ins Schwanken als er nuschelte: »Ich habe euch erwartet, wisst ihr das, hä? Danke auch für die Bewachung da draußen ... ja, so voll bin ich noch nicht, dass ich die Jungs nicht bemerkt hätte ... War aber nicht nötig. Ich weiß, wann ich verloren habe. Vielleicht hätte ich am Tag ʼn Flieger erreicht und wäre auf Nimmerwiederseh'n davon, ehe ihr ge...grafft hättet, was los is.« Er breitete die Arme aus und imitierte ein paar Sekunden lang geräuschvoll einen startenden Düsenjet. Dann sackte er in sich zusammen und jammerte: »Aber nachts? Bevor da wieder einer abgehoben hätte, wärt ihr doch sowieso da gewesen. Scheißnacht...nachtflugverbot!« Er rülpste laut und fiel dabei etwas nach vorn. Seine Hand geriet in die Nähe der Waffe.

»Finger weg!«, schrie Seidel und richtete seine Pistole auf Biermann.

»'tschuldigung.« Er ließ sich gegen die Lehne zurückfallen. »Is dumm gelaufen im Krankenhaus«, brabbelte er weiter, »wenn diese blöde Kuh nicht so schnell aufgetaucht wäre. Egal, ich hätte besser zielen müssen da im Wald, aber da habe ich gedacht, der Bulle ist verreckt. Ich hätte hin... geh'n und mich selbst überzeugen müssen. Wie konn... konnte ich nur so blöd sein! Naja ... das ... das Leben verzeiht eben keine Fehler!« Er verstummte und kicherte in sich hinein.

»Warum, Biermann? Warum haben Sie das getan?«, fragte Rother fassungslos.

»Warum, fragt er!«, brüllte Biermann und warf den Kopf nach hinten. »Warum? Warum?« Er begann zu lachen. Irre, laut, unterbrochen von Husten, als er sich an seinem eigenen Speichel verschluckte.

Seidel trat auf ihn zu, gefolgt von Rother, der die Waffe auf dem Tisch sicherstellte. Maike war zu keiner Bewegung fähig. Reglos stand sie im Türrahmen und beobachtete bestürzt das Geschehen.

»Was ist mit Ollenhauer?«, fragte Seidel. »Haben Sie eine Ahnung, wo der stecken könnte?«

Biermann hörte abrupt auf zu lachen, glotzte ihn mit weit aufgerissenen Augen an. »Ollenhauer?«, keuchte er. »Ja, wo isser denn, der gute Ollenhauer, hä? Sucht ihn doch. Sucht ihn doch. Die alte Schwuchtel!« Wieder verfiel er in sein verrücktes Lachen, röchelte, schien nahe daran zu ersticken.

Seidel hatte die Nase voll. Energisch packte er ihn am Kragen, zog ihn von der Couch hoch. »Lukas Biermann, ich nehme Sie vorläufig fest wegen des Verdachts des versuchten Mordes an Hauptkommissar Ingo Behrends. Sie haben das Recht und so weiter und so weiter. Aber das wissen Sie ja selbst.« Er blickte zu Rother, der ihm ein Paar Handschellen reichte.

»Ooch, warum so förmlich?«, nuschelte Biermann und ließ sich gegen Seidels Brust fallen, »nenn mich doch einfach Luc. So, wie mein Molly-Schätzchen. Du bist so ein Süßer ... mit deinem Pferdeschwanz. Darf ich Rattenfänger zu dir sagen wie deine Freunde?«

Seidel drückte ihn angewidert von sich weg und legte ihm die Handschellen an. Dann blickte er zur Tür. Soeben waren die zur

Verstärkung gerufenen Kollegen ins Zimmer gestürmt. »Hier«, sagte er zu dem ihm am nächsten stehenden Beamten und schob ihm Biermann hin, »kümmert euch um ihn. Noch eine Minute länger mit dem Typ und ich drehe durch!«

Als Biermann abgeführt war, blickte Seidel sich kurz um. »Ist das in Ordnung, wenn wir euch hier das Feld überlassen, Kollegen?«, fragte er und erhielt sofort ein zustimmendes Nicken. Er wandte sich zu Rother und Maike. »Gut, dann fahren wir jetzt zu Ollenhauer nach Hause. Ich will endlich wissen, wo er abgeblieben ist.«

»Wahrscheinlich ist ihm der Boden zu heiß geworden und er hat längst das Weite gesucht«, vermutete Maike, als sie nach draußen gingen.

»Möglich«, entgegnete Seidel. »Wenn es so ist, finden wir in seiner Wohnung eventuell Hinweise darauf, wo er sich aufhalten könnte.«

Sie brauchten kaum zehn Minuten für die etwa acht Kilometer bis zum Nachbarort Langenstein. Ollenhauer hatte dort ein kleines Einfamilienhaus am südöstlichen Ortsrand gemietet, das von der Straße und den Nachbargrundstücken wegen der vielen Bäume nur schlecht einsehbar war. Als ihnen auf ihr Klingeln hin niemand öffnete, brachen sie die Haustür auf. Mit wenigen Schritten durchquerten sie die schlauchartige Diele und gelangten zu der einzigen Tür, die aus dem Schlauch herausführte.

Es kostete Seidel etwas Kraft, die Tür aufzudrücken und ihnen den Weg in einen offenen Wohn- und Küchenbereich freizumachen. Vor ihren Füßen lag ein unbekannter Mann, der eben noch die Tür blockiert hatte. Jemand hatte den Mann mit drei Schüssen in die Brust niedergestreckt.

Ollenhauer selbst saß, zur Seite geneigt, auf einem massiven Holzstuhl, gut drei Meter entfernt. Eine Hand hing zur Seite hinab, seine Dienstpistole lag darunter auf dem Fliesenboden. An seiner Schläfe war ein dunkles Einschussloch zu erkennen. Ein dünner Blutfaden lief über die Gesichtshälfte und verlor sich unter dem Kinn. Auf dem Esstisch vor ihm sahen sie ein Blatt Papier mit einem Kugelschreiber darauf liegen.

Es bedurfte keiner großen Fantasie, sich auszumalen, was geschehen war. Die Botschaft auf dem Tisch, mit zittriger Hand aufs

Papier gekritzelt, bestätigte den ersten Eindruck. »Ich kann nicht mehr«, stand da, »alles ist aus dem Ruder gelaufen. Axel hat alles kaputtgemacht. Er hat mich betrogen und meine Freundschaft missbraucht. Er hat mich in Dinge hineingezogen, von denen ich nichts geahnt habe. Er wollte mein Leben zerstören. Das konnte ich nicht zulassen. Es tut mir leid.«

Maike drängte sich an Seidel vorbei. Sie hatte sich einen ihrer Lederhandschuhe übergezogen und zog das Blatt Papier mit Daumen und Zeigefinger an einer Ecke zu sich heran. »Dann ist das an der Tür wohl der geheimnisvolle Sohn vom alten Gerboth«, murmelte sie, nachdem sie das Blatt einen Moment nachdenklich studiert hatte. »Ollenhauer erschießt erst seinen treulosen Freund und richtet sich dann selbst. Aber warum? Logisch wäre gewesen, zu verschwinden, nachdem er den Freund getötet hat. Stattdessen das Bekenntnis und der Selbstmord?« Sie wandte sich an Seidel. »Ob sie eine intime Beziehung hatten? Biermann hat Ollenhauer Schwuchtel genannt.«

»Möglich. Vielleicht haben sich die zwei ja vor dieser Sauerei hier noch miteinander vergnügt«, entgegnete Seidel. Er hatte Ollenhauers Leiche etwas genauer betrachtet und kam jetzt aus der Hocke hoch.

»Was meinst du damit?« Maike blickte ihn verwundert an.

»Hier«, er deutete auf Ollenhauers Handgelenke, »da sind deutliche Hautverfärbungen zu sehen. Könnten von Handschellen stammen. Wer weiß, vielleicht haben sie ja die etwas härtere Gangart bevorzugt.«

»Ekelhaft«, stellte Maike angewidert fest.

»Was ist mit Biermann?«, warf Rother ein, der sich die ganze Zeit mit der Leiche an der Tür beschäftigt hatte. »Ob der dann auch vom anderen Ufer ist? Möglicherweise haben sie eine nette Dreierbeziehung gepflegt.« Er kratzte sich am Hinterkopf und verzog die Miene zu einem gequälten Grinsen. »Wie auch immer, eins muss man den Jungs lassen – sie haben sich perfekt verstellt. Ich wäre jedenfalls nie darauf gekommen, wie die drauf sind. Respekt!«

»Und du?«, fragte Maike plötzlich an Seidel gerichtet. »Hast du was geahnt? Vor Kurzem hast du etwas in der Richtung angedeutet. Der Typ in Essen, der so viel über Ollenhauers machohaftes

Auftreten wusste, erinnerst du dich? Den hat es doch gewundert, dass Frauen immer nur in dessen Prahlereien eine Rolle gespielt haben.«

Seidel nickte. »Schon. Aber einen konkreten Verdacht hatte ich zu keiner Zeit. Na, egal, dann lass uns mal die Truppe alarmieren. Es gibt viel zu tun.«

Ehe er selbst wählen konnte, klingelte sein Handy. Einer der Kollegen in Biermanns Wohnung war dran. »Sie sollten noch mal hierher zurückkommen. Sie glauben nicht, was wir entdeckt haben. Es ist einfach unfassbar!«

»Wir sind hier auch auf eine riesige Schweinerei gestoßen«, erwiderte Seidel. Ehe er weiterreden konnte, wurde er unterbrochen: »Wissen wir, wissen wir. Ollenhauer und sein Freund Axel sind tot. Aber nichts ist so, wie es scheint.«

»Was? Was sagen Sie da? Woher …?« Seidel war verwirrt.

»Kommen Sie einfach her. Das müssen Sie sich anschauen. Dann verstehen Sie es!«

»Was ist?«, fragte Maike, als er das Gespräch weggedrückt hatte, und auch Rother starrte ihn gespannt an.

»Keine Ahnung«, antwortete Seidel, »scheint, als hätten die Kollegen einen Hellseher in ihren Reihen. Wir warten, bis uns hier jemand ablöst, dann fahren wir noch mal zurück nach Derenburg.«

Der Raum war nicht viel größer als eine Abstellkammer und hatte seinen Zugang über den begehbaren Kleiderschrank, der sich in Biermanns Schlafzimmer befand. Alles in der engen Butze vermittelte den Eindruck, als befände man sich in einer Schaltzentrale, vollgestopft mit Computern und anderen elektronischen Geräten. Und diese Geräte entpuppten sich bei näherem Hinsehen als modernste Abhör- und Überwachungstechnik, die teilweise noch nicht einmal den Spezialisten der Polizei zur Verfügung stand.

Auf einem der Monitore lief gerade ein Video, das Seidel, Maike und Rother zeigte, wie sie in Ollenhauers Wohnbereich traten und den Tatort untersuchten.

»Die Geräte haben sich im Aufnahmemodus befunden«, erklärte ihnen einer der Erkennungsdienstler. »Auf dem Speicher ist auch der gesamte Tathergang aufgezeichnet. Ich weiß nicht, ob Biermann die Aufnahme bewusst hat laufen lassen oder nur vergessen hat, sie zu unterbrechen, bevor er diese Sauerei da angerichtet hat.«

»Habe ich Sie gerade richtig verstanden?«, fragte Maike. »Er hat …?«

»Genau. Er hat! Er hat seinem Chef, oder soll ich besser sagen Liebhaber, die Pistole unter die Nase gehalten und ihn gezwungen, Axel anzurufen und zu sich zu bestellen. Danach musste Ollenhauer seinen Abschiedsbrief schreiben. Dann hat Biermann ihn mit Handschellen an den Stuhl gefesselt und abgewartet. Als Axel ins Zimmer gekommen ist – Biermann hatte zuvor den elektrischen Haustüröffner betätigt – ist er noch in der Tür zum Wohnbereich von Biermann erschossen worden. Danach hat Biermann dann Ollenhauer die Pistole an den Kopf gehalten und abgedrückt. Und schließlich hat er alles so hergerichtet, wie Sie es vorgefunden haben. Mit dem Ziel, es wie eine Beziehungstat aussehen zu lassen. Ollenhauer schien übrigens völlig überrascht zu sein. Offensichtlich war er ahnungslos, was seinen sauberen Kollegen und dessen Absichten angeht. Kein Anzeichen von Misstrauen, nichts. Wenn Sie mich fragen, der hat zu keiner Zeit auch nur geahnt, dass er überwacht wird. Soll ich Ihnen die entsprechenden Szenen mal vorspielen?«

»Später«, sagte Seidel. In seinem Kopf herrschte völlige Leere. Es war alles ein bisschen viel, was in den zurückliegenden Stunden auf ihn eingestürzt war. Ein Blick in die Gesichter von Maike und Rother zeigte ihm, dass es den beiden ähnlich ging.

27.

»Der Schuss aus Ollenhauers Pistole hat damals nicht nur meinen Freund getötet, sondern auch mich. Als ich ihn sterben sah, hat es mir das Herz herausgerissen. Er war meine große Liebe. Meine einzige Liebe, verstehen Sie?« Lukas Biermann schrie es heraus. Es klang verzweifelt. Aber nicht deshalb war der Beamte, der ihm direkt gegenübersaß, so erschrocken. Vielmehr jagten ihm die Augen des Festgenommenen Schauer über den Rücken. Diese kalten Augen, die keine Regung zeigten, auch nicht in Momenten scheinbar höchster emotionaler Anspannung. Mit dem immer gleichbleibend teilnahmslosen Ausdruck darin blieben sie jetzt und auch während des gesamten Verhörs an dem Beamten haften.

Seidel stand draußen vor der verspiegelten Scheibe des Verhörraums. Zusammen mit dem Vertreter der zuständigen Staatsanwaltschaft folgte er der Befragung, die der Halberstädter Kollege vornahm, während ein weiterer Beamter im Verhörraum etwas im Hintergrund saß. Es war ihnen nicht schwergefallen, Biermann zum Reden zu bewegen. Vielleicht hatte der noch bis kurz vor seiner Festnahme mit dem Gedanken gespielt, unerkannt aus der Geschichte herauszukommen, unterzutauchen und irgendwo in einer abgelegenen Ecke auf der Erde mit neuer Identität ungestraft weiterzuleben, nachdem er sein Werk vollendet hatte. Jetzt jedoch schien es, als wolle der Mann nur noch eins: seine Geschichte erzählen, vielleicht von der Überzeugung begleitet, damit auf Verständnis für sein Handeln zu stoßen. Zuweilen hatte es jedenfalls den Anschein.

»Dabei ging es um nichts weiter, als um die Übergabe einer Ladung gefälschter Markenuhren und anderer Luxusartikel an die Zwischenhändler«, greinte Biermann, »nur ein paar Scheiß-China-Uhren, für die er sterben musste! Weil einer unseren Leuten gesteckt hatte, die Typen seien bewaffnet und schreckten auch vor dem Gebrauch der Knarren nicht zurück. Mein Freund hat bei dem Zugriff aus irgendeinem belanglosen Grund in seine Jackentasche gegriffen, und Ollenhauer dachte, er zieht eine Waffe und schießt! Dabei hatte er nie eine Waffe. Er war der friedliebendste Mensch, den ich gekannt habe! Auch wenn er sich auf diese krummen Dinger eingelassen hatte!« Biermann atmete tief. »Und ich war bei dem Einsatz dabei«, fuhr er mit übertrieben gequälter Stimme fort. »Ich musste alles mit ansehen und konnte nichts tun. Ich durfte Ollenhauer nicht sagen, wen er da erschossen hatte! Keinem von denen durfte ich sagen, dass er mein Lebenspartner war! Den Schmerz können Sie sich nicht vorstellen.«

Er bohrte sich mit seinem ausdruckslosen Blick in den Augen des Beamten fest. »Wissen Sie, was das Schlimmste für mich war? Zu hören, dass Ollenhauer, nachdem er von jeder Schuld freigesprochen war, mit seiner Tat bei den Kumpels in der Inspektion prahlte, sich zum Helden hochstilisieren ließ. Rambo in Essen! Hat so eine elende Schwuchtel plattgemacht! Ich wollte nur noch eins – Rache. Ich wollte ihn vernichten. Endgültig ausradieren. Nichts sollte von ihm bleiben, vor allen Dingen kein gutes Andenken. Ich hatte Zeit, um auf die richtige Gelegenheit zu warten. Unendlich viel Zeit. Er hatte mir alles weggenommen, was für mich einen Wert besaß. Das durfte er nicht. Dafür musste ich ihn bestrafen, verstehen Sie? Und in diesem Fall ist nur das höchste Strafmaß infrage gekommen.« Er kicherte und es schien, als habe er seine Augen für einen Moment auf ein Bild in seinem Inneren gerichtet. Dann redete er weiter.

»Als ich durch Zufall in einem Klub auf Ollenhauer traf und entdeckt habe, dass er auch schwul ist, sah ich die Gelegenheit gekommen, mich in sein Leben einzuklinken und abzuwarten, bis sich eine Chance bot, ihn zu zerstören. Ich habe sehr schnell begriffen, dass Ollenhauer sich nur vor einer einzigen Sache gefürchtet hat: Jemand könnte seine Neigung öffentlich machen und er sein Image als beinharter Cop verlieren. Verständlich. Bei der Polizei und besonders bei seinen Macho-Kumpels wäre er unten durch gewesen.« Biermann beugte sich ruckartig nach vorn. »Sie wissen selbst, wie viele von den Kollegen immer noch so ticken. Also haben wir einen Deal abgeschlossen: Ich sollte dichthalten und er sollte mir helfen, wenn es einmal nötig wäre. Nicht viel auf den ersten Blick, aber ich hatte ihn in der Hand. Und er wusste das, keine Frage. Ich habe mit ihm ein lockeres Verhältnis angefangen. Ganz unverbindlich. Ihm hat das gefallen, es war bequem für ihn. Er bekam seine Bedürfnisse befriedigt, ohne unter die Leute gehen zu müssen. Die Gefahr, noch einmal in eine verhängnisvolle Begegnung zu stolpern, war so wesentlich geringer.«

»Und Sie?«, hakte der verhörende Beamte nach. »Wie haben Sie über all die Jahre eine sexuelle Beziehung aufrechterhalten können? Ich meine, haben Sie nicht Abscheu empfunden? Wie konnten Sie ihn dann befriedigen – so ganz ohne Gefühle?«

»Gefühle? Ah ja, ich weiß, was Sie meinen.« Er lachte auf. »Doch, da war schon so was. Kein Gefühl, wie Sie es vielleicht kennen.

Aber der Gedanke, den Mann zu vögeln, den ich irgendwann hinrichten würde, hat mich immer total erregt. Ich bin so was von in Fahrt gekommen!«

»Okay, okay! Und Ollenhauer?«

»Er hat es genossen, wenn ich ihn im Bett beherrscht habe. Überhaupt hat er schnell Vertrauen zu mir gefasst. Ich glaube, er hat die unterschwellige Bedrohung, die von mir ausging, einfach verdrängt. Jahre später, als er den höher dotierten Dienstposten angeboten bekam, wollte er auch sofort, dass ich, wenn möglich, mit ihm in den Harz wechsele. Es hat ja noch die andere freie Planstelle gegeben. Das wäre, was sein Privatleben angeht, äußerst bequem für ihn. Dumm war nur, dass es in Halberstadt den Kollegen Rother gegeben hat, dem man diese Stelle schon mehr oder weniger zugesichert hatte. Mir war klar, dass ich mit meiner Bewerbung scheitern musste.« Er unterbrach sich und fragte: »Kann ich was zu trinken bekommen? Mein Hals wird langsam trocken.«

Wenig später hatte Biermann ein Glas Wasser vor sich stehen. Er nahm einen Schluck. »Zum Glück habe ich einen netten Menschen gekannt, der mir noch einen Gefallen schuldig gewesen ist«, sagte er dann. »Er hatte einmal das Pech, dass ich über Papiere gestolpert bin, mit denen ich ihm einen kapitalen Versicherungsbetrug hätte nachweisen können. Zu der Zeit habe ich um meine Aufnahme in den Polizeidienst gekämpft, und mein geliebter Freund, der damals noch quicklebendig seinen nicht ganz sauberen Geschäften nachgegangen ist, hat mich zufällig auf die Spur des Mannes gebracht. Nun, der Herr hat mir in den Polizeidienst verholfen, und ich habe den Betrug vergessen. Der Mann ist dann auf der Karriereleiter immer höher geklettert. Heute ist er Polizeipräsident und hat eine Menge zu sagen. So konnte er mir schließlich auch bei meinem Wunsch auf Versetzung in den Harz ein weiteres Mal behilflich sein.«

Biermann nahm einen weiteren Schluck aus dem Glas. »In dem Augenblick, als unsere Beziehung begonnen hat, habe ich Zugang zu Ollenhauers Leben bekommen. Das habe ich mir zunutze gemacht. Ich bin schon immer ein begeisterter Technik-Freak gewesen, und es ist mir nicht sonderlich schwergefallen, mir modernste Abhörgeräte und Miniüberwachungskameras zu besorgen und in seinem Umfeld zu installieren. Er hat nicht das Geringste davon mitbekommen. Zum Schluss konnte er kein Wort mehr sagen, keinen Schritt mehr machen, ohne dass ich darüber Bescheid gewusst habe. Ich hatte ihm sein Leben gestohlen. Genau so wie er mir auch ein Leben weggenommen hatte.« Er kicherte. »Molly hat komplett mir gehört.«

»Molly?«, fragte der Beamte.

»Sein Spitzname damals in der Szene. So wie sie mich Luc nannten. Ollenhauer hatte früher ein Aquarium. Mit Black Mollys. Darum.«

Und ich dachte, das wäre von seinem Vor- und Nachnamen abgeleitet, schoss es Seidel sofort durch den Kopf, Mirko Ollenhauer – Molly. Gleich darauf konzentrierte er sich wieder auf das, was im Verhörraum geredet wurde.

»Dann ist eines Tages dieser Axel in Mollys Wohnung in Velbert aufgetaucht. Ab da wurde es richtig interessant. Der Kerl hatte vor, den Vergewaltiger seiner Schwester umzubringen. Nur wusste er nicht, wie er den ausfindig machen sollte. Er hatte von ihm lediglich einen Namen: Hagen vom Ravensberg. Molly hat ihm seine Hilfe versprochen. Als Polizist hatte er einige Möglichkeiten. Die ihm aber in diesem Fall wenig genutzt haben. Hagen vom Ravensberg ist ein Phantom gewesen. Zwar ist sein Name später ein oder zwei Mal in Verbindung mit einem seiner Bilder aufgetaucht, der Mann selbst ist jedoch unauffindbar geblieben. Vielleicht wäre Molly schneller auf ihn gestoßen, wenn er intensiver gesucht hätte. Aber er musste auch noch seinen Job machen. Zwischendurch hatte ich sogar das Gefühl, dass er die Sache bewusst hinauszögert.«

Biermann begutachtete gedankenverloren sein Spiegelbild in der Scheibe, bis er mit gedehnter Stimme fortfuhr: »Jedenfalls hat sich die Suche hingezogen. Jahrelang. Sollte Molly gehofft haben, Axels Hass würde abflauen und er würde von seinen Plänen lassen, so ist er von seinem Freund enttäuscht worden. Axel war regelrecht besessen von dem Gedanken, sich an diesem Maler zu rächen. Er wollte Hagen vom Ravensberg unbedingt aufspüren. Um jeden Preis. Ganz egal, wie lange es dauern würde. Und er hat Molly immer wieder bedrängt, ja am Ball zu bleiben. Im Namen der Freundschaft, wie er gesagt und offensichtlich selbst geglaubt hat. Und Molly hat weiter mitgemacht. Aber erst als wir in Halberstadt gelandet waren, ist Molly dem Mann auf die Spur gekommen. Zufällig. Er hat es geschafft, sich mit Hagen vom Ravensberg anzufreunden und ihn in eine einsame Ecke am Brocken zu lotsen. Dort sollte Axel ihm auflauern, ihn töten, es wie einen Unfall aussehen lassen und dann das Weite suchen. Molly wollte dafür sorgen, dass die Ermittlungen, sobald man die Leiche gefunden hatte, ins Leere liefen.« Er lehnte sich zurück und versuchte ein Grinsen, das ihm gründlich missglückte.

»Bei der Aktion habe ich das erste Mal ein wenig Schicksal gespielt. Das Messer am Tatort zum Beispiel, das dieser Axel immer bei sich getragen und mit dem er auch immer gern herumgespielt hat, das habe ich ihm abgenommen, als er in den Harz gekommen ist. In dem Hotel, wo er untergekrochen ist, bin ich nachts in sein Zimmer eingestiegen. Das Messer mitgehen zu lassen, war überhaupt kein Problem. Der Kerl hat geschlafen wie ein Stein. Den hätte nicht mal ein Erdbeben geweckt. Ich habe das Messer von jeglichen Spuren befreit und bei der Hütte, wo er den Typ erledigt hat, einfach in den Wald geworfen. Sonnenklar, dass wir von der Kripo die Leiche, die abgeschnittenen Hände und das Messer irgendwann finden würden. Ich hätte schon dafür gesorgt. Aber dann kam mir ja dieser Wolf zuvor und hat alles ein wenig beschleunigt. Molly wusste natürlich, wem das Messer gehört, und er hat Axel kurz nach dem Fund zur Rede gestellt. Axel wiederum hat vehement bestritten, das Messer an der Hütte verloren oder gar weggeworfen zu haben. Nun ja, meine Arbeit hat langsam Früchte getragen, denn mit dieser Aktion hat es erste größere Risse in der Freundschaft der beiden gegeben. Ollenhauer ist seinem Freund gegenüber misstrauisch geworden.«

»Das heißt Axel Gerboth hat Reinhold Bender umgebracht, nicht Sie«, stellte der verhörende Beamte fest.

»Oh ja«, antwortete Biermann kalt, »ich wasche meine Hände in Unschuld. Jedenfalls, was diesen Mord angeht.«

»Und warum dann der Anschlag auf den Kollegen Behrends?«

»Ah ja, das ist bedauerlich. Aber ich habe gedacht, ich könnte alles noch ein wenig auf die Spitze treiben und die Freundschaft der zwei damit endgültig zerstören, mit der Folge, dass sie sich gegenseitig an die Gurgel gehen. Behrends hatte ja irgendeinen Verdacht geschöpft, und Molly wollte ihn wohl auf dieser Wanderung von seiner Harmlosigkeit überzeugen. Fragen Sie mich nicht, wie er sich da rausreden wollte. Ich habe sein Handeln zuerst ohnehin etwas blauäugig gefunden. Dann habe ich überlegt, ob er vielleicht etwas ganz anderes im Schilde geführt hat, ob er gewisse ... Argumente hatte, mit denen er geglaubt hat, den Kollegen weichklopfen zu können. Aber egal, mir ist diese Wanderung zugutegekommen. Ich wusste, wo er mit dem Kollegen langgehen würde und woher ich eine Waffe bekomme – aus dem Haus des alten Gerboth, den wir kurz zuvor verhaftet hatten. Ich hätte mir genauso gut jedes andere Gewehr besorgen können, Molly hätte seinen alten Freund Axel trotzdem verdächtigt, einen unüberlegten Alleingang durchgezogen zu haben. Er hat ihm seit der Sache mit dem Messer einfach nicht mehr über den Weg getraut. Die Begegnung der beiden, nachdem man den Verletzten ins Krankenhaus eingeliefert hatte ... es war ein Vergnügen, dem Streit zu lauschen!« Wieder machte er eine Pause und gab sich einen Moment seiner Erinnerung hin.

»Leider habe ich da oben im Wald meinen ersten Fehler gemacht«, gab er, immer noch ein wenig abwesend, zu, »ich hätte mich überzeugen müssen, dass Behrends tot ist, und mich nicht auf das verlassen dürfen, was ich durch das Zielfernrohr gesehen habe. Molly ist ein Schwächling gewesen. Sonst hätte er Behrends den Rest gegeben, anstatt darauf zu hoffen, dass er von allein krepiert. So aber musste ich versuchen, Behrends im Krankenhaus das Licht auszuknipsen. Ich konnte ja nicht warten, bis Molly oder Axel das tun. Auch wenn sie allen Grund dazu gehabt hätten, habe ich nicht gewusst, ob einer von beiden die Courage dazu aufbringt. Auf keinen Fall durfte ich riskieren, dass Behrends wieder aufwacht. Er hat mich durch Mollys Fernglas gesehen, als ich gerade auf ihn angelegt hatte. Also musste er sterben! Wenn es gut gegangen wäre da im Krankenhaus, hätte mich wiederum niemand auf der Rechnung gehabt. Aber für Molly und seinen Freund wäre es definitiv der Knock-out gewesen. Die Ermittlungen sind ja längst in diese Richtung gelaufen. Unser Northeimer Kollege draußen vor der Scheibe ist nicht auf den Kopf gefallen. Er steht bestimmt da und hört mit,

oder?« Biermann winkte Seidel zu. Dann blickte er wieder den ver-
hörenden Beamten an.

»Und zuvor habe ich mit dem Beziehungsdrama in Mollys Haus
letzte Klarheiten geschaffen. Dumm nur, dass mir im Krankenhaus
dann der nächste Fehler passiert ist. Dabei weiß ich nicht mal, ob
es überhaupt ein Fehler war. Manchmal pfuscht einem einfach nur
der Zufall dazwischen … naja, was soll's. Den Rest kennen Sie.« Er
ließ sich mit einem leisen Seufzer gegen die Lehne seines Stuhls zurückfallen und starrte dabei weiterhin aus seelenlosen Augen auf
den Beamten. Aus seiner Sicht war alles gesagt.

»Krank. Der ist doch einfach nur krank«, murmelte Seidel angewidert, ehe er zusammen mit dem Staatsanwalt seinen Standort
vor der Scheibe verließ.

Der alte Gerboth wurde wenig später aus der Untersuchungshaft
entlassen. Das Verhör, das Maike und Seidel mit ihm geführt hatten, war keinen Pfifferling wert. Die ganze Aktion war inoffiziell
hinter dem Rücken der Verantwortlichen gelaufen. Kaum anzunehmen, dass so etwas vor Gericht Bestand hatte, zumal Urian
noch am selben Tag, als er vom Tod Ollenhauers und seines Sohnes erfahren hatte, seine Aussage widerrufen und danach wieder
beharrlich geschwiegen hatte. Trotz intensiver Suche fanden sich
keine Hinweise für die Erpressung und die regelmäßigen Zahlun-
gen des Vergewaltigers an Gerboth. Es war noch nicht einmal zu
beweisen, dass es überhaupt eine Vergewaltigung gegeben hatte.
Alles basierte auf Geschichten, die man sich erzählte und auf dem,
was der alte Gerboth dazu gesagt und später wieder geleugnet hatte. Sie hatten nichts gegen ihn in der Hand, schon gar nicht, was seine sexuellen Belästigungen der eigenen Stieftochter betraf.

Die einzige Person, die vielleicht etwas Licht in das Dunkel hätte bringen können, lebte nicht mehr. Axel Gerboth war den Er-
mittlern der Soko Wolf, abgesehen von deren Chef Mirko Ollenhauer, nur einmal begegnet – als Leiche.

Als Behrends wenige Tage nach dem zweiten missglückten Anschlag auf ihn allmählich aus dem künstlichen Koma aufgeweckt
wurde, dauerte es danach noch zwei weitere Tage, ehe Maike de

Baer und Tim Seidel Gelegenheit bekamen, ihn zu besuchen. Es gab einige Turbulenzen um ihre Personen, die sie beinahe rund um die Uhr in Atem hielten. Ihr eigenmächtiges und gegen etliche Dienstvorschriften verstoßendes Handeln, dazu noch im fremden Zuständigkeitsbereich, entwickelte sich in Windeseile zu einem Damoklesschwert, das bedrohlich über ihren Köpfen hing. Es bestand reichlich Erklärungsbedarf, und wahrscheinlich hätte sie der bürokratische Moloch, der nur Vorschriften und Verordnungen kannte, mit Haut und Haar gefressen, wäre da nicht ein Chef gewesen, der Verständnis für die besonderen Umstände hatte und ihren Beitrag zur Klärung der Mordfälle zu schätzen wusste. Zudem wollte er zwei seiner besten Kräfte nicht der Gesetzesmaschinerie zum Fraß vorwerfen. Besonders für Maike fühlte sich das Engagement des Chefs an wie ein Ritterschlag – nach ihrer langen Pause gehörte sie endlich wieder ganz dazu. Sie war wieder ein gleichwertiges Mitglied im Team!

Epilog

Behrends saß halb aufgerichtet in seinem Bett und blickte Maike und Tim erstaunlich munter entgegen, als sie durch die Tür traten. Er lag jetzt allein in einem Zweibettzimmer am Ende eines langen Flurs. Auf einem Stuhl daneben saß Katrin und hielt seine Hand. Sie lächelte und ihr Gesicht strahlte unendliche Erleichterung aus.

»Er will schon wieder Bäume ausreißen«, sagte Katrin, nachdem sich alle begrüßt hatten. »Dabei ist er dem Tod gerade so von der Schippe gesprungen.«

»Wir kommen auch gut ohne dich zurecht, Ingo«, frotzelte Seidel, »lass dir ruhig genug Zeit, richtig gesund zu werden.«

Behrends' Miene verfinsterte sich. Maike bemerkte es. »Nimm den Spinner bloß nicht ernst«, sagte sie augenzwinkernd. »Du fehlst ihm. Er ist ein kleiner Junge und er braucht deine starke Hand.«

»He, he«, brauste Seidel auf. »Glaub ihr kein Wort!«

Behrends ignorierte das Geplänkel. »Und du? Wie geht es dir?«, fragte er stattdessen leise und blickte Maike eindringlich in die Augen.

Sie wusste, was sich hinter der Frage verbarg. Es war weit mehr als eine Floskel. »Ich bin wieder dabei«, antwortete sie. »Der Fall hat mich zurück ins Leben geholt.«

»Gut«, sagte Behrends nach einem Moment der Stille und ließ seinen Kopf zufrieden ins Kissen sinken. Gleich darauf wandte er sich zu Katrin hin. »Was meinst du, sollten wir nicht langsam etwas auf meine Auferstehung trinken?«

»Natürlich. Sekt für uns und Tee für dich«, sagte Katrin trocken.

Behrends verzog angewidert das Gesicht.

»Wir können aber auch den Orangensaft köpfen, den wir dir mitgebracht haben«, fand Maike.

»Ach, Maike, du besuchst mich doch morgen oder übermorgen sicher noch mal«, sagte Behrends wie selbstverständlich, nachdem sie miteinander angestoßen hatten. Von Seidel schien er das nicht zu erwarten.

»Ich denke schon«, entgegnete sie lauernd.

»Schön«, Behrends rappelte sich wieder etwas hoch. Es war ihm anzusehen, wie viel Kraft ihn das kostete. »Würdest du mir dann vielleicht etwas zu Lesen mitbringen?«

»Zeitschriften? Gibt es die hier denn nirgends?«

»Ich habe ein Buch bestellt. In Bad Lauterberg. Ich möchte, dass du es abholst. Kannst du das erledigen? Katrin bleibt noch eine Weile hier. Sie traut den Ärzten nicht so recht und möchte mich lieber selbst hochpäppeln.« Er zwinkerte seiner Frau liebevoll zu.

»Okay, mache ich. Was für ein Buch ist es denn?«

»Über Wölfe.«

Maike zog ahnungsvoll die Augenbrauen in die Höhe. »Oh ja, natürlich … Wölfe.«

»Was dagegen?«

»Nein, Ingo, ganz und gar nicht«, entgegnete sie schmunzelnd. Sie hätte es sich denken können. »Wo in Bad Lauterberg muss ich das gute Stück denn abholen? In der Buchhandlung, wo du auch deine Wanderkarte gekauft hast?«

»Ja, ja, genau. Das ist dieser Buchladen in der Hauptstraße. Ziemlich am Anfang, wenn du vom Kurpark kommst und über den Postplatz gehst. Rechte Seite, gleich neben der Konditorei. Du musst allerdings etwas genauer hinsehen, sonst läufst du an meinem kleinen Tante-Emma-Laden vorbei.«

»Er ist ganz vernarrt in die Bude und die beiden Verkäuferinnen«, warf Seidel zur Erklärung grinsend ein. »Wahrscheinlich hat er sich nur deshalb ein Buch bestellt, um einen Grund für einen weiteren Besuch zu haben.«

»Na, na, jetzt übertreib mal nicht«, wehrte Behrends ab und bedachte Katrin mit einem unsicheren Blick. Dann wandte er sich wieder an Maike: »Und bestell den Damen einen schönen Gruß von mir. Lass dich unbedingt auf einen Kaffee einladen und unterhalte dich mit ihnen. Du wirst sie mögen. Sag ihnen, wenn ich wieder fit bin, komme ich persönlich bei ihnen vorbei, mit Katrin.«

Maike seufzte ergeben. »Einmal Wolfsbuch abholen. Wird erledigt, Chef.«

»Wölfe sind schon tolle Tiere«, murmelte Behrends. Er faltete seine Hände auf der Bettdecke, wandte seinen Kopf der Winterlandschaft hinter dem Fenster zu und schmatzte leise.

»Wenn er wieder zu Hause ist, will er auch noch andere komische Sachen machen, nicht nur lesen«, bemerkte Katrin lächelnd. »Irgendetwas hat ihn in den vergangenen Monaten verändert. Er will seinen Hund umerziehen.«

»Was?« Seidel runzelte die Stirn. Maike ahnte, was kommen würde.

»Wir wollen ins Wolfcenter nach Dörverden fahren«, sagte Katrin. »Zusammen mit Sir Toby. Er glaubt, wenn er den Hund mit echten Wölfen zusammenbringt, erinnert der sich an seinen Ursprung und benimmt sich danach wie seine Vorfahren. Ingo möchte, dass Sir Toby lernt zu heulen! Verrückt, dieser Mann!«

Behrends riss seinen Blick vom Fenster los. »Ich finde, es kann nicht schaden, wenn ein Hund wenigstens einmal in seinem Leben mit seinen Wurzeln konfrontiert wird«, verteidigte er seine Idee.

Katrin ließ sich nicht beirren. »Und wandern will er. Der bewegungsfaulste Kerl, den ich kenne, will plötzlich wandern! Durch den ganzen Harz zu den verschiedenen Sehenswürdigkeiten und

natürlich zum Brocken! Hättet ihr das gedacht?« Sie blickte ab-
wechselnd zu Seidel und zu Maike. Ein feuchter Schimmer lag in
ihren Augen. »Ich finde das richtig klasse. Wenn ich könnte, würde ich ihn mir einpacken und jeden Tag was anderes mit ihm unternehmen. Am besten irgendwo ganz weit weg. Da, wo es keine
Wahnsinnigen gibt, die Menschen umbringen.«

Maike erkannte Katrins Angst. Ihre Angst um Ingo. Katrin Kühne-
Behrends war in den zurückliegenden Tagen auf schreckliche
Weise klar geworden, welchen Gefahren ihr Mann in seinem Beruf
ausgesetzt war. Und sie wusste, das Risiko, in die Schusslinie eines
Irren zu geraten, würde auch weiterhin sein Leben begleiten. Es
konnte wieder geschehen – dann aber vielleicht mit weniger gutem
Ausgang.

ENDE

Danksagung

Wie heißt es so schön? Der Erfolg hat viele Väter.

In gewisser Weise trifft das auch auf den vorliegenden Krimi zu. Ohne die Mittäter und Mittäterinnen im Hintergrund wäre es Ingo Behrends und seinem Team wohl kaum gelungen, den aktuellen Fall zu lösen. Bei all denen, die mir wertvolle Tipps gegeben und auch nicht mit Kritik gespart haben, möchte ich mich ganz herzlich bedanken und stellvertretend für sie ein paar Namen nennen:

An erster Stelle wäre das mein geschätzter Kollege Andreas Winkelmann. Unsere Begegnung auf dem Brocken während des Mordsharz-Festivals 2012 hat mich überhaupt erst auf die Idee gebracht, diesen Krimi zu schreiben.

Sehr gern erinnere ich mich auch an meinen Besuch im Wolfcenter in Dörverden und die Gastfreundschaft der Inhaber Frank und Christina Faß. Vielen Dank für die Einladung in Euer Haus und den tollen Abend, den ihr mir mit umfassenden Informationen über das Wesen und Leben der Wölfe versüßt habt. Das schaurigschöne Wolfsgeheul in den Morgenstunden des nächsten Tages war dann wie das Sahnehäubchen auf einen rundum gelungenen Ausflug.

Kein Krimi kommt ohne ein gewisses Maß an Fachinformationen aus, insbesondere was die Polizeiarbeit betrifft. Polizeidirektor Hans Walter Rusteberg, Leiter der Polizeiinspektion Northeim/ Osterode, ist jemand, der es wissen muss und der gern bereit war, mir Auskunft zu geben. Vielen Dank, Herr Rusteberg, dass Sie sich die Zeit genommen haben, alle meine Fragen zu beantworten.

Last but not least sind da noch diejenigen, die in keiner Danksagung fehlen dürfen: Meine Lektorinnen Anette Kleszcz-Wagner und Pamela Levertz mit ihrem untrüglichen Instinkt für die richtigen Worte, sowie meine Frau Heidi, die mir immer wieder den Raum gibt, meine »kriminelle Energie« zu entfalten und im Buch festzuhalten.

Roland Lange

Vom selben Autor

Roland Lange, Der letzte Sprung
256 Seiten, Paperback
ISBN 978-3-95475-103-7

Nur noch wenige Tage bis zum Burgturnier in Nörten-Hardenberg. Da explodieren auf dem Gelände Molotowcocktails. Verbergen sich hinter dem Brandanschlag radikale Tierschützer, die mit gewaltsamen Mitteln auf ihr Anliegen aufmerksam machen wollen? Oder steckt noch mehr dahinter? Ist vielleicht sogar das Leben von Menschen in Gefahr? Die Veranstalter sind alarmiert.
Der Star des Turniers hingegen, der international gefeierte Springreiter Clément, zieht sich in sein Ferienhaus im Südharz zurück. Denn gerade erst ist seine Freundin in den Serpentinen hinunter nach Osterode tödlich verunglückt. Und es gibt immer mehr Hinweise, dass sich hinter dem Unfall ein Mord verbergen könnte.
Kommissar Behrends von der Northeimer Kripo wird eingeschaltet.

Vom selben Autor

Roland Lange, Stöberhai
279 Seiten, Paperback
ISBN 978-3-95475-127-3

Hauptkommissar Ingo Behrends kuriert die Folgen einer Schussver-
letzung aus. Doch die Verbrecher nehmen auf seine Reha keine Rük-
ksicht. Als ein russischer Restaurant-Besitzer in Bad Sachsa ermordet
wird, hält es Behrends kaum in der Klinik. Die junge Kommissarin,
die ihn in Northeim vertritt, geht die Ermittlungen völlig falsch an, davon ist er überzeugt. Das »Gagarin« soll ein Drogenumschlagplatz gewesen sein? Zusammen mit dem Journalisten Holger Diekmann verfolgt Behrends eine andere Spur. Die führt zurück in die Zeit, als die
DDR in Auflösung begriffen war und einige Funktionäre von der un-
kontrollierbaren Situation profitieren wollten. Zu dumm nur, dass ein
Mitarbeiter im NATO-Aufklärungsturm auf dem Stöberhai eine
Nachricht abgefangen hatte, in der ein Offizier der NVA einen illega-
len Waffendeal mit russischen Soldaten verabredete …

Vom selben Autor

Roland Lange, Drei freundliche Tage und ein Todesfall
272 Seiten, Paperback
ISBN 978-3-95475-168-6

Es ist eigentlich unmöglich, und doch entdeckt der Journalist Holger Diekmann in Osterode die junge Frau, in die er sich vor über zwanzig Jahren während der Drei freundlichen Tage verliebt hat! Leider wurde sie nach dem letzten Konzert der Rockband „Paper Plane" von einem Bandmitglied abgeschleppt. Und nun sitzt sie auf dem Marktplatz vor der Eisdiele und ist keinen Tag gealtert! Tatsächlich ist es aber ihre Tochter, die im Harz auftaucht, gerade als die alten Herren von „Paper Plane" ihr Comeback feiern wollen. Sie sucht ihren Vater, den Bassisten der Band! Doch deren neuen Auftritt erleben Vater und Tochter nicht ...

Ein Fall für Kommissar Behrends, der einerseits in die Welt des Rock 'n' Rolls entführt, andererseits in die Abgründe der Zwangsprostitution blicken lässt.